JACQUES VILLEBRUNE

SONNETS MYSTIQUES

LES PAYS DU SOLEIL — LE SPHINX — ÉDENS
LA LANDE — ISIS — OCÉANA
LES GÉORGIQUES

1876-1883

PARIS

TYPOGRAPHIE E. PLON, NOURRIT ET Cie
RUE GARANCIÈRE, 8

1886

SONNETS MYSTIQUES

JACQUES VILLEBRUNE

SONNETS MYSTIQUES

LES PAYS DU SOLEIL — LE SPHINX — ÉDENS
LA LANDE — ISIS — OCÉANA
LES GÉORGIQUES

1876-1883

PARIS

TYPOGRAPHIE E. PLON, NOURRIT ET Cⁱᵉ

RUE GARANCIÈRE, 8

—

1886

I

LES PAYS DU SOLEIL

San Remo, 1876.

———

L'HIVER DE LA VIE.

Dans l'ardente saison qui suit les premiers âges,
Nous avons tout : espoir, force, vertu, talents;
Nous égalons les dieux; astres étincelants,
Les suprêmes splendeurs semblent nos apanages.

Mais plus tard, nous allons, au long des tièdes plages,
Loin des âpres frimas, réchauffer nos vieux ans,
Cheminant au soleil des midis, à pas lents,
Au pied des grands palmiers qui bordent les rivages.

Comme la lune pâle aux douteuses clartés,
Je tourne un front obscur vers les divinités,
Envahi, peu à peu, des hivernales glaces;

Et, cherchant de plus près le soleil éternel,
Pareil à l'astre froid qui meurt dans les espaces,
J'emprunte ma lumière et ma chaleur au ciel.

PARADIS TERRESTRES.

Amant capricieux des rives ignorées,
Je m'en vais aux pays où luisent les soleils,
Où les midis sont bleus, les orients vermeils,
Et les heures du soir pompeusement dorées.

Dans ces pays de fée, aux chansons adorées,
Et sous les hauts palmiers, de songes sans réveils,
Et des lacs bleus noyés dans les beaux soirs, pareils
Aux saphirs ruisselant sur des chairs mordorées.

En ces doux orients et ces tièdes midis,
Dans ces enchantements de jeunes paradis,
Je cherche le bonheur perdu du premier âge :

Toujours le cadre d'or est vide du tableau ;
Du magique oiseau bleu je trouve encor la cage,
Mais qui peut me dire où s'est envolé l'oiseau ?

LA DIVINE COMÉDIE.

Ainsi qu'un moribond plaintif, la larme à l'œil,
La nature se pleure elle-même à l'automne ;
La pluie au fond des bois semble un pleur monotone,
Goutte à goutte tombant sur un fatal cercueil.

La nature se drape en un pâle linceul,
Expire lentement et d'un regard atone ;
L'homme au sensible cœur se lamente et s'étonne,
Et de sa mère éteinte il conduit le grand deuil.

Carnaval des hivers, lugubre comédie,
Où, cynique, elle raille et la mort et la vie :
Toi, tu pleures sur elle, elle rit de tes pleurs ;

Elle mène, à l'avril, les amours sur vos tombes,
Ta chair lui sert d'engrais pour ses moissons de fleurs,
Et, dans vos noirs cyprès, roucoulent ses colombes.

FRILEUSES.

Dans la cage au soleil, quatre jeunes perruches
Se tiennent côte à côte en un même bâton,
Et trémoussent sans cesse à travers le laiton,
Plus mobiles que les abeilles de nos ruches.

Comme une douairière en ses chaudes peluches
Elles frissonnent d'aise en leur tiède prison,
Contentes des gaietés d'un étroit horizon,
Sans désirs, sans soucis, sans craintes, sans embûches.

Leur bec rose reluit comme un fruit précieux,
Et, fins diamants noirs, étincellent leurs yeux
Qui boivent le soleil avec idolâtrie.

Elles ont oublié les paternels séjours,
La lumière dorée est leur seule patrie,
Et les tièdes chaleurs leurs uniques amours.

LES VOLCANS.

Dans les flancs orageux des volcans souterrains,
Une lave sanglante incessamment bouillonne,
Se roule en tourbillons épais, et mixtionne
L'âpreté des granits, la lourdeur des airains ;

Le pas insoucieux du troupeau des humains
Foule, au-dessus, le sol aminci qui gazonne,
Car ces sourdes fureurs n'inquiètent personne ;
L'explosion n'a lieu qu'à des âges lointains.

Ainsi, sans cesse, nous, les songeurs solitaires,
Agités, bouillonnants, dans nos obscurs cratères,
Nous roulons l'avenir sublime en nos cerveaux ;

Le monde indifférent et railleur passe, comme
Si rien n'eût existé de tant d'obscurs travaux,
Et, dans un âge entier, ne connaît qu'un seul homme.

LE PEUPLIER.

Tout est brûlé, l'épi s'échaude dans la plaine,
Les trèfles altérés meurent dans les sillons,
Et des flots de poussière, en fauves tourbillons,
Souillent les flocons blancs des brebis hors d'haleine.

Seul, le beau peuplier, au bord de la fontaine,
Élance dans les airs ses vertes frondaisons,
Et, bravant les ardeurs des torrides saisons,
Trouve en un ciel de flamme une fraîcheur sereine.

Quand le souffle épuisant des arides étés
A desséché la fleur des lasses voluptés,
Qu'un simoun des déserts énerve la nature,

Bienheureux qui, vainqueur de ces cruels midis,
A, comme l'arbre vert des jeunes paradis,
Sa racine profonde au bord d'une onde pure.

L'OISEAU DE PROIE.

Minuit : Paris s'éteint, la courtisane immonde,
Lasse de son métier, vient d'essuyer son fard ;
Le joueur sort volé des tripots du hasard ;
Le cabaret infect vomit son demi-monde.

L'escarpe se faufile, épié d'une ronde ;
Tout dort, la nuit hagarde a pris le boulevard,
Et semble s'élever de ce grand lupanar
Une vapeur d'égout fade et nauséabonde.

Et moi seul je veillais ; poëte aux rimes d'or,
Je chasse à l'idéal lorsque la nuit s'endort,
Et je sentais peser comme une ombre ennemie :

Quand, pâle, j'aperçus dans les livides cieux,
Tel qu'un oiseau géant, sur la ville endormie,
Planer la grande mort au vol silencieux.

LE RADEAU DE LA MÉDUSE

Quand ta sombre *Méduse* apparut à nos yeux,
O puissant Géricault, génie âpre et sauvage,
Dans les effarements qu'excita ton naufrage,
Un frisson parcourut tous les cœurs anxieux.

Dans ce radeau perdu sous de lugubres cieux,
Par des flots tourmenté, sans astre et sans rivage,
On sentit que ton art prophétisait notre âge,
Nous montrant l'avenir d'un doigt silencieux.

A nous, notre radeau, c'est le cercueil des mondes,
Nous voguons sur des mers funèbres et profondes,
Sans voiles, sans espoir, sans boussole et sans ciel :

On entend d'affreux cris, de sinistres blasphèmes,
Et, dans l'étroit radeau, sur l'abîme mortel,
Les pâles naufragés se dévorer eux-mêmes.

ILLUMINATIONS.

Ainsi qu'un appareil de magiques structures,
J'aime, en les soirs d'été, parmi les arbres verts,
Quand des feux étoilés, dans le vague des airs,
Profilent des palais et des architectures.

Je ne me puis lasser de ces vives peintures,
Et demeure des soirs, les yeux tout grands ouverts,
Ressemblant un rimeur qui rumine des vers,
Amoureux à jamais de ces cités futures.

Étoiles, paradis, doux couchants, aube, aurore,
Soleils, que le désir en tous lieux voit éclore,
Nous aspirons vers vous sur les ailes du cœur;

Un souffle, je le sais, suffit à vous détruire;
Le plus pur idéal meurt toujours en sa fleur,
L'amour et la beauté ne durent qu'un sourire.

LES ARBRES DU HAMEAU.

Des tilleuls monstrueux et des ormes antiques
Cachent l'humble hameau, berceau de mes aïeux;
Leurs sombres majestés, d'un charme sérieux,
Prêtent à ses abords des aspects romantiques.

La jeunesse se plaît sous leurs ombres mystiques,
Et grave en leurs contours ses chiffres amoureux;
Et les vieillards courbés se parlent bas entre eux,
Sous leurs puissants arceaux aux colonnes rustiques.

Gardons pieusement ces vieux arbres sacrés,
Contemplateurs secrets des âges ignorés,
Seuls augustes et grands en tant de choses vaines;

Leur fût jusques au ciel monte héroïque et saint,
Le sang de nos aïeux coule encor dans leurs veines,
Et des divinités habitent dans leur sein.

LE MIROIR AUX ALOUETTES.

Du lointain horizon, l'alouette gentille
Accourt pour se mirer au mobile miroir;
Elle y plane en tournant : tel le papillon noir
Au matin fait sa cour à la rose qui brille.

Ou l'on dirait encore une amoureuse fille
Qui devant la psyché pose pour se mieux voir;
De l'ombre, cependant, plein d'un muet espoir,
Le chasseur d'alouette à loisir la fusille.

Telles, dans nos beaux jours, aux fêtes du plaisir,
Sémillantes d'atours, palpitant de désir,
Vous allez coquetant, ô fragiles fillettes;

Et planant au miroir, sous le coup du chasseur,
Vous devenez toujours, comme les alouettes,
Le facile butin du secret ravisseur.

LES ARABESQUES.

Dans l'art insidieux des rares arabesques,
L'effort s'est condensé du style oriental,
Et leur enroulement d'un nombre musical,
Passe nos vains tableaux, asymétriques fresques.

La ligne chaste y chante en rhythmes pittoresques
Vos ordonnés accords, paradis idéal ;
Tels s'enlacent sans cesse en rimes de cristal,
Anneaux harmonieux, les fins tercets dantesques.

En son œuvre subtil, seul le secret Vinci,
Eurhythmique génie, eut l'inquiet souci
Du modulé contour d'un art géométrique.

Seul un maître en a fait de plus délicieux,
Celui qui dessina de son pinceau féerique
L'arabesque sans fin des astres dans les cieux.

UN CIMETIÈRE

A MENTON.

Sur les âpres sommets de la colline altière,
D'où jadis dominait le donjon féodal,
Dans les pâlis aspects du soir occidental,
Aujourd'hui notre ville a mis son cimetière.

La mort, la grande mort, y bâtit pierre à pierre,
Édifice sans fin, son château sépulcral,
Et, plus superbement qu'un châtelain royal,
Despotique, elle règne en la contrée entière.

Elle attache en tous lieux ses triomphants blasons,
Elle lève sa dîme en toutes nos maisons,
Elle ravit nos fils, la fleur de nos fillettes ;

Ses salles de festin sont faites de nos os,
Et dans l'enfer muet de noires oubliettes
Elle enterre, un à un, tous ses tremblants vassaux.

LES HAUTS LACS.

Sur les sommets glacés des montagnes mystiques,
L'œil découvre, étonné, des lacs silencieux ;
Un frisson les parcourt, vague, étrange, anxieux,
Par-dessus la rafale et les vents frénétiques ;

Jamais ils n'ont connu les chênes romantiques,
Ni du saule éploré les rameaux soucieux,
Et nul oiseau jamais, d'un chant délicieux,
N'égaie en ces déserts leurs ondes ascétiques.

Dieu les a faits ainsi, dans un calme éternel,
Stériles et pensifs pour refléter le ciel
Et la chaste clarté de ses voûtes sereines ;

Les mille étoiles d'or y mirent leurs beaux yeux ;
Car l'Océan, semblable à nos foules humaines,
N'est jamais calme assez pour réfléchir les cieux.

LES MOISSONNEURS.

Quand juillet, épandu sur les plaines torrides,
Brûle, de flèches d'or, l'épi roux des moissons,
Le vent tait son murmure et l'oiseau ses chansons ;
Et, près du cimetière aux mornes pyramides,

Couchés sous l'ombre avare et les pommiers arides,
Hommes, femmes, enfants, sur les rares gazons,
Harassés du travail âpre des fauchaisons,
Dorment d'un lourd sommeil, immobiles, livides.

Enfin, là, j'ai compris la mort et ses douceurs,
Qui dit : Surtout, ne me réveillez pas, mes sœurs,
Je suis lasse à dormir une nuit éternelle.

Et j'ai prévu le jour qu'épuisé de labeur,
Se couchant pour jamais, laissant faux et javelle,
S'endormira le Temps, ce rude moissonneur.

LA MOUETTE.

La mouette légère, aux surfaces des ondes,
Dessine en se jouant de sinueux sillons,
Et flotte sur les mers en vagues tourbillons,
Dans des reflets d'argent, ou des lumières blondes.

Elle rase en glissant le sein des eaux profondes,
Et boit, philtres subtils, leurs émanations,
Et dans l'or scintillant des mobiles rayons,
S'abandonne aux douceurs des lumineuses rondes.

La tempête la berce et dilate son cœur,
La houle, en l'emportant, lui prête sa vigueur
Et trempe en l'air salin les aciers de son aile.

Elle se réjouit au sein des flots amers,
Et bienheureux celui qui peut planer, comme elle,
Sur l'infini des monts ou des crêtes des mers.

LA MER DE JAFFA.

Redoublant la douceur de son flot velouté,
En de tièdes parfums, la Méditerranée
Étale, vers la zone où fleurit la beauté,
Les bleus appâlissants de sa robe fanée;

Elle soupire ainsi, de sa voix profanée,
Sur la rive d'Assur, au pays d'Astarté,
Et, courtisane adroite autant que surannée,
Ses beaux seins sont pâmés toujours de volupté.

Langoureuse, elle affecte, ainsi qu'une hétaïre,
Sur sa lèvre attendrie un duplice sourire;
Et, pareille d'allure aux Judiths d'Israël,

Dans un plaisir coupant les têtes amoureuses,
Soudain elle engloutit l'infortuné mortel
Dans le sein embaumé des nuits voluptueuses.

LES VINS DE FRANCE.

Quand on longe en passant la riche Côte-d'Or,
On est émerveillé de ces pimpants villages,
Au soleil d'orient, étalant par étages
Leurs vignobles sans fin, étincelant trésor.

Médoc silencieux dans sa plaine s'endort,
Il incline au couchant ses plus secrets cépages,
Et mûrit, écoutant, sur les amers rivages,
L'âpre Océan gronder ses menaces de mort.

Le Bourgogne est le vin surtout de la jeunesse,
Il sème l'espérance et verse l'allégresse
Dans les roses festins des matins radieux.

Mais ta séve, ô Bordeaux, généreuse, profonde,
Est le vin des longs soirs, des suprêmes adieux,
Notre coup d'étrier, partant pour l'autre monde.

LA FÉE AUX YEUX VERTS.

Par un livide ciel entrecoupé d'éclairs,
La mer mystérieuse aux teintes éphémères
Avait cette pâleur des absinthes amères
D'un vert tendre opalin tout parsemé d'ors clairs.

Pâle reine, salut, belle fée aux yeux verts,
Qui mènes au pays des magiques chimères.
Fais fuir le noir essaim des réflexions, mères,
Dans ces funèbres soirs, des désespoirs amers ;

Et vous tous, serfs ou rois, longue et lugubre troupe,
Terre et ciels, noirs enfers, venez à cette coupe,
Dieux des mornes éthers, beaux astres appâlis,

Esclaves éternels des sorts inexorables,
Venez boire avec moi les fugitifs oublis
Dans l'émeraude d'or de ces yeux adorables.

PHILOSOPHIE DE LA VIE.

D'où je viens, qui je suis, où je vais, pourquoi naître?
Mon esprit sonde en vain l'abîme du hasard;
La volonté, dit-on, dans la vie a sa part,
Mais la volonté naît du hasard avec l'être.

Pourquoi moi, pourquoi non tel autre? grand peut-être :
Pourquoi pas Raphaël, Cléopâtre, ou César,
Ou papillon, oiseau, source, chat, fleur, lézard?
Quel sort en moi m'enchaîne, inexorable maître?

Je pouvais être ver, ou monde, astre de feu,
Je cherche en vain pourquoi je ne serais pas Dieu,
Perdu dans ce chaos vague de la substance;

Et je sens sourdement que la fatalité
Me fera tour à tour vivre en chaque existence,
Si, toutefois, déjà je n'ai pas tout été.

NOUVEAUX MONDES.

Au bord des océans à la teinte profonde,
Et du regard sondant leur magique miroir,
Dans ces vagues lointains que l'œil croit entrevoir,
Comme le grand Colomb, je cherche un nouveau monde.

Et moi, de même, au bout de l'interminable onde,
Je vois un Orient jeune et riant d'espoir,
L'aurore, les grands dieux, l'Inde diamant noir,
Les roses paradis des îles de la Sonde.

Non, ce n'est pas, Colomb, un nouvel Orient
Que nous voyons là-bas avec son air riant,
C'est le couchant amer et ses désespérances:

C'est un monde sans foi dans des déserts sans fins,
Plein de désirs brutaux, d'indicibles souffrances,
Le monde de la mort dans ses pâles déclins.

COMPAGNIE DE PERDRIX.

Comme un perdreau blessé par le plomb du chasseur
Tombe, et se relevant, dans la haute luzerne,
Pour éviter les chiens, couple ardent qui le cerne,
Court, rapide et tremblant, et songeant à sa sœur;

Celle-ci prend son vol; elle rase en douceur
Les récents labourés de nuance plus terne,
Échappe au double coup du chasseur, et le berne :
Son frère, cependant, fuit loin du ravisseur.

O cœurs trop délicats pour les combats du monde,
Ainsi secourez-vous d'une amitié profonde;
Par couples vigilants prolongez votre vol;

Vers la rive du ciel, fuyez à tire-d'aile,
Et toi qu'une blessure amère enchaîne au sol,
Cherche aux sombres couverts un asile fidèle.

LA PETITE VOYAGEUSE.

Sans cesse elle disait : Verrons-nous encor l'eau?
Et laissait tout passer, les collines, les cimes,
Les bois ensoleillés, les vieux chênes sublimes,
Les horizons lointains, miraculeux tableau.

L'eau, toujours l'eau! C'était une enfant, un joyau,
Telle en ses traits vainqueurs que jamais nous n'en vîmes,
Avec de grands yeux noirs pleins de profonds abîmes,
Un portrait de Rubens ou bien de Murillo.

Vers cette eau, quel instinct sans cesse te ramène,
Belle enfant? penses-tu, jeune Anadyomène,
Que ta conque navigue à la crête des mers?

Ou, subtile sirène et coquette profonde,
Aimes-tu te mirer au sein des flots amers,
Déjà femme, et déjà perfide comme l'onde?

UNE ÉPITAPHE.

Le regret de la vie et l'effroi de la mort
Étreignent, tour à tour, ma pensée éperdue;
Je pleure pour jamais ma jeunesse perdue,
Et gémis du désir stérile qui me mord.

Trop tard, hélas! la vie à l'infini trésor
Dévoile ses secrets et son charme à ma vue;
J'abandonne, impuissant, la vierge toute nue,
Et, sans l'avoir goûté, le banquet aux fruits d'or.

Vous qui vivez encore après nous sur la terre,
Cueillez toutes les fleurs de ce brillant parterre,
L'art, le plaisir, l'amour, toutes les voluptés;

Et, convives hâtifs, prévenant la mort sombre,
Faites-vous du bonheur pour ces éternités
Que la nuit du tombeau recouvre de son ombre.

LES PARISIENNES A MONACO.

Loin de l'âpre frimas et des brumes du Nord,
Elles viennent ici comme des hirondelles,
Et bien des cavaliers s'empressent autour d'elles,
Pour voir, dans nos soleils, leurs yeux plus doux encor.

Monaco les appelle au tintement de l'or,
Le seul amant auquel elles restent fidèles;
Nous les voyons s'abattre en des battements d'ailes,
Sur sa plage indolente où la vague s'endort.

Elles vont, promenant en des pâleurs d'agate,
Dans nos doux paradis, leur beauté délicate,
Leurs yeux diamantés d'un plus riche orient;

Et près de ce flot bleu des Anadyomènes,
Imprégné d'infini, leur regard souriant
Prend le magique éclat des profondes sirènes.

LES MERLES.

De tous les coins du bois, sous les vertes futaies,
Part l'aigu sifflement de ces merles moqueurs,
Cri strident, prolongé, qui s'accentue en chœurs,
Et trouve mille échos au travers des hêtraies.

L'agile et sombre oiseau sort de toutes les baies,
Défiant le fusil de ses zigzags vainqueurs,
Noir et rapide éclair, glisse en vives lueurs,
Ressort, rentre, apparaît, s'éclipse dans les haies.

Ton œil brun et mobile, irritant comme lui,
Dans nos bals rayonnants qui, noir éclair, a lui,
Sphinx moqueur et léger, sans cesse se dérobe;

Ta lèvre au rire aigu nous raille tout le jour,
Et, drapant ta sveltesse en une obscure robe,
Tu fuis, subtil oiseau, l'impatient amour.

L'OISEAU BLEU.

Amoureux raffiné des choses les plus rares,
Aux rivages lointains où sont les oiseaux bleus,
Avec soin j'enfermai ce trésor fabuleux
Dans une belle cage en or, à fines barres.

Son chant vague ordonné sur des modes bizarres
Était gravement doux, mollement onduleux,
Ses ailes lazuli d'un ton miraculeux
Faisaient tout mon délice et l'orgueil de nos lares.

Mais je ne sais par quelle affinité, voici
Que l'oiseau soudain prend les teintes du souci,
Comme imprégné des ors pâlissants de sa cage;

Et son chant merveilleux autrefois, et si fin,
Se change en insipide et vulgaire ramage :
En cage l'oiseau bleu tourne au jaune serin.

ÉPHÉMÈRES.

Le ruisseau caresseur s'écoule insoucieux,
Le nuage s'enfuit dans le ciel éphémère,
La fumée au lointain se dissipe légère,
Instantané, l'éclair a sillonné les cieux.

L'aube meurt en naissant dans le ciel radieux,
La frêle fleur pâlit au front de la bergère,
Le parfum laisse à peine une odeur passagère,
Le rêve est oublié quand nous ouvrons les yeux.

Le chant s'envole au loin sur ses agiles ailes,
Le regard luit et meurt au fond de nos prunelles,
Le sourire à la fois naît et s'évanouit :

Et quand tout ce qui lui ressemble aussitôt passe,
Étonnons-nous encor si notre amour finit,
Et traverse nos cœurs sans y laisser de trace.

LA LÉGENDE DES SIÈCLES.

Le femme et le serpent, comme un beau couple ami,
Vivaient au paradis, nous raconte l'histoire ;
De pareils amoureux on n'a point la mémoire,
Car la femme, on le sait, n'aime pas à demi.

Un beau soir qu'il gisait tout enroulé, parmi
L'herbe, ses anneaux d'or étincelaient de gloire ;
C'était de fin velours, des perles, de la moire ;
Rien n'égalait l'éclat du reptile endormi.

Éva jalouse alors : nous péchâmes ensemble,
Je l'aime ; c'est mon cœur et mon esprit ; il semble
Que nous devions, hélas ! nous adorer sans fin ;

Mais le monstre a vraiment une trop riche robe,
Et moi qui n'en ai point ; c'est mon bien qu'il dérobe ;
Et son pied nu broya le reptile divin.

LA SCIENCE DE L'AMOUR.

A l'aspect imprévu de vos beautés suprêmes,
Dans un profond dédain je tiens tous les savants,
Leurs chimères sans but, leur songes décevants,
Et l'incertain calcul de leur lents théorèmes.

En la danse des *X,* ils se perdent eux-mêmes,
Leurs arguments subtils tournent à tous les vents,
Et quand, pour s'égarer, il leur faut six mille ans,
L'amour, cette clef d'or, résout tous les problèmes.

Ce Newton si vanté, par mainte équation,
A force de chercher, trouva l'attraction :
Le globe du soleil attire à lui la terre.

Et moi, jeune amoureux de vos attraits vainqueurs,
J'aurais du premier coup trouvé ce grand mystère :
Le globe de votre œil attire tous les cœurs.

LA COQUETTE PATINEUSE.

Grâce aux polis aciers de vos patins volants,
Rapide, vous glissez sur la glace légère,
Vous tournez, vous valsez, vous virez en arrière,
Et vous faites crier vos fers étincelants.

Toute la galerie admire vos talents;
D'une arabesque fine et d'un vol circulaire,
Vous gravez une lettre en neigeux caractère,
Déjà bien loin de l'œil en zigzags tournoyants.

Madame, je n'ai pas cette légère grâce
De glisser sur les cœurs sans y laisser de trace,
Et de me dérober en des vols assouplis,

D'esquisser un vain nom sur un froide glace,
Et, sous le dur tranchant de mes aciers polis,
D'effleurer, sans la mordre, une mince surface.

LES VIEILLES LUNES.

La lune curieuse, au détour des allées,
Poursuit de son regard les couples amoureux,
Et s'amuse sans cesse à les rendre peureux
De ses pâles clartés tout d'un coup décelées.

D'où lui vient ce désir d'aller, sous les feuillées,
Fureter au travers des grands bois ténébreux?
N'a-t-elle pas aussi son lit voluptueux?
Et quel étrange goût d'éternelles veillées!

Ah! peut-être qu'encor son inquiet rayon
Cherche le corps charmant du jeune Endymion
Endormi dans le sein de la nuit taciturne?

Mais non, c'est une vieille aux sens tout morfondus,
Et qui n'a de bonheur, espionne nocturne,
Qu'à troubler les plaisirs qui lui sont défendus.

L'IXIA A FLEURS VERTES.

Dédaigneux de l'iris des plus brillantes fleurs,
Entre tous les éclats d'un parterre exotique,
Je fus pris par le charme irritant et mystique
De l'ixia gracile aux verdâtres pâleurs.

Un pistil monstrueux plein de fauves lueurs,
Tel qu'un sphinx africain sous le lotus antique,
Des bizarres plaisirs indice prophétique,
Se cache noir au fond de ses pâles couleurs.

Grêle enfant aux yeux noirs, à la teinte d'opale,
Telle, sous les blancheurs de la chlorose pâle,
Tu trahis le parfum des âcres voluptés;

Et comme un art subtil, en ta verdeur amère,
Mêle un raffinement à tes virginités,
Et dans une innocence enferme une Chîmère.

PUGET.

Dans tous ces âpres monts aux rocailleux enfers,
Traversant l'Esterel et les gorges d'Ollioules,
Près des flots violents que soulèvent les houles,
J'ai compris, ô Puget, tes chefs-d'œuvres amers :

Comme un forçat vaincu qui veut rompre ses fers,
Comme un tendu lutteur émerveillant les foules,
Comme un autre Sisyphe au lourd rocher, tu roules
Pélion sur Ossa jusqu'au plus haut des airs.

Ton Milon de Crotone et tes Cariatides
Revivent à la foire en marseillais Alcides,
Au torse exorbitant, au biceps monstrueux ;

Et tous ces âpres monts dans leurs poses fantasques,
Démons échafaudés en groupes tortueux,
Furent tes Phidias dont tu moulais les masques.

L'ORAGE.

Dans de vagues brouillards les horizons noyés
Du pâle moissonneur ont éveillé les craintes ;
Il interroge encor le ciel aux mornes teintes,
Et tremble pour son grain et ses pauvres foyers.

Mais la nuée épaisse approche ; vous voyez
La terre qui frémit sous ses lourdes étreintes :
On entend résonner au loin les sourdes plaintes
Des chênes dans les bois et des ormes ployés.

Le moissonneur s'enfuit, l'orage sur la tête ;
Lui qui sema les blés, récolte la tempête,
Accusant, mais en vain, l'iniquité du sort ;

Nous sommes tous ainsi qui vivons sur la terre,
Et maudissons le ciel, qui ne s'en émeut guère ;
Nous semons le plaisir et récoltons la mort.

LE LION CAPTIF.

Étroitement cerclé par la barre invincible,
Le lion se promène en sa cage de fer,
Et tourne incessamment, mélancolique et fier,
Tantôt morne, tantôt rugissant ou paisible.

Aux humaines clameurs il demeure insensible,
Il n'entend pas l'insulte ou le sarcasme amer ;
Loin des foules, son cœur vit au fond du désert,
Toujours ses yeux profonds plongent dans l'invisible ;

Toujours il voit passer dans ses regards de feu,
Ces grands déserts sans fin qu'a faits la main de Dieu,
Et les blancs Saharas à la mobile arêne :

Tel, contemplant le vaste ciel, triste banni,
Dans la cage du corps, sans cesse se démène
Mon âme, ce lion de l'immense infini.

L'ALOUETTE.

Dès que l'aube apparaît, l'alouette légère
Dans les airs fait vibrer ses notes de cristal,
Et plane en des lueurs de ciel oriental,
Des beaux jours de l'été joyeuse messagère.

A ce chant cadencé comme un chant de bergère,
Tintement argentin d'aérien métal,
Le passant ému rêve à son pays natal,
A ses lacs bleus brodés d'une fine fougère.

Alouette légère, ô chantre des amours,
Peintre des voluptés, des danses, des beaux jours,
Emprunte ta chanson aux lèvres de l'aurore ;

Et, pour trouver des airs aussi doux que le miel,
Sur l'aile du désir, monte haut, monte encore,
Comme l'oiseau divin, dans l'outremer du ciel.

CRUELLE HÉTAIRE.

Rien n'égala jamais ta plastique beauté,
Et Paris tout entier fut captif de tes charmes;
Cypris te fit le don de ses plus fines armes,
Un sourire magique, un regard enchanté.

Rien non plus n'égala ta froide cruauté,
Un blanc marbre n'est pas plus insensible aux larmes,
Et prièrent en vain tant de cœurs pleins d'alarmes
Ton cœur épris de la seule frivolité.

En songeant aux amants de ta forme splendide
Et qu'hélas! immola ta froideur homicide,
J'envie et plains leur sort digne d'un demi-dieu;

Et je songe au César lassé de toutes choses
Qui, dans ses noirs ennuis, étouffait peu à peu
Ses convives charmés sous la neige des roses.

LE CHARME DES CHANSONS.

Éveillant les échos du lointain souvenir,
Le chant survit à tout et même à l'espérance,
Et reverdit la fleur de son adolescence,
Dans le cœur du vieillard qui va s'évanouir.

La peinture ou les vers peuvent nous éblouir,
Le parfum nous pénètre avec sa fine essence,
Mais rien n'émeut en nous, d'une égale puissance,
De ces sensations qu'on ne peut définir.

Car leur correspondance est bien plus diaphane :
Et l'amour et le chant ont comme un même organe,
Vibrant pareillement au fond des cœurs aimés;

Et que de fois j'ai cru, pris d'amoureuses fièvres,
Quand palpitait ta voix dans les airs embaumés,
Sentir le long baiser suave de tes lèvres!

LES FEUX DE LA SAINT-JEAN.

Aux horizons lointains, sur les monts s'étageant,
Tels qu'un soleil nocturne en les airs qui flamboie,
Dans les longs soirs de juin, brillent ces feux de joie,
Que nommaient nos aïeux des feux de la Saint-Jean.

Leur flamme rouge monte à l'étoile d'argent;
Dans leur fauve lueur la terre au loin se noie;
Comme une pourpre sombre à l'horizon poudroie;
Tel un vague décor fantastique et changeant.

J'y vois représenté, comme en des traits de flamme,
L'hymne vertigineux jailli de sa grande âme,
Que saint Jean nous légua tel qu'un sphinx éternel;

Et, dans la nuit profonde où tout astre s'éclipse,
Mon œil voit traverser sur le livide ciel
Les grands chars fulgurants de son Apocalypse.

CONVALESCENCES.

Je ne sais quelle fée, en ces convalescences,
Changeant la fièvre amère en riants paradis,
Comme un fleuve de lait dans nos sens attiédis,
Fait couler la langueur des molles somnolences.

L'âme heureuse, bercée en vagues indolences,
Savoure la douceur des maux évanouis,
Et respire étonnée, avrils épanouis,
L'inévocable fleur de ses adolescences.

La maladie ainsi, cette sœur de la mort,
Image symbolique éclairant notre sort,
Met l'espérance au fond de nos sépulcres sombres :

Des affres du trépas à nous qui tremblions
Elle offre, frais Éden qui reluit dans ces ombres,
Le jeune enchantement des résurrections.

A TRAVERS LES PALMIERS

SYMPHONIE EN BLEU MINEUR.

J'aime à voir le flot bleu des Méditerranées,
A travers les palmiers ou l'aiguille des pins ;
J'y retrouve ces tons vert bleuâtre si fins
Des tapis anciens, verdures surannées.

Telle encor, dans la soie aux nuances fanées,
Brille la rose bleue en de rares jardins,
Ou le magique oiseau bleu des contes divins
Qui bercèrent jadis nos naïves années.

Et je rêve longtemps de pays fabuleux,
Avec leurs horizons fantastiques et bleus,
Harmonieux lointains où mon âme s'enivre ;

Comme en ces fins tapis tout parsemés d'ors lourds,
Je vois le beau rivage où j'eusse aimé de vivre,
Dans les bleus paradis de Breughel de Velours.

LE CABARET

SYMPHONIE EN ROUGE MAJEUR.

Que j'aime au bord d'une eau courante ce gai bouge,
Où la vigne flamboie en feston rougissant !
Un vin rouge y petille en des pourpres de sang,
Et dans le rouge soir pas un rameau ne bouge.

Sur le roide escalier une folâtre gouge,
Rousse avec des yeux clairs, et sans cesse riant,
Dans un éclat vermeil, ou bien monte ou descend
En faisant voltiger son large jupon rouge.

Un ivrogne empourpré, d'un formidable son,
Entonne dans l'air vague une rouge chanson,
Dans de fauves éclairs le couchant s'ensanglante ;

La rivière palpite en de rouges lueurs ;
Et mon œil enivré que tant de pourpre enchante,
Ne voit que roses chairs et vivantes rougeurs.

LE SOIR DANS LES BOIS

SYMPHONIE EN VERT MINEUR.

Viens dans l'ombre t'asseoir parmi la mousse verte
Qui tapisse le pied des grands chênes des bois,
Et, dans un vert rayon, voir encore une fois
Le soir illuminer l'avenue entr'ouverte.

Comme un brusque réveil de la verdure inerte,
Le cor lointain résonne en de perdus abois,
Et, comme un velours vert qui rayonne, tu vois
Le couchant iriser la bruyère déserte.

Un vert bleuâtre étrange en nos étangs rêveurs,
Marie aux ors des soirs de furtives pâleurs,
Dans l'occident orange un vert fauve étincelle.

Un vert phosphorescent palpite au bord des mers,
Et je vois scintiller ta profonde prunelle
D'éclairs mystérieux irradiés d'ors verts.

LA LUNE EN HIVER

SYMPHONIE EN BLANC MINEUR.

Tout rêveur, je m'en vais parmi ces lunes pâles,
Dans les molles blancheurs des soirs silencieux,
Et, sur les blancs sommets des grands bois soucieux,
Comme une vapeur flotte en des lueurs d'opales.

La neige blanche étend ses clartés glaciales
Sur le vague horizon qui se perd dans les cieux,
Et l'on dirait partout des lys délicieux
Qui fleurissent nos champs de blancheurs virginales.

Et mon cœur à son tour redevient vierge et pur,
Et semble se nourrir de blancheur et d'azur,
En tous ces blancs reflets immaculant la plaine ;

La lune blanche épand son silence éternel,
Et parfume les nuits, douce, chaste, sereine,
Comme un blanc nénufar dans les étangs du ciel.

LA MER MIRACULEUSE.

Là, c'est la grande mer déployant, pacifique,
Le magique miroir de ses limpides eaux,
Ou bondissant au ciel et brisant les vaisseaux,
Grondant, criant, hurlant, sauvage et frénétique.

Et sur ses bords, suant la fièvre, et rachitique,
Se traîne, plus tremblant que les grêles roseaux,
Le phthisique juché sur ses menus fuseaux,
Frileusement vêtu comme au pôle antarctique.

O Thétis souveraine, Énergie au flot bleu,
Mère de l'invincible Achille demi-dieu,
Que tes souffles puissants ne soient point choses vaines

Trempe comme l'acier nos nerfs débilités,
Fais passer dans nos cœurs le pur sang de tes veines,
Et prête-nous ta force et tes sérénités.

LA MAISON DE LA VEUVE.

Les rameaux serpentants de la souple glycine
Entourent ton vieux mur que le temps a rongé,
Et le sapin pensif jusqu'au ciel érigé
Couronne tes toits gris de son aiguille fine.

Que de longs jours tu vis : jours de grâce enfantine,
Et l'aimable printemps en sombre hiver changé,
Et le rire nombreux du festin prolongé,
La naissance et la mort, l'espoir et la ruine!

Indigente, modeste, et cachant tes douleurs,
Enfouie à moitié sous l'ombrage et les fleurs,
Tu restes cependant toujours hospitalière :

Et ton rouge perron de brique, et tes seuils blancs
Sur la route poudreuse invitent la misère,
Comme un rose sourire avec de blanches dents.

LA DANSE DU FEU.

J'ai vu l'Aïssaoua, dans la ville d'Alger,
Promenant sur ses seins la torche étincelante,
Rouler son torse nu dans la flamme brûlante,
Tourbillonnant sans fin sur un rhythme léger.

Sa vitesse, sans doute, allégeait le danger
En faisant osciller la flamme vacillante,
Et, moite de sueur, sa valse pantelante
Refroidissait son corps dans ce vol passager.

La danse m'apparut symbolique et profonde,
Et mon œil y crut voir, aussi vieux que le monde,
Un rite hiératique au principe du feu :

La terre qui tournoie en la flamme solaire,
Et les mondes dansant dans un regard de Dieu,
Comme des moucherons dans un rais de lumière.

LES NAVIRES DANS LE PORT.

Ils sont là dans le port avec leurs minces mâts,
Et bercés mollement sur la vague dormante,
Avec leur fin cordage et leur vergue pendante,
En d'assurés loisirs qu'ils ne connaissaient pas.

Mélancoliques, comme aux saisons des frimas,
Nos grands bois dépouillés dans la forêt mourante,
Comme de grands oiseaux à l'aile indépendante,
Nostalgiques amants de radieux climats.

Vous êtes comme moi, les goëlettes tranquilles,
Lasses de ces étroits horizons de nos villes,
Regrettant l'infini des lointains océans ;

Et rêvant, sous le gai pavillon de vos fêtes,
Les noirs récifs brisés par les grands ouragans,
Et la rafale amère et le cap des Tempêtes.

LE PIGEON VOYAGEUR.

Le pigeon voyageur monte au plus haut des airs,
S'oriente en tournant vers les pôles du monde,
Et, penché sur le bord des horizons qu'il sonde,
Perce de ses regards les firmaments déserts.

Il a trouvé son but ; aussitôt, à travers
Les bois, les prés, les monts, sur la terre et sur l'onde,
Il part comme la flèche infaillible et profonde,
Droit à son doux village, au bout de l'univers.

Dis-nous par quel instinct secret de la nature
Tu trouves ton chemin, ô rare créature,
Dans les champs innomés de l'impalpable éther,

Quand aveugles et lourds, et sans flamme et sans ailes,
Nous dévions sans cesse, en notre orgueil amer,
Du soleil souverain aux clartés éternelles.

L'ÉTOILE MORTE.

L'étoile qui descend dans la nuit solitaire
Et brille au front obscur des bois silencieux,
Est parfois, dès longtemps, éteinte dans les cieux,
Quand son rayon tardif éclaire encor la terre.

Et les contemplateurs amoureux du mystère,
Assis sous les grands pins, dans les soirs radieux,
Adorent dans leur cœur l'astre mélodieux
Qui verse ses clartés au sein de l'ombre austère.

Ainsi nos grands penseurs, ô Christ, ont condamné,
Depuis longtemps déjà, ton dogme suranné,
T'exilant des hauteurs de ton céleste empire.

Mais moi, dans tes parvis, parmi ton peuple saint,
Je me nourris toujours du miel de ton sourire
Et des molles lueurs de ton regard divin.

L'AMOUREUX DE LA MER.

Comme un amant jaloux de sa maîtresse chère,
J'accompagne la mer au caprice incertain :
J'aime à voir sa pâleur dans l'air frais du matin,
En de brumeux tissus de mousseline claire.

Et noyée à midi dans la vague chimère,
Sous l'azur qui lui fait le plus charmant destin,
Elle rêve assoupie en son lit de satin,
Regardant mollement l'horizon éphémère.

Je l'admire, aux clartés tombant du soir astral,
En danseuse fantasque inaugurant le bal,
Où bondissent en chœur ses phosphoriques ondes ;

Et quand elle s'endort sous un pâle rayon,
J'aime encore écouter au sein des nuits profondes
Sa tranquille et superbe respiration.

LES FAUVES.

Le fauve léopard, aux jungles de Java,
Dans la fange profonde et pestilentielle,
Épie incessamment la légère gazelle
Qui de ses brusques bonds jamais ne se sauva ;

Et le fauve serpent que maudit Jéhovah,
Roulant ses anneaux d'or dans la nuit éternelle,
A l'ombre des grands bois, somptueux, étincelle,
Sombre et mystérieux triomphateur d'Éva ;

Et la flamme qui court dans les pampas sauvages,
Fauve dévoratrice aux infinis ravages,
Fait ruisseler dans l'air ses éclats ténébreux ;

Mais aucun n'est sinistre entre ces fauves, comme
L'or fauve qui, luisant au palais des heureux,
Mord sans cesse le cœur misérable de l'homme.

LES VIEILLES MOSAIQUES

A ROME.

Pour moi, j'aime entre tous les monuments romains
La sévère fierté des vieilles mosaïques,
Où, dans le galbe étroit de leurs roideurs mystiques,
Sombres divinités, surgissent les grands saints.

Non, ces pâles héros n'avaient rien des humains ;
On admire, saisi, leurs aspects prophétiques,
Et l'on veut écouter leurs voix ésotériques
Dire l'inanité de tous nos songes vains.

Et leurs bouches surtout sont petites, amères,
Comme ayant le dédain des choses éphémères,
Et ne se nourrissant qu'aux célestes clartés ;

Mais leurs regards sont grands, lumineux et terribles,
Où l'âme s'extravase, et comme dilatés
Par les étonnements des choses invisibles.

LA CHANSON DES MARGUERITES.

Amants, vous êtes pris d'une angoisse suprême
Et de la marguerite interrogez la fleur ;
Son étoile charmante est l'oracle du cœur,
Et vous la dépouillez de son blanc diadème.

Vous voulez qu'on vous aime, et vous aimez vous-même ;
Et restez sans pitié pour sa douce pâleur,
Pour son pétale frêle où luit un tendre pleur,
Vous brisez son cœur pour y lire qu'on vous aime.

Vous voulez qu'on vous aime, et votre cœur jaloux
Torture l'âme aimante et qui se donne à vous,
Chaque instant il vous faut une épreuve nouvelle :

Vous allez saccageant la corolle au cœur d'or,
Elle pâlit, s'effeuille, et votre main cruelle
Mourante la poursuit et la déchire encor.

SÉPARATION ÉTERNELLE.

Chassé par vos courroux bien loin de vos beaux yeux,
Si je soupire ainsi, non, ce n'est pas, madame,
De perdre pour un jour vos charmes captieux,
Car j'ai l'éternité pour l'amour de mon âme.

Mais notre cendre, après le trépas, homme ou femme,
Doit former d'autres corps et vivre en d'autres cieux,
Et, suivant sa nature, habiter, ombre ou flamme,
En des contours amers ou bien délicieux.

Votre corps si charmant, en ces métamorphoses,
Se verra resplendir dans la pourpre des roses
Ou dans le paon de jour, papillon enchanté;

Et moi, livide sphinx, ou bien hibou nocturne,
Je vais vivre à jamais, loin de votre beauté,
Dans le sein ténébreux de la nuit taciturne.

LE PAYSAN.

L'avare paysan, amoureux de la terre,
S'évertue au travail afin de l'acquérir,
Brave le chaud, le froid, à s'en faire périr,
Et n'interrompt jamais sa tâche solitaire.

Il use de chicane et cherche le mystère
Pour usurper le sol et combler son désir;
Ruser avec le code est son premier plaisir,
Il refait l'avocat et berne le notaire.

Près de sa terre enfin, tout vieux, il vient s'asseoir,
Et la couve des yeux, du matin jusqu'au soir,
Comme un amant jaloux des gestes de sa belle;

Et couché dans la tombe, au déclin de ses jours,
Serrant dans ses bras morts cette amante éternelle,
Il possède à jamais ses uniques amours.

LA MER INDOLENTE.

A NICE.

Comme les peuples vains qui bordent ton rivage,
Le flux et le reflux, inutiles travaux,
Consument tous tes jours, océan sans repos,
Et tu fais sans salaire un inutile ouvrage.

La mer où nous vivons, plus heureuse et plus sage,
A des rêves sans fin abandonne ses eaux,
Et fait, sous le beau ciel qui caresse ses flots,
Une sieste éternelle en sa paisible plage.

Et moi je veux aussi dans ces bleus paradis
Apprendre la douceur des longs soirs attiédis,
Savourer ton loisir, ô Méditerranée :

Amoureux comme toi du calme souverain,
Que n'ai-je en ton azur, pour douce destinée,
De voir couler mes jours en un ennui serein?

LA HONTE DU PÉCHEUR.

Ève, au bleu paradis des bords orientaux,
Ne savait où cacher sa nudité honteuse :
Et comment ferons-nous, âme voluptueuse,
Qui sommes chargés des sept péchés capitaux?

L'aurore si pudique, au sommet des coteaux,
Fait rougir jusqu'au front de la plus vertueuse;
Et du vaste soleil la flamme somptueuse
Vient nous traverser jusqu'à la moelle des os.

Je cherchais la nuit, mais une lune inquiète
Se coulant dans les bois, fureteuse indiscrète,
Nous montre son visage austère et virginal;

Puis les mille regards des subtiles étoiles,
Qui dardent dans nos yeux, tombant du soir astral,
Percent de nos péchés les inutiles voiles.

LA MER FATALE.

Nos grands fleuves s'en vont, charriant à la mer
Les argiles, la chaux, les subtiles arènes,
O terre infortunée, et le sang de tes veines
S'écoule incessamment au sein du gouffre amer.

Tout y semble entraîné par l'attrait du flot vert;
Il nivelle les monts, il épuise les plaines;
L'or pur et le fumier de nos races humaines
Ensemble se vont perdre en l'abîme entr'ouvert.

Comme le grand Shelley, nous tous, la foule obscure,
Avons la mer aussi pour notre sépulture;
Là gisent confondus mille mondes éteints :

Sur tout le sombre flot, impassible, retombe,
Et ce vaste océan aux infinis lointains
N'est qu'un flottant linceul sur une immense tombe.

LES COURTISANES.

On les voit promener bizarrement parées,
Indolentes, traînant leurs riches falbalas,
Et respirant l'odeur nouvelle des lilas,
Avec leurs cris subits de biches effarées.

Elles vont s'étalant, folâtres, égarées,
En leurs teints affétés de blancs camélias,
Et leur rire banal, perpétuel et las,
Jette le vain filet de leurs beautés tarées.

Crois-moi, réponds plutôt, avec des yeux ardents,
Au sourire nombreux de ses trente-deux dents
Que t'offre la mort pâle en ses lugubres crânes :

Car je ne sais par quel mystérieux accord
Le sourire éternel des vagues courtisanes
Fait songer au sourire éternel de la mort.

LES PARADIS DE LA MORT.

Dans les bois ténébreux des torrides Guyanes
Germe une vie énorme en d'étranges périls;
La pourriture en rut y grouille, insectes vils,
Sous l'œil froid des boas appendus aux lianes.

Une flore morbide, en pourpres filigranes,
S'épanouit, dressant ses monstrueux pistils,
Et voltigent dans l'air mille poisons subtils
Dans la verdâtre horreur des ombres diaphanes.

La Guyane est le champ de bataille éternel
Où la vie et la mort livrent leur sombre duel;
De leur flux incessant la nature s'enivre :

A ces cruels Édens que lié soit mon sort,
Et, sans cesse, y puissé-je et m'éteindre et revivre,
Sans cesse savourant et l'amour et la mort.

DANTE.

O Dante, que l'amour profond de Béatrice
Soutint toujours parmi l'amertume du sort,
Te menant, à travers l'enfer noir et la mort,
Au brillant paradis du suprême délice;

Mon cœur pieux aspire à ton heureux supplice,
Voudrait au même prix conquérir ton trésor,
Et, sortant, comme toi, des épreuves plus fort,
Puiser dans le malheur une âme créatrice.

Bienheureux est celui qu'un idéal amour
Guide vers les hauteurs du céleste séjour,
Par les sentiers amers de sa vie en ruine,

Et que sa Béatrice, illuminant les airs,
Conduit comme le mage à la crèche divine
En suivant une étoile à travers les déserts.

LE LAC.

Je suis seul et pensif comme un lac solitaire :
Rien n'agite jamais mes indolentes eaux;
Ma vie horizontale en son calme repos
S'étonne des vains bruits du ciel et de la terre.

Mais, comme un œil profond et rempli de mystère,
Tout se vient réfléchir au miroir de mes flots,
Les grands chênes, les pins noirs, les frêles bouleaux,
Et l'orient vermeil et le couchant austère.

Je reflète des ciels sombres et des rayons,
Et dans les airs changeants, les constellations,
Et je vis à moi seul la vie universelle;

Ainsi qu'au front rêveur du sage oriental,
Habite dans mon sein la nature éternelle,
Épurée et charmante en mon brillant cristal.

LES DEUX SŒURS JUMELLES.

Les sages ont tout dit sur la vie et la mort,
Ces papillons jumeaux, l'un blanc et l'autre sombre,
Dioscures fatals du grand jour et de l'ombre :
On a cherché, l'on cherche, on doit chercher encor.

Le troupeau des humains se résigne et s'endort;
Il vit sans réfléchir sur la foi du grand nombre;
Il naît, mange, boit, meurt, laisse un impur décombre,
Et, non sans frissonner, franchit le sombre bord.

Moi, je vois en ces sœurs comme une seule essence,
Deux modes alternés de la même existence,
L'un l'autre s'enfantant d'un solidaire accord :

Et, sort indifférent dont le nom seul varie,
La vie, un rêve plein du sommeil de la mort,
La mort, un sommeil plein du rêve de la vie.

LES MOULINS A VENT.

On les voit, étendant sur leurs minces collines,
Tels qu'un navire ailé, leur longue voile au vent;
Mais ils ne cinglent pas dans les eaux du Levant
Comme la flotte d'or des sveltes brigantines.

S'ils vivent exilés loin des vagues marines,
Ils peuvent voir partout dans l'horizon mouvant,
Et charment quelquefois leur songe décevant,
En aspirant l'air pur et les brises divines.

Ce sont ces paladins et ces nobles géants
Qu'attaqua Don Quichotte en nos anciens temps,
Et dont a triomphé la fatalité seule :

Enchaînés maintenant par les amers destins,
On les voit condamnés à tourner une meule
Comme le grand Samson parmi les Philistins.

LE JUIF ERRANT.

Du Messie insulté la vertu vengeresse
Condamnait à marcher toujours le Juif errant,
Et, châtiment pareil de ton orgueil souffrant,
Siècle railleur du Christ, tu dois errer sans cesse :

Que d'étapes déjà fit la vaine sagesse,
Lamennais renégat, Cousin indifférent,
Enfantin ridicule, et Fourier délirant,
Hégel rêveur trop haut pour notre petitesse;

Cabet, Comte, Leroux, Renan sceptique vain,
Proudhon le nihiliste et l'inouï Darwin;
Pour comble, ta commune en feu, suprême aurore;

Et tu n'es pas au bout, vieux siècle antichrétien :
Cours d'erreur en erreur, va, marche, marche encore,
Cherche, cherche toujours, tu ne trouveras rien.

LES VIEILLES LUXURES.

Parfois un carabin, de ses regards pâlis,
Retrouve, en disséquant une ancienne maîtresse,
Sur ses flancs décharnés d'antique pécheresse
L'emblème ineffacé de ses amours vieillis :

Dans ces chairs, autrefois de roses et de lis,
Cœurs enflammés, amours, vains chiffres de tendresse,
Sont, ironie amère, et clarté vengeresse,
Dans une pourriture abjecte ensevelis.

Tel, dans les traits ridés de tant d'horribles femmes
Et que la griffe mord des vieillesses infâmes,
Frémit un spectre encor d'érotique désir :

Des amours sont nichés dans leurs deux pattes d'oie,
Et semble convulsé des spasmes du plaisir,
Votre rire hideux, vieilles filles de joie.

LE DERNIER JOUR.

Rassasiez-vous donc pour la dernière fois,
Mes yeux que la nuit noire à tout jamais va clore,
Voyez le doux couchant, la souriante aurore,
Et l'ombre palpitante et claire des grands bois.

Remontons au plus haut sur le faîte des toits,
Pour voir se dérouler les horizons encore,
Les vagues champs sans fin qu'un soleil mourant dore,
Et la hutte du pauvre et le palais des rois.

Saturez-vous, mes yeux, comme une chambre noire,
Des gammes de couleurs comblez votre mémoire,
Indigo, violet, vert, jaune, orangés, bleus;

De clartés emplissons nos mourantes prunelles,
Car ce jour seulement qui luira de nos yeux
Charmera les horreurs de nos nuits éternelles.

L'INITIÉ.

Ton inique courroux, divine charmeresse,
Qui me bannit, hélas! bien loin de ta beauté,
Ne m'aura pas ravi toute ma volupté,
Il est quelque douceur encor dans ma détresse;

Désormais la chanson, qui meurt au lointain, laisse
Un frisson de bonheur dans mon cœur enchanté;
L'azur m'est plus serein, le soir plus velouté,
L'aurore me sourit, la brise me caresse,

L'étang rêveur me berce en son léger cristal,
La nuit emplit mes yeux d'un suprême idéal,
Et mon âme se noie en la fleur embaumante;

Grâce à toi, tout m'est flamme, accords, parfum, rayon,
La nature est pour moi mille fois plus charmante :
Qu'est-ce que l'amour? Une initiation.

L'AMOUR AVEUGLE.

Comme l'Amour aveugle, auprès de toi, que j'aime
Apprendre en des baisers le charme des couleurs :
Ta chevelure blonde aux astrales lueurs
A des chauds rayons d'or la caresse suprême;

La coupe de tes seins d'une blancheur extrême
Des rares kaolins imite les pâleurs;
Si ma lèvre s'éprend de leurs laiteuses fleurs,
Je bois en des langueurs le doux Léthé lui-même.

La pourpre de ta lèvre est mon rouge idéal,
Et j'y sens comme un goût âcre, amer et fatal,
J'y suis tout agité comme par une flamme;

Et quand, pâmé d'amour, je baise tes beaux yeux,
Savourant, à travers tes paupières, ton âme,
Je nage dans l'azur illimité des cieux.

LA JEUNE VEUVE

SYMPHONIE EN VIOLET MINEUR.

Sa robe noire a des agréments violets,
Et, de ces longs yeux doux délices des artistes,
Elle regarde, pâle, en des horizons tristes,
Et, lente, se promène autour de son palais.

Un soleil froid la baigne en de brumeux reflets,
Sa peau rose reluit sous ses fines batistes,
Ses seins nus sont baisés de vives améthystes,
Et sa robe à longs flots laisse traîner ses lés.

Sous ses cheveux vermeils, et de jais constellée,
Elle écoute, rêveuse, une chanson ailée,
Et, nonchalante, marche en des mouvements las.

Son sein est embaumé de violettes sombres,
Et, tandis qu'elle aspire un renaissant lilas,
Un long soir violet se meurt au sein des ombres.

LE CIGARE.

Mon cigare indolent, dans les airs passagers,
D'une exotique odeur parfume mes pensées,
En sa molle vapeur vaguement dispersées,
Et flottant un moment dans ses cercles légers.

Sur ses aromes fins, mes songes mensongers
Font, par les grandes mers, de longues traversées,
Pour voir des seins ambrés et des lèvres rosées,
Et l'amour plus charmant dans des yeux étrangers.

Comme tout, mon cigare est de vaine fumée,
Mais il grise mes sens de sa trace embaumée,
Il me berce ravi dans de longs rêves d'or :

Et, trompant les ennuis de mon âme endormie,
Fait vivre en un parfum mon cœur à moitié mort,
Comme l'Égyptien faisait de sa momie.

GÉNEVOISE.

Avec sa blancheur fine et ses airs puritains,
Elle a des plus hauts monts les beautés glaciales,
Et comme en des froideurs d'aubes orientales,
Brillent d'algidité ses transparents matins.

La règle étroite et sûre a fixé ses destins :
Fleur subtile d'une Alpe, en ses neiges natales,
Elle a placé très-haut ses frigides opales,
Sur les vierges sommets de paradis lointains.

Elle a ce don du rare et de l'inaccessible,
Et l'on en poursuit mieux sa candeur insensible
Dans les ardus sentiers de l'austère devoir :

Le cœur charmé se prend à ses sévères grâces;
Quoique vaincu toujours, il aime encore à voir
Les chauds soleils mourir parmi ses roses glaces.

LA STATUE DU GÉNIE FUNÈBRE.

Je veux, ainsi que lui, soulevant lentement
Mes deux bras indolents sur ma tête pensive,
Savourer du tombeau la quiétude oisive
Et l'immobilité d'un nonchaloir charmant.

De la funèbre nuit mystérieux amant,
Le bruit froisse mon cœur, légère sensitive,
Et, dédaignant la vie amère et fugitive,
Je me prends à rêver continuellement.

Comme le sage antique, en ses champs Élysées,
Je préfère le songe et les longues pensées
Au stérile labeur de la vaine action;

Et, d'avance, habitant sur les rivages sombres,
Je te goûte, baigné d'un mystique rayon,
Pâle félicité des éternelles ombres.

LES JARDINS DE BEAULIEU

PRÈS DE NICE.

A Beaulieu, frais jardin plein de rares merveilles,
Afin de garder mieux leurs arbres aux fruits d'or,
Comme un enclos charmant d'un radieux trésor,
Leur souriante haie a des roses vermeilles;

Et, sur les pourpres fleurs, butinent les abeilles,
Le papillon ailé, la libellule encor,
Et les passants charmés, attardant leur essor,
Y cueillent des bouquets pour embaumer leurs veilles :

Emma, protége ainsi ta secrète beauté
De cette lèvre affable où luit la volupté,
Enclos de rose aussi tes fines Hespérides;

Et, trompant le désir en un charme opportun,
Épands le rire heureux de tes lèvres splendides,
Conserve le fruit d'or et sème le parfum.

OCTOBRE.

Entre tous les beaux jours, j'aime le mois d'octobre,
Avec son ciel léger plein de tièdes pâleurs;
Dans nos champs tout revêt de plus fines couleurs,
Et tout semble estompé de nuance plus sobre.

La nature n'a plus d'irritantes chaleurs,
Sous un voile opalin son œil bleu se dérobe,
Elle assortit mieux l'art de sa changeante robe,
Et forme ses bouquets de plus secrètes fleurs.

Amoureuse savante et coquette bizarre,
Il faut à ses goûts fins je ne sais quoi de rare,
Le sphinx inquiétant, le fabuleux orchis :

Tel, sur le court déclin de mes saisons moroses,
Dédaigneux du banal, et chercheur de l'exquis,
J'aime le fin des fins et l'essence des choses.

HIÉROGLYPHES.

Et moi, comme l'enfant, l'animal et la plante,
Je ne puis exprimer tout ce que je ressens,
Et me manque, ce semble, un plus délié sens,
Pour raconter aux yeux mon âme frémissante.

Qu'ils sont vides au cœur tous ces vers que l'on vante!
La musique, elle aussi, n'a que sons impuissants,
La couleur est sans âme et l'odeur sans accents;
L'amour lui-même est vain, l'amour qui nous enchante.

Aussi, comme l'enfant, la plante et l'animal,
Je demeure à songer, vague, sombre et fatal,
Amoureux, entre tous, des silences mystiques;

Car ce monde est pour nous ainsi qu'un mythe obscur,
Nos plus clairs mots encor sont hiéroglyphiques;
De l'homme sphinx la mort seule est l'Œdipe sûr.

II

LE SPHINX

Alger, 1877.

LES VOIX INTÉRIEURES.

Aux torrides étés, je passe mes journées,
Couché sur les gazons, à l'ombre des grands bois,
Où, comme un sourd concert, j'entends les vagues voix
Des jeunes frondaisons et fines graminées.

La terre est en rut; ses effluves émanées
Vibrent en tourbillons, jaillissant à la fois,
Et, dans l'air embrasé, distinctement je vois
Des atomes en chœurs les danses déchaînées.

Bienheureux est celui qui cultive ses champs;
Au milieu des parfums, des rayons et des chants,
De la nature il suit les noces éternelles;

Et, touchant l'infini dans son changeant décor,
Écoute pousser l'herbe et les roses nouvelles,
Sous les scintillements de la lumière d'or.

LE CAFÉ.

L'Arabe, sage ami du plus sobre régime,
Laisse au Nord grossier la lourde ivresse du vin,
Et, noble, mesuré, grave, robuste et sain,
Il chérit sa mosquée et son foyer intime.

Du pur moka le charme est le seul qu'il estime,
Il boit tout concentré ce breuvage divin,
Puise une force souple en son baume si fin,
Et de son parfum seul sa vertu se ranime.

Lui versant le long rêve, en l'argile il lui rit,
Comme les beaux yeux bruns d'une jeune houri,
Il lui prête un esprit plus subtil que le nôtre;

L'été, son suc tarit les amères sueurs,
L'hiver, son noir soleil le console de l'autre,
Et fait ses yeux brillants dans les jours sans lueurs.

L'OBÉLISQUE.

Je trône dans la brume, insolite obélisque,
Exilé des azurs des lointains Orients,
Et je ne vois plus les horizons souriants,
Que peuplent le palmier et le grêle lentisque.

Le soleil de Memnon couronnait de son disque
Mon aiguille baignée en ses ors ruisselants :
Adieu la caravane étrange aux tons brillants,
Et le blanc vêtement de la brune odalisque.

Les rites saints et purs ont perdu leurs autels,
Et le mystère écrit sur mes flancs immortels
Aux profanes regards demeure insaisissable;

La beauté souveraine est morte avec les Dieux,
Et, loin des heureux Sphinx endormis sur le sable,
Je vis, frileux captif, dans le Nord odieux.

LA BOHÉMIENNE.

Elle s'en va le long des chemins familiers,
Emportant le secret des Bohêmes lointaines,
Et l'art magicien des tribus anciennes
Ouvre les sorts obscurs à ses sens déliés.

Amante des grands bois et des vagues halliers,
Secrète, elle se glisse en leurs nuits incertaines,
Et les magiques soirs aux splendeurs souveraines
Ont mis leur charme sombre en ses traits singuliers.

D'une oreille furtive, en des poses étranges,
Elle écoute, au lointain, les airs perdus des Ganges ;
Ses lourds cheveux sont pleins d'aromes ignorés ;

Sa lèvre rouge abonde en syllabes antiques,
Et ses longs yeux, luisant de fins rayons dorés,
Gardent les noirs soleils des climats exotiques.

LA STATUE DE MEMNON.

De Memnon la statue, au rivage Libyque,
S'éveillant aux rayons du soleil d'orient,
Aussitôt saluait l'astre-roi souriant,
Chantant joyeuse en un mode dithyrambique.

Car le monde était jeune, aventureux, épique,
Plein d'espérance bleue et de rêve brillant ;
L'homérique héros montait, étincelant,
Trôner, parmi les dieux, dans l'éther olympique.

Mais l'ombre maintenant et les heures du soir
Éveillent la complainte au fond de mon cœur noir,
Le lever pâle des frissonnantes étoiles :

La lune des regrets est notre amer flambeau,
La nuit nous charme en ses mélancoliques voiles,
Et l'âme lasse rêve à la paix du tombeau.

MES ÉLYSÉES.

Quand mon âme inquiète aura quitté la terre,
Non, ne la menez pas dans ces ciels étoilés,
Où luisent, radieux, des jours ensoleillés,
Mais en des lieux pleins d'ombre et de silence austère.

Car je suis amoureux de la nuit solitaire,
J'adore les longs soirs taciturnes, voilés,
Et, pour dernier asile à mes sens exilés,
Menez-moi dans des cieux tout remplis de mystère,

Par delà les soleils et les étoiles d'or,
Dans ces champs de pavots où le monde s'endort,
Qu'arrose un doux Léthé tout parfumé de songes;

En ces royaumes noirs peuplés de sommeils lourds,
Où mon âme se berce en gracieux mensonges,
Dans le sein caressant de la nuit de velours.

FUGIT IRREPARABILE TEMPUS.

Oui, c'est là sa grandeur ensemble et sa faiblesse :
« L'homme est un Dieu tombé qui se souvient des cieux »;
Rien n'est pour ses désirs assez délicieux,
Rien n'est égal jamais à sa haute noblesse.

Au sein de la fortune et des honneurs, il laisse
Son cœur poursuivre un vain fantôme insidieux;
Son bonheur assouvi lui devient odieux,
Et, jamais satisfait, il aspire sans cesse :

Tel, je veux renouer, triste divinité,
Les mutilés tronçons de mon éternité,
Et saisir, impuissant, le temps insaisissable;

Impatient, j'étreins l'impalpable avenir,
Sens glisser de mes doigts le présent périssable,
Et pleure un vain passé qui ne peut revenir.

L'ART DES MÉDECINS.

Mon corps est devenu comme un champ de bataille
Où combattent sans cesse et la vie et la mort,
Et c'est la mort, hélas! que protége le sort;
Invulnérable chef que le temps ravitaille.

La vie est cependant capitaine à sa taille :
Tel adopte un Romain, par un sagace effort,
L'arme de l'adversaire, afin d'être plus fort,
Elle use de poison, et saigne, tranche, taille.

Ses victoires sont des victoires de Pyrrhus,
Et l'autre temporise ainsi que Fabius.
Elle a beau prendre encor l'ennemi par derrière,

Le remède est toujours pire ici que le mal;
Victime également d'une et d'autre guerrière,
Je guéris en mourant dans ce combat fatal!

LE CHIEN NOIR.

En m'en allant, hier au soir, au cimetière,
Dans l'ombre, tout à coup, m'apparut un chien noir,
Et qui fixa sur moi, tournant pour me mieux voir,
Ses obliques regards de façon singulière.

C'est le chien ténébreux qui rôde avec mystère,
Parmi les vieux charniers, vers les heures du soir,
Et creuse çà et là, plein d'un horrible espoir,
Hôte affamé des morts, leur tombe solitaire.

Avec le flair qu'il a comme chien du trépas,
Le voici maintenant qui s'attache à mes pas,
Suivant obstinément, en furetant, ma trace;

Certe, il a vu la mort dans mes atones yeux,
Alléché par le son de ma vieille carcasse,
Que je traîne le long des chemins soucieux.

3.

LA DÉCADENCE.

A UNE DAME AMÉRICAINE. 1874.

Ce vieux monde s'en va ; royaume ou république,
Le morne soir éteint ses rayons appâlis,
Et nos cœurs, de l'éclat d'un nouvel astre épris,
Émigrent aux Édens de la jeune Amérique.

La belle Américaine, en un lien magique,
Au savoir de Berlin joint les arts de Paris,
Elle unit tous les dons comme tous les pays,
Y mêlant je ne sais quelle grâce exotique.

Quand la Grèce périt, tel, de tous les métaux,
Au sein de l'incendie et de mille fléaux,
Miracle d'art, naquit le métal de Corinthe :

Ainsi, nous t'admirons, synthétique beauté,
Qui, de notre vieux monde en ranimant l'empreinte,
L'aiguises d'un mordant d'originalité.

LA STATUE DE LA MUSIQUE

PAR M. D...

Nue et chaste à la fois, la subtile Musique
Touche de l'archet fin le tendre violon,
Et sa serpentine et molle ondulation
A d'un accord parfait la douceur harmonique.

Planant, souple, légère, en sa pose extatique,
Elle va s'envoler en l'air, comme le son ;
Et, de ses lourds cheveux jusqu'à son fin talon,
Ses contours sont bercés d'un mouvement rhythmique.

Parmi ses fines chairs et ses traits alanguis,
Il semble qu'on entend courir le son exquis ;
Comme une onde sonore elle-même elle vibre ;

Un fluide frémit dans son docile aimant,
Et dans elle résonne et tremble chaque fibre,
Son beau corps est lui-même un violon charmant.

LE DERNIER CONDOTTIÈRE.

M. DE M...

En nos temps effacés, j'aime ta grâce altière,
Politique dandie, aventureux bâtard,
Qui sus ressusciter en ce siècle blafard
Le type étincelant du hardi condottière.

Comme le Borgia, des mots faisant litière,
Tu traitas ce vain monde en tripot du hasard,
Et, grand joueur blasé, ton assuré regard
Mit bientôt sous tes pieds la plèbe tout entière.

Tu passas dans la vie ainsi qu'un beau joueur
Qui fascine le sort, et ponte avec grandeur,
Souriant à la bonne et mauvaise fortune;

A flots jetèrent l'or tes élégantes mains :
Mais je t'aime surtout pour ta grâce opportune
Et ton large mépris du troupeau des humains.

LA CHAUVE-SOURIS.

Vois-tu le vol amer de la chauve-souris,
Lorsqu'elle s'échappe aux frissonnantes ténèbres,
Et rase nos jardins avec des cris funèbres?
Tel un noir croque-mort au soir titube gris.

Aveugle, elle se heurte aux angles des lambris;
Ses irréguliers bonds énervent ses vertèbres;
Son vol trace dans l'air des rayures de zèbres;
Triste, folle, éperdue en zigzags ahuris.

Moi, quand viennent les nuits d'amour, je suis comme elle,
Et tourbillonne aux bals galants à tire-d'aile,
N'ayant plus d'autre sens que le lascif toucher :

Cœur irrassasié de plaisirs éphémères,
Aveugle oiseau nocturne, on me voit trébucher
D'amour en amour, de chimères en chimères.

LA CLOCHE.

Entends-tu les accents lugubres de la cloche
Qui planent par les airs sur l'aile des autans?
Cette voix, c'est la voix redoutable du temps
Qui crie à tout moment : La grande mort approche;

La mort, pâles humains, la sombre mort vous fauche;
Près de sa faux que sont vos faucheuses à dents?
Si bien qu'on la peut voir abattre en peu d'instants
Le plaisir, la douleur, la gloire, la débauche.

Le coq chante le jour; la cloche, oiseau chagrin,
Chante plutôt la nuit avec sa voix d'airain,
Car la mort est surtout un moissonneur nocturne :

Écoute, pâle humain, dans la nuit taciturne,
L'arrêt de ton trépas que le destin fatal
Te crie avec la voix cruelle du métal.

LE GRAND PÉRIPLE DE LA MORT.

Pour des cieux inconnus je veux mettre à la voile,
Brûler tous mes vaisseaux sans espoir de retour,
Et, pour ce grand périple au fabuleux pourtour,
Et forcer la vapeur et me couvrir de toile.

J'irai plus loin que la plus invisible étoile,
Et par delà la nuit et par delà le jour,
Plus loin que le Nadir, fantastique séjour
Où le noir océan du vide se dévoile;

Par delà les soleils et les mondes divers,
Plus loin que les confins des derniers univers,
Saisir l'obscur Protée en ses pures essences;

Et trouver, dépassant tous ces globes de feu,
Derrière le rideau des vaines apparences,
Ou la vie ou la mort, ou le néant ou Dieu.

LES DIEÜX DE LA PEINTURE.

Michel-Ange m'émeut par sa force superbe,
Sa grande Nuit m'évoque au sombre rendez-vous,
Et je tremble devant ses anges à genoux ;
Mon âme est le captif de son génie acerbe.

Raphaël déjà grand, jeune, gracile, imberbe,
Et que dota Pallas de ses dons les plus doux,
Devant sa Vierge a mis les mondes à genoux :
Sa grâce créatrice a la vertu du Verbe.

Pourtant un maître a plus de charme encor pour moi,
Et ravit tous mes sens en un mystique émoi ;
En son sourire étrange il n'a qu'à m'apparaître ;

C'est le mystérieux Léonard de Vinci ;
Son art, comme un parfum, envahit tout mon être,
Et chante dans mon cœur en la langue du *Si.*

BEAUTÉ ARTIFICIELLE.

Un fard léger s'épand parmi son teint si doux ;
On y croit voir fleurir une rose nouvelle ;
Brune étoile, en sa peau si blanche, se révèle
Une mouche furtive aux plus piquants ragoûts.

Quand son bel œil s'anime en de divins courroux,
Des ombres du noir khol sa prunelle étincelle,
Et je crois voir une grande mer qui ruisselle
Quand elle a sablé d'or ses vastes cheveux roux.

Des aspects de son sein ma vue est délectée,
Et j'y vois un beau ciel à la lueur lactée
Quand elle l'a semé de la poudre du riz.

Et sur sa lèvre rose où respire son âme,
Un fin carmin encore aiguise son souris,
Et de ses longs baisers semble aviver la flamme.

LA NEIGE.

Nulle nuit n'éteindra les éclats argentés
Que, parmi l'air, répand une neige nouvelle ;
L'ombre en vain qui l'assiége et s'amasse autour d'elle
Ne peut assombrir ses pénétrantes clartés.

A-t-elle pris ces tons perlés, diamantés,
En traversant des cieux la splendeur éternelle ?
Doux astre virginal, sa froideur chaste cèle
Une flamme secrète et des feux enchantés.

En ses vierges candeurs, telle une jeune fille,
Au plus obscur foyer, effacée, humble, brille,
Pénétrant le regard d'un doux éclat vainqueur ;

Pur cristal irisé dans ses teintes d'opale,
De sa lueur chaste elle illumine le cœur,
Autour d'elle épandant comme un fin rayon pâle.

LA FÊTE DES REPOSOIRS.

J'aime ces chants, ces fleurs, ce chaste reposoir,
Ces rustiques autels de la Vierge Marie,
Où la foule avec joie et simplicité prie,
Sous le rayonnement des ors de l'ostensoir ;

Mon âme monte avec l'âme de l'encensoir
Dans les ciels embaumés, vers l'étoile fleurie,
Et je la sens pâmée et comme épanouie
Dans l'attendrissement des cantiques du soir :

Car notre Dieu charmant est un doux médecin ;
Pour délivrer du vice et de l'esprit malsain,
Son breuvage est léger et n'a point d'amertume ;

Il prend pour cela les plus douces fleurs des champs,
Et de leur tiède odeur de simples qui parfume,
Il nous guérit du mal des souvenirs méchants.

FLEURS DES SOIRS.

Près d'elle assis, sous le silencieux portique,
J'admirais, tout ému, ses longs yeux azurés,
Son teint léger, ses fins cheveux tout empourprés,
Son profil pur de nymphe et de camée antique.

Mais trompant mon regard longuement extatique,
Le couchant éteignit ses clairs rayons dorés,
Me voilant le contour de ces traits adorés,
Dans les flots d'une nuit tout anacréontique.

Étrange, elle eut alors un charme plus vainqueur,
Pénétrant peu à peu dans le fond de mon cœur,
Et comme épanouie aux caresses de l'ombre :

Telles, dans les beaux soirs, les plus suaves fleurs,
Dérobant leurs clartés au sein de la nuit sombre,
En d'amoureux parfums transposent leurs couleurs.

OPULENCE.

Il a de beaux palais, des maisons de campagne,
Les navires qu'on voit dans le port sont à lui,
Comme un grand soleil d'or sa richesse reluit,
C'est à lui qu'appartient la plaine, la montagne.

A ses côtés, sa jeune et charmante compagne
Que le bel art éclaire et la bonté conduit,
Prodigue, d'une main qui calme et qui séduit,
Tout le flot généreux des trésors d'une Espagne.

Et, fée, elle marie à cet or triomphant,
Comme un charme ingénu ses beaux yeux bleus d'enfant
Encadrant ce grand luxe en ses grâces écloses ;

Autour d'elle, elle épand son doux éclat vermeil,
Et, souriante aurore, elle sème ses roses
Dans les ors éclatants de ce pompeux soleil.

SAINT-GERMAIN DES PRÉS

A PARIS.

J'admire le dimanche à Saint-Germain des Prés,
Parmi l'élancement des colonnettes grêles,
Ces austères tableaux de scènes éternelles,
Que profila Flandrin sous des arcs mordorés;

Et ces plafonds surtout finement azurés,
Où des étoiles d'or, amoureuses prunelles,
Invitent du Seigneur les épouses fidèles
Dans les bleus paradis des anges adorés.

Sois bénie à jamais, Église catholique,
Qui, souriant Éden et chaste bucolique,
Changeas en jeune enfant l'austère créateur;

Et charmant tous nos sens de fines harmonies,
D'un ciel inaccessible abaissas la hauteur,
Pour nous en faire aimer les grâces infinies.

LE SOURIRE DE LA LUNE.

Des royaumes lointains où s'exila Saturne,
La lune nous regarde encor plus tendrement,
Et dans l'ombre des nuits, nous verse en souriant,
Calme fleuve d'argent, les trésors de son urne.

O pâle déité de la voûte nocturne,
Astre éteint endormi dans le noir firmament,
D'où te vient, dans la mort, ce sourire charmant
Qui nous console au sein de la nuit taciturne?

Et moi, lueur perdue en ce vaste univers,
Astre pâle oublié dans le ciel des beaux vers,
Puissé-je, dans ma nuit, un seul instant reluire :

Guider l'amour errant au rivage des mers,
Et, du fond de ma mort, épandre un doux sourire
A quelque cœur perdu dans ses ennuis amers.

DÉMOSTHÈNES.

Sur le bord de la mer sauvage, Démosthènes
Des cailloux dans la bouche, et marchant à grands pas,
Harangue en vain ces flots qui ne l'écoutent pas,
Et couvrent sa clameur avec leurs voix hautaines ;

Ah ! ces flots sourds, c'est bien cette plèbe d'Athènes,
Farouche, échevelée, encline aux vains combats,
Amoureuse du meurtre et de tout jeter bas,
Grande onde niveleuse aux vagues incertaines.

L'orateur vainement glapit ; la vaste mer
Et l'interrompt et lui crache son flot amer,
Lui jette les longs cris, le sarcasme, l'insulte ;

Mais il a la vertu de ses acharnements,
Sa voix forte a dompté l'innombrable tumulte :
La mer vaincue éclate en applaudissements.

LE REGRET DE LA VIE.

Ami, non, ce n'est pas la première jeunesse
Qui regrette la vie et redoute la mort ;
Car la vie est pour elle un stérile trésor,
Ses secrets ignorés n'ont rien qui l'intéresse.

Nous en connaissons, nous, l'amertume et l'ivresse,
Elle nous tient par un lien toujours plus fort ;
Cent fois la maudissant à raison ou à tort,
Toujours nous revenons à cette enchanteresse.

Qu'ils sont amers et doux, ses puissants souvenirs
Pleins des passés et des sourieurs avenirs :
L'arbre qu'on a vu naître en plus beaux fruits abonde,

Le roman, sur sa fin, plus ému sait charmer,
Le temps plonge en nos cœurs sa racine profonde,
La maîtresse ancienne a seule l'art d'aimer.

LA MAITRESSE DE LARA.

Languissamment couchée en un hamac léger,
Elle se laisse aller au bercement des vagues,
Et son œil semble errer sur les horizons vagues,
Ou dans le sein des mers profondes se plonger.

Sa sinueuse main au léger voltiger
Fait chatoyer au loin les éclairs de ses bagues,
Et son sourire aigu qui luit comme des dagues
A le charme attirant d'un inconnu danger.

L'immobile Lara, sur le pont du navire,
Contemple tour à tour cet étrange sourire
Et les houles montant des gouffres de la mer;

Car deux choses surtout réveillent sa paresse,
Les perfides douceurs de l'élément amer,
Et les cruels amours d'une folle maîtresse.

LA DAME EN NOIR.

TRADUCTION.

Longtemps elle me plut; adorable et furtive,
En veuve très-pieuse elle affectait le noir;
A grand'peine sa peau rose se laissait voir;
Et celait ses beaux yeux de nuance trop vive.

Elle mettait à tout une note incisive,
Au moment du bonheur me parlait du devoir,
Si bien qu'il fallait la... conquérir chaque soir;
Sa nudité plus chaste en était plus lascive.

Elle mêlait dans les extases de ses chairs
Aux délices du ciel les flammes des enfers,
A la fois irritant démon, et subtil ange.

Son rendez-vous bizarre était dans le saint lieu;
Et de Tartuffe, moi, jouant le rôle étrange,
Je pensais l'enlever chaque nuit au bon Dieu.

A ELLE.

Délicat papillon aux ailes azurées,
Que ne puis-je, percé d'un de ces menus dards,
Vibrer, brillant trophée, aux curieux regards,
Parmi les blonds trésors de tes tresses dorées;

Ou, gemme étincelante et venant des contrées
Qu'un aride soleil brûle de toutes parts,
Palpiter doucement, en fins colliers épars,
Sur ton col onduleux et tes chairs adorées;

Ou fleur encor, ravie aux parterres heureux,
Languissamment pâlir dans ton sein amoureux,
Mourant voluptueuse en ma prison rosée;

Ou pensée attendrie et pudique désir,
Comme un rapide éclair dans la nuit embrasée,
Traverser tes yeux noirs frémissants de plaisir!

LA DIVA.

Et la diva chantait, et ses roulades d'or
Faisaient tressaillir ma fibre la plus intime;
Son chant m'apparaissait comme un oiseau sublime
Léger, planant sur les abîmes de la mort.

J'aimais, plus que ce chant charmant, sa lèvre encor,
Incarnadine fleur que le désir anime,
Fruit édénique éclos sur quelque rare cime,
Fine grenade ouvrant son embaumé trésor.

Et je rêvais en proie aux amoureuses fièvres,
Et je buvais son chant, je savourais ses lèvres,
Légers accords ailés et doux miels printaniers :

Et je croyais voir, sur des rives adorées,
De fins bengalis bleus aux ailes mordorées,
S'envolant de la fleur pourpre des bananiers.

LES LACS DE LA SUISSE.

Au pied des monts altiers, leur beauté qui s'endort
Dans un calme rêveur et qui les divinise,
Me figure une glace antique de Venise
Richement encadrée en des sculptures d'or.

Qu'ils sont doux! la nacelle y glisse sans effort;
Leur sein s'épanouit aux baisers de la brise,
Le printemps les embaume, et l'aube les irise,
Mais ils ont, eux aussi, leur tempête et leur mort :

Sous le souffle lointain des rafales sauvages,
Ils brisent à grand bruit au bord de leurs rivages,
Comme le long réseau de la houle des mers;

Mais le vaste infini manque à leur froide opale,
Et leur flot diaphane, en sa chlorose pâle,
N'a point l'âcre senteur des océans amers.

LE CHALE DE L'INDE.

En ses ramages fins où chantent les amours,
Oh! que j'aime les plis voluptueux du châle,
Ses tons harmonieux comme un soir des beaux jours,
Et l'ondulation légère du pétale!

Relevant de splendeur ta fine beauté pâle,
Souple, il enveloppait tes caressants contours;
Il chante dans mon cœur, comme une orientale,
Les doux pays d'Asie, enamourés séjours :

Et je vois ta vallée étrange, Cachemire,
Où le ciel dans des lacs d'enchantement se mire,
Et tes étoiles d'or, et tes horizons fins;

Et, saturé d'arome, en ces paradis calmes,
Je sens mon cœur perdu dans un rêve sans fins,
Qui se pâme d'amour sous les ors de tes palmes.

LES PARFUMS MAGIQUES.

J'aime ces flacons fins de roses d'Orient,
A secrète arabesque en leurs faces taillées;
Que d'envolés printemps, âmes émerveillées,
Revivent, rajeunis, dans leur cristal brillant!

Tel le doux souvenir m'arrive souriant
En apparitions aux senteurs reliées;
D'un embaumé sépulcre, à mon gré réveillées,
Des formes dans les airs montent s'irradiant :

A de fines odeurs, mon âme qui palpite,
Évoque le beau corps charmant qui ressuscite,
Son doux col, ses seins blancs, ses trésors adorés;

Et mon esprit subtil à la métamorphose,
Rendant la bien-aimée à mes sens égarés,
Étreint dans un parfum le spectre d'une rose.

LA GUIVRE.

Ce blason de Milan m'a toujours fait rêver :
Un enfant sortant nu des gueules de la Guivre;
Ce mystique blason vaut lui seul un grand livre,
Et le rêveur pensif s'y laisse captiver.

Certe, on le devrait peindre en tous lieux et graver,
Et mettre en mosaïque et relever en cuivre;
Je voudrais Raphaël pour le faire revivre,
Ou quelque Albane au moins pour nous l'enjoliver;

Car c'est notre blason à tous tant que nous sommes,
Qui dit, d'un trait, l'histoire éphémère des hommes :
Le genre humain sort nu des gueules du néant,

Il s'élance vomi par la matière informe,
Et le vaste chaos, monstre toujours béant,
Toujours va l'engloutir avec sa gueule énorme.

LE FLEUVE DE LA VIE.

In mare deducunt fessas erroribus undas.

La rivière, d'abord, en ses bonds, écumeuse
Sur des rocs, a brisé ses sauvages fureurs,
Elle s'est repliée en des prés pleins de fleurs,
Sur ses bords attirants s'attardant, langoureuse.

Par le désert, par la cité tumultueuse,
Ses flots furent tantôt sévères ou rieurs,
Tant que lassée enfin de ses longues erreurs,
Elle se perd dans la vaste mer ténébreuse.

Tel, las également et de haine et d'amours,
Et des jours azurés et des lugubres jours,
Des étés, des hivers, des printemps, des automnes,

A tout ce rêve vain préférant le néant,
Et fuyant, plein d'ennui, mes rives monotones,
Je me plonge à jamais dans mon noir océan.

LES CHANTS DU CRÉPUSCULE.

Le soir, comme la mort, calme un moment mes fièvres,
Et j'attends ce seul baume à mes amers pensers ;
L'ineffable douceur de ses chastes baisers
Sait rafraîchir le feu dévorant de mes lèvres.

Loin des promis bonheurs, Destin, dont tu nous sèvres,
Mes désirs dans sa nuit s'endorment apaisés,
Et l'insensible accord de ses sons reposés
Me fait paraître les autres musiques mièvres.

Ah ! viens nous promener, viens encore une fois
Dans nos soleils couchants, sur le bord des grands bois,
Quand la feuille s'empourpre et change de nuance :

Le soir mystérieux et doux, le soir charmant
A pas de loup, du fond des bois profonds, s'avance
Dans sa grande robe noire de revenant.

LA VIEILLESSE DE DON JUAN.

Son âme est maintenant comme un lac Asphaltique,
Et seul un fruit de mort y croît tout alentour ;
Rien ne peut vivre en ce flot métallique et lourd,
Et l'oiseau meurt frappé dans son ciel morbifique.

Sur cette sombre mer âpre et mélancolique,
Dans ce désert sauvage au funèbre contour,
Il flotte je ne sais quelle vapeur d'amour
Comme les feux impurs d'un vieux rêve lubrique.

Et, dans ces mortes eaux, comme aux ondes d'oublis,
Des mondes de plaisirs dorment ensevelis,
Une Gomorrhe étrange et de vastes Sodomes :

Et verraient, tout surpris, les curieux plongeurs
De pompeux lapanars et d'érotiques dômes
Étoiler vaguement leurs mornes profondeurs.

CHANTEURS NOCTURNES.

Les cloches, écoutez, reprennent leur essor ;
Ces oiseaux de la nuit chantent dans les ténèbres,
S'éparpillant dans l'air avec leurs cris funèbres,
Ne s'arrêtant que pour recommencer encor.

Ils nous chantent la mort de leur voix de Stentor,
La mort des gueux, la mort des grands, les morts célèbres,
Ou marquent, à chaque heure, effrayantes algèbres,
L'agile pas du temps, messager de la mort.

Ces cloches ont été canons dans les batailles,
Et qui semaient au loin les sombres funérailles,
Trouant les bataillons par rangs illimités ;

Et, maintenant encore avec leurs cris sinistres,
Elles sont de la mort les fatales ministres
Et sèment les trépas dans nos mornes cités.

LES ROIS DU SONNET.

J'aime les doux sonnets subtils de Sainte-Beuve ;
Le rare Baudelaire en laissa de choisis
Et qui nous font rêver à leurs sens insaisis :
Plus que ce sphinx étrange il n'est rien qui m'émeuve.

D'autres en ce noble art ont aussi fait leur preuve ;
Barbier enferme un monde en ce moule précis ;
Bien des cœurs en ce vers nous content leurs soucis ;
Cladel et Richepin en font de façon neuve.

J'aime les fins sonnets que Gautier cisela,
J'aime ceux de Coppée et de Hérédia,
Ceux de Sully-Prudhomme ; et que ne puis-je lire

Dans leur texte étranger ceux qu'on nous vante aussi,
L'alambiqué sonnet que raffina Shakespeare,
Et l'amoureux Pétrarque en sa langue du *Si*?

LES SŒURS DE PHAÉTON.

Arrosant le beau corps dont saigne chaque membre,
De leurs plus tendres pleurs, les filles du Soleil
Dans l'ombre appâlissaient leur doux éclat vermeil,
Et se voilait Phébus comme au plus noir décembre.

Chacune, en sa douleur, et se penche et se cambre,
Épiant, mais en vain, le fraternel réveil ;
Et leur pleur transparent, au plus blond miel pareil,
Peu à peu cristallise et se tranforme en ambre :

Ambre, éternel chagrin, larme du peuplier,
Qui pleures à jamais, sans vouloir oublier,
Ma lèvre soucieuse avec amour te presse ;

Et laissant s'exhaler le pur havane fin,
Dans ton léger parfum, savoure avec ivresse
L'amère volupté des souvenirs sans fin.

MES ENFERS.

Comme un homme perdu parmi les catacombes,
Et, sans lumière, errant dans la cité des morts,
Fait pour se retrouver d'inutiles efforts
Et se heurte le front à la pierre des tombes;

Dans des cercles, dans des labyrinthes, des rhombes,
Mon âme aveugle et sourde, errante aux sombres bords,
Éperdue en la nuit de mille chemins tors,
Regrettera l'air pur où nagent les palombes;

Cœur léger, sur la terre amoureux du vain doute,
Dans le froid de la mort je chercherai ma route,
En voyant s'écouler la lente éternité;

Hôte désespéré de ces régions sombres,
Appelant vainement la céleste clarté,
Éternel Juif errant du royaume des ombres.

LA VIEILLE DE LA FORÊT.

On la rencontre au bois; elle est vieille, elle est sourde
Et ridée ainsi qu'un ancien parchemin;
Tremblante elle fait lentement le long chemin,
Rapportant, au logis si pauvre, la falourde;

Et s'arrête parfois, car la charge est bien lourde,
Et souffle et se soutient, son bâton dans la main;
Elle dit : Il est tard, j'arriverai demain,
S'arrête encore et boit un peu d'eau dans la gourde.

Elle a cent ans; la mort, ce zélé ravisseur,
L'a laissée, ayant cru reconnaître sa sœur;
Mais l'œil brun luit toujours du vieux feu de Cybèle,

Et ses grands bois, prêtant leur séve à ses genoux,
Lui murmurent tout bas : Allons, la jeune belle,
Et si tu dois mourir, meurs debout comme nous.

4

LA DANSE DE SALOMÉ.

La belle Salomé, la jeune Hérodiade,
En robe miroitante, en pompeux appareil,
S'avance lentement dans le palais vermeil,
Et s'évertue en des danses d'Hamadryade;

Ses cheveux constellés, ainsi qu'une Héliade,
Elle rhythme le pas mystique du Soleil,
Et son enlacement onduleux est pareil
Aux rites d'Adonis dans l'ancienne Hellade.

Sur son trône, le roi, contemplant la Circé,
Sent son cœur qui s'égare au rhythme cadencé
Et suit en tourbillon la molle farandole;

Et, comme un Syriaque à ses puniques Dieux,
Au sourire lascif de la cruelle idole
Jette le chef sanglant du prophète odieux.

LES ORCHIDÉES.

Lorsque tu me reviens, les soirs d'été, des champs,
Je t'aime rapportant les rares orchidées,
Car j'y crois voir toujours de subtiles idées;
Leur fleur vivante abonde en symboles touchants;

Ces fleurs étranges ont de plus mystiques chants,
Comme d'un désir vague elles sont possédées,
Et d'un rêve infini corolles obsédées,
Leurs beaux yeux sont tournés vers les soleils couchants.

Il semble qu'on en voit, palpitantes abeilles,
Qui s'envolent dans l'air de leur tige, ô merveilles,
D'une aile d'or, brisant leur lien végétal :

Oh! ne va pas, mon bel orchidée au ton rose,
Fleur ailée, aspirant sans cesse à l'idéal,
T'envoler dans ton ciel en une apothéose.

LE VIN.

J'aime le vin français qui rit dans les grands verres;
Il a cette couleur du sourire charmant
Qui rappelle sa belle aux yeux de son amant
Et qui sait dérider les fronts les plus sévères.

Versez jusqu'à pleins bords sa chaude liqueur, frères,
Et faites petiller le vin abondamment;
De roses, sur la nappe, il sème un firmament;
Sa séve généreuse inspira nos trouvères.

Ami, verse à longs flots ce beau fleuve vermeil,
Buvons les gais rayons de ce rouge soleil,
Sa pourpre nous fait rois et chasse l'ennui triste.

Le rire universel de ses riches couleurs
Suffit seul à griser l'œil charmé de l'artiste
Et couronne ton front pâle de roses fleurs.

LYON.

Lyon, ville de boue acide et de brouillard,
Dont l'horizon chagrin écarte le touriste
Et fait le désespoir éternel de l'artiste
Par ses tons effacés ennemis du regard.

Ton canut dégradé, misérable et hagard,
Dans cette brume sombre, en proie au rêve triste,
Contre l'inique sort s'insurge à l'improviste,
Et croit qu'au morne ciel règne un méchant hasard.

Mais j'ai pitié surtout du lion héraldique
Que l'on voit se dresser dans ton blason antique,
D'habiter sur les bords de tes fleuves amers :

Le regard assombri par tes frimas humides,
Qu'il doit donc regretter, loin de ses vastes mers,
Les infinis soleils de ses plaines numides !

LES HESPÉRIDES.

Dans ses tièdes climats qu'un doux destin protége,
J'aime Alger se mirant, blanche, dans les flots bleus,
Et, coquette, riant, sous l'azur de ses cieux,
Aux frimas de l'Atlas lointain couvert de neige.

Elle semble railler cet hiver qui l'assiége,
Celant son Hespéride en des monts soucieux,
Et donnant à ses beaux fruits d'or délicieux
Les dragons menaçants des hauts pics pour cortége.

Ainsi plaça, dans un raffinement de l'art,
Parmi les monts glacés, le subtil Léonard,
Le sourire de sphinx des magiques Jocondes;

Encadrant le plaisir dans des scènes de mort,
Comme une mélopée aux notes plus profondes
Dans le rhythme irritant d'un dissonant accord.

MUSTAPHA-SUPÉRIEUR

PRÈS D'ALGER.

Aux pentes des coteaux, les blancs palais moresques,
A colonnette grêle, à porches arrondis,
Dans la verdure sombre et les airs attiédis,
Dessinent vaguement leurs fines arabesques.

Des Maures somptueux aux airs chevaleresques
Passent comme l'éclair sur leurs barbes hardis,
Donnant aux voluptés de ces doux paradis
Comme un achèvement de lignes pittoresques.

Néfliers du Japon, hauts palmiers, bananiers,
Orangers aux fruits d'or et verts tamariniers,
Tout s'épanouit dans une étrange féerie;

Et, plus loin, profilant leurs bizarres contours,
Dans les pins noirs, les clairs figuiers de Barbarie
Font reluire au soleil leur broderie à jours.

LE PALMIER.

Le palmier dans les airs élève son panache,
Et le bleu liseron, vaguement empourpré,
S'enroulant tout-autour, ornement diapré,
Monte avec le haut fût où sa vrille s'attache.

De ses tendres couleurs attrayantes il cache
Le tronc dur et rugueux de l'arbre ainsi paré,
Et la fleur bleue avec son sourire azuré
Le protége des coups meurtriers de la hache.

En voyant cette fleur de lapis-lazuli
Entourer l'arbre roi de son charme appâli,
Je crois voir une Esther aux tentes d'un roi maure,

Emplir ses fins sérails d'une divine odeur,
D'un charme protéger le chef qu'elle décore,
Et la grâce riante embaumer la grandeur.

LA FONTAINE ARABE.

Au bord de la fontaine, ombre indécise et blanche,
Une Moresque rêve avec son bel œil noir;
Elle écarte son voile, et sourit, et fait voir
Ses menus bracelets d'or niellé sous sa manche.

Sur les bords du bassin sonore je me penche,
Où le secret surate, aux lueurs d'un beau soir,
Enlacé dans les fleurs mystiques de l'espoir,
Mêle son chant muet à l'onde qui s'épanche.

L'hiéroglyphe me fait songer; bien qu'ignorant,
J'ai saisi le sens du voluptueux Coran :
Des ciels bleus, de légers parfums, de longs délices.

Et, sous le masque étroit de la houri, je lis
Une chair virginale aux curieux caprices,
Insolites amours et rares paradis.

STATUE ÉQUESTRE

DU DUC D'ORLÉANS A ALGER.

En selle hardiment sur son noble cheval,
Prenant possession du terroir barbaresque,
L'élancé capitaine, à l'air chevaleresque,
Pose splendide et fier en son haut piédestal.

Sur les flots, sur l'azur du ciel oriental,
Sur la blanche mosquée à coupole moresque,
Ce groupe somptueux s'enlève pittoresque,
Comme un vivant Centaure en un divin métal.

Semblant jaillir des mers, ce cheval de fortune
A l'air d'un des coursiers fabuleux de Neptune,
Qui s'apprête à bondir dans les plaines du ciel.

Et sur ses reins puissants, le noble fils de France
Va poursuivre sans peur son destin immortel,
Et chevaucher jusqu'au cap de Bonne-Espérance.

LE BANANIER.

Au pays des parfums, le souple bananier
Fait jaillir dans les airs sa plantureuse tige,
Artistement tressée, exotique prodige,
Par les doigts inconnus d'un céleste vannier.

Sa feuille d'émeraude, en un grand bouclier,
Envahit les ciels bleus, étalant son prestige,
Et boit avidement, sans peur et sans vertige,
Les infinis rayons d'un soleil printanier.

Ainsi que le manteau d'un prince asiatique,
Sa fleur sombre trempée en la pourpre punique,
Vaste, s'épanouit, ruisselante d'amours ;

Et ses fruits d'or rêvés avec idolâtrie,
Plus doux que le lotus perdu des anciens jours,
Nous ont fait oublier la lointaine patrie.

LES ARABES.

Salut, Arabes fiers ; sur vos fins destriers,
Peuple, j'aime à vous voir, spirituel et brave,
Drapés dans vos haïcks et dans le burnous grave,
Franchir vos grands déserts et vos vastes halliers.

Mais la mort vous épie, éclatants cavaliers,
Qu'un fatalisme, hélas! stérilisant déprave,
Et je vous vois déjà, troupe amoindrie et hâve,
Suivre le sentier noir des tombeaux familiers.

La mort vous a marqués avec ses sceaux funèbres,
Vous allez descendant le chemin des ténèbres,
Fantômes du passé, cadavres ambulants ;

Avec vos mornes yeux, vos longues faces pâles,
Ensevelis déjà dans vos grands linceuls blancs,
Vous marchez résignés vers vos tombes fatales.

L'AFRIQUE.

C'est le pays de la fabuleuse Licorne,
Des fauves, des serpents, des monstres anciens,
Des apparitions, des nécromanciens,
C'est le pays des vagues Saharas, sans borne.

Long désert endormi, qu'un mince palmier orne,
Aux monotones sons de ses musiciens,
Champs semés du poison des noirs magiciens,
Jaune océan de sable où vit le lion morne.

En ces déserts de mort, la volupté vous rit
Et vous appelle avec ses danses de houri,
Et dans ses oripeaux éclatants se pavane.

Pays mystérieux fuyant sous l'œil des lynx,
Où le long rêve suit la rare caravane,
Il a la ténébreuse attirance du sphinx.

LE CHATEAU DE BARBEROUSSE

PRÈS D'ALGER.

Il est un château fort, aux aspects redoutés,
Par-dessus les récifs de la pointe Pescate,
Nid légendaire du barbaresque pirate,
A mille étroits réduits sous ses arceaux voûtés.

Des jardins tout autour s'étendaient veloutés,
Pleins des raffinements d'une âme renégate;
L'amour avec la mort y régnait disparate,
Une odeur y survit de fauve volupté.

Dans ce profond manoir, les sombres Barberousses,
Saturés de houris noires, jaunes et rousses,
Ont bien des fois monté l'escalier de leur tour;

Des terrasses, dès que l'aube vague s'épanche,
Guettant, sur la mer vaste, à l'immense pourtour,
Leurs fins vaisseaux voiliers portant l'esclave blanche.

LES CARAVANES.

Viens-tu nous mêler aux étranges caravanes
Serpentant au travers des déserts africains,
Aux Touaregs, aux noirs, aux fauves Marocains,
Aux bandes fines des mystérieux Tziganes?

Nous nous pavanerions, en rares palanquins,
Au pays des palmiers et des noires sultanes,
Et danseraient pour nous en voiles diaphanes
Les Moresques au front constellé de sequins.

Et nous irions jusqu'aux montagnes de la Lune,
Au pays des houris et de la beauté brune,
Et des lacs enchantés et des danses sans fins,

Dans un horizon vague et paradisiaque,
Qu'enivrent la fleur rare et les aromes fins,
Sous les étoiles d'or d'un nouveau zodiaque.

LE MARÉCHAL BUGEAUD

STATUE A ALGER.

Dans la ville d'Alger, sur la place d'Isly,
Il se dresse debout, airain sombre et rigide,
Grave Cincinnatus en son calme frigide;
La règle et le devoir discipliné s'y lit.

Un marché pour l'Arabe est là même établî;
Passent la caravane et le barbe rapide,
Troupe bariolée, étrangement splendide,
Et scheiks étincelants dans leur somptueux pli;

Je regarde le peuple errant, l'homme immobile,
Et s'effacer partout l'algérienne ville;
Mon regard s'assombrit dans un morne regret :

Adieu lions; adieu la belle fantaisie,
Il est connu l'amer destin, l'amer secret :
La prose partout doit tuer la poésie.

CAFÉ ARABE.

J'y vais souvent : des fleurs, une vive étagère,
Des lettres d'or, un sombre et magique miroir,
Le fourneau de faïence étroit, et, pour s'asseoir,
Parmi les larges bancs, une natte légère.

Nonchalamment couché dans sa grâce étrangère,
L'Arabe, en son haïck ample et splendide à voir,
Émergeant du fin lin son beau visage noir,
Semble une ombre muette, et vague et passagère.

Silencieux, il boit le moka concentré,
Le fin tabac lui prête un long rêve doré,
En l'immobilité torpide, orientale;

Et, dans l'air magnétique aux parfums attiédis,
Avec ses fixes yeux et sa face fatale,
Il songe, bienheureux, à ses doux Paradis.

LA VIE ANTÉRIEURE.

J'ai longtemps habité dans un rare oasis,
Parmi les palmiers, sous des clartés glorieuses,
L'esprit hanté toujours de visions rieuses,
Dans les temps vagues des antiques Amasis.

En robes de granit, de pompeuses Isis
Trônaient dans leurs éthers, vastes, mystérieuses,
Et nous vivions sans peur, loin des morts furieuses,
Et des tragiques yeux des pâles Némésis.

Là, mes jours immortels filés d'heures limpides,
Coulaient pareils toujours, jamais lents ni rapides,
En un rêve sans fin bercé dans des ciels d'or;

Et, saturé d'arome, ainsi qu'une momie,
Dans l'éternel parfum qui, sereine, s'endort,
Vides, les temps passaient sur mon âme endormie.

ADIEUX A L'AFRIQUE.

Tu planes dans mes yeux en rêves étoilés,
Afrique au sol d'airain qu'un ciel brûlant calcine;
J'ai déchiré mon cœur à ta rose assassine,
J'ai bu ton noir poison dans tes ors niellés.

Fauves lions, chameaux, aigles, chevaux ailés,
Caravanes, mosquée à l'arabesque fine,
Palmier, dans le lointain, qui, mince, se dessine,
Tout fuit, légers tableaux, vains songes envolés.

Cette terre du sphinx, vide océan de sable,
Immuable toujours, toujours insaisissable,
N'est qu'un flottant mirage en pompeux appareil:

Monde errant, monotone, onde immobile et vague,
Morne sable mouvant, au flux toujours pareil,
Où la vague semblable efface une autre vague.

LE VASE DE LA CHINE.

Ce beau vase pompeux qui nous vient de la Chine,
Tout constellé d'oiseaux étranges, fabuleux,
A contenu des fleurs aux tons miraculeux,
Ou l'arome énervant d'une liqueur divine,

Ou ces vagues poisons que l'Orient affine,
Des essences encor, parfums délicieux,
Mais n'offre, aujourd'hui, dans ses profils précieux,
Que sa rare beauté de porcelaine fine.

La femme est comparable au fin vase enchanté;
Elle nous offre aussi des fleurs de volupté,
Des parfums, des poisons, ou l'ivresse subtile :

Comme le vase aussi, sa plastique beauté,
D'ornement fastueux, et de luxe inutile,
Semble plus belle encor de son inanité.

BÉRÉNICE.

Quand sur ton corps charmant, lentement se déroule
Doux trésor lumineux, tes cheveux embaumés,
Il me semble voir sur des rivages aimés,
Se presser des réseaux de balsamique houle.

Dans l'ondulation de leurs vagues s'écoule
Ma vie, et mes pensers émus, mes sens charmés,
Et mes mille désirs, souvenirs accalmés,
Flottent dans leurs parfums, interminable foule.

Laisse-moi, remontant le torrent de mes jours,
Respirer en eux nos printanières amours,
Et ta chair plus suave en ces odorants voiles :

Mon long rêve, bercé sur leur onde, s'endort,
Et voit son ciel vermeil illuminé d'étoiles,
Dans ces grands cheveux roux, sablés de poudre d'or.

LE SOIR.

Dans les soirs appâlis, au bord de la rivière,
Je m'en vais promener, tout seul, mes longs ennuis,
Confiant mes chagrins dans le sein brun des nuits,
Dans le sein de velours de l'ombre solitaire.

La douce nuit m'écoute en son charmant mystère;
Je lui dis mes douleurs, tous mes beaux jours enfuis,
Ma plainte, et les amers désespoirs où je suis,
Et j'entends sa voix calme et sa douceur austère;

Tais-toi, mon cœur, les Dieux eux-mêmes ont souffert,
Et ce beau ciel vaste est, peut-être, un autre enfer;
La nature a ses deuils, cette fée enchantée :

N'accuse plus, mon cœur, un déclin trop cruel,
Car vois le triste soir se mourant dans le ciel,
Et qui traîne sa grande robe ensanglantée.

L'ARBRE EN HIVER.

Quand l'arbre, sur la fin de l'arrière-saison,
A vu les vents glacés faner sa chevelure,
Et les premiers frimas emporter sa parure,
Et tomber, peu à peu, sa riche frondaison;

Alors, se dressant nu sur l'aride gazon,
Il nous révèle sa plus intime structure;
Dans son secret dessin, sa forme nette et pure,
S'accuse finement sur le clair horizon.

Et la vieillesse, ainsi, nous les enfants des hommes,
Et nous dépouille, et nous montre tels que nous sommes,
Sans parure, sans art, sans vain éclat qui ment;

Dévoilant jusqu'au fond notre forme secrète,
Elle offre, dans son plus précis linéament,
Le plan révélateur de l'intime squelette.

SUR LA NACELLE.

Sur la nacelle aux fins et légers avirons,
Dans l'immense Océan nous nous aventurons,
Et, droit vers l'infini des mers, notre sillage
A fait s'évanouir le fugitif rivage.

Muette et sourde, la mer monte peu à peu,
Et change en des flots noirs, lugubres, son flot bleu.
Emportée en leur dos monstrueux, la nacelle,
Ainsi qu'un homme ivre-mort se ploie et chancelle.

Et moi, le frêle et pâle amant des rudes mers,
J'aspire les parfums âcres des flots amers,
Je plonge au fond de ses vertigineux abîmes,

Je lis dans ses yeux noirs la volupté des crimes,
Et, pâmé sur ses seins convulsés qu'elle tord,
Je savoure à la fois et l'amour et la mort.

L'HORTENSIA.

Au soleil radieux des beaux jours de l'été,
Le noble hortensia prend la couleur des roses,
Et, s'épanouissant en ses grâces écloses,
Semble une jeune aurore en sa vive clarté.

Mais, si son froid calice est à l'ombre abrité,
Et de l'automne seule a les regards moroses,
Affectant la tristesse et les pâles chloroses,
Il se vêt d'indigos et de mauve lacté.

Ainsi, je vous ai vue, aimable jeune fille,
Dont la splendeur éclate, et dont la gaieté brille;
Mais le léger chagrin, le fugitif regret,

Vous rendant plus touchante encore que jolie,
Ont mis dans vos beaux yeux un charme plus secret,
Dans votre frais sourire une grâce attendrie.

5

LA PRISE DE VOILE.

En ses longs voiles blancs, la jeune fille chaste,
Amoureuse de la céleste région,
Brille parmi les siens, où la religion
Sévère se marie aux orgueils de la caste.

La voûte solennelle est drapée avec faste,
L'abbé chante la pure et noble légion,
Qui s'avance aux lueurs de la sainte Sion;
Son onctueuse voix emplit l'église vaste.

Cette fête, en ses ors pleins d'ornements amers,
A des fleurs de printemps et des frissons d'hivers,
Illuminants espoirs et pâle destinée;

Tout en est triste et grand, tout en est sombre et beau :
Une morte qu'on guide au céleste hyménée,
Une noce qui suit le chemin du tombeau.

L'HORLOGE.

Pourquoi tromper toujours nos regards éblouis,
Horloge familière en nos hautes demeures,
Par le ballet dansant de tes changeantes heures,
Et nous masquer le vol des jours évanouis?

Dans des chœurs éternels de cycles infinis,
Tu mènes notre vie en de singuliers leurres,
A l'homme répétant : Ces moments que tu pleures
Ressuscitent aussitôt qu'ils se sont enfuis.

Ton cercle renaissant qui toujours mord sa queue,
Emblème souriant de l'Éternité bleue,
Semble toujours revivre à jamais prolongé;

Mais nous perçant avec l'aiguille des secondes,
L'heure trace, rieuse, et d'un pas plus léger,
Son chœur silencieux sur nos tombes profondes.

LE CHAT AMOUREUX

A UNE AMIE DES CHATS.

Anna, quand je serai parti pour l'autre monde,
Caresse un des beaux chats qui font tous tes amours,
Promène ta main blanche en ses soyeux velours,
Sème de doux baisers sa fine tête ronde.

Sens-tu tressaillir sous ta caresse profonde
La bête somptueuse aux sinueux contours?
En tes seins délectés il se glisse toujours,
Et, comme un sourd orage, en ses reins l'amour gronde.

Plonge tes beaux yeux noirs en ses prunelles d'or,
Où, dans le rêve heureux, la volupté s'endort;
Il est tout pâmé comme aux parfums d'une rose:

Cherche, Anna, d'où lui vient ce long regard aimant;
Rappelle-toi les dons de la métempsycose,
Et sens mourir d'amour les yeux de ton amant.

L'ART DU VINCI.

Un enfant sortant nu des gueules de la Guivre;
En peignant ce blason de Milan, le Vinci
Aux disciples disait qui l'écoutaient: Voici
Le symbole secret qu'il vous faut toujours suivre:

Voyez ce noir dragon dont l'enfant se délivre,
Tourmenté, bizarre, au tortueux raccourci,
Et l'enfant pur et frais et d'un charme adouci,
Qui, dans le grand ciel bleu, s'en élance pour vivre;

Ainsi l'artiste doit se montrer curieux
Chercheur et raffiné, secret, mystérieux,
Analyser la forme en son âme pensive;

Et l'œuvre, à force d'art, qui devient ingénu,
Affectant à nos yeux une forme naïve,
Sort de l'esprit subtil comme un enfant tout nu.

LE CHARMANT INCONNU

OU L'AMOUR A QUINZE ANS.

Tu ne le connais pas, il a des yeux bien doux;
On le rencontre au soir, sur le bord des fontaines,
Il habite en la nuit secrète, au pied des chênes,
Et c'est le plus joli de tous nos loups-garous.

Quand tu le connaîtras, la belle aux cheveux roux,
Tu courras après lui, dans nos landes prochaines;
Prends-moi, tu lui diras, et donne-moi des chaînes,
J'aime tes pleurs, tes cris, tes coups et tes courroux.

Il est délicieux, il a de sûrs oracles,
Il abonde sans cesse en de charmants miracles,
Et, tiens, voilà déjà, fille aux pâles couleurs,

Et qui fuis trop l'amour de tes longs yeux moroses,
Qu'un seul baiser de lui, parmi ta joue en fleurs,
Fait éclore soudain des millions de roses.

FLEURS D'HIVER.

Aux clairs vitraux, le gel, dans les froides saisons,
Se prend à dessiner de légers filigranes,
Feuillages serpentant, délicates lianes,
Et que l'œil prendrait pour de jeunes floraisons.

Mais ces frêles fleurs, ces arborisations
Si charmantes, n'ont que d'éphémères membranes;
On voit s'évanouir leurs splendeurs diaphanes
Sous le premier baiser des plus légers rayons.

Ainsi, je vous ai vue enjouée et charmante,
Et vos doux yeux étaient presque des yeux d'amante,
Sous le masque égarant de la froide amitié.

Mais j'ai parlé d'amour, vous avez pris l'alarme;
Vous fîtes sérieux vos beaux yeux sans pitié,
Et s'est évanoui tout le délicat charme.

L'ANADYOMÈNE.

Si l'on s'en rapportait au dit des anciens,
La mer est le berceau de la Vénus suprême;
Elle en sort ayant la grâce pour diadème,
Avec ses yeux charmeurs, ses airs magiciens,

Mais ce sont là propos d'Académiciens;
Moi, je crois que Cypris, c'est la mer elle-même;
La mer est belle, elle est grande, divine, elle aime :
Quels yeux valent ses yeux et quels baisers les siens?

Vois la mer; ce n'est point une vierge cachée;
« C'est Vénus tout entière à sa proie attachée »;
Œil immense et profond où nage le désir,

Lèvre souple et lascive au sourire innombrable,
Sein convulsé toujours des spasmes du plaisir,
Universel baiser léchant partout le sable.

LA MER MORTE.

Au bord de la mer Morte, une noire odalisque
M'a révélé l'amour secret des lacs maudits,
Ressuscitant pour moi leurs sombres paradis,
Comme un hiéroglyphe en l'obscur obélisque;

Sur sa tête agitant son étourdissant disque,
Toute pâmée en ses déhanchements hardis,
Étrange, elle évoqua ces plaisirs interdits
Où l'Orient blasé, rêveur sans frein, se risque.

Et j'ai vu traverser, dans ses grands yeux déserts,
Les débauches sans nom des perdus univers,
Le mystère lascif des secrètes Gomorrhes;

Et, comme le lac noir, sur l'impudique amour,
L'impassible torpeur de ses sombres traits maures,
Refermer, tout d'un coup, son flot épais et lourd.

L'HÉTAIRE JAPONAISE

AUX LÈVRES GLACÉES D'OR.

J'aime la Japonaise, hétaïre charmante
Dont l'ébloui sourire est tout imprégné d'or ;
J'aime à boire, à longs traits, ce savoureux trésor,
A puiser un Pactole en ses lèvres d'amante.

Quand, joueur malheureux, au soir je me lamente,
A grands cris accusant l'iniquité du sort,
Rappelé par sa voix douce, je trouve encor
Ma fortune infidèle en sa bouche embaumante.

Ainsi me sourit l'or en ses jeunes beautés,
Et, fauve, se marie aux molles voluptés :
Enfant d'un siècle épris de l'or, cette chimère

Qui nous fuit, qui s'envole, et nous trompe toujours,
A ta lèvre lascive, hétaïre éphémère,
J'ai noyé dans tes ors mes infinis amours.

LE BONHEUR

OU LE TRÈFLE A QUATRE FEUILLES.

Oui, je l'ai vu chercher, bien des fois, dans les prées,
Aux coteaux, parmi les landes, le long des champs,
Le matin, à midi, dans les soleils couchants,
Par le brouillard sombre, et les lueurs empourprées :

A quoi consumes-tu tes plus belles vesprées ?
Il est de douces fleurs plus dignes de tes chants,
Avec leur grâce, avec leurs symboles touchants,
Des odorantes, des fines, des diaprées.

Homme, tu veux trouver ce qu'on ne trouve pas,
Et dédaignes ce qui pullule sous tes pas ;
Ce qu'on ne peut cueillir, il faut que tu le cueilles.

Contente-toi plutôt de ta félicité,
Trois est le nombre de la Sainte Trinité,
Et Dieu ne cherche pas le trèfle à quatre feuilles.

AUPRÈS D'ELLE.

On ne la voit pas, mais on sait qu'elle est tout près,
On est comme imprégné de ses molles haleines,
De ses vagues parfums toutes choses sont pleines
Et restent dans nos yeux ses immuables traits.

La mer, la vaste mer, de ses graves attraits,
Imprime la grandeur à ses rives prochaines,
Son sel puissant pénètre et nos prés et nos chênes,
Son bleu profond se mêle au vert de nos forêts.

Ainsi l'on est auprès de la beauté qu'on aime,
Autour d'elle ainsi tout s'imprègne d'elle-même,
Son fantôme nous suit et danse dans nos yeux ;

Sa douce voix des soirs est la molle harmonie,
Son beau regard nous luit dans l'étoile des cieux,
Et chaque fleur s'embaume en sa grâce infinie.

CHATEAUX EN ESPAGNE.

D'autres vont bâtissant leurs châteaux en Espagne ;
Moi, lorsque je chemine à travers les vallons,
Les ravins, les coteaux, les sinueux sillons,
Quand je chevauche, au loin, à travers la campagne,

Avec le rêve aimé qui toujours m'accompagne,
Je choisis à l'écart des rudes aquilons,
Quelque tertre riant adoré des grillons,
A mi-côte de la plaine et de la montagne.

Là, dans ce site heureux, adouci, calme et beau,
Je figure à loisir mon souriant tombeau,
Formant avec amour ma dernière demeure ;

Bien loin des insensés rêvant de leur castel
Fabuleux, qui n'est rien qu'une maison d'une heure,
J'imagine toujours mon manoir éternel.

III

ÉDENS

Nice, 1878.

———

LES TRISTESSES DU ROI SAUL.

Le vieux roi Saül, sombre et dévoré d'alarme
Sent son cœur qui se noie au fleuve des ennuis,
Harcelé d'un fantôme en l'horreur de ses nuits,
Dans ses vaines fureurs, il veut saisir une arme.

David insidieux, de sa harpe le charme,
Fait fuir les noirs effrois, spectres évanouis,
L'assérénant avec ses accords inouïs,
Et de son cœur ému fait jaillir une larme.

Ainsi ce siècle amer, vieux, aveugle, insensé,
Poursuivi par les vains fantômes du passé,
S'agite furieux au sein des tristes ombres;

L'avenir jeune, ouvrant les portes d'orient,
Chasse, de ses chansons, ses illusions sombres
Et fait luire à ses yeux l'aurore souriant.

PROFILS D'ALGÉRIENS.

Du haut de leur Kasbah, je les ai vus souvent,
Sur le marbre appuyés de leur haute terrasse,
Demeurer de longs jours à suivre au loin la trace
Que fait la barque errante et qu'emporte le vent.

Ils semblent comme en proie au songe décevant,
Avec leurs grands yeux noirs éperdus dans l'espace,
Et, parfois, un souris léger passe et s'efface
Quand plongent leurs regards dans les eaux du Levant :

Ah ! les bruns descendants des anciens pirates,
Enfants du Maure altier, et fils de renégates,
Vous rêvez, comme moi, de cet âge lointain,

L'âge du Barberousse et des Italiotes,
Quand, pleines d'or, de belles filles, de butin,
Abordaient en vos ports les riches galiotes.

VAINS TOMBEAUX.

L'acide ronce de l'ancien cimetière
Couvre du vieux tombeau le blason effacé,
Et, comme dans nos cœurs oublieux, le passé,
Le temps a détruit jusqu'au vain nom sur la pierre.

Parmi la mort, debout, une croix funéraire
Seule nous montre où gît le noble trépassé,
Et sur sa tombe où meurt le souvenir lassé,
Monte au ciel, en foulant l'anonyme poussière.

Oh ! des faibles humains le lamentable sort,
Qu'eux-mêmes nos tombeaux soient sujets à la mort,
Et brillent un moment pour bientôt disparaître :

Mon âme, abrite-toi sous cet arbre immortel,
Sous la croix où mourut l'austère et divin Maître,
L'arbre qui croît en terre et fleurit dans le ciel.

LE SECRET DE LA NATURE.

Il est je ne sais quoi de triste en l'animal,
Il ignore le rire, et ses vagues prunelles,
Où la rêverie erre en plaintes éternelles,
Sont deux grands yeux ouverts sur l'horizon du mal.

Il est bizarre, il est taciturne, fatal,
Et son âme, enfermée en des prisons cruelles,
Sourde matière, aspire aux voix spirituelles,
Et reproche toujours le mutisme natal.

Et moi, de même, épris des splendeurs infinies,
Je sens frémir en moi de multiples génies
Qui voudraient s'écrier en des langues de feu :

Et la nature, en ses mille métamorphoses,
Si tu regardes bien, n'est rien autre qu'un Dieu,
Gémissant prisonnier dans le contour des choses.

LE COMTE DE BISMARCK.

Voyez-le, dans sa chambre obscure, qui médite,
Pendant de longs mois, sur l'échiquier du hasard :
Les rois, les pions, les tours, les fous, avec art
Manœuvrent, sous sa main, une marche inédite.

Il demeure ainsi sous l'obsession maudite,
Le front fatal, la lèvre amère, l'œil hagard,
Perçant l'avenir noir d'un obstiné regard,
Et ses yeux de voyant sont hors de leur orbite.

Il est muet, il est stupide, il va mourir,
Et ce long cauchemar qui le fait tant souffrir,
Au désespoir a mis sa famille alarmée :

Mais il accouche enfin, plus pâle que la mort,
Et, du puissant cerveau, Minerve tout armée,
Une grande Allemagne, étincelante, sort.

LE CORAIL.

Je suis le premier-né de l'heureuse nature,
J'éclos au fond des mers, mystérieux corail ;
Un sûr rhythme a réglé mon pompeux attirail,
Et de mes fins cristaux la souple architecture.

Je croîs, vaste forêt, de bouture en bouture,
Peuplant les infinis dans un obscur travail,
Et mon sang animé revêt un rose émail,
Quand des feux du soleil il prend sa nourriture.

Esprit universel de l'immense Océan,
Je pullule sans cesse en l'abîme béant,
Comblant la vaste mer de mes palmes fécondes ;

Ma vie est bienheureuse, et j'ignore le mal ;
En ces âges de mort, je crée encor des mondes,
Et je suis à la fois pierre, plante, animal.

LES NAVIRES A VOILES.

Que j'aime à regarder les navires à voiles
Qui flottent dans l'azur à l'horizon lointain !
Tel qu'un arbre incliné, l'un se penche incertain,
Un autre ouvre, pompeux, toutes ses grandes toiles ;

L'un se perd lentement comme en de brumeux voiles,
Un autre, à la fois, naît et meurt, fantôme vain,
D'autres, d'un vague vol, luisent au ciel éteint,
Léger chœur blanchissant de dansantes étoiles.

Ces grands oiseaux de mer, immenses et charmants,
Semblent nager, heureux, au sein des firmaments,
Développant leur grâce errante aux soirs de flamme ;

Ils font rêver mon cœur et palpiter mes yeux ;
Et que ne puis-je, ouvrant les ailes de mon âme,
Me bercer à jamais dans la mer et les cieux !

XERXÈS.

Quand Xerxès vit sa flotte immense dispersée
Par les flots révoltés du sauvage Hellespont,
Pris dans son cœur de roi d'un désespoir profond,
Il fit fouetter la mer en sa rage insensée.

Sur l'innombrable flot, l'arme vaine brisée,
Débile rejaillit, loin d'atteindre le fond;
Tantôt, par un sourd grondement la mer répond,
Tantôt surtout par une effroyable risée.

Malgré l'inanité de ton stérile effort,
Frappe encor, Persan, frappe, et frappe encor plus fort,
Meurtris cette onde amère et ces sauvages houles

Sans âme, sans cœur, sans esprit, sans volonté;
Bats ces plèbes, bats ces multitudes, ces foules,
Fouette ce flot stupide, éternel révolté.

LES FEUILLES D'AUTOMNE.

Ah! laissez-moi pleurer ces derniers jours d'automne
Qui s'éteignent dans leur horizon monotone,
Laissez-moi pleurer ces beaux soirs évanouis
Dans leurs pâles couleurs et leurs tons inouïs.

En ces airs délicats, les lointains du ciel pâle
Offrent je ne sais quels secrets reflets d'opale :
C'est la neige, c'est la fine ouate des lins
Qui sème ses blancs fils de vierge en leurs déclins.

Je pleure à voir errer partout ces fils de vierge
De la blancheur du lin, de la pâleur du cierge;
Ils filent ton corset fin, blanc lys printanier,

Belle enfant qui te vas, au matin, marier;
A mon soir tombant, c'est le blanc lin mortuaire
Qui file les blancheurs de mon pâle suaire.

LA COLOMBE.

Les chrétiens, habitants des sombres Catacombes,
Dans les temps éprouvés des martyres cruels,
Ont placé, pour leurs morts, sur les sanglants autels,
L'emblème si charmant des divines colombes.

Et l'on pourrait les voir encore, de leurs tombes
Qui prennent leur essor vers les cieux éternels,
Se dégageant ainsi de tous liens charnels,
Car, sur la terre, oiseau céleste, tu succombes.

Qu'ils ont ainsi gravé, par un art lumineux,
De l'âme du chrétien ingénieux symbole,
Ta silhouette aux murs de cette nécropole,

Pure colombe, qui, sur le sol limoneux,
N'as jamais pu poser ton pied délicat, leste,
Et retournes toujours à ton arche céleste.

LA MER PÉRILLEUSE.

L'Océan assailli, sans cesse, par la houle,
Trahit du firmament le calme et la beauté,
Au lieu d'un pur soleil, dans son miroir heurté,
Un chaos de lueurs fantasques se déroule.

Au sein du peuple ainsi, fallacieuse foule,
Tout contour se vicie un en flot agité;
En place du seul vrai, la multiplicité
Des superstitions vagues, à plein bord, coule.

Sur l'océan du peuple, étrange, aux flots amers,
N'amène pas ta barque et n'ouvre point tes voiles;
La vie est tourmentée en ces sauvages mers;

La nature s'y trouble, et vêt de sombres voiles;
Viens dans le lac secret et limpide aux flots clairs,
Voir la calme beauté des paisibles étoiles.

LA MEULE DE BLÉ.

La belle meule de blé monte dans le ciel,
Et des lourds chariots, absorbant mainte gerbe,
Dresse, peu à peu, sa pyramide superbe,
Et les profils de son dôme artificiel.

Elle n'a pas l'orgueil stérile de Babel,
Mais son chaume se dore au soleil, et son herbe,
Moite encor, se façonne, et perd sa pointe acerbe,
Offrant aux hommes le pain providentiel.

J'aime à vous contempler, légères pyramides,
Pacifiques orgueils de nos moissons placides,
De l'heureuse campagne éphémère décor ;

L'œuvre des Pharaons ne nous fait point envie :
Éternelle, en son sein, elle cèle la mort ;
Vous, bienfaitrices, vous passez comme la vie.

LA CHANSON DES MORTS.

Mettez sur nos tombeaux, dans les froids cimetières,
Et les saules pleureurs, et les cyprès amers,
Les noirs sapins toujours plaintifs, et les ifs verts ;
Et, sur les maux passés, faites pleurer les pierres.

Ciselez, tout autour des urnes funéraires,
Un beau marbre éploré sur ceux qui vous sont chers,
Et gravez, avec l'or, en caractères clairs,
Que vous eûtes pour eux bien des larmes amères.

Oui, plantez des cyprès : la plainte des humains
Ne dure qu'un jour qui n'a pas de lendemains,
Faites gémir sur nous les noirs rameaux de l'arbre ;

Hommes vains, oublieux de nos tristes malheurs,
Sur nos tombeaux déserts, faites pleurer le marbre :
La pierre fut toujours moins dure que vos cœurs.

ŒDIPE ET LE SPHINX.

TABLEAU DE G. M.

Sur ses étroits rochers, le sphinx insidieux,
De son regard félin épiant ses victimes,
Propose aux cœurs hardis les énigmes sublimes,
Pour, sans cesse, peupler son charnier odieux.

Œdipe arrive enfin, Œdipe aimé des dieux;
Il gravit lentement les périlleuses cimes,
Le malheur a sacré ses esprits magnanimes ;
Son âme au jour a dit les éternels adieux.

Il vient, il parle, il a résolu le problème;
La vérité qui sort de sa lèvre au teint blême,
Des yeux faux de la femme éteint le sombre éclair;

Sa brève parole a mis le sphinx en déroute :
De sa lance il le frappe, et le prince à l'œil clair
Jette l'obscur Dragon aux abîmes du doute.

A MONTE-CARLO.

Le joueur sort du jeu, la face convulsée,
En moins de rien il a tout perdu, triste lot,
Son or, son honneur, son âme à Monte-Carlo,
Et sa vie est finie, à peine commencée.

L'ange noir de la mort obsède sa pensée,
Il ne lui reste plus qu'à se jeter à l'eau ;
Son pauvre cœur se brise en un amer sanglot,
Et lacèrent ses mains sa poitrine oppressée.

Tout près de là, le fin violon, avec art,
Module un andante divin du doux Mozart,
Ou déroule, léger, la valse sinueuse,

L'oranger éclatant redouble de gaîté,
On n'a point vu la mer aussi voluptueuse,
Et le ciel a le bleu charmant des jours d'été.

LA SOURCE.

L'eau sourd à gros bouillons de la terre profonde,
Un principe secret l'anime et fait jaillir;
Calice épanoui qui ne saurait vieillir,
Son œil bleu réfléchit et le ciel et le monde.

Source mystérieuse elle épuise la sonde,
Sa fraîcheur continue en juin fait tressaillir,
Et, long fleuve fécond, sans jamais défaillir,
Elle envoie à la mer les trésors de son onde.

La poésie, ainsi, sort du fond de ton cœur,
Puissante, elle jaillit par un instinct vainqueur;
Dans son flot enchanté, le ciel bleu se révèle;

Aucun regard humain n'en peut toucher le fond;
Fraîche toujours, toujours vive, toujours nouvelle,
Grand fleuve, elle se perd dans l'infini profond.

ROMÉO ET JULIETTE.

Ne t'en va pas encor; ce n'est pas l'alouette
Qui jette au frais matin son trille habituel;
Cette voix que tu crois entendre dans le ciel,
C'est ton amour qui chante au cœur de Juliette.

Ne t'en va pas encore; écoute l'ariette
Qui dit, accord perlé, notre amour mutuel,
S'éparpillant au loin en ses notes de miel,
Et, dans l'écho mourant, lentement s'émiette.

« Reste, mon Roméo; non, ce n'est pas le jour »,
C'est l'éternelle nuit de notre jeune amour;
La lune encor n'a pas commencé sa carrière :

Aurore, efface-toi, qui fais tout mon ennui;
Josué, pour combattre, arrêta la lumière,
Retardons, pour aimer, les ombres de la nuit.

LES JOYAUX SYMBOLIQUES.

Laissez l'or et l'argent, et la riche topaze,
La turquoise, le fin diamant, le corail,
Les perles, blanc collier des beautés de sérail,
Le rubis, comme un soir enchanté, qui s'embrase;

Laissez les corindons, laissez la chrysoprase,
L'agate à l'art charmant d'un précieux travail,
L'améthyste, couleur de chair en son émail,
Le bleu saphir où l'œil se mire avec extase.

Comme la Spartiate ardente, au cœur amer,
Portez des ornements et des joyaux de fer,
Parez-vous des aciers tranchants, femmes de France;

Que le fer martial passe dans votre sang,
Et que, régénérés, vos fils, notre espérance,
Plongent au cœur germain l'acier retentissant.

LES SŒURS NOVICES.

Les novices s'en vont, deux à deux, au jardin,
Et chagrines, sous la surveillance des mères;
Leur vie est consumée en des règles amères :
Que le soleil est doux et tiède ce matin !

Les violets lilas ont comme un air mutin;
Capiteuse est l'odeur des roses éphémères,
Il flotte au beau ciel bleu d'amoureuses chimères,
Et le plaisir sourit dans un vague lointain.

Lorsque résonne alors, musique passagère,
Un air sentimental d'une valse légère,
Le frisson du désir dans leur sein a passé,

Le jeune cœur ému bat à flots plus pressé;
De leurs beaux yeux contrits la prunelle s'éclaire,
Et le corps souple ondule au rhythme cadencé.

A OUTRANCE.

Comme nous nous aimions alors à toute outrance,
Mais c'était un combat bien plutôt qu'un plaisir,
Et, quand nous succombions aux spasmes du désir,
Nos cris d'amour avaient l'air de cris de souffrance.

La vie avait en nous tué toute espérance,
Car nous savions qu'aimer, c'est chercher à souffrir;
Atteints du même mal, nous désirions mourir,
Et nous rêvions la mort dans une jouissance.

L'incendiaire Éros, comme un bourreau vainqueur,
De tous ses arts subtils nous torturait le cœur,
Et traînait notre chair sanglante sur sa claie;

Nos corps se dissolvaient aux feux, brûlant métal,
Et se cherchaient nos cœurs, dans ce tourment fatal,
Comme se joignent les deux lèvres d'une plaie.

LE CŒUR CRUEL.

Comme une ville assise au milieu du désert,
Comme, en ses Saharas, la cruelle Carthage,
Qui voit se dérouler des sables sans rivage,
Ou s'étendre sans fin les grèves de la mer,

Dans le désert du doute, au sein d'un monde amer,
En ses vastes ennuis, mon cœur âpre et sauvage
Aime la sombre mort, et la foudre, et l'orage,
Et les scintillements lugubres de l'éclair.

J'aime à voir le déclin des choses périssables,
Et les empires d'or échouer sur les sables;
Astres ensanglantés sur le linceul des nuits,

Les soleils sombrer dans des bengales féeriques,
Et cherche, chevauchant dans mes mornes Afriques,
Une oasis d'horreur dans un désert d'ennuis.

LALAGÉ.

Lalagé chantait sur le mode ionien :
J'ai les yeux clairs, de longs cheveux, la gorge belle
Sous mes voiles de lin qui se dresse rebelle,
Ma voix a les langueurs d'un doux rhythme ancien.

J'ai pour miroir l'azur du golfe Rhodien,
J'ai le bleu du ciel pur pour ma tente fidèle,
Et mon œil noir voyage, ainsi que l'hirondelle,
Vers l'horizon vague au lointain aérien.

Amenez, flots légers de la mer accalmée,
De jeunes amants à ma couche parfumée,
Qui pressent dans leurs bras ardents mes charmes nus :

Je n'ai point fait de vœux à l'austère Minerve,
Mais je baise tes pieds blancs, heureuse Vénus,
Et dans l'ennui mon corps inassouvi s'énerve.

LE ROMAN DE LA MOMIE.

Jeune enfant, j'habitais Crocodilopolis ;
Mince, m'enveloppant du pur lin qui scintille,
Et le front ceint du bleu lotus fluviatile,
J'adorais le soleil que l'on nomme Osiris ;

Et j'évoquais aux champs tout parsemés de lys,
L'hôte saint du foyer, le divin crocodile,
Et courait à ma voix le somptueux reptile,
S'éveillant de son rêve au fond du lac Mœris.

Monstrueux, ses beaux yeux tout remplis de merveilles,
Avec deux grands anneaux d'or à ses deux oreilles,
Et de pourpre corail un éclatant collier,

Assouplissant vers moi sa poitrine busquée,
Il mangeait dans ma main le doux miel familier,
Et laissait après lui comme une odeur musquée.

ÉNIGME.

Un incarnat léger accuse sa candeur,
Elle a le rose éclat d'une aube souriante ;
Et les ardents couchants d'été, flamme vibrante,
Semblent pâles auprès de sa pourpre splendeur.

Elle exhale en nos soirs une divine odeur,
Qu'exalte encor des nuits la tiédeur pénétrante,
Et que sème en nos bois langoureux, troupe errante,
Une haleine amoureuse, où le vent maraudeur.

Comme un piment de plus, une épine furtive
Défend des doux baisers sa chair de sensitive ;
Le beau sang de Cypris teint son sein velouté ;

L'affolé papillon dans sa flamme s'élance ;
Elle meurt en naissant comme la volupté,
Et le cœur l'a vouée au dieu Sphinx du silence.

LA DANSE D'HÉRODIADE.

Sous les regards charmés d'Antipas qui l'observe,
La Salomé, dansant de son pas ingénu,
Lentement développe à l'œil circonvenu
Une danse irritante en sa chaste réserve.

Puis, avec l'abandon d'une amoureuse serve,
Déchaînant peu à peu le rhythme contenu,
Dans un lascif désir, dévoilant son sein nu,
Sa gorge se renverse et son sourire énerve.

Et quand, irrésistible, elle avance, le Roi
Vaincu par la Circé, savoure avec effroi
Ses yeux fauves luisant d'un dangereux mystère :

L'escarboucle flamboie à son front pâlissant,
Et, pareil au tranchant aigu du cimeterre,
Son affilé sourire est tout rouge de sang.

FEUX D'ARTIFICE.

Alors qu'il est fini le beau feu d'artifice,
La foule dépitée exhale son ennui,
Et, pleurant le plaisir perdu de son caprice,
Sent ses regards s'éteindre aux ombres de la nuit.

Illusion légère, éphémère délice,
Astres d'un firmament sitôt évanoui,
Vain mirage, où notre âme enfantine se glisse
En d'imprévus Édens à l'éclat inouï :

Ils s'éteindront aussi dans les obscurs désastres,
Ces feux resplendissants dans le ciel, ces grands astres
Tenant notre humble terre enchaînée à leur sort ;

Et ce monde, rempli de lumières splendides,
Dans le sombre néant de ses orbites vides,
N'offrira que le crâne aveuglé de la mort.

HIRONDELLES.

Fuyant caprice ailé, dans les plaines de l'air,
Que j'aime le zigzag léger de l'hirondelle !
Elle va, vient, revient et glisse à tire-d'aile,
Sans cesse effleurant tout, plus vite que l'éclair.

Elle semble bercée aux vagues d'une mer,
Emportée en un flot qui court, se jouant d'elle,
Ou suivre, tournoyant d'une danse éternelle,
Les rhythmes ignorés d'un céleste concert.

Tes longs yeux noirs, d'un vol souple, fuyant, rapide,
Ainsi semblent glisser toujours dans l'air limpide,
Et voltiger partout, charmant caprice ailé ;

Ils sont comme bercés d'une danse légère,
Et sur le fin fil d'or de leurs cils envolé,
S'égare ton cœur, chose ailée et passagère.

LE THÉ.

Dans les rares émaux des tasses de la Chine,
Sur la terrasse, au soir, verse-moi le fin thé,
A l'ambre délicat, légèrement teinté
D'un nuage de lait de nuance opaline.

Chante un léger sonnet avec ta voix câline;
J'écoute, savourant ta rare privauté,
Et contemplant ta frêle et bizarre beauté,
Qui s'accorde à ta voix, musique cristalline;

J'aime un thé, subtil ambre, à peine coloré,
Dans le fin kaolin légèrement doré,
Où flotte çà et là quelque vague chimère;

Et j'aime un fin sonnet, léger, capricieux,
A la rare pensée et la grâce éphémère,
Dans le choisi contour du rhythme précieux.

LE MIROIR DE VENISE.

La glace de Venise aux lueurs décevantes,
Richement encadrée en arabesques d'or,
Fin et subtil miroir d'alouettes, endort
Le long regard épris de ses clartés mouvantes.

Si, souvent, elle a vu les débauches savantes
Se bercer, sous ses yeux, d'un langoureux accord,
Et se pâmer, au sein d'une amoureuse mort,
Des adroites Paphos les pâles desservantes :

Dans le cristal lascif du miroir enchanté,
Voit passer mille amours l'enfantine beauté,
Des tourbillons dansants et de rieuses fêtes;

Et son œil luit déjà d'un inquiet désir;
Coquette, elle se mire et rêve de conquêtes,
Et sa voix attendrie appelle le plaisir.

MUSIQUE AU CAFÉ MAURE.

Avec ses quarts de ton et sa cadence atone,
Je savourais le rhythme à l'accent monotone;
Et, noyé dans la lente ivresse du moka,
Je fumais, indolent, le parfumé houka.

Des trilles enlacés les douceurs souveraines
Enveloppaient mon cœur de leurs langueurs sereines,
Et les amollis sons, aux effacés contours,
Me berçaient dans le bleu paradis des amours.

Dans les cercles étroits du sourd tambour de basque,
Planait l'oiseau léger du caprice fantasque;
De dansantes houris se penchaient à demi,

Des fins balcons du ciel, sur mon rêve endormi,
Et, dans le clair-obscur des nuits voluptueuses,
M'égarait la chanson aux formes sinueuses.

L'AMOUR DES PHTHISIQUES.

Je t'aime d'une amour nostalgique et cruelle,
Avec ta fièvre, avec tes pommettes en feu,
Et la phthisie illuminant ton pâle œil bleu,
Enfant mourante, oiseau blessé d'un plomb dans l'aile.

Pantelante en mes bras d'ivresse mutuelle,
Ta lasse caresse a l'air d'un suprême adieu,
Et le sang rose sort de ta bouche, au milieu
Des impuissants serments d'ardeur perpétuelle.

Moi, comme toi, touché des flèches du trépas,
J'étreins, en leur pâleur, tes funèbres appas,
Cueillant, dans un baiser, ta défaillante vie.

Et, libre désormais des affres du tombeau,
J'embrasse éperdument, d'une amoureuse envie,
La mort, charmante et douce en ton corps jeune et beau.

LE COR.

J'aime le son du cor, le soir, au fond des bois,
Soit qu'il chante les pleurs de la biche aux abois,
Ou l'adieu du chasseur que l'écho faible accueille,
Et que le vent du nord porte de feuille en feuille.

Il a parfois l'accent douloureux du hautbois,
Il fait frémir ta main lorsqu'à l'amour tu bois,
Il s'insinue en l'ombre au cœur qui se recueille,
Et se mêle aux sanglots des roses qu'on effeuille.

Que de fois j'ai suivi, parmi nos grands châteaux,
Sa voix plaintive, errant de coteaux en coteaux,
Et qui semble expirer, tendre et mélancolique!

S'il chante l'hallali, sur le déclin des soirs,
Ma faible âme se meurt, et ce chant symbolique
Sonne à mon cœur perdu l'hymne des désespoirs.

L'HYDRE DE LERNE,

TABLEAU DE G. M...

Héraclès, combattant contre l'hydre de Lerne,
Est tout nu, sa massue affilée en la main;
La suprême beauté vêt son torse serein,
Et je ne sais quel art triomphant s'y discerne.

Le monstre impur, vomi des gouffres de l'Averne,
Tel qu'un fort, se hérisse en des crêtes sans fin,
Exhalant de partout et l'horreur et la faim,
Et suant les poisons sanglants de sa caverne.

Mais le calme héros, d'un regard assuré,
Méprise dans son cœur l'hydre démesuré,
Et, présage de gloire à nos races futures,

Ce roseau pensant, roi de l'immense univers,
Vaincra, subordonnant mille éléments divers,
Le Dieu disséminé des confuses natures.

LA VÉNUS NOIRE.

De bizarres beautés, sur son épais coussin,
Irritera tes sens la naïve négresse.
Enfantin, son beau rire est rempli d'allégresse,
Et le regard se perd aux rondeurs de son sein.

Ses lourds cheveux noués d'un jaune madras fin,
Son œil profond où luit une ardeur de tigresse,
Le chant doux, langoureux de sa voix charmeresse,
En font, pour le plaisir, un échanson divin.

Regarde, au bal, sa souple et lascive cadence,
Elle est infatigable aux ébats de la danse,
Le rire, la chanson, les baisers, tout lui plaît.

As-tu pris, dans tes bras, sa taille sinueuse;
Son corps est un parfum, et, toute noire, elle est
Belle comme la nuit, la nuit voluptueuse.

LITS D'AUBERGE.

Je reste côte à côte avec ma bien-aimée,
Une simple cloison légère est entre nous,
J'entends ses mouvements, ses soupirs et sa toux,
Et caresse sa voix mon oreille charmée.

O tristesse, ô douceur pour une âme enflammée,
Je touche, de mes bras, presque ses fins genoux,
Et je sens remuer son corps suave et doux,
Et je crois respirer son haleine embaumée.

Ainsi, tout près d'atteindre à mon vœu le plus cher,
Un rien m'arrête, un fil, une cloison fatale,
La main sur les fruits d'or, infortuné Tantale!

Je touche au paradis, et je suis dans l'enfer,
Et, dans mon vain désir, je meurs, comme Moïse,
En croyant presque entrer dans la terre promise.

LES CHARMES DE L'EMPOISONNEUSE.

Sa lèvre pâle et mince, au sourire équivoque,
A je ne sais quoi des Locustes qu'on évoque;
Elle a la souple main rapide, qui choisit
Le poison spécieux par un geste insaisi.

Ses vastes cheveux bruns, aux reflets chargés d'ombre,
Sont pleins de nuit secrète et de profondeur sombre;
Son corps souple, onduleux, d'un charme plein d'effroi,
Est, comme un beau serpent, et ténébreux et froid.

Son lourd regard fatal, jaune lueur torpide,
Vous attire, profond comme un abîme avide;
Saturé du poison qu'elle a tant agencé,

Son corps épand un long parfum alliacé,
Et, quand on va baiser l'arc si fin de sa bouche,
Blanche écume, y frémit un vague arsenic louche.

SOIRS D'AUTOMNE.

Ah! que j'adore les derniers beaux jours d'automne!
Un calme souverain emplit les vastes champs;
J'aime les bois amers, avec leurs plus doux chants,
Les pleureurs bouleaux au feuillage monotone.

La nature, à l'aspect de l'hiver froid, s'étonne,
Et prend comme des airs de chlorose touchants,
Et se regrette en ses plus attardés couchants;
Son grand regard bleu pâle est plein d'un charme atone.

Et moi, je suis comme elle au déclin de mes jours,
Je pleure ma jeunesse et mes belles amours,
Et le charme de mes derniers ans qui s'envole;

Endors mon cœur amer, beau soir au pâle ennui,
Aux airs mourants d'une séguidille espagnole,
Avant de t'effacer dans l'éternelle nuit.

CONJURATION.

J'ai baisé mille fois le souple et léger lin
Qui doit couvrir le corps de ma chère maîtresse;
J'ai pressé sa blancheur si chaste avec ivresse,
Et mis toute mon âme en ce tissu si fin.

Il doit baiser les pâles roses de son sein,
Il l'enlacera toute, en sa tiède caresse,
Depuis le col léger où naît sa blonde tresse,
Jusqu'aux si doux trésors d'un charme clandestin.

Enlace, lin léger, cette froide Vénus,
Et sois pour elle une autre robe de Nessus;
Qu'elle gémisse, ainsi qu'Héraclès enflammée;

Qu'elle sente en ses flancs toüs les désirs cruels,
Et pleure, et crie, et songe à mes feux éternels,
Et, se tordant, se meure, en mon amour pâmée.

DANSE MACABRE DES HEURES.

Sur un fond d'or semé de pourpre et de cinabre,
Les Heures, lentement, qu'a peintes Raphaël,
Déroulent leur ballet souriant dans le ciel,
Et se passent du jour le riche candélabre.

Une tient un coursier du Soleil qui se cabre,
Une autre d'Hespérus a le charme immortel,
Mais ce bal, à la fois idéal et réel,
Se termine en l'horreur d'une danse macabre.

Chaque heure, tour à tour, au regard souriant,
Prend le crâne de mort et les os de squelette;
On dirait un soir sombre après un orient;

Son teint de rose change en pâle violette,
Et, dans l'ombre de la nuit profonde et muette,
Va se perdre le chœur hideux et tournoyant.

LES AMOURS DE L'INFINI.

Fatigué des laideurs mesquines de la terre,
De la haine sanglante et du crime impuni,
Abandonnant ses bords impurs, triste banni,
J'ai fui, sur mon esquif, vers l'Océan austère.

Je viens revoir la mer profonde, son mystère,
Et saturer mes yeux de l'immense infini,
Tremper dans ses flots purs mon esprit rajeuni,
Méditer, faible humain, sa grandeur solitaire.

Et j'aime à me bercer sous les firmaments bleus,
Je contemple, rêveur, l'Océan merveilleux,
Embrassant tout autour les horizons limpides.

Je ne vois que le vert des mers, l'azur du ciel,
Comme deux yeux profonds, vastes, charmants, splendides,
Toujours se regardant d'un amour éternel.

LE PLATANE.

Xerxès, loin des grands parcs de la riche Ecbatane,
Entraînant son armée aux flots tumultueux,
Après le désert âpre et difficultueux,
Trouva la rive heureuse où croît le beau platane.

Comme un amant épris au cou de sa sultane,
Il ceignit d'or brillant l'arbre majestueux,
Mêlant à ses présents des vœux affectueux :
Que t'épargne le vent amer de tramontane.

Avisé voyageur, imite le grand roi,
Toi que l'âpre saison a mis en désarroi,
Et qui connais le mal cruel des longues courses,

Qui soupiras pour l'onde aux arides déserts,
Et traversas, mourant, les Saharas amers,
Orne de colliers d'or l'arbre divin des sources.

LE CIMETIÈRE DE CAMPAGNE.

Aux champs, la mort n'a pas ce visage si sombre
Qu'elle affecte toujours en nos mornes cités :
Elle est plutôt comme un terme aux adversités,
Et le désiré port du navire qui sombre.

C'est l'obscur rendez-vous de la foule sans nombre,
La grande foire où vont mille amis invités,
Un lieu mystérieux de curiosités,
Au lassé voyageur un oasis plein d'ombre.

Elle est le calme champ de l'éternel repos,
C'est la nuit sans réveil où dormiront nos os,
Sans craindre l'aigre voix de l'aube tracassière ;

Endors mon cœur amer, ô mort aux doux secrets,
Parmi la vaste paix du profond cimetière,
Dans les sombres parfums des ténébreux cyprès.

L'ORANGER.

Autour de l'oranger aux fins parfums, la rose
S'enroule, insinuant sa grâce et sa beauté ;
Et l'œil qui voit les blancs calices, à côté,
Croit à l'enchantement d'une métamorphose.

La flamme pourpre à la douceur pâle s'oppose,
Ainsi, dans une rare et tendre privauté ;
Et la fleur des amours et de la volupté
Prête à l'arbre heureux des splendeurs d'apothéose.

Tel, quand la mariée approche de l'autel,
Dans sa grâce timide et son charme immortel,
Un murmure confus d'amour se fait entendre ;

Sur son beau front se mêle un incarnat léger,
Et je ne sais quoi de voluptueux et tendre,
A la chaste blancheur des fleurs de l'oranger.

6.

LES PAQUERETTES.

De leurs petites fleurs le gazon est couvert,
Dans leurs pétales blancs la nuit d'été se mire,
Et, comme un paradis amoureux, l'œil admire
Leurs mille étoiles d'or, dans un firmament vert.

Auprès de leur beauté, l'amour tremblant s'enquiert,
Dans leur hiéroglyphe il s'efforce de lire,
Car la petite fleur a le don de prédire,
Et, Fée, elle vous dit le secret le plus cher.

Comment prédisez-vous, petites marguerites,
Par quel hasard, par quels talismans, quels mérites,
Êtes-vous la sibylle et jetez-vous un sort?

Nous aimons, et le cœur pour nous n'a plus de voiles,
De la nuit des amours nous sommes les étoiles,
Et nous lisons dans l'ombre avec nos fins yeux d'or.

LA CHANSON DES BOULEAUX.

En brumaire attristé, vois-tu les bouleaux pâles,
Au long des bords déserts des bois silencieux,
L'un vers l'autre penchés, sous les livides cieux,
Dans les froids enfers des régions glaciales?

Ils meurent tristement en des teintes d'opales,
Étendant leurs bras vers l'horizon soucieux,
Comme une frêle fille, au long port gracieux,
Frissonne au souffle amer des brises hivernales.

Toujours se lamentant dans l'ombre des grands bois,
Ils font entendre leur mélancolique voix,
Sur les mystiques bords de l'étang solitaire :

Tout s'en va, tout se meurt, mais, par un plus doux sort,
Tout repose endormi dans le sein de la terre,
Nous seuls restons debout, transpercés par la mort.

LES SAISONS DE LA VIE.

Ma jeunesse ne fut qu'un ténébreux avril,
Obscurci d'un nuage et traversé de larmes,
Au matin nébuleux, au soir chargé d'alarmes,
Et dont les brèves fleurs tombent sous un grésil.

L'été brûlant m'offrit un incessant péril,
Son âpre ardeur était sans ivresse et sans charmes;
Ses orages cruels me trouvèrent sans armes,
Et blessèrent à mort ce cœur trop peu viril.

Avec son tiède éclat, sa fine couleur sobre,
Ma plus belle saison serait ce doux octobre,
Mais l'approche du froid hiver me fait souffrir;

Ma frêle âme frissonne à ses brises amères,
Et, toujours obsédé par de tristes chimères,
Faible cœur, je n'aurai su vivre ni mourir.

LA MORT DU BANANIER.

J'ai vu le bananier dans l'arrière-saison;
Son calice pompeux vers la terre retombe,
Comme un saule pleureur penché sur une tombe,
De ses amers cheveux effleure le gazon.

Où sont ses fins parfums, sa pourpre floraison?
Tout son être épuisé par les amours succombe;
Sa feuille si superbe et que l'automne plombe,
Élégiaque pend sur le pâle horizon.

Ainsi, beauté passée, inclinant tes calices,
Tu succombes au poids des anciennes délices,
Songeant amèrement à l'avril de tes jours;

Tes charmes, tes plaisirs perdus, tout te désole;
Et tu sembles pleurer sur tes belles amours,
Comme, sur une tombe, on voit pleurer le saule.

LE POINT NOIR.

Omnes vulnerant, ultima necat.

Le jour est doux, la mer est vaporeuse et blonde,
Légers sont les lointains et clair est l'horizon ;
Ton chaste amour m'enlace en sa tiède prison,
Tout nous sourit, l'air pur, le ciel, la terre et l'onde.

Mais un mal secret gît dans mon âme profonde,
Et flétrit, noir venin, ta belle floraison :
Tout s'en va, notre amour et ta jeune saison,
Tout fuit, l'heure, le jour, l'intangible seconde ;

Cette mer, à nos pieds, rhythme le pouls du temps,
L'ombre de ces grands pins glisse avec nos instants,
L'astre tombe des cieux, tournant cadran solaire ;

Le linceul de la mort, symbolique et vainqueur,
T'enveloppe en la pâle ombre crépusculaire,
Et son noir tambour bat dans le fond de ton cœur.

LA BELLE AUX YEUX D'OR.

Quel œil étrange elle a, caméléonien !
On y suit le tableau mouvant de la nature,
Mais suave, embelli dans sa vive peinture,
Comme en le fin miroir d'un golfe ionien.

Nul regard n'a le charme indéfini du sien ;
Tantôt c'est un clair ciel enchanté qui s'azure,
Tantôt la vaste mer, profonde, vaste et pure ;
Il est noir, bleu, vert, or, cet œil magicien.

Mon amour n'est jamais de ces yeux assouvie,
Mon désir, papillon, dans leur flamme a dansé,
Mon rêve sur leur flot langoureux est bercé ;

Ils sont toute sa grâce, et sa flamme et sa vie ;
Oh ! que je l'aime ! elle est éthérée et toute yeux,
Comme la mer profonde et l'infini des cieux.

LE FOULQUE.

Vous avez vu le foulque en son étang sauvage,
Quand plane la tempête au front cruel des cieux,
Que l'air pèse, embrasé, lourd et silencieux,
S'agiter en battant des ailes le rivage.

Insatiablement assoifé de breuvage,
Il va toujours plongeant, comme en d'infinis jeux,
Sans pouvoir imprégner, dans ses flancs orageux,
Cette eau dont le désir torturant le ravage.

Ainsi, vieux, maladif, et déjà presque éteint,
Comblé, riche mourant, par l'aveugle fortune,
L'inassouvi désir des voluptés m'étreint;

Mais, fuyant vainement et la voix importune,
Et l'œil inexorable et vainqueur de la mort,
Je me plonge, impuissant, dans les flots de mon or.

LE MAL DE L'INFINI.

Le mal de l'infini dévore tout mon être,
Il abrége mes jours, met en poudre le temps :
Que veux-tu faire, ô fol, de quelques courts instants,
Et, vraiment, cela vaut-il la peine de naître!

Quand les charmeurs amours me viennent apparaître,
Il montre la mort triste en leurs masques tentants;
Amours riants, amours dansants, amours chantants,
L'infini sur vous souffle, inexorable maître.

Sur ce globe glacé qui dans la mort s'endort,
Mon esprit aperçoit la gloire aux ailes d'or,
Dans l'éternelle nuit s'éteignant misérable;

Lui-même le beau Christ de son trône est banni,
Car un Dieu, pour la terre, infime grain de sable,
Aurait-il déserté les champs de l'infini?

LES PALES CINÉRAIRES.

Aujourd'hui, je vous aime, ô pâles cinéraires,
En cet âge dernier, dans ma saison de deuil,
Je repose sur vos sombres couleurs mon œil,
Et cueille, tout rêveur, vos charmes funéraires.

Fleurs d'amour, fleurs de joie aux belles couleurs claires,
Écartez de mes yeux vos pompes, votre orgueil;
La pâle cinéraire aime, sur un cercueil,
Semer, pleurant, ses fleurs vagues, crépusculaires.

Étoile de tendresse et de recueillement,
Elle regarde avec ses doux yeux tristement;
Son noir regard plaît mieux que le rire des roses;

On l'a vue une fois, et l'on y songe encor;
Car au monde il n'est rien qui dise tant de choses,
Que le regard profond et sombre de la mort.

ROSA MYSTICA.

Mon cœur, depuis longtemps, brisé par l'infortune,
N'ose plus affronter l'astre éclatant du jour,
Il cherche l'ombre, et mène, aux beaux soirs, son amour
Rêver, près de la mer, aux pentes de la dune.

Qu'elle est belle, Phœbé la blónde, en la nuit brune!
Silencieux, mon cœur triste lui fait la cour,
Et ne voit plus jamais, par un subtil détour,
Le soleil, que dans les longs yeux doux de la lune.

Tel, si l'austère Christ, en sa sévérité,
De mes sens amollis ne se peut faire entendre,
Le culte de l'amour agrée à mon cœur tendre :

J'aime les chants, les fleurs, la douce piété,
Je cours à ses autels si charmants, et je prie
Dieu, dans les beaux yeux bleus de la Vierge Marie.

LA JEUNESSE DE LAMARTINE.

Il aimait jeune encor, dans la barque, à s'asseoir,
Et, parmi les grands lacs, aux saisons défleuries,
A bercer mollement ses longues rêveries
Aux mystiques lueurs de l'aurore ou du soir.

Le lac bleu, le lac vert, mystérieux ou noir,
Versait dans ses grands yeux ses fantasmagories,
Et lui prêta le don des magiques féeries,
Quand il chanta l'amour, la tristesse et l'espoir.

Tel, sur des monts altiers, au fond des lacs antiques,
Le grand Nil merveilleux prend ses sources mystiques,
Et voile le berceau de ses flots inconnus;

Et de là, déroulant le trésor de son onde,
Fait fleurir, de ses eaux saintes, les déserts nus,
Enchantant de ses dons l'Égypte qu'il inonde.

LES CONTEMPLATIONS.

A tes pieds étendu, sur les oisifs tapis,
Je contemple, à longs flots, ta robe de lapis,
Et je m'enivre des parfums subtils et vagues
Qui m'arrivent de toi comme de longues vagues.

Tes doigts blancs, arrondis, et tièdes de l'été,
Sèment dans mes désirs la douce odeur du thé,
Et dans tes longs cheveux fins, ambrés, je retrouve
Tout l'arome énervant de l'odorante flouve...

Dans ton chant monotone aux obscures syllabes,
Je bois le lent moka des torpides Arabes;
Le long regard songeur de tes yeux de velours

Me verse à flots épais tous les opiums lourds;
Et tes lèvres de sang, rouges comme des glaives,
Font passer le Vin de l'Assassin dans mes rêves.

LE SOMMEIL.

J'aime de plus en plus le bienfaisant sommeil ;
Dieu propice, à mes maux si cruels il fait trêve,
Sa baguette de fée évoque le long rêve,
Et l'étoile d'un ciel pourpre, rose ou vermeil.

Ah ! qu'en la mort me luise encor son doux soleil,
Dans un songe enchanté qui jamais ne s'achève,
Où l'amant rêvera toujours l'idéale Ève,
Sans craindre la tristesse amère du réveil.

Sommeil aux doux pavots, dieu des champs Élysées,
Dans mon cœur fais couler les langoureux Léthés,
Sème, au ciel de mes nuits, l'astre des voluptés ;

Endors, d'un long baiser, mes douleurs apaisées,
Et marie, en mes yeux jetant ta poudre d'or,
Les charmes de la vie aux douceurs de la mort.

LA VILLE DES FLEURS.

C'est la cité des fleurs, Nice, en plein carnaval,
Dont les belles s'en vont, rieuses et folâtres,
Avec leurs longs yeux doux, de plaisirs idolâtres,
Inaugurer la valse, en robe rose, au bal.

Partout des fleurs, partout des lys dans du cristal,
Des camélias fins, blancs et légers albâtres ;
Tout vous poursuit, couleurs, senteurs opiniâtres,
Pétale blanc, jaune, or, ou pourpre oriental.

C'est le printemps, et c'est l'amour, c'est la jeunesse,
Les coteaux, les vals, les bois, les prés en liesse,
Des parfums langoureux et lourds traînent dans l'air ;

De pâles roses se pâment partout, coquettes ;
Et, d'un bleu de lapis, on croirait que la mer
S'est changée en un gros bouquet de violettes.

LA CONQUE.

Quand du sein ténébreux de l'immense Océan,
Retirant le pêcheur une mince coquille,
A son oreille met cette conque qui brille,
Il entend résonner comme un écho géant :

Car, sans cesse, elle chante, ainsi qu'un Ossian,
Et le babil léger de la mer qui frétille,
Et les pleurs de la vague, et la frêle flottille
Qui sombre, avec des cris, dans l'abîme béant.

Beauté rare, beauté fine, si courtisée,
Quand je vais effleurant ton oreille irisée,
Où tant d'aveu charmant fut versé tour à tour,

Admirant cette conque à la nacre pareille,
J'entends comme un immense océan de l'amour
Vague, bruire encore en ta divine oreille.

LE CHATEAU ROMANTIQUE.

On ne le verra plus, le château romantique
Qui se mirait sans cesse au bord du grand étang ;
Il a croulé soudain ; sur le flot miroitant,
Le saule penché pleure encor son charme antique.

Et cependant parfois, dans la nuit fantastique,
Semble un spectre planer, fantôme lamentant,
Et lorsque l'on écoute, à minuit, l'on entend
Les accords résonner d'une harpe mystique.

Et l'œil étonné voit, qui s'élève des bords
De l'étang noir, le vieux château des barons morts,
Que baignent vaguement les rayons de la lune ;

Comme l'on voit au fond d'un miroir enchanté,
Vague, réapparaître, au sein de la nuit brune,
La maîtresse perdue, en sa pâle beauté.

7

LE TALISMAN.

A ROSA.

Non, vous ne m'aimez pas; votre regard morose
Répond seul à mes pleurs, à ma plainte, à mes chants,
Et, si je veux parler, de vos grands yeux méchants
L'invincible barrière à mes amours s'oppose.

Mais cette volupté, dans tout votre être enclose,
Me ramène sans cesse à vos traits si touchants,
Et, malgré ces yeux si cruels, aciers tranchants,
Je cède au doux aimant de vos lèvres de rose.

Elles sont maintenant un remède à mes maux,
Je brave vos beaux yeux, ces terribles jumeaux,
Et je sais conjurer ce regard si farouche :

Dans vos lèvres de pourpre est comme un tendre accueil;
Et j'ai trouvé, Rosa, le corail de ta bouche
Comme un sûr talisman contre ton mauvais œil.

LA CRÉMATION.

Entre toutes les morts, me plaît la mort persane;
A l'aube, amis, placez, dans l'air oriental,
Mon corps appâlissant, sur le bûcher fatal,
Comme un corps parfumé de pâle courtisane;

Que le benjoin, que l'ambre, aimés de la sultane,
Mélangent leur arome aux esprits du santal,
Et qu'ainsi je m'envole en ces airs de cristal;
Tel un baume léger vers le bleu ciel émane.

Abolis, feu divin, ma misère et mes maux,
Et consume ces chairs immondes et ces os;
Dégage, en un parfum, l'essence de mon âme;

Que je monte au soleil, archange radieux,
Esprit vivant, encens précieux, pure flamme,
Comme Hercule épuré monta parmi les dieux.

LES AMOURS DES PHTHISIQUES.

Oh! oui, je l'aime, elle est belle comme la fièvre;
Ses grands yeux noirs sont pleins de clartés fantastiques;
Un feu frissonnant court en ses membres étiques,
Les dévorants désirs ont corrodé sa lèvre.

Le plus cher des attraits dont notre âme se sèvre,
Est l'irritant bonheur des amantes phthisiques;
Le cœur qui se meurt a d'ineffables musiques;
Un ardent couchant luit sur leur visage mièvre.

Leurs yeux, feux follets, ont des lueurs attirantes,
Leur volupté les tue, extases délirantes,
Leur bonheur douloureux étreint comme une crampe;

Assouvi, leur beau corps s'endort de léthargie,
Et, spasmodique éclair d'une mourante lampe,
De la mort leur amour a la sombre magie.

L'IDYLLE ÉTERNELLE.

IMITATION.

Vous vous le rappelez, ce conte de la fable,
Où, par des dons de fée, une fillette affable,
Comme une jeune aurore, au sein des firmaments,
Émet à chaque mot perles et diamants:

Tandis que sa compagne, enfant hideux, farouche,
Fait sortir à tous coups des crapauds de sa bouche.
Ainsi, le diable et Dieu, par un chant contrasté,
Abrégent tes ennuis, ô morne Éternité :

Dieu parle, et, de sa lèvre, abondent les étoiles,
Ces perles que la nuit nous montre sous ses voiles,
Étincelant collier s'égrenant dans l'azur;

Mais le diable, à son tour, parle, l'esprit impur,
Et, sur ces univers, et la terre où nous sommes,
Fait pulluler les poux, les serpents et les hommes.

LE CROISSANT.

Croissant léger, croissant sinueux, croissant d'or,
J'aime à te voir planer dans le ciel des coupoles
Ou luire dans la nuit sombre des nécropoles.
Heureux l'Orient, sous ton astre, qui s'endort.

Es-tu la faux brillante aux bras de Messidor,
L'arc d'argent de Diane au mur des Acropoles,
L'esquif fin de Vénus au flot d'azur des pôles,
Ou l'ardent cimeterre au poing du matador?

Étincelante encore, au fond de la nuit brune,
Coupe idéale, es-tu le beau sein de la lune
Que, pour ses paradis, a rêvé Mahomet?

J'aime ton fin blason, lorsqu'à Constantinople,
Ses mille minarets font luire, à leur sommet,
Leur lune, croissant d'or, sur un ciel de sinople.

LE CHERCHEUR.

J'aurai passé ma vie, artiste curieux,
A jeter un regard indiscret sur ce monde,
Épiant tout, analysant tout à la ronde,
Cherchant partout le rare et le mystérieux.

C'est mon lot, à la fois triste et voluptueux;
J'interroge toujours la sagesse profonde,
Je suis l'homme qui plonge, et le pêcheur qui sonde;
Je passe en regardant; ma vie est dans mes yeux.

Tels, dans le vaste ciel, les astres innombrables
A des yeux lumineux me paraissent semblables,
Et qui plongent toujours dans le gouffre béant.

Astres, que cherchez-vous jusqu'au fond de l'abîme?
Qu'avez-vous rencontré de rare et de sublime?
Ne voyez-vous aussi, partout, que le néant?

PONCE DE LÉON.

Entre ces cavaliers fameux par leur vaillance,
Chercheurs d'un nouveau monde, en leur fin galion,
Celui que j'aime mieux, c'est Ponce de Léon
Qui, vieux, courut les mers avec sa bonne lance.

Laissant, plein du regret des jours de son enfance,
Ces Eldorados où l'or brille à million,
Plein d'ardeur, il chercha, comme une autre Ilion,
Et d'île en île la fontaine de Jouvence.

Il ne put rajeunir ses derniers cheveux blancs,
Mais il toucha la rive heureuse des Florides,
Où plantèrent ses mains les drapeaux castillans;

Et l'Europe, fuyant sa misère et ses rides,
Retrouve une fortune en ces climats brillants,
Et son jeune Orient parmi ces Hespérides.

LA MORESQUE.

J'aime, vase pompeux chargé d'hiéroglyphe,
Une Moresque au doux parler oriental;
Elle verse l'amour, fin et léger cristal,
Pure amphore ravie au sérail d'un calife.

Grave en la volupté, jeune et charmant pontife,
Elle accomplit comme un rite sacerdotal;
Ses larges yeux dorés, au long regard fatal,
M'enlèvent dans son ciel, chimérique hippogriffe.

Sphinx bizarre irritant tous mes sens curieux,
J'aime son rhythme étrange et doux, mystérieux,
Et j'écoute chanter son suave idiome;

Sa danse si lascive est comme un léger vol,
Et tout mon cœur te suit, fin et subtil fantôme,
Qui gazouilles l'amour, comme le rossignol.

LA BIÈRE.

Je joins, au sucre doux que donne la belle orge,
L'amertume savante et fine du houblon,
Je suis la bière brune, et si l'on me boit, l'on
Devient aussi musclé qu'un dur batteur de forge.

Ma saveur charme les filles à belle gorge,
Et l'on me boit le soir, au son du violon,
Après un tour de valse, en devisant, au long
Des frais bocages, où chante le rouge-gorge.

Je donne le courage à travers le danger ;
On trouve dans mon verre à boire et à manger,
Je fais les hommes forts, je fais la beauté blonde ;

Je suis l'ami de Mars et la sœur de l'Amour ;
Partout je me propage, et je conquiers le monde,
Comme la race fière à qui je dois le jour.

LA FILLE D'AUBERGE.

Elle court, elle vole, elle danse en marchant,
Elle remplit de ses folles jupes la chambre ;
Sa grâce est un avril en notre amer décembre,
Et son rire léger semble un rose Orient.

Son bel œil ensorcelle, et sa voix est un chant,
La senteur qu'elle traîne est plus douce que l'ambre ;
Sur ses reins saillants, sa taille souple se cambre,
Et son fin jupon court est d'un charme alléchant.

On l'appelle, elle rit aux galantes fleurettes,
Et court, papillonnant, entre mille amourettes,
Semant les voluptés, partout, sur son chemin :

Fin oiseau qui vous charme avec son frais ramage,
Et vient, en pépiant, vous manger dans la main,
Et s'envole aussitôt qu'on le croit mettre en cage.

LES PARADIS DES FLEURS

CHANSON D'ORIENT.

Anna, nous irons voir, en mars, le cerisier
Semer, sur nos coteaux, sa blanche neige fine,
Chaste fleur qu'à son front met l'année enfantine,
Comme une belle enfant qui se va marier.

Juin en feu, par les airs, épand son lourd brasier;
Lors, distille son miel l'amoureuse glycine,
Que le noir bourdon, ou la guêpe en rut butine,
Sans cesse stridulant sur le pourpre espalier.

En automne, quand la nature se recueille,
Que s'envole l'amour, et la dernière feuille,
Nous irons ramasser la myrrhe des iris.

Voici l'hiver, Anna; le pâle chrysanthème
Suit, d'un œil tout en pleurs, la fuite d'Osiris,
Et meurt, aux premiers froids, en soupirant : Je t'aime.

L'AMBRE.

L'ambre, flot d'or, en ses fins contours captieux,
Enferme, bien souvent, une paille légère,
Un insecte fuyant, la feuille de fougère,
Et l'éternise ainsi pour le plaisir des yeux.

Ils n'avaient point rêvé ce sort ambitieux,
S'envolant au loin, chose ailée et passagère;
La gemme, prolongeant leur saison éphémère,
Les fait vivre, à jamais, en ses ors précieux.

Ambre rare, sonnet aux stances immortelles,
Enferme en ton contour ces frêles bagatelles,
Prête à leur sort obscur ton nombre inaltéré;

Que tes rhythmes choisis embaument leur mémoire,
Et que, vivant calice en ta larme inséré,
Ma pâle fleur arrive à l'âge de la gloire.

IV

LA LANDE

Pau, 1879.

SUR LA TERRASSE

A PAU.

Le déclin a calmé mes esprits anxieux ;
Spectateur indolent des naufrages du monde,
Je suis la mer farouche en une paix profonde,
Horizon à souhait pour le plaisir des yeux :

Tous tombent, devant moi, pâles ambitieux,
Politiques amers à la vaine faconde,
Agioteurs sombrant sur l'Océan qui gronde,
Du calme port, je suis tous vos tragiques jeux.

Tel, à Pau, j'aime à voir, de ses hautes terrasses,
La nature superbe, avec toutes ses grâces,
Les montagnes, au loin, escaladant le ciel,

Leurs profils tourmentés comme de grandes vagues,
Et, le regard perdu dans ces horizons vagues,
Suivre, de mon repos, cet orage éternel.

LES SIMPLES.

Fleurs de mai, fleurs de juin, fleurs des vertes collines,
Vous enchantez les yeux, et charmez tous les sens,
Et, par nos prés, semez, doux accords caressants,
Vos pourpres et vos ors, vos blanches mousselines.

Parfumez, simples fleurs, de vos essences fines,
Nos cœurs et nos amours, nos rêves innocents,
D'aurores couronnez nos fronts adolescents,
Consolez nos déclins de vos lueurs divines.

Vous embaumez la vie et vous charmez la mort,
Avec l'arome fin de vos pétales d'or;
Vous avez les doux yeux de la Vierge Marie;

Et, comme le beau Christ que l'on voyait fleurir,
Aux coteaux souriants des lacs de Samarie,
Mortes, du froid trépas, vous savez nous guérir.

LE RÊVE DE VENISE.

Le plus amer regret de ma vie, ô Venise,
C'est de n'avoir pas vu, dans la limpidité
De tes eaux, s'élever ta magique cité,
Aux rayons du soleil dont l'or la divinise.

Mais, comme un portrait rare, et que l'art éternise,
Livre la belle amante à l'amant enchanté,
Sans cesse m'apparaît ta fantasque beauté,
Dans la nuit noire, dans le jour, dans l'aube grise.

Tu planes dans mes yeux en un rêve étoilé :
Je vois le vieux lion, le pont noir, et ton dôme
Tantôt étincelant ou de brume voilé;

Et, dans mon œil charmé, doux et léger fantôme,
Tu flottes mollement, comme un songe idéal,
Comme tes palais d'or au fond de ton cristal.

PROMENADE EN NOVEMBRE

A PAU.

Je foule lentement les feuilles remuées ;
L'air est si doux ; nul bruit n'éveille les échos
Des champs comme endormis dans un profond repos ;
Un ciel tiède semé de légères buées,

De mystiques forêts indiscontinuées ;
Dans les lointains déserts, comme de blancs châteaux ;
Par delà les clochers aigus, l'horizon clos
De fantastiques monts perdus dans les nuées.

C'est Pau, c'est le pays de nos anciens rois,
Où, par le son du cor, chassaient, dans les grands bois,
Suivis de leurs barons, les princes de Navarre ;

Je marche tout songeur, comme dans un roman ;
Et mon cœur, écoutant la lointaine fanfare,
Croit être au pays de la Belle au bois dormant.

LA FÉE AUX PIERRERIES.

L'or fauve, sur son col et sur ses blondes chairs,
Rampe comme une guivre au sein des fleurs couchée,
Et l'émeraude sombre, à sa gorge attachée,
Dragon d'une Hespéride, y lance ses éclairs.

Le rare diamant, incendiant les airs,
Trahit sa fine oreille aux lourds cheveux cachée,
Et sa main, ruisselant de bagues, et penchée,
Étincelle de feux roses, jaunes et verts.

Parmi tous ces bijoux, sa torpide beauté,
Empruntant leur froideur et leur plasticité,
Prend l'impassible éclat d'un immortel camée ;

Tandis que, dérobant ses vivantes lueurs,
Ces joyaux amoureux de sa grâce charmée,
Frémissent, papillons et palpitantes fleurs.

FLEUR D'AUTOMNE.

Moi, j'aime la douceur de la fleur automnale,
J'aime à me promener, rêveur, dans les grands bois,
En écoutant le son de sa secrète voix
Qui chante pour mon cœur l'ariette idéale.

Elle est, je le sais bien, esseulée, elle est pâle,
La fleur du printemps règne à la table des rois,
Partout des bals, partout des fêtes, et je vois
Que chaque cœur se prend à son riche pétale.

Ma fleur est une veuve, à l'air doux et charmant,
Qui s'ouvre, sur le soir, mélancoliquement;
Sa grâce la plus pure est faite de souffrance;

Sa défaillante odeur ne se peut retenir;
La fleur du printemps grise ainsi qu'une espérance,
Et l'autre a le parfum mourant du souvenir.

L'HIVER DANS LES BOIS

AU PARC DE PAU.

C'est dans l'hiver que j'aime à voir le fin bouleau,
Les hêtres, les ormeaux bizarres, le grand chêne;
Leurs rameaux déliés, dans la forêt prochaine,
Sont pour les yeux épris comme un exquis tableau :

L'un penche son corps blanc, pour se mirer dans l'eau,
L'autre, pour déclamer prend une pose humaine;
L'un simule l'amour, l'autre exprime la haine,
Celui-ci les fureurs tragiques d'Othello.

On voit se profiler la majesté des arbres
Sur les fins ciels d'hiver de la pâleur des marbres,
Leurs troncs légers, leurs fûts élancés et polis;

Et sous le baiser froid des humides Hyades,
Frissonne mollement, comme au sortir des lits,
Le corps souple et nu des belles Hamadryades.

LE VIN DE JURANÇON.

Viens boire à petits coups ce vin de Jurançon ;
Sa liqueur généreuse à nos maux fera trêve ;
Henri quatre l'aimait, et, de sa blonde séve,
Son aïeul abreuva ce robuste enfançon.

Nul vin n'inspire mieux une vive chanson,
Nul mieux ne réalise en nos cœurs un doux rêve ;
Par lui, de la beauté la défaite s'achève,
Quand l'amour tend la coupe, en adroit échanson.

Viens sur ces gais coteaux, les plus charmants du monde,
Boire ce vin fumeux et chanter à la ronde,
Oubliant l'univers en un soir souriant ;

Par lui, le cœur content et la vue un peu trouble,
Te voilà tout à fait un pacha d'Orient,
Et, trop heureux époux, tu vois ta femme double.

A UNE JOLIE COQUETTE.

Comme d'un instrument, vous jouez de l'amour ;
Oui, je le sais, vous vous moquez, belle coquette,
Et tous vos amours vains sont des amours de tête ;
Vous flirtez avec tout le monde tour à tour.

Mais on sent, près de vous, quand on vous fait la cour,
Une vague et si fine odeur de violette,
Mais votre lèvre est rose, et votre voix caquette
Si tendrement, vos yeux sont plus clairs qu'un beau jour ;

Jouons la comédie, il me plaît, ma charmante ;
Jette-moi les deux bras au cou, comme une amante,
Baise-moi sur la bouche, et fais maint doux serment ;

Mais jouons jusqu'au bout, rare comédienne,
Le plus fin de la pièce est dans le dénoûment,
Et je t'attends surtout à la dernière scène.

LE PÉRIPLE D'HANNON.

Au périple d'Hannon si fameux, on peut voir
Que, d'Afrique longeant la rive occidentale,
Il entendit, au loin, à la Corne du soir,
Retentir les tambours, le fifre, la cymbale.

Je songe toujours à cette fête idéale
Donnée apparemment par quelque peuple noir,
Et dont la vision fantasque et triomphale
Brillait aux matelots, comme un doux nonchaloir.

Ah ! nous avons toujours une vague musique,
Qui résonne pour nous dans un pays mystique,
Un inconnu pays aux gazons de velours;

Et, pendant notre dur périple, sur la grève
Nous voyons des jeux, des danses, d'heureux amours,
Et des fêtes sans fin qui passent comme un rêve.

LE DERNIER BAL.

Elle a des diamants à ses boucles d'oreilles,
Des brillants de son front éclairent les pâleurs;
La perle à son sein nu met ses blondes lueurs,
Ses beaux bras sont sertis d'améthystes vermeilles.

L'opale, le rubis, ruisselantes merveilles,
Font luire à ses fins doigts leurs feux ensorceleurs;
Elle a de bleus saphirs, myosotis en fleurs,
Et des topazes d'or simulant des abeilles.

Où va-t-elle ? à la noce, en léger falbala;
Elle est parée, elle est étincelante, elle a
Je ne sais quoi d'étrange et de fantasque en elle :

La pâle jeune fille, elle court à la mort,
Et, ses grands yeux fixés sur le couchant plein d'or,
Splendide, elle se lance à la danse éternelle.

LE CHATEAU DE CHAMBORD.

Dans les sérénités clémentes d'un ciel pur,
Dans les bois qu'un doux souffle effleure de ses ailes,
Beau rêve aérien qui monte dans l'azur,
Chambord élève en l'air ses légères tourelles.

Dans ce château d'amour nichent les tourterelles,
Et la galanterie a son dédale obscur,
C'est le séjour heureux des belles infidèles ;
Partout, la salamandre y brûle sur le mur.

Comme la salamandre aussi, ces nobles âmes
Vivaient dans les combats comme elle dans les flammes :
Ames des vieux Valois, revenez-vous encor

Errer, parmi les bois magiques de Chambord,
Quand, dans le vague soir charmant, l'on croit entendre
Les airs lointains d'un cor mélancolique et tendre ?

LES SOLDATS DE CADMUS.

Dans notre vieille France, en labourant les glèbes,
Le paysan, partout, retrouve, dans nos champs,
Et les haches de pierre, et les silex tranchants ;
De tels cailloux sont nés les vieux soldats de Thèbes.

De là sortent aussi nos glorieux éphèbes,
Depuis le Celte fier aux victorieux chants,
Jusqu'à ces braves morts dans nos sombres couchants,
Héroïques amants des lugubres Érèbes.

Jette encore, ô Cadmus, jette derrière toi
Les haches et les dards de silex, ô mon roi !
Dans nos champs dévastés sème la dure pierre :

Que de jeunes soldats sortent de nos sillons,
Et, remplissant le ciel avec leurs cris de guerre,
Protégent nos foyers, invaincus bataillons !

DE PROFUNDIS CLAMAVI.

Toutes ces pierres dont sont faites nos demeures,
Furent, regarde-les, des coquillages fins,
Qui vivaient sur les mers aux âges anciens;
Tous disent : Il faudra, comme nous, que tu meures.

Ils eurent, eux aussi, leurs juvéniles heures,
Et, sur les flots dormants, leurs amours clandestins;
Écoute-les pleurer leurs bienheureux destins,
Et chanter sourdement leurs morts antérieures.

Un froid linceul de pierre ensevelit tes jours,
O mortel, et tu vis parmi les morts toujours :
Tu te vois enfermé, vivant, dans une tombe;

L'immonde ver t'enserre en ses replis impurs,
Et ce monde n'est, noir sépulcre où l'homme tombe,
Qu'un vieux cimetière où gisent des morts futurs.

LA FEMME EN NOIR.

Sinistrement drapée en un vêtement noir,
A ces heures, surtout, faméliques du soir,
De la guinguette obscure au léger vaudeville,
Elle circule, énigme errante, par la ville.

Traçant, par nos faubourgs, ses cercles par millier,
Partout glisse, fuyant, son spectre familier,
Et, taciturne sphinx, ce fantôme lugubre
Frôle les murs lépreux de la rue insalubre.

Que cherche-t-elle ainsi, toujours marchant, courant,
De la nuit ténébreuse éternel Juif errant,
Somnambule chasseur d'une intangible proie?

Elle erre, spectre en deuil de la fille de joie,
Autour des voluptés rebelles à saisir,
Orpheline d'amour et veuve du plaisir.

SÉJOURS D'HIVER.

Ami, non, n'allons pas dans le riche Orient,
N'allons pas habiter dans Nice la jolie,
Où le gai carnaval agite sa folie,
Où le ciel et la mer, où tout semble brillant.

Pau me plaît, son climat léger et souriant,
J'aime ce tiède ciel à la teinte appâlie
Où règnent les douceurs de la mélancolie,
Le calme souverain de son air ambiant.

Je sais bien que là-bas, sur la mer ligurique,
On cherche le bonheur bruyant et chimérique,
Et que l'amour y croit à l'éternel printemps :

Ce qu'il faut à ce cœur qui ne bat que d'une aile,
Et voit venir la mort, l'hiver et les autans,
Ce sont les pâles jours d'une automne éternelle.

LE SECRET DE CENDRILLON.

Quand elle allait au bal, la noire Cendrillon,
Dépouillant ses haillons tout sordides, la fée
L'avait de rayons clairs, éclatants, attifée,
Et la chenille ainsi s'envolait papillon.

L'œil en feu, sur sa lèvre un léger vermillon,
En sa robe d'aurore à grands plis étoffée,
De lunes, de soleils pompeusement coiffée,
Astre, elle s'élançait dans le clair tourbillon.

O fille brune, ainsi, belle nuit tentatrice,
Une fée étrange et prestidigitatrice,
Ainsi qu'un lustre, au soir, allume tes beaux yeux,

Fait, de ton beau corps sombre, une salle de fêtes,
Et tu cours, le front ceint de mille astres des cieux,
Étoile de l'amour, de conquête en conquêtes.

MA PENSÉE.

Ma pensée est en moi l'oiseau rare en sa cage
Qui se brise sans cesse aux angles du cerveau,
Et, comme une vivante enfermée au tombeau,
Meurt de soif, de désirs, de regrets et de rage.

Échappée, elle vole au-dessus de l'orage,
Par la plaine, par les ravins, par le coteau,
Sur les pics, sur les monts, plus haut, toujours plus haut,
Dans le nuage d'or, dans l'étoile du Mage.

Ma pensée est semblable à l'oiseau le condor;
Sans cesse aux infinis espaces élancée,
Dans les vagues cieux, l'aile étendue, elle dort :

Comme le matelot, sa voile dans le port,
Pliant ton aile enfin, repose, ma pensée,
Fatiguée, en ces bras maternels de la mort.

LES PYRÉNÉES

A PAU.

Que j'aime à vivre auprès des monts religieux !
De la nature ils sont comme le premier temple,
Et l'épuré regard avec respect contemple
Leur chœur sacerdotal immense et merveilleux.

Ils sont comme une fête infinie à nos yeux :
L'humble coteau se lève et prie à leur exemple,
Le désir dévient chaste auprès d'eux, l'idée ample,
Car leurs virginités habitent dans les cieux.

Telles l'on voit ici les vastes Pyrénées;
De la création ces augustes aînées,
Ainsi qu'une vestale, ont gardé le pur feu :

Elles dressent au loin leurs blanches silhouettes,
Et le pic d'Ossau, plein de prières muettes,
S'élance dans l'azur, comme un clocher vers Dieu.

ROBIN DES BOIS.

Entendez-vous au loin les accents du tambour,
Et voyez-vous passer les victoires ailées,
Les drapeaux triomphants, les gloires constellées,
Dans l'aube étincelante et dans l'éclat du jour?

De sombres conquérants sont venus tour à tour,
Mais sans prestige, sans ces splendeurs étoilées;
Leurs mémoires, bientôt mortes, s'en sont allées
Dans la nuit du tombeau, qui n'a point de retour.

Notre belle patrie a de splendides armes,
Qui ravissent les cœurs par je ne sais quels charmes,
Éblouissant le monde à leur éclat changeant;

Et toujours, idéalisant la guerre atroce,
La France tue avec une balle d'argent,
Comme Robin des Bois aux montagnes d'Écosse.

LA JEUNE VEUVE.

Sur les bords somnolents de l'étang léthargique,
Elle se promenait dans les langueurs du soir,
Et venait sur le banc solitaire s'asseoir,
Suivant le beau couchant mourant, d'un œil tragique.

Mais l'air insidieux et cet avril magique
Insinuaient au cœur un léger nonchaloir;
L'ombre molle apportait, caressant velours noir,
La volupté secrète à ce cœur nostalgique.

La jeune veuve alors, dans un tendre soupir,
Sentait son doux chagrin languir et s'assoupir,
Le songe voltiger des anciennes extases,

Et le regret passé, dans son cœur de vingt ans,
Changer en jeune amour, charmantes métastases,
Comme l'automne triste en ce tiède printemps.

LE CIDRE.

Émile, verse-moi le cidre familier,
Fais déborder sa mousse au bord de nos grands verres;
Il est d'un blond doré, tel l'adoraient nos pères :
Faisons comme eux, buvons des verres par millier.

Le cidre délicat vient des pommes amères,
De leur aigreur que le pressoir a fait plier;
Tel se corrige l'homme, et laisse l'écolier,
Ses errements et ses rudesses passagères.

L'arbre est comme nous, laid, chiche, dur, tortueux,
Et peut braver aussi l'hiver impétueux;
Rien n'égale un pommier plein de pommes vermeilles.

Mort, le pommier nous sert autant que dans sa fleur,
Car il n'est si bon feu que de ses souches vieilles,
Et son robuste sang nous prête sa chaleur.

UN CIMETIÈRE

A LUZ.

Il est un cimetière au village de Luz,
Sur un coteau riant, plein de vertes prairies,
Où j'allais bien souvent, aux longs soirs des Féries,
Écouter, dans l'air pur, le son de l'Angelus.

Que mon tombeau, paré de l'oublieux lotus,
S'élève en ce beau lieu, plein de calmes féeries,
Et que j'y puisse en paix, aux longues vespéries,
Contempler, dans l'azur, l'œil bleu de Sirius.

J'aime les cieux, les monts brillants, les claires ondes,
Les vastes horizons pleins de forêts profondes,
Et je vis dans l'horreur noire de la cité.

Je vous prie, accordez, loin de tous bruits profanes,
A mon ombre, du moins, quelque félicité,
Et le regard charmant des astres à mes mânes.

LE MONT SAINT-MICHEL.

Haut château féodal et pieux monastère,
Dont la légende est comme un fabuleux roman,
Sur les grèves sans fin du vieux pays normand,
Se dresse aux horizons ta silhouette austère.

Tel qu'un céleste esprit, le front ceint de mystère,
Perdu dans les éthers calmes du firmament,
Sur l'orage des flots tu planes constamment,
Dans le soir vague, grand fantôme solitaire.

En vain, autour de toi, gouffre toujours béant,
Hurlant comme un dragon, le vieux monstre Océan
Déroule ses anneaux et ses replis de fange.

Tu dédaignes ses cris, ses bonds tumultueux,
Et, d'un brodequin d'or, foulant son front hideux,
Tu t'élances vers Dieu, comme le grand archange.

LA VERTU DES SIMPLES.

Autrefois on voyait le pieux cénobite
Se mêler de l'emploi charmant des guérisseurs;
Les simples suffisaient, et leurs molles douceurs,
Qu'il recueillait sur la montagne qu'il habite.

Le Bénédictin, le Chartreux, le Barnabite
Apportait sous nos toits d'amples moissons de fleurs;
Ses baumes souverains réconfortaient les cœurs,
Mêlés aux doux récits du Sauveur, qu'il débite.

Chers guérisseurs, où donc êtes-vous maintenant,
Vos simples, leurs vertus, leur philtre surprenant,
Les secrets conservés sous votre obscure crypte?

Vos doux arts conjuraient l'amertume du sort,
Et, comme les charmeurs de l'ancienne Égypte,
Vous embaumiez la vie et parfumiez la mort.

LA POÉSIE DE LAMARTINE.

Il est touchant, il est étrange, il est sublime,
Il parcourt un clavier fantastique; son chant
A des sourires d'aube et des pleurs de couchant,
Et nous fait deviner encor plus qu'il n'exprime.

Il sait pénétrer la fibre la plus intime;
Il enchante toujours : prisme au reflet changeant,
Pâle lune mourante au fin rayon d'argent,
Rare et fantasque oiseau planant sur un abîme.

Mais il aime surtout les infinis; sa voix
Nous fait rêver dans la profondeur des grands bois,
Dans les grands déserts, sur la plage solitaire.

Pleine d'obscurité charmante, elle séduit,
Et nous vient, vague, des régions du mystère,
Comme le rossignol qui chante dans la nuit.

BORDELAISE.

Près de sa mère assise, un dimanche, à Bordeaux,
Dans le jardin public, au printemps qui commence,
Elle aspirait l'air pur et la fraîcheur des eaux,
Et son chœur chantait la printanière romance.

Son cœur aussi fleurit, bel avril en avance;
Une séve créole en lui circule à flots;
Dans son sang, des climats lointains l'effervescence
Fait courir les parfums fragrants des pays chauds.

Ainsi, la tête lourde et tout épanouie,
Un rayon mordorait sa pâleur éblouie,
Et frissonnante en sa collerette de lin.

Elle ondulait, drapée en des splendeurs de moires,
Et, dans le blanc laiteux du vague cristallin,
Ses prunelles nageaient comme deux perles noires.

LE COUZOUTLÉ.

Connais-tu cet oiseau qui chante en Amérique?
Sans cesse l'on entend dans les bois ses concerts;
On le suit à la trace, au charme de ses airs,
Mais toujours aux yeux il échappe, chimérique.

Et moi, je sais de même une rare musique,
D'un vague oiseau chantant dans des bois toujours verts;
Elle paraît venir des ciels bleus entr'ouverts,
Et verse au cœur un charme ineffable et mystique.

Merveilleux, unissant à la nature l'art,
Profond comme Beethoven, tendre comme Mozart,
Son chant est doux, rêveur, étrange, intraduisible.

Nous poursuivons en vain cette voix, nuit et jour,
Et toujours chante en nous, et toujours invisible,
L'oiseau léger, l'oiseau charmeur, l'oiseau d'amour.

OU VAS-TU, PALE ÉTOILE?

Où vas-tu, pâle étoile, en ces déserts des cieux,
Promenant tes ennuis et tes clartés mystiques,
Depuis les âges d'or et les siècles antiques,
Éternel voyageur au vol silencieux?

Où vas-tu, vaste mer, aux grands flots soucieux,
Qui fais gémir partout tes plaintes romantiques,
Menant le chœur dansant des lames fantastiques
Sur les grèves sans fin, les récifs sourcilleux?

Où vas-tu, brise errante, et qui sans cesse pleures,
Sur les bois, sur les monts, sur nos hautes demeures,
Recommençant toujours ton éternel chemin?

Nous allons tous où vous allez, folle jeunesse,
Où tu vas le front ceint d'un bandeau, pâle humain :
Vers un but ignoré qui recule sans cesse.

LE NOIR FLEUVE.

Je regarde, pensif, le noir fleuve qui coule,
Vaste, morne, profond, impassible, aux flots lourds,
Chantant, comme un damné perdu, toujours, toujours,
Triste comme mon cœur, cruel comme la foule.

Emblème ténébreux du destin qui me foule,
Un flot noir passe, un flot plus noir reprend son cours :
Tels succèdent, amers, mes jours après mes jours,
Mon éternel malheur éternellement roule.

Onde, qui que tu sois, le Styx ou le Léthé,
Ton flot inexorable est ma félicité :
Emporte-moi jusqu'à la mer fatale, immense;

Que l'abîme sans fond de son gouffre béant,
M'affranchissant des noirs enfers de l'existence,
Rende à mon cœur perdu le charme du néant.

GUIDE DU VOYAGEUR

DANS L'AUTRE MONDE.

Ami, tu meurs; vas-tu, dans l'autre monde, au bal?
Mais, si la salle est belle et la clarté l'inonde,
La Macabre, surtout, danse dans l'autre monde,
La Mort y tient l'archet du morne carnaval.

Vas-tu souper? tu peux trouver festin royal,
Écrevisse, Poissons, la fine chair abonde;
Mais la bonne fortune est triste; brune ou blonde,
Seul, un squelette maigre égaiera ton régal.

Tu veux chasser; vaste est la plaine, un Sagittaire
Avec son Chien y met force gibier par terre;
Mais prends garde, entends-tu rugir le grand Lion?

Tu vas jouer; partout joueurs à pleine troupe,
Mais là surtout, le Grec pullule à million,
Et Satan excelle à faire sauter la coupe.

ACHERONTIA ATROPOS.

Étrange insecte, sphinx à la tête de mort,
Lorsque tu viens errer dans la nuit solitaire,
Mystère ailé, volant dans l'ombre du mystère,
Je suis ton vol obscur, d'un rêve qui s'endort.

Noir fantôme, pourquoi quitter le sombre bord,
Et que viens-tu chercher, par la nuit, sur la terre?
Pourquoi sans cesse ainsi ton spectre macabre erre,
Sans cesse promenant son inutile essor?

Ah! c'est qu'un long tourment torture ta pensée,
Qui te poursuit partout, dans ta fuite insensée,
Et trompe un noir secret tes sombres yeux de lynx :

Vous souffrez toutes deux d'une éternelle envie,
Car à jamais la mort pour la vie est un sphinx,
Et la mort cherche en vain l'énigme de la vie.

LE BALCON.

La grille contournée en festons sinueux
Accroche à ton balcon ses fines fleurs dorées,
Enlaçant autour de tes grâces adorées
Leur onduleux dessin bizarre et précieux.

En légers entrelacs, en plis capricieux,
En guivres aux flancs tors, aux ailes essorées,
Assouplit l'âpre fer ses tiges décorées,
Que la flamme dompta du mordant de ses feux.

Ainsi mon cœur amer, aux voluptés rebelle,
Dans le charmé regard de tes yeux éblouis,
Sent ses aoûts mourants en fleurs épanouis.

Et, sous le pourpre éclair de ta lèvre si belle,
Mes durs pensers, trempés dans le feu de l'amour,
Serpentent à tes pieds et rampent tout autour.

BEAUTÉ AUTOMNALE.

Non, ne me parle pas du cours de tes années,
Chaque nouveau soleil ajoute à ta saveur,
Aiguise ton goût fin, savant et caresseur,
Le charme étrange de tes grâces surannées.

J'aime la chair meurtrie et les roses fanées,
Mieux se dégage ainsi leur capiteuse odeur,
Leur bizarre mordant, leur subtile senteur,
Et l'irritant parfum des ardeurs émanées.

Ton automne, ma belle amoureuse, est pareil
A nos bois, en octobre, au ton riche et vermeil,
A la grappe, au coteau, pourpre, invitante et mûre;

Ta chair flatte le tact encor plus que les yeux;
C'est une fraîche fleur qu'une jeune figure,
Épanoui, ton corps est un fruit merveilleux.

LE RÊVE DE L'AMOUR.

Amour, emporte-moi sur ta barque légère,
Et fais-nous aborder à l'île du plaisir,
Aux fins gazons, parmi la forêt bocagère,
Et que ta voile s'enfle au souffle du zéphyr.

Allonge, pour nos cœurs, l'heure du doux loisir,
Fais frémir dans nos bras la beauté passagère,
Fais briller ce bonheur que l'on ne peut saisir,
Et reluire un ciel pur dans l'onde mensongère.

Mais déjà tout s'éteint aux ombres des couchants,
Déjà l'étoile pâle aux horizons se lève,
La rive qui s'enfuit s'efface sur la grève.

Tout s'évanouit, meurt, au sein des soirs changeants,
L'onde, le ciel, le jour, nos rires et nos chants :
Est-ce un rêve d'amour? est-ce l'amour d'un rêve?

8

CARNAC

PRÈS DE VANNES.

Sphinx étrange et barbare, insolite menhir,
Qui peuples de Carnac les antiques rivages,
Antédiluvien témoin des premiers âges,
J'évoque vainement ton vague souvenir.

Ah! comme nous aussi, ces peuplades sauvages,
Grâce à ces monuments, ne croyaient point finir;
Ces fiers granits devaient sans cesse rajeunir
Leurs noms célèbres, leurs massacres, leurs ravages.

Mais, dites, qu'êtes-vous, ô pierres du passé?
Chant de gloire ou de deuil, tombe, rite effacé,
Vous que hante la fée et brode la légende?

Vaine énigme sans mot d'éteinte nation,
Vous vous dressez, au soir, parmi la vague lande,
Comme autant de points noirs d'interrogation.

X...

Comme un vieillard, penché sur la fuite des ans,
Survit aux autres, et se survit à lui-même,
Et pleure amèrement, dans un regret suprême,
Tous les amours perdus de ses passés printemps;

Comme un Pygmalion, sous ses doigts palpitants,
Croyant qu'il sent frémir le beau marbre qu'il aime,
Et qui voit aussitôt, avec rage et blasphème,
S'évanouir son rêve au gouffre des néants;

Tel, impuissant jouet d'une éternelle envie,
Dieu voit s'évanouir le fleuve de la vie,
Et tout mourir, en proie au veuvage éternel;

Et créateur sans fin d'éphémères désastres,
Eunuque misérable, au fond du vide ciel,
Il égrène en l'ennui le rosaire des astres.

LA COQUILLE.

Je suis un faible écho de l'immense univers,
J'ai saisi quelques sons du vaste paysage
Qu'entrevoit l'homme dans son court pèlerinage,
Et ma voix cherche à les redire dans ces vers.

Ainsi je ressemble à la coquille des mers,
Que la houle roula dans le vent de l'orage,
Et promena longtemps de rivage en rivage,
A travers les concerts plaintifs des flots amers.

Elle s'est imprégnée aux fauves symphonies,
Et son cœur a gémi des flots aux agonies,
Et des plaintes sans fin du sauvage ouragan :

Mets la coquille si fragile à ton oreille,
Soudain retentirent dans ton âme, ô merveille,
Les cris tumultueux de l'immense Océan.

LE CHATEAU DE VERSAILLES.

C'est un palais de marbre, où, sous les hauts portiques,
Résonne un doux concert aux éternels accords,
Des salons ruisselants de luxe, de décors,
Des lustres, des cristaux, des merveilles antiques.

Dans des jardins de fée, étranges, fantastiques,
Où brillent les airains, les brèches, les portors,
L'onde esclave s'écoule en des cascades d'ors,
Ou monte dans la nue, arcs-en-ciel prismatiques.

Là, dans des bals sans fin, que doublent les miroirs,
Tourbillonne une cour, aux mille feux des soirs,
Les marquis chamarrés, les somptueuses dames ;

Et moi, quand le couchant dore son front vermeil,
Je crois voir, à travers les horizons en flammes,
Étinceler le grand palais du Roi-Soleil.

LE VIN D'OR

DU LIBAN.

Je suis roi du festin, moi, vin d'or du Liban,
J'usurpe du soleil la chaleur et la flamme,
Je donne au jour son charme et sa grâce à la femme,
Je fais fuir Mahomet, et tomber le turban.

Je suis l'astre secret qu'adore l'Ægipan,
Je croîs au bord du ciel dont je suis le dictame,
Le mourant, dans mon cœur, trouve une seconde âme,
Et celui qui me boit devient dieu comme Pan;

Je change en diamant le cristal de ma coupe,
Un riant paradis dans mes ors se découpe,
J'ai l'œil magicien et jaune d'un démon;

C'est en moi que puisa sa profonde sagesse,
Le mage d'Orient, le grand roi Salomon,
Et de mon or fluide a coulé sa richesse.

LES TRISTESSES DE L'AMOUR.

Les accents de l'amour sont remplis de tristesse.
Entends-tu soupirer les haleines des bois?
Est-ce un chant de plaisir, ou des pleurs, cette voix
Sur les rosiers en fleur qui repasse sans cesse?

Et la vague des mers qui pleure toujours, est-ce
La molle Cythérée en proie aux doux émois,
Ou des clameurs sans fin de douleurs aux abois,
La lamentation, ou des cris d'allégresse?

Ah! l'amour et la mort, vous êtes les deux sœurs,
Pleines des mêmes maux et des mêmes douceurs;
Un charme douloureux dans votre âme respire;

Et, comme un Christ mourant sur son arbre exalté,
C'est aussi sur sa croix que la pâle hétaïre,
Triste, ouvre ses bras pour presser l'humanité.

LA GRANDE PYRAMIDE.

La grande pyramide élève son front morne
Sur les grèves sans fin d'inanimés déserts,
Et sur l'horizon vide, et le vague des airs,
Règne son spectre mort et vide que rien n'orne.

Là, couché dans l'oubli, sur le sable d'un morne,
Les yeux fixes, perdus sur ces arides mers,
Mon âme s'harmonise aux horizons amers,
Et ma pensée aussi devient vague et sans borne;

Dans ces déserts sans fin, s'effacent les instants,
Tout fuit, tout disparaît, et l'espace et le temps;
Tout est plus grand, plus haut, plus vaste que la terre;

Et, dans l'infini vide, immense, illimité,
La haute pyramide est l'aiguille solaire
Qui marque tes moments, ô morne Éternité.

LE CYCLOPE ENNEMI.

Que nous veut cette vie amère et monotone,
Ces naissances, ces morts, tous ces avortements,
Almanach insipide aux mêmes changements,
Ce printemps, cet été, cet hiver, cet automne?

Pourquoi tout ce labeur que l'univers se donne,
Tous ces êtres d'un jour pour l'abîme du temps,
Ces vains mondes, phénix toujours naissants, mourants,
Ce cycle puéril qu'un sourd destin ordonne?

Soleil, astre de vie et de mort, unique œil,
Qui donnes tour à tour la lumière et le deuil,
Et condamnes le monde à l'être périssable;

Comme Ulysse, pourquoi n'ai-je un épieu dispos,
Cyclope, pour crever cet œil épouvantable,
Et rendre l'univers à l'éternel repos?

8.

LE SAPIN.

Pleure, triste sapin du Nord, sur la montagne,
Gémis, au souffle amer des pluvieux autans,
Quand hurle la rafale en des cris éclatants,
Que le froid tourbillon des neiges accompagne.

Mêle ta plainte à la plainte de la campagne,
Quand l'ouragan cruel déchire tes printemps,
Et, surplombant de noirs torrents, vois fuir tes ans
Comme un damné, perdu dans les clameurs d'un bagne.

Un jour, ton bois léger devenu violon,
Sous les doigts déliés d'un habile Apollon,
Exhalera les sons d'une tendre musique;

Et ton âme, instrument choisi du dieu des vers,
Vibrante par un charme ineffable et magique,
Traduira ses douleurs en mélodieux airs.

LES TAMBOURS INVISIBLES
DE 1793.

Marco-Polo, passant par des déserts de sable,
Entendit dans le soir d'invisibles tambours,
Et le long souvenir lui demeura toujours,
De ce fantasque bruit, vague, indéfinissable.

Quels inconnus démons, dans ces mornes séjours,
Font retentir ainsi ce bruit insaisissable ?
Pour quel combat, pour quel ouragan effroyable
Éteignant, à jamais, la lumière du jour?

Et moi, toujours j'entends des tambours invisibles,
Qui battent dans la nuit des airs intraduisibles,
Et dont le rhythme étrange est voilé comme un pleur :

Ils battent, sans répit, dans le désert des foules,
Et lugubre signal de la grande Terreur,
Des révolutions ils soulèvent les houles.

LES CIMES.

Pure comme la neige en sa virginité,
Vois, sortant des glaciers, l'onde fraîche et limpide,
Glisser, cascade ailée, en sa fuite rapide,
Parmi les verts gazons, prisme diamanté ;

Mais, bientôt, elle roule en l'amère cité,
Souillant aux fanges sa belle robe fluide ;
Puis, vapeur, dépouillant son vêtement sordide,
Pure, remonte au ciel de sa félicité.

C'est le charme et l'ennui de nos métempsycoses ;
L'être ainsi toujours monte à la cause des causes
Et retombe souillé dans nos mondes impurs ;

Toujours, pour retomber aux fautes familières,
Notre âme vole à Dieu dans ses plus clairs azurs,
Vainement retrempée au flot pur des prières.

LA VUE DE PAU.

Ah ! quel enchantement que Pau ! quel charme étrange,
Ces montagnes qui changent d'aspect tous les jours,
Ce calme élyséen dans ces tièdes séjours,
Où de songes flottants le bonheur se mélange !

La neige aux horizons fantasques met sa frange,
Un gave ailé serpente aux sinueux détours ;
L'aube gaie a le rose aimable des amours,
Un ciel riche se meurt en des lueurs d'orange.

Les arbres déliés qu'amenuise l'hiver
Profilent leurs légers fantômes dans l'air clair,
Où de dorés ramiers font palpiter leurs ailes ;

Et, sur le fin coteau, dans les soirs effacés,
Le vieux château s'endort, et ses blanches tourelles,
Vague rêve lointain des grands âges passés.

LE DERNIER DIEU.

Il est comme une vierge au bel œil caressant,
Il console d'un mot la jeune courtisane ;
Une douceur de lui, comme un parfum, émane,
Il embrasse le faible et charme l'innocent.

Sur les foules, son Verbe aimable, attendrissant,
Tombe, comme au désert pleuvait l'heureuse manne ;
Aux femmes, aux enfants, vision diaphane,
Il luit, mystique étoile et rayon ravissant.

Vois-tu, c'est le beau Christ qui revient de la tombe,
Il est charmant, il est doux comme la colombe,
Mais morbide, alangui, ce n'est pas le Dieu fort :

A ce Dieu du tombeau manque une âme virile ;
Et, des embrassements froids de la pâle mort,
Ce Christ est sorti pâle, immortel et stérile.

ARISTOCRATIES.

S'élevant au-dessus du vil troupeau des plèbes,
Que j'eusse aimé de voir, aux âges anciens,
Ces races aux contours choisis, aux torses fins,
Libres du dur travail misérable des glèbes !

Tels ces beaux jeunes gens et de Sparte et de Thèbes,
Vêtus de la splendeur des purs patriciens,
Assouplis cavaliers, sveltes miliciens,
Des divins Parthénons héroïques éphèbes.

Ah ! qu'il est loin de nous, ce noble âge enchanté
Où trônait partout la souveraine beauté,
Au bruit harmonieux des purs hymnes sonores,

Dans la nuit empourprée et sur le bord des cieux,
Quand marchait, plus charmant que les jeunes aurores,
Un peuple sculptural de héros et de dieux !

L'HÉTAIRE MOURANTE.

Oui, prends, ma chère Anna, tes plus rares dentelles,
Mets tes boucles d'oreille et tes bracelets d'or,
Tes rubis, tes saphirs, tes topazes encor,
Et ton triple collier des perles les plus belles.

Prends tes pourpres coraux, ces roses immortelles,
Tes habits somptueux de luxe et de décor;
Vide tes fins écrins et ton secret trésor,
Comme un paon fait la roue en éployant ses ailes;

Car tu t'en vas partir au pays des amants,
Des bals, des lustres d'or, de la galanterie,
De la musique et de l'éternelle féerie :

Prends tes plus fins atours pour ces bleus firmaments,
Et revêts, belle Anna, tes plus gracieux voiles,
Pour, morte, te mêler aux danses des étoiles.

NAPLES.

Sur les flancs orageux du redouté Vésuve
Fleurit l'éternel rire et le fin concetti ;
Et le mystique vin du Lacryma Christi
Mûrit ses ceps au feu bouillonnant de sa cuve.

Dans le sol embrasé, dans l'incessante effluve,
Dans l'ozone nombreux d'un air appesanti,
La fleur et le parfum au lointain ressenti
Germent comme en la serre, ou comme en une étuve.

Telle, en les flots amers du noir gouffre Océan,
Sur la vague orageuse et l'abîme béant,
Naît, dans sa conque d'or, la molle Cythérée ;

Ainsi s'épanouit, aux regards du ciel bleu,
Naples la bienheureuse, et Naples l'adorée,
Sur l'orage éternel d'un océan de feu.

AVRIL.

Il avance, il recule, il pleure, il s'abandonne,
Il regarde à travers l'horizon, inquiet,
Ses yeux sont pâles, son beau sourire est muet,
Le doux printemps d'avril qui ressemble à l'automne.

Car le ciel est toujours triste et froid; il s'étonne;
Son espérance a l'air soucieux d'un regret;
L'amour, frileux encor, n'y chante qu'en secret;
Mais vois ces fins lilas qu'un clair bourgeon festonne.

Ainsi ton front est pâle encore, et tes beaux yeux
Semblent luire au travers de l'hiver soucieux;
Mais un jeune printemps dans ton âme fermente,

Un léger violet miroite dans tes noirs,
Comme un flot incarnat court sur ta lèvre aimante,
Et ton aube rose a chassé l'ombre des soirs.

LE RÉVEIL DE LA JEUNE FILLE.

D'où vient cette pâleur sur sa teinte rosée,
Quand s'ouvrent ses beaux yeux, en l'aube du matin?
Quel frisson de sa peau frôla le doux satin,
Troublant de ce lac pur la grâce reposée?

Comme une fleur des champs à la fraîche rosée,
Elle a dormi sa nuit d'un sommeil enfantin;
Quel gnome, quel démon, quel sylphe, quel lutin
Fit pâlir ses traits fins d'une aile trop osée?

Ah! quand son blanc corps plonge en son lit familier,
C'est que son jeune cœur, inquiet cavalier,
Se fatigue à voler dans le temps et l'espace :

Il parcourt les champs, les monts, les forêts, les mers,
Suit le chemin par où l'astre d'or au ciel passe,
Et, féerique oiseau bleu, dort bercé dans les airs.

LE SIGNE.

Vois, parmi tes beaux seins, comme une mouche pose :
Telle la mouche sur une coupe de lait,
Un insecte d'or sur un lilas violet,
Tel un papillon noir sur le sein d'une rose.

Serait-ce un doux baiser qui, par métämorphose,
A tout jamais s'oublie en ce sein rondelet ;
Ou quelque rare oiseau comme un fin roitelet,
Bercé dans ce ciel pur où son âme est éclose?

Oiseau léger, oiseau céleste, oiseau charmant,
Berce-toi dans ta couche amoureuse et choisie,
Courtise, papillon, ta rose, heureux amant,

Épuise, insecte d'or, ta coupe d'ambroisie ;
Et, toi, mon long baiser, meurs éternellement,
Dans les ivresses de ce rose firmament.

LE RÊVE D'UN RÊVE.

Je passe maintenant, pris de l'amour de l'onde,
Mes jours entiers, penché sur le bord du bassin :
Prends-moi, bel élément féminin, dans ton sein,
Onde pure et légère, éclatante et profonde.

Sur l'eau claire apparaît, comme un charmant dessin,
Un ciel bleu, transparent, vague, radieux monde,
Où le calme bonheur avec la grâce abonde,
Où glissent des oiseaux d'amour, brillant essaim ;

Ah! vaine illusion, vains fantômes, vains rêves,
Vaines amours qui nous bercez le cœur sans trêves ;
Vision si charmante, un souffle a tout chassé ;

Ce bleu, ce ciel, cette eau, ce miroir, tout est songe :
Faut-il pleurer, mon cœur, un vain monde effacé,
Ou, cœur passager, croire au passager mensonge?

LE PIN DES LANDES.

Pins innombrables, pins légers, pins toujours verts,
Qui des landes peuplez la plaine monotone,
J'aime à suivre les grands soleils mourants d'automne,
Et les blanches villas brillant par vos travers.

Hauts piliers infinis du temple des déserts,
L'attrait grave et pieux de vos grands bois étonne,
Leur cime se va perdre en l'air qu'elle festonne,
Et toujours vous vibrez de parfumés concerts.

Vous avez la sveltesse et des cheveux de femme,
Et votre âme charmante est la sœur de leur âme :
Elle aussi toujours garde un printemps éternel ;

La séve généreuse en vos beaux seins abonde,
Et votre cœur, malgré sa blessure profonde,
Vivace, continue à germer vers le ciel.

LA RIVIÈRE DE BORDEAUX.

Rien ne me plaît autant, Bordeaux, que ta rivière ;
Et que j'aime y voguer en l'aube du matin,
Dans des douceurs d'ouate et des blancheurs de lin,
Quand l'eau frissonne au clair baiser de la lumière !

La voile sinueuse à forme singulière,
Nombreux cygne d'argent, nage à l'horizon fin ;
Et la rive qui glisse, au contour clandestin,
Sourit dans sa verdeur légère et familière.

Notre vie ainsi coule en l'insensible oubli,
Bercée au flot soyeux du beau fleuve appâli,
Au long des verts coteaux des plus fins crus du monde :

Et l'on arrive au grand phare de Cordouan,
Et des molles langueurs de la rivière blonde,
Dans le sein ténébreux du sauvage Océan.

OMÉGA.

Oméga, c'est la fin, c'est le terme fatal,
Et la fin est toujours bien triste en toute chose;
Vois la fin de l'année et celle de la rose :
Il faut mourir, il faut finir; c'est là le mal.

A ce jour, pour chacun de nous tout est égal,
Et plus riche est ta vie et plus ta fin morose;
Il faut partir, il faut tout quitter; nulle pose :
Chère âme, Cendrillon, fuis au plus beau du bal.

Parents, amis, fortune, amours que Dieu nous donne,
Ou nous désertons tout, ou tout nous abandonne :
Oméga, le livre est déchiré; c'est la fin;

Il est triste ou charmant, on y rit, on y pleure :
Le banquet est banal, grossier, délicat, fin;
Tôt ou tard, Rabelais, arrive ton quart d'heure.

V

ISIS

Le Caire, 1880.

LE PALAIS DU GÉSIREH

AU CAIRE.

Aux jardins Gésireh des Mille et une Nuits,
La sultane se berce et trompe ses ennuis;
Regarde l'eau baignant le vaste sycomore,
Où se mire sans fin sa sombre beauté maure;

Ou, mollement couchée en ses soyeux tapis,
Boit le jour tamisé des fins moucharabis,
Elle écoute, assoupie en ses grottes profondes,
Le bruit mystérieux que font les sourdes ondes;

Ou bien, au soir, sur ses terrasses, vers Boulak,
Voit le Nil miroitant, profond comme un beau lac;
Décèle, nonchalante, au couchant taciturne,

Sa splendeur ténébreuse à la lune nocturne,
Et, rêveuse, elle suit, remontant à ses pieds,
Vers ses midis aimés les lourdes dahabiehs.

CHÉOPS.

Seul dans ma pyramide, éternelle momie,
De mon sombre néant j'emplis un vaste mont;
Sans même m'effleurer, passent les bruits que font
Les siècles s'écroulant sur mon ombre endormie.

Lugubre sphinx, je fuis la lumière ennemie,
La nuit noire m'étreint dans mon antre profond,
La lourde éternité pèse aux ors de mon front,
La Goule, autour de moi, voltige, et la Lamie.

Pour toute cour, le vol lourd des chauves-souris;
Tout un peuple de morts m'assaille de ses cris,
Esclaves mutilés de mes grandeurs funèbres.

Mon superbe tombeau m'écrase de son poids,
Et, type suranné du vain orgueil des rois,
S'égrènent mes ennuis dans mes mornes ténèbres.

LES PALMIERS D'ALEXANDRIE.

Le regard attristé, sur ton sol, cherche en vain,
Ville de Ptolémée, ô noble Alexandrie,
Ces beaux temples sacrés du pur paros divin
Où déroulait l'art grec sa blanche théorie.

Des enfants du désert maintenant la patrie,
Ton sol fut ravagé par le dur Bédouin,
Et le cœur pieux pleure, en son idolâtrie,
Ta charmante colonne ionique au jet fin.

Mais ici la nature, en sa grâce éclatante,
Nous rend cette colonne à délicate acanthe,
Et, par ses jeux subtils, sait égarer nos yeux.

Et, sous les hauts palmiers aux onduleuses palmes
Qui s'élèvent en chœur, droits et majestueux,
Mon âme croit errer dans tes beaux temples calmes.

LE LION DE RHAMSÈS.

Le roi Rhamsès, partant pour conquérir la terre,
Emmenait avec lui toujours son grand lion,
Calme et grave, splendide en sa rébellion,
Qui le suivait partout, même au conseil de guerre.

Au moment du combat, dans sa grande colère,
Le fauve dévorait toute une nation,
Mais toujours se gardant d'extermination,
Redevenait, après le combat, débonnaire.

Aussi, du grand lion miséricordieux
L'Égyptien a fait son blason glorieux,
Gravant sur ses tombeaux le pacifique emblème :

Rois et chefs, qui menez partout les grands combats,
Ayez toujours ainsi, comme un autre vous-même,
Un lion qui combatte et ne massacre pas.

LE COFFRET DE SANTAL.

Sur le coffret léger de fin bois de santal,
A ciselé l'Hindou sa fantasque pagode;
Un palmier penche auprès aux palmes d'émeraude;
Partout court le fouillis d'un jungle oriental,

Partout l'oiseau bleu chante en notes de cristal;
Le superbe lion par ces ténèbres rôde,
L'éléphant s'y complaît, dans l'atmosphère chaude,
Et lance le jaguar ses griffes de métal.

Dans ce fin coffret au paysage exotique,
Sous ce jungle embaumé d'une odeur érotique,
Recueille tes billets doux, tes lettres d'amours,

Pour qu'après le départ de l'amour trop briève,
Le léger souvenir envolé des beaux jours
T'arrive en doux parfums des beaux pays du rêve.

LES ROSES DE DAMAS.

Amoureux de toi, sur un mode élégiaque,
Je veux pleurer, Damas, ta beauté syriaque :
O vergers, paradis des divins Orients,
Parcs ombreux, grands jardins sans cesse souriants,

Fins coteaux embaumés, et plaine savoureuse,
Où s'étale en fruits d'or la nature amoureuse,
Le temps viendra trop tôt que l'impur Giaour,
Brutal, profanera tes paradis d'amour,

Troublera les azurs de ta claire citerne,
Sur tes tissus pompeux mettra sa couleur terne,
Et changeant, t'entourant de son morne linceul,

Ton riant arc-en-ciel en nuance de deuil,
Éteindra, violant ton délicat pétale,
Dans ses ors empourprés ta rose orientale.

LE NIL.

Je l'aime enveloppé de lueur délicate,
Dans ses vapeurs de brume et ses douceurs d'ouate,
J'aime le Nil sacré dans l'aube du matin,
Bel éphèbe vêtu de sa robe de lin;

Quand, serpentant et vague, avec son onde austère,
Il ceint, insinueux, l'Égypte du mystère;
Vers sa source mystique et nagent, voiliers lents,
Les blanches dahabiehs, beaux cygnes indolents;

Quand, émergeant de l'ombre, avec son front splendide,
S'éveille dans le ciel la vaste pyramide,
Et, sur les bords douteux du beau fleuve auroral,

Fuit, dans sa gaze d'or, maint fantôme spectral,
Et déroulent sans fin, sublime théorie,
Les droits et hauts palmiers leur fantasmagorie.

LE CAIRE.

C'est comme un grand village à mille minarets ;
Mainte riche mosquée en poudre, mainte impasse,
Parmi l'étroit Mouski, tout l'Orient qui passe,
Des palais de carton formant de blancs carrés.

L'Européen qui naît, l'Arabe qui s'efface,
Des ânes, des chameaux, des peuples bigarrés,
De grands eunuques noirs, des saïs chamarrés,
Et les belles fellahs minces, à pâle face.

Sur ce monde en poussière, avec de grands détours,
Parmi les hauts palmiers planent de noirs vautours,
Traçant dans le ciel bleu leur éternel sillage.

Un chaud soleil se meurt dans des couchants ambrés,
Et la fleur des consuls, sur le sombre feuillage,
Pose comme un léger vol d'oiseaux empourprés.

LA DANSE DU SABRE.

L'Arabe tient des doigts légèrement le sabre,
En dessinant un pas sobre, fin et brillant ;
Le rhythme s'accélère, et le fer scintillant
Étincelle et voltige aux feux du candélabre.

Comme suivant les sauts d'un coursier qui se cabre,
L'acier s'élance à droite, à gauche, en tournoyant,
Rampe, court, bondit, vole et vibre, flamboyant,
Aux regards effarés de sa danse macabre.

C'est la danse, la belle danse de l'acier,
Que danse en ses déserts l'Arabe familier,
Aux feux du soir, avec sa souple et fine lame.

Il aime sa sveltesse et l'éclair de son œil,
C'est son épouse, c'est sa maîtresse, sa dame ;
Couchez-les côte à côte en un même cercueil.

LA MUSIQUE ARABE.

J'aime l'accent traînant de la musique maure,
Et son mode mineur et sa gamme amollie;
Aux charmes douloureux de sa mélancolie,
Elle endort mon cœur sous le large sycomore.

Comme un écho lointain, dans les bois, qu'on adore,
Comme un refrain mourant d'une lèvre pâlie,
Comme la cloche au vent faible, au soir, qui s'allie,
Comme le son, la nuit, de la pâle mandore,

Les accords langoureux de son rhythme incolore
Semblent le chant plaintif d'une âme qui vous prie,
Ou, dans l'air embaumé du couchant qui se dore,

Une voix en l'amour qui se berce attendrie,
Où le baiser heureux au soupir se marie,
Qui se pâme et se meurt, et se ranime encore.

TOURBILLONS DE POUSSIÈRE.

La poussière en torrents enveloppe le Caire,
Ainsi qu'une bataille où planerait la mort;
Est-ce un grand combat des Pyramides encor
Qui la soulève au ciel, ainsi qu'un blanc suaire?

Dans les couchants tendus d'une pourpre sévère,
Comme un feu de Bengale elle sème son or,
Sur mille minarets planant, pompeux décor,
Mirant leurs fins contours dans des lacs de lumière.

Est-ce un ardent Semoun que transportent les vents,
Les grands chameaux par bande, ou le pas des vivants,
Ou la cité qui croule en poudre tout entière ?

L'âpre désert t'assiége, Égypte aux minces bords;
Soufflant sur Sakkarrah, ce vaste cimetière,
Il envoie en ton ciel la poussière des morts.

LE SYCOMORE DE LA VIERGE.

Le soleil transperçait de flèches d'or la plaine,
Un lourd Semoun planait sur le morne désert,
Des sables ondulaient au loin, ardente mer,
Et tout le paysage haletait, hors d'haleine.

Seul, le beau sycomore, au bord de la fontaine,
Étendait ses rameaux profonds dans l'air amer,
Et la Vierge abrita, sous son feuillage vert,
L'enfant Jésus jouant à ses doux bras de reine.

Depuis cet heureux jour, un riant oasis
Anime ces beaux lieux, près d'Héliopolis,
Toujours jeune s'étend le vaste sycomore.

La fleur rare y tapisse au loin le sol charmé,
Le beau fruit de l'orange y luit à l'œil du Maure,
Et le cœur y respire un doux air embaumé.

LA BARQUE AUX VOILES VERTES.

J'ai vu ce tableau turc, passant par le bazar :
Une barque légère à grandes voiles vertes,
Dans un océan d'or, sur les lames désertes,
Voguant vers un ciel pourpre à l'horizon fuyard.

Et ce tableau m'émut, prestigieux, sans art :
La barque au vent volait, toutes voiles ouvertes,
Vers quel but inconnu, vers quelles découvertes ?
Et tout violait l'œil, insolite et criard.

Et maintenant, perdu sur mon lit de souffrance,
Je vois toujours la barque étrange du bazar,
Qui vole si vite, à voiles vertes, sans art.

O barque, emporte-moi, barque de l'espérance,
Dans ton océan d'or, vers tes couchants vermeils,
Porte mon âme errante aux pays des soleils.

LA MAISON ARABE.

Elle me plaît; partout la légère arabesque
Y court, entrelaçant sa ligne pittoresque;
Sur les larges divans aux précieux tapis,
L'œil heureux boit le jour doux des moucharabis.

Un plafond somptueux, stalactites magiques,
Pend sur le sol ouvré de riches mosaïques;
Partout de beaux tissus, étincelants, moirés,
Des meubles de bois rare, aux semis ivoirés;

Les hauts murs constellés de riantes faïences,
De grands vases pompeux sur les sombres crédences,
Un vitrail fin, léger voile de pourpre et d'or,

Y tamise un ciel pur d'éternel messidor;
Enfin, sur la terrasse, au soir, la belle almée
Fait luire l'ombre avec sa figure charmée.

LE CHAMEAU.

Dans ses grands Saharas, le chameau familier,
Souple, fait onduler sa ligne serpentine,
Il flaire le khamsin de sa fauve narine,
Et l'invisible puits du rare chamelier.

Balancée à son dos, d'un rhythme régulier,
Trône en ses palanquins la brune Levantine,
Sondant ces mers sans fin de sa pupille fine,
Et bercée ainsi qu'en un haut vaisseau voilier.

Ainsi vont les chameaux des grandes caravanes,
Dansant, aux Saharas, leurs fantasques pavanes,
Éternels Juifs errants de ces arides mers.

Ils voguent dans le sable avec leurs cols de cygne,
Et, toujours ondulant, pleins d'une grâce insigne,
Leur pas lent scande le silence des déserts.

9.

LA FELLAH.

Je crois revoir encor, dans sa calasiris,
La belle Égyptienne en l'ère d'Osiris,
Quand, portant à son front la délicate amphore,
S'avance la Fellah dans la légère aurore.

Elle effleure le sol avec ses beaux pieds nus,
Elle a l'arc de Diane et les seins de Vénus,
Et, quand elle se pose en sa sobre tunique,
On croit voir la colonne en sa grâce ionique.

O Nil secret et pur, des fleuves premier-né,
Les Dieux vivent encor sur ton sol fortuné,
Isis est immortelle, et tes brunes déesses

Ont tous les paradis dans leurs noires caresses;
Et, sous leur voile, on lit dans leurs mystiques yeux,
De leurs sombres splendeurs l'attrait mystérieux.

LES PEUPLIERS DU CAIRE.

Ah! pauvres peupliers de mon pays natal,
Tout vit, s'épanouit aux rivages du Maure,
Le ficus, les lebbecks, le large sycomore,
Le palmier triomphant dans ces airs de cristal.

Seuls, vous dépérissez, par un destin fatal,
Votre tronc s'étiole aux climats de l'aurore,
Votre rameau pâlit, tombe et se décolore,
Vous mourez dans l'azur du ciel oriental.

Vous êtes comme moi, peupliers de nos brumes,
Ces Orients me sont tout remplis d'amertumes,
Je sens mon cœur mourir à leurs horizons d'or.

Et, soupirant, je songe, en ces jardins d'Armides,
Dans l'infini soleil des grandes Pyramides,
Aux pâles horizons, aux ciels tendres du Nord.

VOIR NAPLES ET MOURIR.

Voir l'Égypte et mourir plutôt, pâles humains,
Car l'éternelle Mort habite sur ces rives :
Écoute retentir les mille voix plaintives
Des obscurs Pharaons, des Grecs et des Romains.

La Mort créa l'Égypte, on dirait, de ses mains;
Son sable est mort, son Nil meurt, ses vagues furtives
Enferment, dans leur flot froid, mille morts captives,
Et le noir vautour plane en ces airs inhumains.

Apprenons à mourir dans ce tombeau du monde;
La mort seule ici règne, éternelle et féconde,
Et la vie ainsi fuit que la vague des mers.

La vie au vent s'envole, ainsi qu'un léger sable,
Mais vois la Pyramide austère des déserts,
Où trône à tout jamais la Mort impérissable.

LE NIL SYMBOLIQUE.

Je suis le Dieu sauveur et je donne ma Cène :
Venez tous, et buvez et ma chair et mon sang;
Tout entier à chacun, et pour tous m'épuisant,
Ma coupe eucharistique est partout pour vous pleine.

Je lave de mon eau sainte la terre obscène,
Je suis le froment pur et le vin rougissant,
Ma grâce vous inonde, et toujours renaissant,
Je cours fécond dans vous jusqu'à la moindre veine.

Vous vivez de ma mort, et vous saignez mon cœur,
Le Nil étend ses bras en croix pour vous, et meurt;
Contemple, peuple ingrat, ses chairs exténuées.

Mais j'invoque, en mourant, mon père dans le ciel,
Il ouvre sur mon front les divines nuées,
Et le beau fleuve Nil ressuscite immortel.

LE LION DU SAHARA.

Que je l'aime, le grand lion des Saharas !
On lit l'ennui des rois dans ses traits grandioses,
Il étreint l'univers de ses yeux d'or moroses,
Et remplit le désert de ses grands apparats.

Couché nonchalamment, avare de ses pas,
Morne penseur, il songe aux vanités des choses,
Et, dédaigneusement, il affecte en ses poses
Le dandisme hautain des fabuleux Laras.

Il promène à pas lents, dans ses sables d'Afrique,
Comme un sultan blasé, sa sveltesse héraldique,
Il sommeille le jour, il erre dans la nuit ;

Et, corsaire indompté de ces mers sans rivage,
Il rêve, sombre amant du meurtre et du ravage,
Un oasis d'horreur dans un désert d'ennui.

LES RUINES D'ÉGYPTE.

J'ai vu les temples grecs des pompeux Ptolémée,
Entiers, s'évanouir dans l'ombre du passé ;
Belle Égypte, j'ai vu le vain nom effacé
Que laissa Cléopâtre à la terre charmée.

Les légers arceaux où dansait la belle Almée,
Et la coupole d'or du sultan trépassé,
Tout s'en va, tout pâlit au souvenir lassé,
Et la gloire s'éteint dans la mort accalmée.

Ces palais de carton qu'un Khédive d'hier,
Sans art et sans grandeur, a profilés dans l'air,
S'écroulent en naissant, ruines mensongères.

Seule ta pyramide, œuvre sublime et fort,
A ses pieds voit périr ces splendeurs passagères,
Et survit seul à tout le palais de la Mort.

LE SYCOMORE.

Vois-tu le sycomore, en l'ardent carrefour,
Toujours vert dans ces ciels torréfiés du Caire?
Il y boit sans répit le soleil, la poussière,
Et semblerait pousser dans la gueule d'un four.

Les tamisés soleils épandent tout autour,
Alternant à souhait, et l'ombre et la lumière,
Où bercent le regard, de façon singulière,
Les beaux Maures pompeux au pittoresque atour.

Dans ce grand ciel de feu qui réduit tout en cendre,
Le sycomore vit comme la salamandre,
Et, vert, s'épanouit sous un soleil brutal;

En son ombrage épais, la cantharide rôde,
Et dans les brillants d'or du ciel oriental,
Il met, rafraîchissant, sa paisible émeraude.

LE PHÉNIX.

Aux branches des palmiers, ou bien des tamarix,
Dans les couchants ambrés des mystiques Afriques,
Mes vains regards cherchaient, avec ses ors féeriques,
Le bel oiseau, l'oiseau merveilleux, le phénix :

L'oiseau qui vivant sort des eaux noires du Styx,
Qui chante dans l'azur des chansons chimériques,
Et, fabuleux, brille aux blasons allégoriques,
Et qui boit, éternel, dans sa coupe d'onyx.

Mais une voix pour moi, qui sortait d'une crypte :
Vois ces uniques champs de la vivace Égypte,
Bariolés toujours des plus changeantes fleurs,

L'oranger, le henné, les lins, le blé, la rose,
Voilà le beau Phénix peint de mille couleurs,
Le printemps éternel qui jamais ne repose.

INTÉRIEUR D'ALMÉE.

Elle fait, sous le jour doux des moucharabis,
Sinueuse, onduler ses sveltesses d'Almée,
Et retourne vers vous sa figure charmée,
Sous d'odorants cheveux constellés de rubis.

L'or s'allie à la pourpre en ses soyeux habits,
L'ambre roule à son col sa lueur accalmée,
Et paresseusement, elle s'étend, pâmée,
Sur le sombre velours des précieux tapis.

Quand, aux soirs amoureux, elle agite la danse,
Sur ses lèvres, ton cœur aussi vole en cadence ;
C'est la charmeuse des voluptueux serpents ;

Sous ses doigts familiers, leur col devient rigide,
Et bientôt, on les voit, insinueux, rampants,
Se pâmer dans le sein charmant de la Sylphide.

LA FLUTE DE SANTAL.

Parmi ces soirs mourants du ciel occidental,
Laisse dans l'ombre errer ta prunelle attendrie ;
Et pour mieux oublier la saison défleurie,
Oh ! fais chanter pour moi la flûte de santal,

L'un près de l'autre assis dans le jardin natal,
Ta chanson bercera ma douce rêverie,
Et mon penser léger s'envolera, Marie,
Sur l'aile pourpre et or de sa voix de cristal.

Du santal odorant les molles résonnances,
Enveloppant mon cœur de tièdes oubliances,
Verseront dans mes sens comme un printemps aimé ;

Et ta flûte à huit trous, charmant ces soirs moroses,
A mon âme rendra le concert embaumé
Du tendre rossignol dans un bosquet de roses.

LA DANSE DE L'AUTRUCHE.

J'ai vu danser, au son de la flûte, l'autruche,
Mais, dans l'espace étroit, elle ne s'étend pas,
A peine elle se meut sans éployer ses pas;
Dans un limité champ, le lourd oiseau trébuche.

Mais, par ses grands déserts, libre de toute embûche,
Livrant son aile au vent, elle prend ses ébats,
Et sa danse apparaît comme un grand branle-bas,
Tourbillon effrayant l'œil blanc de la guenuche.

Car, aux ciels embrasés, un torride Apollon
Fait éclater, dans l'air lourd, son fou violon,
Déchaînant au désert les longues sarabandes;

Tout vibre étrangement dans les blancs saharas,
Et d'autruches en chœur courent les noires bandes,
Sous les cris effarés d'incarnadins aras.

LA NOCE ARABE.

Avec sa flûte mince et ses tambours de basque,
La noce va chantant dans le gai carrefour,
Un danseur trace un pas fin, d'un sobre contour,
Ceint de sa kouffieh jaune, en façon de casque.

Les matrones brillant, dans leur habit fantasque,
Étalent tous leurs ors, leur plus pompeux atour;
Les jeunes filles qui rêvent déjà l'amour,
Suivent, scandant leurs pas légers, sous leur fin masque.

Dans un char triomphant, vrai char de carnaval,
Les beaux enfants rieurs sont parés pour le bal;
Et, dorée en son dais pimpant, la mariée,

La face emmitouflée en son châle indien,
Ignorante comment elle est appariée,
Va, trébuchant, se prendre au fin nœud gordien.

ADIEUX A L'ORIENT.

Ouvre, mon âme, ici tes yeux pâles du Nord,
Vois des beaux Orients la clarté qui ruisselle,
Tous ces tissus pompeux dont la gloire étincelle,
Ces fins ciels d'outremer, au lumineux accord.

Vois la charmeuse Almée, éblouissante d'or,
De perles, de rubis dont l'éclair la décèle;
Avec ses grands yeux noirs, elle vous ensorcelle,
Sous sa tente de pourpre, étincelant décor.

Savoure, pour jamais, ce pays de féeries,
Ces ors, et ces azurs, et ces flammes fleuries,
Enivre-toi, mon œil, de ce clair Orient.

Tu retournes au sein du Nord froid, en ses brumes,
Te noyer dans le flot sombre des amertumes,
Et, pour la triste nuit, laisses le jour riant.

LA GRÈCE.

Partout d'âpres rochers affreux, et maint écueil,
Une plaine stérile, une vallée amère,
Pour tous produits qu'on voit, la poussière éphémère,
La clarté sur les pics blancs qui fatigue l'œil :

Et ce squelette, c'est la Grèce notre mère,
La Grèce, dès longtemps, couchée en son cercueil,
De l'histoire la reine, et des siècles l'orgueil,
La Grèce que chanta jadis le vieil Homère.

Mais, quand ces nus rochers, d'un galbe fin et pur,
Dans le soir éclatant, s'élèvent dans l'azur,
Quand ce bel horizon de lignes si sereines,

Aux rhythmiques contours, dans le couchant s'endort,
On croit voir les grands dieux aux formes souveraines,
Étincelants surgir dans un firmament d'or.

LA MER HELLÉNIQUE.

Nous voguions dans les eaux de la mer Hellénique;
Mes regards admiraient cette mer si charmante,
D'un blanc laiteux si doux, dans sa lueur dormante;
L'horizon pâlissait, vaguement harmonique.

On eût dit une coupe en sa grâce ionique,
Et pleine d'un lait pur, une coupe écumante,
Légère, savoureuse, opaline, embaumante,
De Chypre débordant jusqu'à Thessalonique.

Et, dans le ciel, au soir, étincelait la voie
Lactée, à mille feux, comme des feux de joie,
Urne céleste où dort une liqueur divine;

Je me disais : Junon, du haut de l'Empyrée,
Laissa tomber aussi dans la mer blanche et fine,
Une goutte du lait de sa gorge adorée.

LE TEMPLE D'ÉPHÈSE.

Je suis le temple pur de la chaste Diane,
L'univers amoureux accourt à mon autel ;
Sur ma frise un riant décor court, immortel,
Tel au front des grands bois se suspend la liane.

Comme un rayon des nuits, l'albâtre diaphane
Déroule à mes beaux flancs son rhythme solennel;
Mais mon blanc sein de marbre au mystère éternel,
Comme pour Actéon, se dérobe au profane.

Imitant de Phœbé la douteuse clarté ,
Mon oracle subtil, chassant l'obscurité,
Scintille, lueur vague, au fond de la nuit brune.

Temple auguste, j'avais rêvé des jours sans fin,
Érostrate a brûlé mon édifice saint
Tel un volcan, au ciel, tua la pâle lune.

LES JARDINS DE SÉMIRAMIS.

Sur ses palais, sur ses temples, sur ses arcades,
La reine a suspendu ses féeriques jardins,
Mariant aux azurs du ciel leurs verts Édens,
D'où roulait jusqu'au sol l'arc-en-ciel des cascades ;

Mille étages de fleurs en formaient les gradins,
Un bleu ciel se baignait dans leurs purs lacs de jades ;
Et résonnaient partout de molles sérénades
Leurs bosquets empourprés d'oiseaux incarnadins.

Bienheureuse, oubliant le vain bruit de nos terres,
Couchée en l'émeraude et les ors des parterres,
Son âme se berçait de concerts embaumés.

Ses heures s'effeuillaient comme des fleurs décloses ;
Et semblait, au milieu de ces printemps charmés,
La souriante aurore au paradis des roses.

LE MAUSOLÉE.

Il est calme, il est pur et beau comme la nuit,
Et pleure en son désert, le vaste Mausolée,
Masquant de hauts cyprès sa face désolée
Où veille au nu fronton l'oiseau noir de l'ennui.

Phœbé marque à son dôme un éternel minuit,
Et sur sa frise plane une Tristesse ailée,
Et, comme aux ciels éteints, une larme étoilée,
Tout constellé de marbre blanc, dans l'ombre, il luit.

Du ciel silencieux, la lune taciturne
Le suit de ses beaux yeux pâlissants, sœur nocturne ;
Des saules dans ses eaux se penchent éplorés :

Des Temps d'airain, autour, y fauchent leur gerbée
Où se meurent des lys des champs désespérés ;
Et Thèbes l'a semé du morne scàrabée.

LE COLOSSE DE RHODES.

Je plane dans l'éther, moi, colosse de Rhode,
Splendide airain jailli du sombre sein des flots ;
J'éclaire, étoile d'or, les perdus matelots,
Et la vague me ronge en vain, et me corrode.

Le flot, monstre impuissant, sous mes hauts talons rôde,
Je me penche pour voir à mes pieds les vaisseaux ;
Je mire ma beauté dans le cristal des eaux,
Et sonde l'infini de mes yeux d'émeraude.

Je ris, muet, de voir le farouche Océan
Éternel aboyeur, et sonore molosse
Sauter pour mordre après mes jambes de colosse.

Je foule, stable airain, son noir chaos béant ;
Et je touche le ciel clair de mon front sublime,
Et de mes pieds profonds le ténébreux abîme.

LE JUPITER OLYMPIEN.

Je suis l'Olympien, je suis le Zeus Pater ;
Je regarde, et sous moi tourbillonne le monde ;
Je souris, la moisson germe partout, féconde ;
Je dirige enchaînés et l'Eurus et l'Auster.

Je trône, formidable, en l'immuable éther ;
Mon front luit, vaste ciel que le sage en vain sonde,
Je pèse le destin dans ma droite profonde,
Et la sérénité règne dans mon œil clair.

Pour toute chose, épris d'une humeur libertine,
Mon âme, du Cosmos épouse clandestine,
En tous lieux va semant l'heureuse volupté :

L'éternelle Hébé rit dans mes hautes demeures,
Ma jeunesse renaît sous le baiser des heures ;
Je suis l'ordre et la paix, la joie et la beauté.

LE PHARE D'ALEXANDRIE.

Des astres de l'azur le ciel toujours avare
Laissait l'ombre régner dans la nocturne mer ;
Rien ne montrait le port, dans son morne désert,
Au regard du navire égaré qui s'effare.

Sostrate Gnidien alluma le haut phare,
Comme une étoile d'or au front du gouffre amer ;
Et sa flamme éternelle, au vaisseau qui se perd,
Illumina la nuit de sa claire fanfare.

Sauvés par sa lueur, les pâles matelots,
Échappant à l'abîme implacable des flots,
Embrassaient, éperdus, la fabuleuse terre ;

Et, guidés par le phare, à l'œil subtil de lynx,
Ils abordaient le sol ténébreux des grands Sphinx,
En suivant cette vague étoile du mystère.

LA GRANDE PYRAMIDE.

Je trône aux saharas, immense pyramide ;
Je symbolise aux yeux la morne éternité,
J'enferme dans mon sein sombre la vérité,
Et borne le désert âpre et l'Égypte humide.

J'apparais formidable au genre humain timide,
Seule stable au pays de la mobilité,
Et visible escabeau de la divinité,
J'attends qu'un Dieu s'assoie en mon marbre numide.

A mon aspect géant, le mortel éperdu
Hausse sa taille mince à mon sommet perdu,
Se flattant comme moi d'une aurore éternelle :

Mais contemple, homme vain, ce long rire discret
Qu'a mon sphinx mutilé, sur sa face cruelle,
Et médite à jamais son lugubre secret.

LA GRANDE CAVALE.

La mer bondit, la mer se dresse en son courroux,
Elle s'emporte, ainsi qu'une immense cavale,
Et lance aux noirs récifs sa course colossale,
Soulevant son grand torse, agitant ses crins roux.

Elle veut abîmer la terre sous ses coups :
C'est une guerre à mort, une haine fatale,
Et qui prit sa naissance en la crèche natale;
Elle se rue, avec des cris, des gestes fous.

La terre au plus loin tremble à la clameur immense;
Car la houle est ardente, et toujours recommence,
Et fond sur l'ennemi de tous ses flots amers.

Mais une main contient la cavale orageuse,
Et, retournant le mors dans sa bouche baveuse,
De blanche écume emplit les rivages des mers.

LE TIGRE ROYAL.

Bien n'égale, ici-bas, ta force et ta sveltesse,
Ton audace, tes bonds légers, tigre royal,
Et, dans la sombre horreur du jungle oriental,
Ta grâce se déploie en sa souple prestesse :

Tu rappelles aux yeux cette royale altesse,
Ce César Borgia ceint d'un prisme fatal,
Plein d'éclat, de grandeur, et d'un charme idéal,
Dont l'art prêtait au meurtre une rare acutesse.

Car la nature, ainsi, mêle à la cruauté
Toujours comme une étrange et fatale beauté,
Aux fauves octroyant leur grâce féminine :

Et je ne sais par quel secret dessein du sort,
Amante du lion qui toujours extermine,
Encor plus que l'amour, elle pare la mort.

ALLA GIORNATA.

Alla Giornata, c'est la rare devise
Qu'on peut lire sur le plus beau palais de Pise ;
Alla Giornata : que tu sois bien ou mal,
Ce monde est un logis à pied et à cheval.

Alla Giornata : chaque jour a sa peine,
Comme le sage a dit, qu'importe qui t'advienne !
Alla Giornata : vivons au jour le jour,
C'est la devise du plaisir et de l'amour.

Alla Giornata : ta vie est fortunée
Dès que te voilà sûr du pain de la journée.
Alla Giornata : ce doux matin t'a lui,

Ne laisse pas passer le bonheur d'aujourd'hui.
Alla Giornata ; comme au palais de Pise,
Inscris à ton logis cette sage devise.

LES FILS DE LA VIERGE.

A MARIE X...

Ah ! vous aurez été mes dernières amours,
Marie, et, tout mourant, mon cœur soupire encore ;
Je suis dans mon déclin votre riante aurore,
Et mon couchant aspire à l'aube de vos jours.

Légère et fine, et blonde aux sinueux contours,
Votre lèvre, pareille au calice de Flore,
A versé dans mon cœur, que l'âge décolore,
Ce jeune enivrement qui charme pour toujours.

Dans une Saint-Martin des derniers jours d'octobre,
Vous rendez les avrils à mon âme plus sobre,
Ensorcelant mon cœur à votre attrait naissant :

Tel, remontant le cours de la saison fleurie,
Dans de rosés matins, l'automne pâlissant
S'emprisonne aux doux fils de la vierge Marie.

LA TERRE STÉRILE.

Vous n'y trouverez pas les féconds pâturages,
Ni les riches forêts, ni les blés plantureux;
Ni de vigne assidue aux coteaux savoureux,
Ni les grands bœufs menant les vastes labourages.

Les monts hautains, les fins coteaux de ces parages
S'adonnent sans produire à des loisirs heureux,
Et, comme de charmés et nobles amoureux,
Paraissent ignorer les serviles ouvrages.

Ces beaux monts, à grand'peine, aux rayons d'un pur ciel,
Fournissent à la rare abeille un subtil miel,
Ou, présent d'Athéné, leur olive ingénue.

Et, sous le clair regard des soleils radieux,
La terre d'Achilleus s'offre stérile et nue,
Ainsi que la beauté, les héros et les dieux.

LE REGRET DE VENISE.

Adieu, Venise, adieu; mon regard suit encor
Tes fins clochers mourant, lointains, dans un ciel d'or,
Et, toujours, je crois voir sur la vague lagune
Ta splendeur qui s'endort aux rayons de la lune.

La mer étale, autour de ta rare beauté,
En amoureuse fée, un miroir enchanté,
Et roule, sous tes pieds, douce et voluptueuse
Ainsi qu'un chant d'amour, en perle somptueuse.

Celui qu'un jour charma ton beau rire vermeil,
Garde en ses yeux épris toujours ton clair soleil,
Et toujours voit ta rive, ainsi qu'une autre Attique,

Où se berce en mourant la vague Adriatique,
Beau rêve de la mer qui flottes sur ses eaux,
Comme Vénus naquit de l'écume des flots.

LA VOIX DES MERS.

J'écoutais, sur tes bords, océan Atlantique,
La grande voix des mers qui chante dans la nuit,
Chant immense, éternel, plein d'un sublime ennui,
Et scandé largement, ainsi qu'un hymne antique.

Il semblait, à la fois, classique et romantique,
Tantôt éclair étrange où Shakespeare reluit,
Tantôt lugubre chœur par Eschyle conduit;
Job y mêle parfois son farouche cantique.

Écoute, c'est la voix des morts qui pleure au soir,
Leurs colères, leurs cris amers, leur désespoir;
Tout monte dans le ciel, ainsi qu'une harmonie :

Et j'ai compris l'esprit de l'immense univers,
De ses mille douleurs la douceur infinie
Qui monte dans l'azur comme la voix des mers.

LA MORT DU CHRIST.

Christ, sur le Golgotha, quand tu rendis ton âme,
Aux regards éperdus du disciple chéri,
Quand tu finis ainsi sur une croix infâme,
Arbre mort que ton sang divin a refleuri,

Non, tu n'exhalas pas les plaintes d'une femme,
Ni d'un agonisant le soupir attendri;
Mais, puisant dans la mort comme une vive flamme,
Expirant, tu poussas vers le ciel un grand cri.

Il retentit encore, en écho symbolique,
Dans le cœur du mourant pâle et mélancolique,
Ce cri victorieux de la nuit du tombeau :

Pars, ô mon âme, ainsi, vers ton céleste père,
Ouvrant tes ailes d'or pour un monde plus beau,
Comme crie un enfant qui naît à la lumière.

LE CAVALIER DE LA MORT.

Je voudrais, pour pendule en mes hautes demeures,
Quelque noir cavalier du sombre Albert Durer,
Qui chevauche, tenant, pour sa lance, dans l'air,
L'aiguille de seconde ou l'aiguille des heures.

Car ces deux lances-là, faites d'acier amer,
Te marquent le moment qu'il faudra que tu meures :
Point de grimaces, point de prières, de leurres;
Elles percent ton cœur du fin dard de leur fer.

Ou je voudrais un Temps qui parcoure les mondes,
Avec sa rude faux, fauchant tout à la ronde,
De nos jours moissonnés véridique tableau :

Il travaille en cadence, et fauche à la seconde,
Ouvrier formidable avec son air falot,
Abattant, à tout coup, un large javelot.

LA NUIT DE MICHEL-ANGE.

Ton Aurore effarée, ô pâle Michel-Ange,
A regret s'éveillant au monde infortuné,
Ressemble à Job qui dit : Pourquoi donc suis-je né?
Prise, même en naissant, d'une amertume étrange.

Ton Jour désespéré, dans ce monde de fange,
Sous l'implacable azur d'un ciel illuminé,
Livre aux ennuis sans fin son cœur prédestiné
Que guide, au noir Hadès, la voix d'un mauvais ange.

Ton Crépuscule amer se couche lourdement,
Se tournant vers ces jours qui furent son tourment,
Repassant ses douleurs en sa sombre mémoire :

Mais ta Nuit, c'est l'horreur de ce morne tombeau,
Se tord incessamment, sous l'atmosphère noire
Où la pâle Euménide agite son flambeau.

LES FLEURS DU CIMETIÈRE.

Anna, le soir charmant sourit à l'horizon,
La lune monte, pâle, à la verte colline ;
Entends mourir les sons doux d'une mandoline
Qui laisse évanouir sa rêveuse chanson.

Viens dans le champ des morts, aux mystiques gazons,
Car l'amour immortel sur les tombes s'incline,
Il écoute les voix de la mort Sibylline,
Et cueille ici la fleur de l'arrière-saison.

Anna, voici le champ où nos pères pieux
Dorment, à tout jamais, sous le regard des cieux :
Leur paisible repos fit toujours mon envie ;

Que leur couche éternelle aussi soit notre sort ;
Étincelante, Anna, des roses de la vie,
Couronne ici ton front des pavots de la mort.

LA CUEILLETTE DES OLIVES

EN PROVENCE.

Elles cueillent ainsi, les grêles damoiselles,
Le fruit tout vert encor des pâles oliviers,
Et cachent à moitié, sur leurs doubles échelles,
Leur jambe fine et leste, et leurs tout petits pieds.

Elles ont quatorze ans, de longs yeux de gazelles ;
Leur chant jaseur s'épanche en contes déliés,
Et le rire, perlant aux lèvres sensuelles,
Sous le bois léger, vole, en échos familiers.

Pour les amours encore elles ne sont pas mûres,
Mais, dans leur chant, il court en de légers murmures,
Il attendrit leur voix, il grandit leurs beaux yeux.

Elles sont, à la fois, furtives et naïves ;
L'œil rieur parfois lance un éclair langoureux,
En cueillant le fruit vert des acerbes olives.

LA FILLE DU CHALAND.

Je suis Héloïsa la fille du chaland,
Et demeure en bateau tout le temps de ma vie;
Mais vos lourdes maisons ne me font point envie,
J'aime à voguer avec mon beau fleuve indolent.

Ma vie ainsi s'écoule en un mouvement lent,
Je vois jouer dans l'eau la lumière attendrie,
Et les fins peupliers de la rive fleurie,
Les nuages pourprés du soir étincelant.

Mon doux portrait me rit partout au sein de l'onde,
Et je mire dans l'eau ma chevelure blonde;
Mais je la crains aussi perfide que l'amour;

Le marinier m'a dit : A tous les deux prends garde.
Et toujours de ses yeux plus riants que le jour,
Profonde, la sirène étrange me regarde.

LA CAPUCINE.

Des asiles secrets du simple populaire,
La capucine vêt les modestes parois;
Sa fleur vient égayer les terrasses des toits,
Leur filtrant doucement la lumière solaire.

A nos festins surtout, elle a le don de plaire,
Et nous n'envions rien à la table des rois,
Quand on la voit mêlée aux lancerons étroits,
Dans le grand saladier de porcelaine claire.

Sa fleur, sombre le jour, s'allume dans la nuit;
De feux religieux, dans l'ombre, elle reluit,
Au Dieu des soirs offrant sa lumière voilée.

Ainsi, le moine obscur, illuminant l'autel,
Brûle d'un feu divin, sous la nuit étoilée,
Comme une lampe d'or, aux pieds de l'Éternel.

LES ASPHODÈLES.

Dans les landes d'Alger, les pâles asphodèles
Déroulent par milliers leurs funéraires fleurs;
Moi, songeur assidu des champs remplis de pleurs,
J'aime à me promener, sur le soir, auprès d'elles.

A ces rives de mort ces plantes sont fidèles;
Moins de mort que d'amour nous parlent leurs pâleurs,
De l'amour homicide et fertile en malheurs,
Qui blesse un cœur et fuit bien loin à tire-d'ailes.

Ces fleurs, dans ces déserts, invitent à la mort,
Et bien souvent sourit à ces fleurs de la tombe,
Dans son grand burnous blanc, le cavalier qui tombe.

Et moi, passant, rêveur, dans la nuit qui s'endort,
J'aime à voir, sous la lune aux fins reflets d'opales,
Se dérouler les champs des asphodèles pâles.

VI

OCÉANA

Ajaccio, 1881.

AJACCIO.

Un golfe, aux monts ardus enserrant ses rivages;
Sur les abrupts coteaux rampe l'olivier nain,
Et grimpe, escaladant de ravin en ravin,
Le cactus, les pins noirs et les vignes sauvages.

Une sorcière sombre au masque léonin
Sème de noirs moutons ces mornes paysages,
Où de torves bandits, aux basanés visages,
Mènent la chèvre maigre et le bouc libertin.

Dans ces sombres ravins, ces durs rochers de Corse,
Respire je ne sais quelle cruelle force,
Un soleil implacable en montre mieux l'horreur.

Dans ce golfe où l'espoir jamais n'a jeté l'ancre,
Dort d'un sommeil de plomb une mer d'un noir d'encre,
Et lance un aigle seul sa stridente clameur.

LES CIMETIÈRES.

Mettez sur les coteaux charmants les cimetières;
Qu'ils soient pleins de verdure et des aimables fleurs,
Comme elle a son sourire, une fleur a ses pleurs,
Mais dressez-y surtout les cyprès mortuaires.

Sombres, j'aime à les voir, dans la blancheur des pierres,
Que la colombe y joue, aux si tendres couleurs,
Égayant, de ses nids amoureux, nos douleurs,
Et mêle au froid tombeau ses notes printanières.

Alors, j'aime à rêver dans ces champs de la mort,
Car le cœur y respire une grâce amollie,
Qui verse les douceurs de la mélancolie.

C'est le champ bienheureux où le cher aïeul dort,
Et, quand on y descend le corps froid dans la tombe,
L'âme semble voler au ciel, pure colombe.

LES NUITS D'ORIENT.

Aux riants paradis où l'Arabe bivaque,
La nuit est merveilleuse et diaphane l'air;
Vers les heures du soir, le beau firmament clair
Vous enivre de sa douceur élégiaque.

Dans cet air tout divin et paradisiaque,
L'âme s'envole émue et nage dans l'éther,
Et l'on dirait entendre un infini concert,
Sous ces étoiles d'or d'un nouveau zodiaque.

Près des tentes assis, contemplant ce beau ciel,
L'Arabe se complaît dans un rêve éternel,
Des astres savourant les lueurs innombrables.

Et, sans cesse, il les suit de ses vagues yeux noirs,
Car des belles houris les regards adorables
Luisent pour lui dans ces mille étoiles des soirs.

LA CORSE.

J'aime, en ses âpres monts, cette terre de Corse;
Elle fait sa grandeur de sa stérilité;
J'aime sa robustesse et sa sombre beauté,
Elle a le fer, elle a la flamme, elle a la force.

Un cœur de lion bat sous sa rigide écorce,
Son regard sur les mers rêve l'infinité,
Et, dans ses noirs ravins, dans son sol tourmenté,
D'astuce se nourrit sa nature retorse.

Stérile, elle produit les héros et les Dieux :
De ses durs rochers sort Achillès radieux;
Elle a les yeux hardis du grec oiseau de proie.

Elle a cette saveur rare des fruits amers,
Et, grave, cache au cœur sa tristesse et sa joie,
Comme garde un secret vaste le fond des mers.

LES TOMBEAUX DES KALIFES

AU CAIRE.

Les kalifes pompeux qui régnaient sur le Caire
Ont placé leurs tombeaux dans les âpres déserts,
Dont la stérilité prête à leurs cœurs amers
Les sombres voluptés funèbres de la guerre.

Là, les torrides ciels qui les charmaient naguère
Réveillent leurs yeux morts de leurs fauves éclairs,
Et leurs coupoles d'or, dans ces arides mers,
Sont pures du contact odieux du vulgaire.

Et, quand l'âpre Semoun, venant de Sakkarah,
Apporte ici le vent cruel du Sahara,
Avec un bruit de houle ardente et de batailles,

Bienheureux habitants de ces amers confins,
Leur grand cœur amoureux des sombres funérailles
S'enivre à la rumeur de ces combats sans fins.

L'ALMÉE.

Elle se promenait, tout le soir, en gondole,
Calme et placide, ainsi que le miroir de l'eau,
Et ses yeux contemplaient le magique tableau
De la nuit noire, au feu clair de la girandole.

Quand elle avait dansé, folle, sa farandole,
Elle teignait de khol ses grands yeux de corbeau,
Et s'empourprait la lèvre aux lueurs du flambeau,
Peinturlurée ainsi qu'une indienne idole.

Et moi, je demeurais près d'elle, les longs soirs;
Elle me regardait avec ses grands yeux noirs,
Immobile en sa pose étrange, hiératique.

Elle avait, peinte ainsi, comme un torpide attrait,
Et mon cœur se mourait au regard extatique
De ses yeux attirants comme ceux d'un portrait.

LE LION DE SAINT-MARC.

Le lion de Saint-Marc, dans Venise la belle,
Depuis plus de mille ans trône en son piédestal,
Oubliant du regard le ciel oriental,
Et semble ici rêver une sieste éternelle.

C'est le lion ailé; que fait-il de son aile?
Le Sahara l'appelle à son pays natal :
Là sont les sables d'or, les fins ciels de cristal,
Et des vastes déserts la pleine solennelle.

Mais il demeure ici, rêveur, le beau lion,
Car la lagune amère, immense région,
A ce morne infini de ses vagues Afriques.

Et Venise, autrefois souveraine des mers,
Dont s'écroulent partout les palais fantastiques,
A les tristes attraits de ses vides déserts.

LA JEUNE FILLE SE DÉFENDANT DE L'AMOUR.

TABLEAU DE M. B.

Belle enfant aux yeux bleus, ô douce jeune fille,
Tu te défends en vain contre le tendre Amour,
Il est jeune, il est fort et beau comme le jour,
Avec toi-même il a comme un air de famille.

Ce courroux si charmant qui dans ton regard brille
Rend la colombe plus désirable à l'autour;
L'assaillant, dans ton cœur, est payé de retour :
D'être vaincue, au fond, tout tremblant ton cœur grille.

Tes victoires sont des victoires de Pyrrhus,
Combats comme Annibal ou comme Fabius,
Tu ne pourras tenir bien longtemps la campagne.

Que ce destin cruel ne te désole pas,
Répète-toi, vaincue en de si doux combats :
Jouer avec l'Amour, c'est jouer à qui perd gagne.

ENVOI.

Dieu prend, dans son parterre, une fleur irisée,
Qu'il a toujours choyée avec des yeux d'amant,
Et que, de l'eau du ciel versée abondamment,
Il a soir et matin chastement arrosée.

Dans sa corolle fine, et soyeuse, et rosée,
Dans ce calice pur ainsi qu'un firmament,
Il met, comme dans l'or on pose un diamant,
Une perle, un doux pleur, la goutte de rosée.

Et toi, poëte, prends un délicat sonnet,
La plus rare des fleurs de ton fin jardinet;
Que sa robe soit fine, ouvrée avec délice,

Riche, irisée, et toute en broderie à jour,
Et, dans ce pur, charmant et fragile calice,
Présente à ta beauté le pleur de ton amour.

LA STATUE DE NAPOLÉON

A AJACCIO.

Le front doré, vêtu de pourpre et ceint de gloire,
Il est là, sur la plage, en face de la mer;
Son œil d'acier se teint, glauque, du flot amer;
Il est là, tout debout, brillant, vivante histoire.

Dans l'eau vaste qui fuit au loin, mouvante moire,
Il se plaît à mirer son impérial air,
Et le sombre héros savoure, d'un œil clair,
Les abîmes sans fond de la profondeur noire.

Ces deux sphinx, lui César, et la mer aux grands flots,
Toujours émue, et lui dans l'éternel repos,
Continuellement se contemplent en face:

D'une énigme impossible, ils semblent s'obstiner,
Et l'éternité vient, le pâle temps s'efface,
Et ces deux infinis n'ont pu se deviner.

LE SOIR EN ÉGYPTE.

Ah! les longs soirs heureux dès doux pays de France!
Que j'aimais y rêver aux lisières des bois,
Quand on entend le cri de la biche aux abois,
Et qu'au regret se mêle un rayon d'espérance!

Au bord de l'étang bleu, le crépuscule danse,
Le beau couchant nous rit dans la pourpre des rois,
Il se traîne dans l'air une amoureuse voix,
Et les arbres émus s'agitent en cadence.

Mais en Égypte, ici, rien pour mon cœur amer
Ne distingue, au regard, les soirs d'été, d'hiver,
On n'y voit point Hermès, par les airs, qui circule.

Dès le soir, tout s'éteint, sur le rare gazon,
La nuit noire n'a point ici de crépuscule,
Et le Sphinx ténébreux règne sur l'horizon.

L'ÉGYPTE.

Cette terre du Sphinx est pleine de mystère,
Et comme livrée à l'énigme féminine;
La courtisane y met sa griffe léonine
Avec sa sœur la mort, la grande solitaire.

Tout un désert l'assiége, et vide, morne, austère :
Là finit le réel, rien ne s'y détermine;
Vaste empire du rêve, où le chaos domine,
Et qui semble une mer encor plus qu'une terre.

Rien n'existe en ces lieux, que la mort et le sable,
Le sable immense, vague, étrange, insaisissable,
Et la mort, guetteur prompt, comme un lion numide,

Qui, voyant ces déserts sans boussole et sans route,
A dressé jusqu'au ciel sa grande Pyramide,
Phare désespéré, sur l'océan du doute.

UN RÊVE A THÈBES

EN ÉGYPTE.

J'errais dans les harems primitifs d'Orient,
Dans ces noirs palais des reines égyptiennes;
De leurs beaux lits pompeux, brunes magiciennes,
Elles me regardaient, l'œil mi-clos et riant.

L'une, en son lit de grand lion étincelant,
Fière se pavanait sur ces peaux néméennes,
Sur la robe du fauve elle étalait les siennes,
Et jusqu'au sol pendait le mufle scintillant.

Une autre se berçait sur un mol lit de cygne,
Dont la ligne ondulait avec un charme insigne;
Dans un doux nonchaloir mouraient ses yeux de lynx.

Mais la troisième prit, tout d'abord, mon cœur sombre :
Elle était allongée, en un lit qui, dans l'ombre,
Étincelait des yeux et des griffes d'un sphinx.

LA MOSQUÉE.

Sa mosquée est au Maure une oasis charmante ;
Du désert il y vient oublier tous ses maux,
Et lorsqu'il a laissé dehors ses grands chameaux,
Il s'y plonge en entier dans la source écumante.

Partout, de frais bassins remplis d'une eau dormante ;
Le Maure s'y repose au murmure des eaux ;
Sous le calme palmier plein de chantants oiseaux,
Adieu l'âpre semoun, la sinistre tourmente.

Furtivement, parmi l'ombre douce du soir,
Sous son masque, lui rit la Moresque à l'œil noir ;
Près du tombeau du saint, il dort la nuit entière,

Et s'allongeant au sol, pèlerin adorant,
Dans les riches couleurs des tapis de prière,
Voit lui sourire les paradis du Coran.

LA ROSE MOURANTE.

Tu demandes pourquoi la rose vit si peu ;
Elle éclôt, fugitive, à peine sur la terre ;
Elle brille, un moment, dans ton heureux parterre ;
Elle dure un sourire, un regard, un adieu.

Puis elle s'abandonne à la grâce de Dieu ;
Le soir a fait pâlir sa couleur passagère,
Et fane en moins de rien sa corolle légère,
Elle a perdu sa grâce et son charme, et son feu.

Ah ! c'est qu'elle est en proie aux amoureuses fièvres,
L'amour va consumant les pourpres de ses lèvres ;
C'est son ardeur ainsi qui la hâte au tombeau.

Dans un dernier désir elle exhale son âme,
Elle brûle sans cesse, éphémère flambeau ;
Ce n'est pas une fleur qui meurt, c'est une flamme.

LA CONTEMPLATION DES SAHARAS.

J'apprends, ô Sahara, voyant ton morne sable,
Toujours roulant ses flots, comme une immense mer,
Insaisissable, vide, et stérile, innombrable,
Que même l'infini n'est qu'un néant amer.

Tes vagues horizons d'un spleen inexorable,
Où mon œil, fatiguant son vol sans fin, se perd,
Me disent, quand je songe à mon vide incurable,
Que notre vie à tous n'est qu'un vide désert.

Ta solitude, où seul plane un vaste silence,
Qui suffit à remplir, vague, l'espace immense,
Me dit : Tout vain bruit n'est qu'un inutile effort.

Et, de la vie, ici, dédaignant le vain masque,
Dans son macabre éclat, trône la grande mort,
Sans l'appareil menteur d'un domino fantasque.

FLEUR DE GENÊT.

Et je la regardais, et je disais, sans cesse :
Ah! les rares yeux bleus, le fin cheveu doré,
L'ovale pur et pâle, à peine coloré;
En paysanne elle a tout l'air d'une princesse;

Taille svelte, et les mains fines : quelle race est-ce?
Alors qu'elle m'apprit, sur un ton timoré,
Qu'elle s'en venait de Notre-Dame d'Auray :
Ah! le beau pays où toute femme est déesse!

Et j'évoque en mon cœur ce beau pays d'Armor,
Avec sa grâce, avec ses rares genêts d'or;
Et je crois voir, errant rêveur, parmi la lande,

Passer, près des grands lacs enchantés, bleu miroir,
Viviane la fée, au son du cor, le soir,
Dans le mystérieux bois de Brocéliande.

AU CLAIR DE LA LUNE.

Vois la lune dans la sérénité des cieux :
C'est la blonde Phœbé, Diane délicate,
Diane aux airs charmants, en ses pâleurs d'agate,
Et qui traîne éblouis, après soi, tous les yeux.

La lune t'offre ainsi son côté gracieux.
La face que toujours elle cèle est Hécate,
Hécate aux yeux sanglants, dont la fureur éclate,
Monstre horrible, sous un masque fallacieux.

Ah ! vous êtes ainsi toutes, ô jeunes femmes ;
Vous montrez vos beaux yeux, vos rayons et vos flammes,
Vos cœurs énamourés, vos rires éternels ;

Et vous celez toujours votre côté perfide,
Vos envolés serments, vos abandons cruels,
Les dépravés désirs de votre âme si vide.

LA CHANSON DU GRILLON.

Savez-vous ce que dit le noir grillon dans l'âtre ?
Il est doux d'écouter une vieille chanson,
Près de l'aïeul béni qui se chauffe au tison,
D'où monte en serpentant une flamme bleuâtre.

Le foyer est un monde étrange, un gai théâtre,
Orient qui s'allume en la triste saison ;
Joyeux feu d'artifice, il emplit la maison,
Flamme, y danse la fée, et le nain vert folâtre.

Quand arrive le temps froid de la Chandeleur,
Le moment si rêvé des belles quenouillées,
Viennent les bonnes gens et la jeunesse en fleur ;

Et la vieille y raconte, en de longues veillées,
Des drames d'amour aux filles émerveillées,
Et des histoires à faire mourir de peur.

COMME ELLE ME PLAIT.

Non, ne retranchez rien de sa fine harmonie :
Le trait serait plus pur, les poignets plus étroits,
Les seins plus accusés, elle y perdrait, je crois,
Et s'évanouirait sa grâce désunie.

Laissez-la comme elle est, vivante symphonie ;
La beauté qui nous touche a ses secrètes lois,
Une humble a je ne sais quel charme bien des fois,
Et tout prend chez la femme une grâce infinie :

Que j'aime son teint pâle ou faiblement rosé,
Et sa sveltesse, et sa féminine nature,
Les promesses sans fin de sa riche ceinture,

Son sourire si doux, ce soleil reposé !
Ses défauts ont leur grâce, elle est plus elle-même,
Le vers faible se fond au charme du poëme.

LE SAULE PLEUREUR.

Dans ces pins noirs, dans ces cactus, dans ces maquis,
Parmi les durs rochers de la Corse sévère,
J'aperçus, s'éplorant, doux et cruel mystère,
Un beau saule pleureur avec son charme exquis.

Ainsi j'ai vu parfois le fabuleux orchis
S'élancer, poétique, au sein du roc austère ;
Dans ses tendres verdeurs, l'arbuste solitaire,
Pâle, laissait pleurer ses rameaux alanguis.

Et moi, je pleurai, lors, tous les pleurs de mon âme,
Car, voyant ces rameaux, je rêvais d'une femme
Frêle, blonde, égarée en ce milieu cruel,

Qui de ces hommes durs ne se peut faire entendre,
Et, solitaire, ainsi verse un pleur éternel,
Laissant, pâle, pleurer sa chevelure tendre.

LA COURTISANE.

Elle court en calèche, au Bois, si sémillante,
Et joue adroitement de son rare éventail,
Elle a les ors, la pourpre fine, le corail,
Le regard enjôleur, la grâce petillante.

Dans son boudoir pimpant, rieuse, frétillante
Elle sait s'entourer du plus doux attirail;
Elle seule elle a tous les attraits d'un sérail,
Elle est charmante, elle est riante, elle est brillante.

Elle a la lèvre rose et les yeux souriants;
Elle a tous les avrils et tous les orients,
Mais prends garde aux plaisirs si charmants que tu cueille

Courtisane au cœur faux, elle attire d'abord,
Mais tu verras, enfant, c'est la rose à cent feuilles
Qui te rit sur le crâne horrible de la mort.

LA NACELLE D'OR.

L'âpre mer tourmentait notre bateau léger,
Quand, soudain, j'aperçus, sur la lame houleuse,
Dans la sérénité du soir miraculeuse,
Le mince croissant d'or de la lune émerger.

Dans l'éther délicat, il paraissait nager,
Divine nacelle à la beauté fabuleuse,
Prêtant le bercement de sa grâce onduleuse
A je ne saurais quel merveilleux passager :

Es-tu la conque d'or de la Vénus céleste,
Nageant au firmament, et dans ton vol si leste,
Quelle heureuse Paphos vas-tu donc aborder?

Mais la houle heurtait, dure, ma barque errante,
Et la nacelle d'or, qu'un Dieu devait guider,
Coulait dans le ciel pur, sereine, indifférente.

LES AMOURS MACABRES.

Me voici l'amoureux éternel de la mort,
Et l'effréné désir de ses charmes me mord :
La mort n'a pas la chair besoigneuse et fragile,
Son corps n'est point mêlé de notre impure argile.

La chair toujours souillée invoque un médecin,
Mais la mort toujours belle a le corps toujours sain;
L'élégance sans nom de sa riche ossature
Est l'éternel chef-d'œuvre où se plaît la nature.

Sa ligne d'un bel art, son linéament fin
Affecte la maigreur du pur patricien;
Jeune, elle voit de ses prunelles reposées

La hideur défaillir des chairs décomposées,
Et rien n'altère sa grave sérénité,
Car la mort, mes amis, c'est l'immortalité.

L'HARMONIE.

Sur un choisi parvis, deux danseuses légères,
Aux accents cadencés d'ingénieux accords,
Voltigent, en habits de galantes bergères,
Étalant les appas charmants de leurs beaux corps.

Se dérobant tantôt parmi les fins décors,
Elles vont simulant des fugues passagères,
Puis, enlaçant leurs mains, mêlant leurs pas accorts,
Oublient, en s'unissant, leurs fuites mensongères.

Telle, en de fins détours de rhythmes captieux,
Va, dérobant sans fin, la divine Harmonie,
Ses dissonants accords, ses chœurs mélodieux,

Et, dévidant des sons l'arabesque infinie,
Dans le dédale heureux où son art s'ingénie,
Sait, subtile, égarer nos sens capricieux.

FLEUR DE MUGUET.

A M.

On trouve dans les bois, aux premiers jours de mai,
Du délicat muguet la fleur suave et blanche;
Avec ses fins grelots, débile, elle se penche;
Frêle et pure, elle plaît, et m'a toujours charmé.

Que de fois j'ai cueilli, pour celle que j'aimai,
Ses bouquets amoureux au beau jour du dimanche!
Le capiteux parfum qui de sa fleur s'épanche
M'a grisé bien des fois de son souffle embaumé.

O fille au doux parfum, fleur gaie et virginale,
Fleur des premiers printemps, chaste fleur idéale,
Je crois te voir encor, légère, dans les bois,

Avec tes fins grelots qui tremblent à la brise;
J'entends encor chanter ton amoureuse voix,
J'aspire ton arome enivrant, qui me grise.

LE CAMPO SANTO.

O Pise, cité sainte, autrefois souveraine,
Tes flottes sillonnaient l'infinité des mers,
Mille étendards captifs bariolaient tes airs,
Et les eaux du Levant te saluaient leur reine.

Comme un noble guerrier, tu tombas dans l'arène,
L'herbe couvre, aujourd'hui, tes carrefours déserts,
Mais tu survis, bravant les destins trop amers,
Dans ton Campo Santo, glorieuse et sereine.

Et comme le chrétien qui sombre dans la mort,
Et voit s'évanouir les délices du sort,
Ses grands parcs, ses palais, sa demeure si belle,

Mais qui, dans le Seigneur ayant mis son rempart,
Vole, transfiguré, vers la voûte éternelle,
Tu trônes, radieuse, au paradis de l'art.

LE JET D'EAU.

Dans ses jardins pompeux, la jeune fille pâle,
Le long du clair bassin, promène ses ennuis,
Et ses vastes yeux bruns, plus tristes que les nuits,
Semblent deux soleils noirs dans une aube d'opale.

Et moi, je contemplais son délicat ovale :
Quels rêves pleure-t-elle, hélas! évanouis?
Jeune et belle, quels jours, quels doux printemps enfuis!
Et je croyais entendre une plainte idéale.

C'était le clair jet d'eau, dans son bassin d'onyx,
Qui pleurait, triste, ainsi qu'un flot sombre du Styx,
Avec son prisme, avec sa gerbe étincelante.

Et l'eau diamantée, au sein du firmament,
Montait et retombait toujours ainsi, brillante
Et pure, et se plaignait perpétuellement.

L'ALLÉE DE TILLEULS.

Sous mes vastes tilleuls de l'ancienne allée,
Je vais me promener, rêveur, tous les matins :
Ces beaux arbres, ils ont vu mes pas enfantins,
Et ma jeunesse : où donc elle s'en est allée?

Jeunesse, où donc es-tu, vainement rappelée?
Où sont, évanouis, mes beaux songes lointains?
L'âge mûr est venu, triste, aux amers destins,
Et je pleure à jamais ma vieillesse esseulée.

Sous ces beaux arbres verts, pour oublier mon deuil,
J'écoute les oiseaux chantants : c'est le bouvreuil,
C'est le pinson, c'est la fauvette à tête noire.

Bercez, oiseaux charmeurs, mes jours inconsolés;
Vos chants, fuyant au ciel, semblent à ma mémoire
Mes beaux songes perdus, mes songes envolés.

LE VIOLON ENCHANTÉ.

Avec ses teintes d'or, sa ligne sinueuse,
Le fin violon pend aux murs de l'atelier ;
Mon cher violon, mon violon familier,
Garde pour un seul air son âme harmonieuse.

De toute autre chanson sa voix est oublieuse,
A nulle autre musique il ne se veut plier ;
Violon enchanté, pendant le jour entier,
Même seul, il dit sa chanson voluptueuse.

Écoutez, écoutez sa voix pleine de pleurs,
La voix, la douce voix des astres et des fleurs,
Celle que l'on n'entend qu'en un monde indicible.

Les anges de Fiesole ont seuls ce divin art,
Et l'archet, manié d'une main invisible,
Toujours redit le fin menuet de Mozart.

LES CÈDRES DU LIBAN.

Abandonnant l'Égypte au semoun plein d'orages,
Il faut passer l'été, Beyrouth, sous tes ombrages :
On a sous soi l'enfer de la mer de Jaffa,
Et sur son front le ciel où trône Jéhovah.

Des cèdres l'on atteint la région austère,
Ces vieux contemporains de notre jeune terre ;
Comme leurs grands rameaux semblent planer dans l'air,
Et ma pensée aussi plane dans ce ciel clair.

J'aperçois, d'un côté, notre Occident dans l'ombre,
S'écroulant dans sa nuit comme en l'abîme sombre ;
De l'autre, l'éternel et charmant Orient,

La Perse, la Syrie et Damas souriant ;
Et, bercé des fraîcheurs d'une brise profonde,
J'aspire à pleins poumons la jeunesse du monde.

LA CHANSON DES POËTES.

Ah! toujours nous chantons, ou trop tôt, ou trop tard :
C'est en été, surtout, que la moisson est belle;
Jeune, on laisse échapper une rime rebelle,
On chante tout, un mot, un sourire, un regard,

Et l'on ébauche tout, sans trêve, au pur hasard;
Vieux, nous ne croyons plus à la muse éternelle,
Nous adorons sans foi la Déesse immortelle;
Ou nous chantons sans flamme, ou nous chantons sans art.

Le rose fruit d'avril est fade et sans arome,
La pâle fleur d'août n'a rien qui nous embaume;
A la chanson tardive, il manque l'avenir;

Trop précoce, le chant n'est rien qu'une ignorance;
La chanson du printemps n'a point de souvenir,
Et la chanson d'automne a si peu d'espérance!

LA NÉGRESSE.

Elle a laissé tomber une robe importune,
Elle est charmante ainsi comme une nuit d'été;
Comme elle, tout amour et toute volupté;
Sa face a les douceurs sereines de la lune.

Ses grands yeux scintillants, sous un beau front teinté,
Semblent deux astres d'or au sein de la nuit brune,
Et ses épais cheveux sont plantureux comme une
Forêt sauvage où luit un fin reflet bleuté.

Avec ses bruns seins nus, belle nuit azurée,
On dirait du plaisir la prêtresse sacrée;
Mystérieuse, elle a le charme d'un beau soir.

De ses sombres splendeurs mon âme est éblouie,
Mon désir semble errer dans un firmament noir,
Et je crois voir la rose bleue épanouie.

LES ZÉPHYRS.

TABLEAU DE L. R.

Vois les zéphyrs légers, par la verte prairie,
Voltiger doucement en l'ombre du beau soir;
Tel qu'un riant essaim dansant, on les peut voir,
A l'heure où s'en revient la lente rêverie.

Ils se plaisent surtout à la saison fleurie,
Quand juin épand dans l'air un heureux nonchaloir,
Et que la nuit sereine, en son long voile noir,
Endort, de ses pavots, la nature attendrie.

Assidus visiteurs du canton familier,
A la brune, on les voit lier et délier
Leurs chœurs harmonieux et leurs danses légères;

Et, furtifs amoureux des rosiers odorants,
En volant, effleurer d'haleines passagères
Les bosquets endormis et les bois somnolents.

LA NUBIENNE.

Rien ne vaut les attraits de ma noire Sultane;
Nous passons notre temps à nous faire la cour;
Elle danse, elle rit, et mime, et tout le jour
Sous ses habits pompeux d'Orient se pavane.

Je lis dans ses yeux noirs au charme diaphane,
Car notre seul langage est celui de l'amour;
Que de choses me dit son sinueux contour,
Et quel parfum parlant de ses lèvres émane!

Ainsi que la beauté des vieux contes persans,
Ta bouche ignore l'art des récits renaissants,
La parole muette à tes lèvres expire;

Mais ta splendeur suffit à charmer mes ennuis,
Et tes yeux caressants, et ton rose sourire
Me content beaucoup mieux les Mille et une Nuits.

SPINOSA.

Du hardi Spinosa j'ai sondé l'œuvre immense;
Où le nôtre finit, son noir monde commence;
Il fit un monument fatal, terrible et sombre,
Qui couvre maintenant la terre de son ombre.

De ses œuvres l'on sort, le cœur vague, en démence,
L'esprit ne voit plus rien, n'entend plus, ni ne pense;
Il ne laisse de tout qu'un lugubre décombre,
L'âme humaine éperdue en l'amertume sombre.

Esprit oriental, macabre et sémitique,
Enfant des morts déserts, panthéiste mystique,
Ivre des infinis, son cœur étreint le vide;

Et, voyant l'homme vain, sans boussole et sans route,
Il dresse du néant la morne pyramide,
Phare désespéré sur l'océan du doute.

LE JEUNE CONQUÉRANT.

C'est ta patrie, ô fils, c'est la Corse ta mère,
Voici dans ta maison blanche, encor ton berceau;
Vois tes oliviers verts, le murmurant ruisseau,
Et, parmi les rochers, ta vigne familière.

Vois, sur l'abrupt coteau, pendre ce nid, ton aire,
Où croît ton beau palmier encor frêle arbrisseau,
Sous ta rieuse treille où gazouille l'oiseau,
Coule tes jours heureux, et ta vie éphémère.

Mais lui, toujours debout, sur le bord des grands flots,
Dédaignant l'île étroite, et, de l'œil, sur les eaux,
Ainsi que l'albatros, volant de cime en cime :

Non, ma patrie à moi, c'est l'infini des mers,
C'est l'infini des grands continents, des déserts,
L'infini du combat, l'infini de l'abîme.

LA CHANSON DE LA COURTISANE.

Oh! viens me voir! ici tout est fait pour te plaire,
J'ai des rires, des chants, des lumières, des fleurs,
Et je passe les nuits à la danse légère :
Viens, je donne ma joie, et je garde mes pleurs.

J'ai les plus fins colliers des rares ciseleurs,
J'ai la soie et la moire, et la gaze étrangère,
J'ai le châle de l'Inde aux subtiles couleurs :
Viens, je donne mon luxe et garde ma misère.

Savoure ici mon charme étrange et mes beautés,
Je suis savante en l'art des molles voluptés :
Je donne le plaisir, et garde la souffrance.

Mes philtres te rendront jeune, amoureux et fort,
Ma lèvre est comme la fontaine de Jouvence :
Viens, je donne la vie, et je garde la mort.

PYTHAGORE.

Amoureux de puiser aux sources de l'aurore,
Dans l'ancienne Égypte aborda Pythagore;
Quatorze ans, il vécut dans l'oasis d'Ammon,
Évoquant, dans le soir, on ne sait quel démon;

Fayoum lui raconta, semé de champs de roses,
Le cycle renaissant de ses métempsycoses;
Tout vivant descendu dans la chambre des morts,
Il entendit le chant des stériles remords,

Et coucha, de longs mois, proche des mornes tombes,
Pour surprendre les voix vagues des catacombes.
Sombre et muet, le Sphinx, qui rêve au bord du Nil,

Lui dit la profondeur du silence subtil;
Et le désert sans fin, sans eau, sans voix, sans ombre,
Que rien n'existe, au fond, que l'espace et le nombre.

LA TERRE.

Tu vas voir les endroits les plus doux de la terre,
Ses bosquets, ses coteaux, tout parfumés de fleurs,
Ses beaux lacs irisés des plus riches couleurs,
Ses golfes transparents, avec leur grâce austère.

Mais creuse dans son sol, voyageur solitaire :
Le cadavre est partout, sous ces bords enchanteurs;
Mille couches de morts forment ses profondeurs.
Et tu marches, mortel, sur un vrai cimetière.

Elle a tous les avrils, et tous les orients,
Elle a la lèvre rose et les yeux souriants :
Mais prends garde aux plaisirs si charmants que tu cueilles;

Courtisane au cœur faux, elle attire d'abord,
Mais tu verras, enfant, c'est la rose à cent feuilles
Qui fleurit sur le crâne horrible de la mort.

LES CHARMETTES.

Dans le vallon riant où dorment les Charmettes,
Satisfait des verdeurs d'un étroit horizon,
Enlacé de beaux bras, adorable prison,
Il s'oubliait au chant léger des alouettes.

Sa belle le berçait de tendres ariettes,
Les charmes lui prêtaient leurs doux lits de gazon;
Tout à l'enivrement de la jeune saison,
L'amour fermait sur lui ses tièdes oubliettes.

Mais, du haut de l'enclos, quelquefois, son œil clair
Contemplait les grands monts se profilant dans l'air,
Avec leurs fiers pitons, leur ligne fantastique;

Et, jeune aiglon lassé des douceurs de son nid,
Promenant au lointain sa pensée extatique,
Il rêvait l'aventure et le sombre infini.

LES RIVES DE LA SOMME.

Non, tu n'arroses pas les pentes du Permesse ;
Point de vigne riante, ou de coteaux sacrés,
Tu coules, belle Somme, en des bords ignorés,
La Picardie est loin des beaux monts de la Grèce.

Ton indigente tourbe attriste l'œil sans cesse,
Une herbe rare pousse en tes acides prés ;
A peine tu connais les beaux soirs empourprés,
Car ta rive est noyée en une brume épaisse.

Mais j'aime les aspects de tes grands communaux,
Où la vache rumine, et songe au bord des eaux,
Les peupliers sans fin ourlant ta berge humide.

Plus d'une nymphe glisse en tes saules amers,
Tu coules à pleins bords, toujours pure et limpide,
Et tu charmes mon cœur de tes profonds yeux verts.

LA BELLE SOURDE.

Non, vous n'entendez pas nos larmes et nos plaintes,
Vous restez sourde aux vœux de vos adorateurs,
Rien ne peut émouvoir vos beaux traits enchanteurs,
Votre âme est sans ouïe, et votre cœur sans craintes.

Vous passez au milieu des fats complimenteurs,
Dans la sérénité qu'ont les idoles peintes,
Impassible, et plus belle au milieu de nos feintes,
Et du jeu puéril de nos salons menteurs.

Je n'ai pas avec vous, pourtant, l'art de me taire,
Et j'aime à vous glisser quelque amoureux mystère,
Sous ce prétexte vain de vous parler plus bas :

Je vous frôle sans cesse, ô galante merveille,
Et, sous ce doux couvert que vous n'entendez pas,
Vous chuchote, en baisant votre rosée oreille.

LE SERPENT SYMBOLIQUE.

L'Égypte ressemble à son serpent symbolique,
Sourdement somptueux, dont le dos scintillant
Chatoie, inattendu, d'éclairs étincelant;
Au soleil assoupi, frileux, mélancolique.

Et, torpide d'amour, bercé d'un rhythme lent,
Endormant le regard d'un rayon magnétique,
Mélomane enivré de musique mystique,
Il ondule, furtif, en cadence, indolent.

Et telle cette Égypte, avec son charme étrange;
Dans ses grands Saharas, Nil secret qui se perd,
Opposant sa splendeur au sable qui la frange,

Et sa verdure sombre à ce sol fauve orange,
S'allonge et se replie entre un double désert,
Glissant au sable d'or, onduleux serpent vert.

LA TOUR PENCHÉE DE PISE.

Quel sphinx inconnu, quel artiste insidieux,
A Pise, auprès du Dôme et du vieux Baptistère,
A dressé cette tour qui penche vers la terre,
Et dont l'inclinaison inquiète nos yeux?

Est-ce accident, ou tour de force audacieux?
Mais l'esprit de cet âge est un esprit austère,
Et l'on recherche encor le sérieux mystère
Que propose la pierre au songeur soucieux.

Et moi, j'y voudrais voir l'image symbolique
De tes jours tourmentés, Église catholique
Qu'assiégent la tempête et les cruels autans;

Chaque siècle te suit penchant vers ta ruine,
Mais tu restes debout sur l'horizon des temps,
Miracle soutenu par une main divine.

MOURIR AU GITE.

Plus jeune, curieux de royaumes lointains,
Je m'allais promener aux rives étrangères,
Et, dans de longs détours de courses passagères,
M'éprenais de mirage, et de fantômes vains.

Sous d'autres oripeaux, partout mêmes destins,
Mêmes illusions, et plaisirs éphémères,
Partout combats, partout plaintes, peines amères,
Et partout la mort sombre aux gouffres trop certains.

Maintenant, vieux, je reste en mon petit village,
Heureux de savourer cet humble paysage,
Me chauffant aux rayons de mon dernier couchant :

Devant ma porte assis, sur le vieux banc de pierre,
Près de la pauvre église au Christ doux et touchant,
Et près des noirs cyprès du prochain cimetière.

LE RELIGIEUX.

Oh! n'abandonne pas ton sévère couvent ;
Toute apostasie est un leurre décevant,
Moine, ne jette pas le blanc habit du Carme,
Il faisait ta grandeur, ta pureté, ton charme ;

Tu devais l'éloquence au Verbe de ton Dieu
Qui posait son charbon sur tes lèvres de feu.
As-tu vu, dans l'enclos, le lys du sanctuaire
Déserter les splendeurs de son vierge suaire ?

Il est obscur, terreux, perd tout reflet divin ;
Où donc le pur éclat, les chastetés du lin?
Il n'a plus sa pudeur, sa sévère noblesse,

Son air lourd et grossier nous fatigue et nous blesse.
Le lys devait sa grâce à sa virginité ;
En perdant sa blancheur, il perdit sa beauté.

L'ILE DE CAPRI.

Près de Naples, séjour de l'empereur Tibère,
On voit l'île autrefois célèbre de Capri.
Là paissent, maintenant, la chèvre et le cabri,
Mais cette île eut son jour quand Rome fut prospère.

De débauche et de sang elle fut un repaire,
Tout le vice romain y trouva son abri ;
Aussi son nom fameux est justement flétri
Par le noble poëte et l'histoire sévère.

Le passager voguant dans ce golfe si beau,
Voit s'allonger, comme un gigantesque tombeau,
Dans ses vastes contours l'île autrefois celèbre ;

Et, comme un monument étrange et surhumain,
Il s'imagine voir, sur le couchant funèbre,
L'austère et grand tombeau de l'Empire romain.

OUBLIS.

Imite, ami, crois-moi, la nature oublieuse ;
Chaque aurore riante amène un nouveau jour,
Elle nous dit : J'apporte et la joie et l'amour,
J'ai ma larme aussi, mais tendre et voluptueuse.

Après l'âpre saison, vient la saison rieuse ;
Chantez, gais laboureurs, avril est de retour,
Tout en ce monde pleure et nous rit tour à tour ;
Tout fuit, laisse envoler la plainte soucieuse.

Laisse les morts dormir dans le champ de la paix,
Plus heureux qu'on ne croit sous leur feuillage épais :
Vous riez, vous chantez, vous mêlez vos haleines,

Vous étalez, ô fleurs, vos pourpres et vos ors ;
Vous aimez, ô forêts ombreuses, vertes plaines,
Vous tous en qui revit la poussière des morts.

PARVA DOMUS, MAGNA QUIES.

Elle est bien mieux à moi, ma petite maison,
Car j'y taille chaque arbre ; il emplit ma corbeille,
J'ai le miel, jamais la piqûre de l'abeille ;
Chaque fleur du jardin m'appelle par mon nom.

Doux nid de mes amours, m'y rit le fin gazon ;
Que j'ai soupé de fois ! j'ai rêvé sous ma treille,
Je surveille en sultan chaque pêche vermeille,
Et l'oiseau du sorbier sait par cœur ma chanson.

Ma vache m'y prodigue et sa crème et son beurré,
Mes poules fêtent ma bienvenue à toute heure,
Mon beau chat noir s'allonge au soleil, tout heureux.

Me prêtant à moi seul et son ombre et sa flamme,
Sans cesse elle me rit comme à son amoureux :
Elle est moi-même, elle est le corps dont je suis l'âme.

LE COUVENT.

Je la vis bien longtemps, et pâle et dépérie,
Sans cesse déplorant son éternel amour ;
Elle pleurait la nuit, elle pleurait le jour,
Et ses pleurs redoublaient à la saison fleurie.

Mais enfin essuyant sa paupière attendrie,
Disant à ce vain monde un adieu sans retour,
Elle prit du couvent noir le sévère atour,
Pâle vierge vouée à la Vierge Marie.

Dans la maison de Dieu, ses plaintes et ses pleurs
Trouvèrent je ne sais quelles rares douceurs,
Lui faisant éprouver comme un charme mystique :

Tel ce pleur du jet d'eau, qui monte dans le ciel,
Change en mélancolique et plaintive musique,
Et se joue aux rayons légers, prisme éternel.

LA SOURCE.

Que j'aime auprès de toi passer ma vie entière !
Tu m'es comme un doux parc, dans un natal séjour,
Avec son bois, avec ses vergers d'alentour
Et sa grâce connue amie et familière.

Et tu m'es un pays de forme singulière,
Où l'épris voyageur découvre avec amour
Des coteaux, des lacs, des châteaux fins, une tour,
Éclairés d'une étrange et fantasque lumière.

Assis à tes côtés, près de ce clair ruisseau,
J'y vois un doux miroir de la beauté que j'aime :
Comme ce frais courant dans sa fuite suprême,

Même source, toujours renouvelle son eau,
Ton esprit si fin sait être toujours nouveau,
Et ton cœur si charmant rester toujours le même.

LA RÉCOLTE DES AVOINES.

Les voyez-vous jaunir, les légères avènes ?
Zéphires, retenez vos plus douces haleines ;
Car, bien souvent, hélas ! notre avène s'écosse
Au souffle meurtrier du rude vent d'Écosse.

L'avène est délicate, et, sur sa tige grêle,
Oscille incessamment sa mince grappe frêle ;
O ciel, ayez pitié de l'avène fragile
Que secoue en passant l'aile du vent agile.

Beaux soirs, endormez-vous dans vos douces paresses,
Enveloppez l'avène en de molles caresses ;
C'est une fille fine à la taille gracile,

Et sous le moindre vent, elle plie et vacille ;
Ayez pitié, voyez, elle penche, éplorée,
Inclinant vers vous sa frêle grappe dorée.

LES BOUQUETS.

A M. M.

Le mage, alors qu'il veut charmer la maladie,
S'en va cueillir ses fleurs suaves dans les champs;
Il en compose un philtre, y mêle de doux chants,
Tous les rites secrets de l'art qui remédie.

Ce philtre préparé par des soins si touchants,
Il le verse au mourant dans la coupe attiédie,
Et conjure la mort, et rappelle la vie,
Et rend l'aube à nos jours tristes sur leurs couchants.

Choisis de main de fée et de magicienne,
Vos fins bouquets ont plus de vertu que la sienne :
Doux, légers, souriants, ils ravivent le cœur;

Respirant la bonté, la grâce de la femme,
Ils dissipent mes maux, par leur charme vainqueur,
Guérissant, à la fois, et mon corps et mon âme.

FIN D'AUTOMNE.

J'aime les pâles jours de la fin de l'automne,
La forêt qui se meurt, et son feuillage amer,
Le vent, dans les bouleaux, qui souffle monotone :
Tout pleure les étés, tout annonce l'hiver;

Tout nous dit : La saison tiède nous abandonne,
Fais, dans l'âtre joyeux, petiller un feu clair,
Profite des avis que la nature donne,
Et prépare un doux nid à l'être qui t'est cher.

Et j'aime aussi les soirs pâles de la vieillesse,
Quand le plaisir léger du jeune âge nous laisse :
Elle est grave et muette, elle songe, elle dort;

Un penser plus profond, sévère, naît en elle,
Son déclin la prépare à la vie éternelle,
Et son sommeil s'essaye au sommeil de la mort.

LA CHANSON DES CHÊNES.

Oh! non, ne prenez pas le bois de vos grands chênes,
Hommes vains, pour dresser vos échafauds sanglants,
Nous sommes des forêts les hôtes bienveillants,
Les arbres des amours, non les spectres des haines.

Les zéphyrs amoureux nous soufflent leurs haleines,
La fleur sème à nos pieds ses tapis scintillants,
Notre front pur se baigne aux ciels étincelants,
La fauvette nous conte ou sa joie ou ses peines.

Pour ce sombre échafaud, prenez plutôt le fer,
Le fer qui croît dans l'ombre et qui vient de l'enfer,
Une rouge couleur ensanglante ses veines :

Le fer dur et cruel donne partout la mort;
Hommes, prenez le fer, et laissez les grands chênes,
Doux songeurs, s'endormir dans les beaux couchants d'or.

SOLEILS DE JAIS.

« Deux yeux soleils de jais dans un ciel de cristal : »
Je ne sais où j'ai vu, jadis, ce vers splendide,
Il ramène mon âme au Sahara torride,
Il évoque à mes yeux le monde oriental.

C'est ce ciel composé de prisme et de métal,
Ce ciel marmoréen du grand désert aride,
Qui couronne ton front, ô sombre Pyramide,
Rigide dans sa flamme, implacable, fatal.

Tout, dans cet orient, est fait de pierreries,
De bijoux chatoyants, de rare orfévrerie,
Les femmes et les fleurs, les arbres et les cieux;

Tout est splendide et clair, tout reluit, tout miroite,
Étincelant joyau que l'on sort de sa boîte,
Tout, surtout l'amour, est le paradis des yeux.

LA NUIT.

MÉDITATION.

Viens rêver, la nuit, sur le sombre promontoire,
Vois ces astres ailés dans leurs pompeux atours :
Tu crois à la splendeur des célestes séjours,
Mais c'est la nuit partout, comme ici, la nuit noire.

Au ténébreux chaos seulement il faut croire;
Les astres sont trop loin, et les dieux sont trop sourds.
Ce monde erre à tâtons dans des flots noirs et lourds,
Et la clarté des cieux n'est qu'un charme illusoire.

Voyant l'obscure horreur des espaces lointains,
Sache l'inanité de tes vides destins,
Et la fatale loi de ce monde où nous sommes.

Sombre mer, au hasard, heurtant ses flots amers,
La nuit règne partout, au ciel, au cœur des hommes,
C'est un aveugle Dieu qui régit l'univers.

LES PSYLLES.

Quand il veut attirer ses longs serpents, le psylle
Imite, de sa voix douce, leur cri d'amour,
Et l'on voit aussitôt par un furtif détour,
Sinueux, onduler le lumineux reptile.

A la baguette fine, enlaçant son contour,
Il déploie, au soleil, son prisme qui scintille;
Et le jongleur sacré, d'une grâce subtile,
L'enroule en cadence, et déroule, tour à tour.

Ainsi fait, de nos temps, la charmeuse hétaïre,
Elle ondule, se pâme, et palpite et soupire,
Elle imite le cri des tendres voluptés.

Les serpents amoureux que son long regard guette,
Attirés mollement, rampent de tous côtés,
Et l'adroite Circé les mène à la baguette.

SAHARAS.

Rien n'apparaît vivant, dans l'immense étendue,
Pas une plante au sol, pas un autour au ciel,
C'est le désert sans fin, le silence éternel,
Où plane vainement la prunelle éperdue.

On cherche une limite où s'arrête la vue,
Rien dans ce blanc désert plein d'un éclat cruel :
Des rides, des sillons, au galbe solennel,
Drapant leurs vides plis, sur cette terre nue.

Quel laboureur creusa ces étranges sillons,
Ironique semeur de ces sables arides ?
Quel souffle du Seigneur, aux sanglants tourbillons,

Imprima, dans son vol, sa colère et ses rides ?
Qui, sur ce grand désert léthargique qui dort,
Vous drapa, vagues plis, suaire de la mort ?

PISE.

Pise, je veux mourir dans ta morte cité,
Toujours tu m'apparus comme un grand cimetière,
Ton enceinte, que l'herbe aujourd'hui couvre entière,
D'un Élysée a la morne félicité.

Ta plaine monotone en sa sérénité,
Ton Dôme recueilli, ton muet Baptistère,
Et ton Campo Santo grave, pensif, austère,
Où trône d'Orcagna l'âpre sublimité ;

Le mystère inquiet de cette Tour penchée,
Vers sa ruine qui toujours semble épanchée,
Tout invite en tes murs un cœur plein de remords :

O Pise, accueille-moi, calme tombe éternelle ;
J'habiterai vivant dans la cité des morts,
Et, mort, j'y renaîtrai dans ton âme immortelle.

CHANT NOCTURNE.

O mort, éternité, sombre nuit du tombeau,
Vous faites frissonner d'un pâle effroi mon âme;
Sur vos mondes obscurs où s'éteint toute flamme,
En vain j'ai promené mon vacillant flambeau.

Comme court au boucher l'imbécile troupeau,
Nous courons à la mort blême qui nous réclame :
Ver affreux du sépulcre, horrible fin du drame;
L'effroi claque mes dents, horripile ma peau.

As-tu vu, dans l'horreur des ténèbres nocturnes,
Quand plane la terreur dans les airs taciturnes,
La pâle enfant chanter, pour conjurer sa peur?

Et moi, je chante ainsi toujours mes airs funèbres,
Comme le pâle enfant qui charme sa terreur,
Je vais chantant la mort, dans mes mornes ténèbres.

CHŒUR DES OCÉANIDES

AUTOUR DE PROMÉTHÉE.

Pleurs des cieux, pleurs des bois, pleurs des vertes fontaines,
Longs hivers pluvieux, automnes solennelles,
Toi, grande mer sans fin, triste larme éternelle,
Rivières, vous, étangs, qui pleurez dans nos plaines;

Cascades dont les voix semblent de sanglots pleines,
Jet qui montes au ciel, plainte perpétuelle,
Source pleurant toujours d'une eau toujours nouvelle,
Et mêlée à des pleurs de Naïades lointaines :

O vague chœur chantant, pâles Océanides,
Qui roulez, en pleurant, vos belles eaux limpides,
Vous plaisez à mon cœur triste, ondes éplorées;

Vous pleurez, en fuyant, sur la terre où nous sommes,
Vous coulez, vous pleurez, tendres, déséspérées,
Vous pleurez, à jamais, sur les malheurs des hommes.

HEUREUX QUI MEURT JEUNE.

Bienheureux qui meurt jeune : après la guerre ardente,
Va visiter les champs de bataille ; les vieux
Gardent encor leur vie amère dans leurs yeux ;
La tristesse alourdit leur paupière pendante.

Mais regarde plutôt la jeunesse éclatante,
Son front est pur, serein, souriant, radieux ;
Elle semble endormie en un rêve joyeux,
Plein de rire, d'espoir, et d'amour palpitante.

Heureux qui meurt jeune, et qui s'en va chez les morts,
Sur l'aile des parfums, des rhythmes, des accords,
Encor tout saturé des fêtes de la veille,

Le Hongrois plein du fifre et de la darbouka,
Tombé riant, ayant encore dans l'oreille
Maint motif entraînant de folle mazurka.

L'HOTEL JAPONAIS

A PARIS.

J'avais vu cet hôtel, dans les Champs-Élysées,
Plein d'éclat, de rayons, de couleur, de soleil ;
La fine soie où luit le beau couchant vermeil,
Et de fantasques fleurs d'oiseaux entre-croisées.

Des étoffes d'azur et de jaune irisées,
Jades, laques, émaux, éventail fin, pareil
A ces songes riants qui hantent le réveil ;
Et la rare indienne à nuances prisées.

L'hôtel était désert, et, sous le frais berceau,
Je rêvais, devant la cage vide, l'oiseau :
Un teint pâle, profond, et des chairs couleur d'ambre,

Une lèvre toujours rieuse, peinte d'or,
Un corps souple qui, sur les fins coussins, se cambre,
Des yeux jaunes, cruels, pleins d'amour et de mort.

LES LOGIS DE MA BELLE.

Que longtemps j'ai couru, poursuivant ma beauté,
D'étape en étape et de cités en cité !
Jeune, fraîche, idéale, en un chaste et long voile,
Elle habitait d'abord, simple, à la belle étoile.

Un peu poseuse, après, je la vis, bien des fois,
Qui chantait la romance au Cygne de la croix ;
Bientôt, elle devint et volage et coquette,
Ayant pris une chambre à la Femme sans tête.

Je ne vous dirai pas tout ce que j'ai souffert,
Quand, fantasque, il lui plut loger au Singe vert ;
Je l'aimais, mais, déjà, l'on parlait de finance,

Car ma belle trônait, fière, à l'Écu de France :
Elle épousa bientôt le riche et beau Lindor,
Et j'ai su que l'on fit la noce au Lion d'or.

AU DIEU INCONNU.

Un autel existait dans la ville d'Athènes,
Au dieu qu'ils supposaient à leur âme inconnu,
Et son blanc piédestal demeurait toujours nu,
Sanctuaire adoré des choses incertaines.

Nous avons ainsi tous un autel, âmes vaines,
Pour un je ne sais quoi qui n'est jamais venu :
Désir, fantôme, dieu, projet, rêve ingénu,
Qu'on épie arrivant des régions lointaines.

A vrai dire, et c'est là le premier de nos dieux,
Celui que, chaque jour, nous fatiguons de vœux,
Que notre âme, dans sa suprême angoisse, appelle.

Et la femme en son cœur, en un coin bienvenu,
Même la plus chaste a sa mystique chapelle,
Où bien fin se peut lire : A l'amant inconnu.

L'HORLOGE.

Je voudrais pour horloge en mes hautes demeures
Quelque grande œuvre d'art au brillant appareil,
Et, comme qui dirait, les coursiers du soleil
Qui fassent défiler pompeusement les Heures.

Abusons nos regards par de singuliers leurres,
Masquons le Temps cruel d'un charme sans pareil,
Et qui voile sous l'or, le cristal, le vermeil,
Des jours envolés les fuites antérieures.

Mais surtout celez-moi ces rouages savants,
Squelette de la vie, et sans cesse mouvants,
Sinistre avertisseur, menace clandestine;

Cette voix sans pitié, faite du dur métal,
L'éternel va-et-vient du balancier fatal,
De nos jours condamnés vivante guillotine.

LE ROMAN DE LA MOMIE.

J'ai le désir souvent qu'un colchyte m'embaume,
Que le natron, le cèdre fin et le bitume
Me prêtent le secours de leur vive amertume,
Que la myrrhe m'endorme en son subtil arome :

Sans peur je descendrais dans le sombre royaume,
Doué de ce semblant d'existence posthume,
Dans le fin lin, teint d'or, en un pompeux costume
Et, sous l'hiéroglyphe, immobile fantôme.

Dans mon tranquille Éden, immortelle momie,
S'apaiserait le vol de mon âme endormie,
Un parfum suffirait à nourrir ma frêle ombre;

De tous les maux passés en savourant la trêve,
Mes yeux boiraient l'horreur toujours de la nuit sombre;
Bienheureux, je vivrais dans l'infini du rêve.

LES MADELEINES.

On les voit quelquefois, prenant la robe austère,
Et disant au plaisir un éternel adieu,
Dans un calme couvent se consacrer à Dieu,
Et parer de leurs mains le rare sanctuaire.

Mais je vous reconnais, ô filles de Cythère;
Tout de vous transparaît dans cet autre milieu;
Sous la cendre encor couve un peu de l'ancien feu;
Et vos yeux parlent trop quand ils voudraient se taire.

Vous gardez tout ce charme onduleux des Vénus,
Vos seins battent encor, bien qu'ils ne soient plus nus,
Vous vous faufilez souple, et furtive, et charmante;

Avec de trop doux yeux, vous adorez la Vierge,
Vous baisez le beau Christ d'une lèvre d'amante,
Et vous brûlez encore, en allumant le cierge.

SOMBRES TERRES.

J'aime vos infinis lugubres, vos déserts,
Et ce je ne sais quoi d'épandu dans vos airs,
Qui met comme le comble aux tristesses humaines,
Mornes terres d'Égypte et campagnes romaines.

Les insalubres vents vous soufflent leurs haleines,
Rien qui rompe l'ennui de vos funèbres plaines,
On dirait un linceul immobile des mers
Sur des mondes éteints au fond des flots amers.

Mon œil hagard se berce en vos horizons mornes;
Dans ce vide sans fin de vos steppes sans bornes,
Mon cœur noir ouvre mieux ses ailes de corbeau :

Vous avez de la mort la tristesse infinie,
L'horizontalité sinistre du tombeau,
Du désert vague la pâle monotonie.

LA VÉNUS CÉLESTE.

« Vénus rit dans un fond sinistre de feuillages : »
Oui, je l'ai vue ainsi, bien souvent, dans le soir,
Quand la fleur parfumait, ainsi qu'un encensoir,
Et que je contemplais de vagues paysages :

Étoile des amours, qui perces les nuages,
Et luis au fond du ciel comme un lointain espoir,
A nos yeux tu te plais à te faire entrevoir,
Comme dans les déserts les célestes mirages.

Hommes, nous cheminons dans l'ombre du malheur,
Mais d'un je ne sais quoi l'âme est toute ravie,
Elle court vers un but qui sans cesse dévie :

Nous oublions le mal, la plainte, la douleur,
Un sourire nous luit comme à travers un pleur,
L'amour rit au travers des peines de la vie.

L'IRLANDE.

La belle île des Saints, la poétique Irlande
Porte d'azur à la harpe d'or, dans ses armes,
Transparents attributs, symboles pleins de charmes
Du doux pays d'Érin où fleurit la légende.

Nonchalamment couchée, aux beaux soirs, dans sa lande,
Elle oublie, en chantant, sa misère et ses larmes,
Et son cœur se remet des plus vives alarmes,
Écoutant l'air mourant errant parmi la brande.

Ah ! race de misère, Érin, pauvre cigale,
L'Orient t'a donné sa grâce musicale ;
De ses beaux soleils d'or, race amère exilée,

Attachée aux flancs durs de la rude Angleterre,
Chantant dans tes marais, par la brume voilée,
Sur tes harpes, l'azur de ta natale terre.

12.

HERMÈS.

Dans le soir pâle, il glisse ainsi qu'un somnambule,
Frôle les bords des bois muets et du verger;
On le croit voir souvent, fantôme passager,
Dans l'ombre de la nuit furtive, qui circule.

C'est le charmant Hermès, c'est le doux crépuscule;
Il allume pour nous le feu, fin messager,
Nous apprête le vin et le souper léger,
Et serviteur adroit, discret, se dissimule.

Parfois, on dit qu'il se faufile dans le soir,
Et se glisse aux enclos sans qu'on le puisse voir,
Ravissant les beaux fruits au sein de la nuit brune.

Il ne nous quitte plus aux heureuses saisons,
Mais il dort aux rayons caressants de la lune,
Mollement étendu sur les tièdes gazons.

LA TOPAZE.

Vois ce riche collier où brille la topaze;
Sa gemme a traversé mille créations,
Des combinaisons, des dissociations,
La flamme, les volcans, et la lave et la vase.

Elle a vu les filons fins d'où l'or s'extravase,
Reçu dans ces enfers mille émanations;
Elle sort du torrent des révolutions,
Pure, chaste, splendide, et charme ton extase.

Et tel mon cœur aussi qui t'offre son amour;
Il sait l'horreur des nuits et les splendeurs du jour,
Il a plongé souvent jusqu'au fond de l'abîme,

Il a longtemps vécu dans un impur enfer.
Il sait le gouffre amer comme le ciel sublime,
Et prends-le comme il est, calme, héroïque et fier.

DUO D'AMOUR.

Dans la nuit du bosquet, le sombre rossignol
Imite, de sa voix, les charmes de la rose ;
Sa légère nuance en un accent plus mol,
Sa grâce plus intime en secret virtuose.

Pour ses riches splendeurs, son chant hausse son vol,
Il peint son incarnat d'un rhythme grandiose,
Son capiteux parfum, dans un caprice fol ;
Il célèbre sa pourpre en une apothéose.

Et la rose, à son tour, simule son amant,
Pour sa tendresse elle a comme un ton plus charmant,
Elle a, s'il ose trop, des nuances pudiques.

Pour conter sa flamme, elle exalte sa couleur :
Chacun d'eux redit son cantique des cantiques,
Et peint, chantre sonore, ou chante, rouge fleur.

MADEMOISELLE DE LA VALLIÈRE

EN CARMÉLITE.

C'est le portrait de la charmante La Vallière :
Avec ce doux souris touchant qui nous égare,
Elle tient, de sa main fine, de race rare,
Une rose effeuillant sa fraîcheur printanière.

L'autre main, où reluit la bague chevalière,
Offre aux yeux intrigués un masque, une guitare,
Des jetons d'or, énigme attirante et bizarre
De ce tableau vivant, de grâce singulière :

Chacun ainsi de nous, ô belle Carmélite,
Devra congédier les fins plaisirs d'élite,
Quitter l'habit de cour, et revêtir la bure ;

Laisser les jetons d'or, la guitare, le masque,
Voir l'amour s'effeuiller dans sa fleur la plus pure,
S'évanouir, hélas ! son beau monde fantasque.

LES VIEILLES MAISONS.

Heureux qui vit dans les anciennes maisons,
Les meubles et les gens y semblent à demeure;
La maison dit : Attends aussi, moi, que je meure,
Nous partirons ensemble, aux arrière-saisons.

Mainte plante les vêt de riches frondaisons,
Les embrasse, les rend vivantes à toute heure;
Il semble qu'avec nous le vieux toit rie et pleure,
Et vieux, ait pris nos airs et nos inclinaisons.

Chaque chose a sa place, il connaît la famille,
Est familier avec notre petite fille :
L'escalier est plus doux, et l'âtre flambe mieux.

Il garde nos secrets dans toutes ses murailles,
Il murmure les voix des antiques aïeux,
Et cèle un gros trésor dans ses vieilles entrailles.

UNE CHARMEUSE

A NICE.

Fée, elle attirait tout, lumineuse et magique,
Ainsi que je connus, en son jardin secret,
La fleur germait plus rare, et, rose, lui riait,
Les oiseaux s'éprenaient par un charme atavique;

Sa voix légère avait leur chantante musique,
Son aiguisé profil était leur fin portrait;
Grêle, elle simulait leur sautillant attrait,
Et sa lèvre de pourpre éclatait, fleur mystique.

Ses heures s'écoulaient dans ce jardin charmant,
Immobile, tantôt, comme un cactus dormant,
Ou posant, çà et là, comme une chose ailée;

Ses yeux épanouis comme ses belles fleurs,
L'âme heureuse toujours aux branches envolée,
Chantante et miroitant de dansantes couleurs.

SAINT GEORGES D'ARGENT.

Un saint Georges d'argent contre un dragon de sable :
Noble Russe, tel est ton glorieux blason,
Il sonne par les airs; tel un glorieux son;
Et lève jusqu'au ciel son front impérissable.

Je ne sais quel dragon obscur et méprisable,
Rampant dans ses marais, pleins d'un impur limon,
Souille ton sol sacré, nihiliste démon,
Et se glisse partout, sinistre, insaisissable.

Mais, ô Czar, toi, dressé sur ton blanc palefroi,
La clarté dans les yeux, sans trouble, sans effroi,
Splendide, lumineux, comme un autre saint George,

Poussant, en piaffant, droit vers le monstre obscur,
Planteras ton épée, au travers de sa gorge,
Le foulant mutilé dans son limon impur.

LA CHANSON DES AMOUREUX.

Ah! nous aimons toujours ou trop tôt ou trop tard :
C'est en été surtout que la moisson est belle,
Jeune, on se laisse prendre au rire d'une belle,
Dupe d'un mot, d'un signe, un doux chant, un regard,

Et l'on aime partout, sans trêve, au pur hasard.
Vieux, nous ne croyons plus à l'amour éternelle,
Nous adorons sans foi la maîtresse immortelle;
Ou nous aimons sans flamme, ou nous aimons sans art.

Le beau fruit de l'avril est fade et sans arome,
La pâle fleur d'août n'a rien qui nous embaume;
A l'amour trop tardif il manque l'avenir,

Trop précoce, l'amour n'est rien qu'une ignorance;
Les amours du printemps n'ont point de souvenir,
Et les amours d'automne ont si peu d'espérance !

LA VILLE DES CYPRÈS.

Stamboul est tout peuplé de vastes cimetières,
On pourrait l'appeler la ville des cyprès;
Mais, par l'aube rieuse, ou les soirs empourprés,
Ils charment le regard de façons singulières.

Là viennent s'attabler des familles entières,
Et sur la tombe on rit, on fait l'amour auprès;
La pierre des aïeux a pour eux mille attraits,
Et des traditions de plaisir coutumières.

Tout se vêt de l'amour en ces doux Orients;
Ces tombes, ces cyprès ont des tons souriants,
Un beau couchant les teint des roses d'une aurore.

La mort comme la vie ont ici des appas,
Et le doux paradis de Mahomet colore
Du rire des houris les ombres du trépas.

OVIDE.

Ah! Dieu, que j'aime Ovide, et ses Métamorphoses!
Quel prisme! quel éclat! quelle légèreté!
Comme il fait devant nous miroiter la beauté,
Sur la scène enlaçant les grâces et les roses!

Tout s'efface, à la fin, dans des formes décloses,
Tout s'en va boire à l'eau si douce du Léthé :
C'est un ballet charmant, par l'amour enchanté,
Et qui s'évanouit dans des apothéoses.

C'est le dernier mot de la sagesse ici-bas :
Rien ne périt, rien ne disparaît au trépas,
Tout se transforme au fond, revêt un nouveau masque;

C'est un gai carnaval que le sombre tombeau,
Où tout se travestit, éphémère, fantasque,
Et rien n'est immortel au monde que le beau.

LE PRINTEMPS A PARIS.

On s'en retourne au Bois : les légères voitures
Font crier, en glissant, le sable des chemins;
Les jeunes belles ont des yeux moins inhumains,
Et leur rire égaré cherche les aventures.

Peintes de vermillon, comme des miniatures,
Elles s'en vont semant leurs odeurs de jasmins,
Elles ont des bouquets amoureux plein leurs mains,
Et des envolements dans leurs désinvoltures.

C'est le printemps, c'est la saison des frais lilas,
Où vont promener les belles en falbalas,
C'est le charmeur avril, et, parmi les zéphires,

Lycoris va semant, dans la tiédeur des jours,
Les parfums, les chansons, les regards, les sourires,
Et, dans l'ombre des nuits, récolte les amours.

LA DERNIÈRE NEIGE.

C'est la neige d'avril, c'est la dernière neige,
Qui couvre, de flocons fins, les frêles coteaux,
Et couronne les toits légers des hauts châteaux.
Est-ce l'hiver qui nous revient encor? que sais-je?

L'hiver insidieux et trompeur nous assiége :
Souriant, il nous quitte, il nous laisse en repos,
Puis il étend sur nous le linceul des tombeaux;
Il va, vient, part, revient, et nous dresse maint piége.

Non, ce n'est pas l'hiver, c'est le printemps au bal,
Qui se poudre à frimas, tel qu'un gai carnaval,
Amoureux déguisé qui rêve de conquête;

Non, ce n'est pas l'hiver : sous ses satins brillants,
C'est la nature jeune et souriante, en fête,
Galante mariée en ses fins voiles blancs.

LE PALMIER.

Avec le charme fin d'une mince hétaïre,
Le beau palmier se dresse en ses horizons d'or;
Ou, gerbe épanouie, à l'œil simule encor
Un jet pur, élancé, qui jusqu'au ciel aspire.

Noble lyre idéale, en l'aurore il soupire,
S'envole, strophe ailée, aux cieux, d'un libre essor;
Ou, rêveur indolent, plane, étendu condor,
Dans l'air dormant du soir où le vent tiède expire.

De la fée ingénue au chant mystérieux,
Il déplie, au ciel d'or, l'éventail merveilleux;
Soleil vert, il rayonne en un soir pourpre orange;

Ou, décor fabuleux de vagues opéras,
Se dresse mât léger d'un beau navire étrange,
Sur le flot indécis des pâles Saharas.

LA CLÉMATITE.

Tapisse ton enclos de fine clématite,
Et qu'elle grimpe aux murs légers de ta maison,
Capricieuse, comme une folle chanson,
Riant satin bariolé, frêle, petite.

Que, d'un rideau secret et doux, elle t'abrite,
Et limite tes vœux à son frais horizon,
Et que son fin parfum te ramène au doux gîte
Et te renferme en son amoureuse prison.

Vois-la pulluler sur ses tiges onduleuses,
Comme font, dans le bleu lointain, les nébuleuses,
Avec sa douce odeur d'astre aux ciels entr'ouverts.

Son étoile nombreuse et mince est une voie
Lactée épanouie en ses firmaments verts,
Et qui nous verse au cœur sa lumineuse joie.

LE PRESBYTÈRE.

Je m'en vais bien souvent à l'étroit presbytère ;
Je ne sais quelle paix m'attire en ce doux lieu,
On en revient meilleur, on est plus près de Dieu :
J'aime le prêtre au doux sourire, au front austère.

J'aime à me promener au jardin solitaire,
Le fruit toujours fécond y comble tout mon vœu,
Avec cette saveur suave, en ce milieu,
Que le regard du ciel prête aux dons de la terre.

Ici l'air est plus pur et la fleur est plus chaste,
Elle a de la pudeur, au lieu d'avoir du faste ;
Elle fleurit naïve et grave pour l'autel.

J'aime le presbytère, humble, à la pierre grise,
Qui sourit, caressé des délices du ciel,
Au soleil du Seigneur, à l'ombre de l'église.

LES ORCHIDÉES.

J'aime, par-dessus tout, ces fleurs de paradis,
Ces exotiques fleurs, les rares orchidées ;
Leur corolle a pour moi de subtiles idées,
Et se pâme d'amour dans ses airs alourdis.

Frileuses, il leur faut les torpides midis,
D'une odeur de vanille elles sont possédées ;
Leur fleur fée a le don des pâles Asmodées,
Et semble s'envoler dans les ciels resplendis.

Ce que j'aime surtout, dans ces fleurs délectables,
C'est qu'elles ont, sur leur tige, deux fleurs mutables,
Don magique, attirant, rare, mystérieux :

Ainsi toi, si charmante entre les fleurs mystiques,
Tu te meurs, dans la valse aux cycles amoureux,
Et te pâmes, au pleur des célestes cantiques.

13

LA TAPISSERIE.

Laisse-moi te revoir, ô ma tapisserie,
Confidente sans fin de mes longues douleurs,
N'es-tu pas ma pensée, et ma joie et mes pleurs,
Et moi-même, en un mot, que je pleure ou je rie?

Je retrouve ma vie en toutes tes couleurs,
A tous mes jours passés ta teinte s'apparie;
Ton rose est ma gaieté, ton bleu ma rêverie,
Ton vert mon rare espoir, et ton noir mes malheurs.

Ce dessin sinueux à la fleur vagabonde
A conduit mon penser flottant, autour du monde,
Perdu dans ton dédale, en un rêve sans fin.

Combien mon cœur erra sur ton vague hippogriffe!
Tu vivras, après moi, tissu subtil et fin,
Mais qui lira ma vie en ton hiéroglyphe?

LE FLIRTAGE.

Plus doux que l'amitié, plus vague que l'amour,
D'un vol léger, sans bruit, glisse l'heureux flirtage;
Ami du demi-jour et du marivaudage,
Il vient, va, part, revient, s'échappe tour à tour.

Il courtise sans fin sa belle, il rôde autour,
Comme un oiseau futé rôde autour de la cage;
A l'amour il ira, peut-être au mariage,
Mais, en sage avisé, par le plus long détour.

Flirtez, amants, flirtez, belles; c'est une mode
Charmante aux amoureux, et de tous points commode,
Pour pousser jusqu'au bout ou restreindre sa cour.

Le flirtage est l'ami des âmes langoureuses;
Plus que l'amour lui-même il sait les rendre heureuses,
C'est la lune de miel légère de l'amour.

RIRES ET PLEURS.

Oui, d'elles tout est faux, c'est ce qui fait leurs armes;
Tout est faux dans la vie et tout est frelaté.
Ainsi d'elles, leur joie et leur pleur, leur beauté,
Leurs amours, leurs bijoux, leur jeunesse, leurs charmes.

Tu la quittes; quels pleurs! quelles vives alarmes!
Elle se meurt d'amour, pendue à ton côté;
Quelle grâce attirante et quelle volupté!
Elle est charmante, elle a du rire dans ses larmes.

Vois-la, dans ses festins d'un luxe oriental,
Elle est la joie, elle est lui-même le délire :
Mais quoi donc attendrit l'éclat du pur métal,

Et déchire le son de sa voix de cristal?
Comme dans un scherzo, la flûte qui soupire,
Elle t'émeut, elle a des larmes dans son rire.

LE LIERRE.

Je fleuris à l'automne, et suis le doux lierre,
Tendre amoureux rêveur, aux tardives amours,
Mais mon amour survit jusqu'à mes derniers jours,
Et je garde aux hivers ma verdeur printanière.

Tout ce que va parant ma vrille familière,
Résiste au temps et prend de gracieux atours,
Car, même dans la mort, moi j'embrasse toujours,
Tant ma constante amour est rare et singulière.

De lierre parez le cher toit des aïeux,
Le pauvre mur croulant, les chênes tors et vieux,
J'aime ce qui s'en va, les reliques mystiques;

Ah! laissez-moi pleurer sur les tombeaux déserts,
Sur le seuil oublié des grands cloîtres antiques,
Et sur les noirs donjons, pleins de charmes amers.

LE REGARD DE L'HÉTAIRE.

Pompeuse, elle apparaît en tous lieux à la fois,
Elle court en calèche, elle pose à la ville,
Elle brille, pimpante, au léger vaudeville,
A la musique, au bal, au boulevard, au bois.

Toujours charmeuse, grâce à ses philtres adroits;
Son œil noir, sous le khol, s'agrandissant scintille,
Sur sa lèvre, elle allume une flamme subtile,
Un cinabre léger avive ses tons froids.

Idole toute peinte, immobile en sa pose,
Fleur artificielle, inquiétante rose,
Autour d'elle elle épand comme un morbide attrait :

Il semble qu'à chacun elle rie à la ronde,
Elle a ces vagues yeux d'un attirant portrait,
Dont le fixe regard appelle tout le monde.

LE SPHINX NOIR.

Quel attrait morbide a cette Afrique macabre,
Noir sphinx qui nous attire à ses rives de mort ?
Dans ses sables déserts, le cruel lion dort;
Indompté, son cheval vertigineux se cabre.

Pâle, sa houri luit de khol et de cinabre,
Sa sorcière sur toi jette un sinistre sort,
Et sa musique égare, au monotone accord,
Quand se tord sa Gypsie au feu du candélabre.

Ses riants oasis, ceints de sables amers,
Perfides, te perdront dans leurs arides mers;
Deux par deux vont toujours sa Noire et sa Moresque :

Celle-ci pâle, rare et mystique beauté;
Sombre, la Noire suit la Houri romanesque,
Comme la sombre mort, la douce volupté.

LES PROBLÈMES DE L'INFINI.

La nature et la mort, et Dieu, l'éternité,
J'aime à considérer ces infinis problèmes,
Non pas tant que je vise à les résoudre eux-mêmes,
Mais l'aile de mon âme y plane en liberté.

Je me meus largement dans leur immensité;
Ils fascinent mes yeux, obscurités suprêmes,
Ils parlent à mon cœur, silencieux poëmes :
J'aime en eux surtout leur insolubilité.

Telles j'aime surtout les voûtes étoilées,
Leurs yeux contemplatifs et leurs splendeurs voilées,
Et l'étrange infini mystérieux du soir ;

Vos confuses rumeurs, océans Atlantiques,
Et j'aime en votre sein, ô belles nuits mystiques,
Écouter sans entendre, et regarder sans voir.

LE MIROIR DES EAUX.

J'aime à me promener sur le miroir des eaux,
Par un soir transparent, sous une molle brise;
L'eau palpite aux lueurs du couchant qui l'irise,
Un vent tiède et léger bruit dans les roseaux.

L'arbre, en ce doux miroir, a de plus frais berceaux,
Le coteau rajeuni d'un ton plus fin s'aiguise,
La verdure dans l'onde est d'une grâce exquise,
Et les ciels y sont teints par de plus clairs pinceaux.

Pourquoi donc aimons-nous tant à contempler l'onde,
Et tout se refléter au sein d'une eau profonde ?
Ondes, je sais pourquoi vous nous charmez toujours :

Toujours, vous émouvez, jusqu'aux pleurs, ma faible âme,
Je crois tout voir encor dans de beaux yeux de femme,
De beaux yeux où me rit le doux ciel des amours.

PEINES SANS SOUCIS

ET SOUCIS SANS PEINES.

O vous, soucis sans peine, et peines sans soucis,
Que nous vous regrettons, ô peines du jeune âge,
Soucis légers, soucis envolés, apanage
De l'enfance rieuse, et d'un rien adoucis!

Telles, jeunes beautés, au cœur tendre, indécis,
Femmes au cœur léger, femmes au cœur volage,
Dont l'amour ondoyant, toujours charmant, voyage,
Vos pleurs sont fugitifs, vos chagrins insaisis.

Ah! promenez toujours, belles Parisiennes,
Aux doux yeux décevants, aux tendres, légers cœurs,
A l'Élysée, au Bois, incitantes sirènes,

Dans nos bals enivrés, rares magiciennes,
Vos amours, vos chansons, vos rires et vos pleurs,
Vos peines sans soucis, et vos soucis sans peines.

VOLS DE COLOMBE.

J'aime à suivre le vol pâmé de la colombe
Quand elle monte au ciel, vive et légère flamme;
Il me semble toujours voir s'envoler une âme :
Elle chérit le haut clocher, la chaste tombe;

Parfois des airs lointains, charmée, elle retombe,
Dans une lassitude amoureuse de femme;
Il semble que son cœur de volupté se pâme,
Et que son vol d'un doux penser d'amour succombe.

Ainsi l'on voit la femme inhabile à la course,
Et la danse charmée est sa molle ressource :
La colombe, du haut du ciel, se précipite,

Éventail inquiet, elle déplie une aile;
D'un vol lourd et pâmé, dans l'air, elle palpite;
L'oiseau, comme en un battement d'amour, chancelle.

LES TUBÉREUSES.

Par le boudoir secret, les lourdes tubéreuses
Épandaient, dans le soir, leurs parfums ténébreux;
Et moi, je me pâmais, mystiquement fiévreux,
Me sentant mourir à leurs odeurs langoureuses.

Car rien n'émeut autant les âmes douloureuses,
Rien n'irrite les cœurs d'un charme captieux,
Comme ce philtre lent, obscur, silencieux,
Émanant des fleurs et des femmes amoureuses.

Non, rien ne verse aux sens l'inassouvi désir,
Et n'y laisse la flèche amère du plaisir,
Comme cet air subtil des odeurs féminines :

Il fait courir en nous comme un spasme énervant,
Car l'on respire, en ces émanations fines,
Des délices perdus le souvenir vivant.

LE SOIR DANS LES BOIS.

IMITATION LIBRE.

C'était l'heure où déjà les vapeurs sont tombées
Sur le couchant rougi de l'or des scarabées;
Le crépuscule étend, sur les longs sillons gris,
Ses ailes de fantôme et de chauve-souris.

J'errais dans les forêts ténébreuses et douces
Où le silence dort sur le velours des mousses,
Quand la nymphe, aux yeux verts, danse au bord des flots bleus,
Au vague enchantement des soirs mystérieux;

Quand le vent du soir coupe, en strophes incertaines,
Cette longue chanson qui coule des fontaines;
Des fleurs, aux clairs étangs, se mêlant au bouleau,

Tremblaient en grappes d'or, dans les moires de l'eau;
Et les bois noirs, les cieux et leurs grands incendies
Flottaient dans un réseau de vagues mélodies.

LUEURS DU SOIR.

Il est un vert léger, il est un vert charmant,
Que le soir fugitif montre à sa dernière heure;
Au changeant horizon, à peine s'il demeure,
Vague et pâle lueur qui plane au soir dormant.

Moi, je le suis toujours dans le doux firmament,
Je le suis qui s'éteint, et ma faible âme pleure;
Je le regarde comme un frêle oiseau son leurre,
Comme de beaux yeux verts, avec des yeux d'amant.

Ah! le beau vert du ciel : c'est le soir jaune orange
Avec le bleu du jour qui font ce vert étrange,
Ce vert pâle, fuyant, léger, mystérieux.

Ainsi, pour consoler notre amère souffrance,
La vie et le trépas enfantent, à nos yeux,
Ton fantôme aux yeux verts charmants, frêle espérance.

UNE NOCE AU SAHARA.

Ils cheminaient, parmi l'arène jaune et plane,
Au pas grave et scandé du paisible chameau,
Et la chanson traînait, sur l'aigu chalumeau,
Comme un déroulement lent de la caravane.

La Moresque pompeuse, en son ciel, se pavane,
Bercée au long roulis du palanquin jumeau,
Où pend des verts palmiers le flexueux rameau;
Traçant son profil pur dans le soir diaphane.

Je suivais ce convoi si grave et si charmant,
Pompeusement paré de tapis de prière,
Cheminant sur un air si triste, lentement;

Plongeant, mélancolique, au grand désert austère :
Ainsi que, dans un bal, passe un enterrement,
Ou comme un mariage allant au cimetière.

LA NATURE AU PRINTEMPS.

Toute la nature est comme un grand atelier,
Les lys de Salomon filent leur belle robe,
A sa tâche d'avril aucun qui se dérobe :
Tout dans les champs s'adonne au labeur familier.

Tout travaille au printemps d'un zèle singulier,
Les bois, les clos, les prés, chaque ouvrier dès l'aube,
Tout pousse, tout verdit, tout fleurit sur le globe,
Dans les jardins, sur les coteaux, dans le hallier.

Elle file, en chantant, la rieuse nature,
Elle joue, elle danse, et court à l'aventure;
On la croit travailler, la belle fait l'amour.

Ainsi fleurit partout le bel avril du monde;
Hommes, ainsi changez le dur labeur du jour
En amoureuse joie et volupté féconde.

LES ARABESQUES.

Suis le dédale fin des rares arabesques,
Fuyant caprice ailé du Maure captieux;
Symétrie infinie, elles peignent aux yeux
Les incessants retours des lents accords moresques.

Dans leur flore subtile aux rhythmes pittoresques,
On lit les voluptés du contour précieux,
Et, dans l'enroulement sans fin, délicieux,
Vont toujours se berçant les rêves romanesques.

Et moi, j'y vois passer des mondes amoureux,
Des entrelacements de groupes langoureux,
Dans des jardins en fleurs, des rondes éternelles;

Des rires, des chansons, de beaux yeux attendris,
Des terrasses au soir pleines de jeunes belles;
Un paradis dansant de légères houris.

13.

MIRAGES.

Parmi l'âpre semoun des Saharas arides,
Ainsi la caravane, en des sables amers,
Perdue à tout jamais, par ces mornes déserts,
Faible, se sent périr sous les soleils torrides.

Mais voici qu'elle voit, comme des Hespérides,
De vertes oasis, au fond des lointains clairs,
Des palmiers, des lacs bleus, illuminant les airs,
Qui repaissent le cœur de leurs visions vides.

Ainsi, dans le désert de tes splendides yeux,
Stériles, éclatants, vides, fallacieux,
Je sens mon cœur mourir à leurs flammes cruelles :

Mais je ne sais, toujours, quel mirage m'endort,
Des lacs, des Édens, des voluptés éternelles,
Dans les vagues déserts de tes profonds yeux d'or.

LA VIERGE A LA CHAISE.

Doux et profond mystère où l'art nous initie,
Qu'admirant Raphaël, les esprits comprendront :
Toute femme enfantant est une Vierge, au fond,
Tout enfant qu'elle met au monde est un Messie.

Comme un rayon du ciel illumine son front ;
Par l'esprit divin, mère, elle se sent choisie ;
Elle donne à son fils, pendant neuf mois, la vie,
Qu'est l'homme ? un moment, dans ce mystère profond.

C'est un Sauveur, un Christ dont son âme est féconde,
Il doit tout accomplir, c'est l'avenir du monde,
Qu'elle berce, elle allaite, elle charme, elle endort.

Elle le voit puissant roi, grave, doux, sévère,
Souffre sa passion, gémit sur son Calvaire,
Elle vit de sa vie, et se meurt de sa mort.

DIEU.

Dieu restera toujours un Dieu mystérieux,
Nul œil ne percera jamais son voile antique,
Sa splendeur se dérobe au regard du sceptique,
Et trouve son asile au gouffre obscur des cieux.

Mais sa lumière luit assez au cœur pieux.
Partout elle apparaît pour mon âme mystique;
Et cette infinie ombre à ma raison indique
Un éclat infini trop vaste pour nos yeux.

Ainsi, je te salue, ô nuit brillante et sombre,
Dont la lumière filtre au sein chaste de l'ombre,
Dont un vague profond embellit la beauté;

Un Dieu parle à mon cœur, sous tes sublimes voiles,
Et, dans un saint mystère, y luit la vérité,
En l'obscure clarté qui tombe des étoiles.

LE JARDIN D'UNE VIERGE.

Ses chastes fleurs, pour les purs autels de la Vierge,
Jalousement germaient, dans une enceinte close :
Des lys, et des œillets blancs, et la pâle rose,
Aux doux regards de l'aube, en leur humide berge.

Sa fine main, d'une eau limpide, les asperge;
Leur teinte est froide et comme atteinte de chlorose,
Offrant je ne sais quel charme doux et morose,
Frêle éclat qui s'allie à la pâleur du cierge.

En guirlande pieuse, en recueillie ombelle,
La fleur chaste exhalait, dans la sainte chapelle,
Son souffle pur, aux pieds de la Vierge Marie;

Et, symbole touchant de son âme ascétique,
Où le regret tendre aux extases se marie,
Lentement se mourait dans un amour mystique.

L'ÉPICYCLOIDE.

Jamais lassé, je suis, dans un songe idéal,
Arabesque sans fin, la rapide voiture :
Elle trace une ligne et précise et si pure,
Et fuit, aérienne, en un vol sidéral.

Elle semble vivante, en son orbe fatal,
Un rhythme étrange vibre en sa désinvolture,
Et, par un art subtil, sa souple contexture
Change un vol circulaire en vol horizontal.

Non, rien n'égale aux yeux la courbe rayonnante
Que dessine une roue en sa développante :
Aussi, jaloux, le ciel a brisé Phaéton.

Cependant, en dépit des célestes désastres,
L'homme resta vainqueur, et, noble Automédon,
A sa course asservit le char ailé des astres.

LE SCARABÉE

SUR UNE STÈLE ÉGYPTIENNE.

Adore, Égyptien, le divin scarabée,
Osiris a celé son mystère en son sein,
Et, dans ses nombres d'or, ton lumineux destin ;
L'étincelle du ciel sur sa robe est tombée.

Vois-le rouler sa boule en la poudre englobée,
Tel qu'un Dieu fait mouvoir les mondes de sa main ;
Vrai soleil, il enfante, aussi lui, sans hymen,
Une force céleste en lui s'est dérobée.

Emblème familier de ton Éden futur,
De sa fange, âme ailée, il ressuscite pur,
S'envolant, astre d'or, et radieuse flamme.

Garde à jamais présent son symbole à tes yeux,
Qu'il enchante ta vie, et guide un jour ton âme,
Lumineux génie, aux enfers mystérieux.

LE CHARME D'UNE BELLE NUIT.

J'aime à venir rêver, aux beaux soirs, sur la dune;
Rien n'est charmant ici comme une nuit d'été;
Car tout y semble amour, et tout est volupté,
Quand nous luit la douceur sereine de la lune.

Les astres scintillant dans un bleu velouté,
Semblent des yeux d'amour au front de la nuit brune;
Et nul regard jaloux, nulle voix opportune
Ne vient troubler mon cœur en son rêve enchanté.

Dans un vague profond, la nuit noire azurée
Fait pénétrer en nous comme une amour sacrée;
Charme mystérieux, étrange, du beau soir,

De tes sombres splendeurs mon âme est éblouie,
Épris, mon désir erre en ton paradis noir,
Et je crois voir la rose bleue épanouie.

LA VIGNE MYSTIQUE.

Dressez sur nos tombeaux une mystique vigne,
S'enlaçant, sinueuse, à l'arbre de la croix,
Et qui marie, avec ses angles purs et droits,
Doux serpent amoureux, son onduleuse ligne.

Chargé de sang vermeil, que son précieux bois
Monte dans les ciels bleus, avec sa grâce insigne,
Conjure nos maux, doux et mystérieux signe,
De nos jours déclinants chasse les noirs effrois.

Et qu'ainsi, mariant à la mort trop funeste,
Je ne sais quelle vie ineffable et céleste,
La douceur infinie, au suprême tourment,

Son squelette, épuisé dans un fruit délectable,
Mêle à l'heure dernière un doux enchantement,
Et l'ivresse divine au trépas redoutable.

LA PERLE DE CLÉOPATRE.

Nous les voyons toujours, dans nos siècles divers,
Ces fatales beautés, ces pâles Cléopâtres,
Avec leurs yeux de jais et leurs seins, purs albâtres,
Pour leurs caprices vains, perdre les univers.

Dans l'énervant loisir de leurs ennuis amers,
Pour l'assouvissement de leurs esprits folâtres,
Elles vont dissolvant les grands cœurs idolâtres,
Et la perle sans prix qui sort du fond des mers.

Tel, fabuleux héros de ces Romes antiques,
Paladin égaré des âges romantiques,
Tu jetas un empire aux pieds de ta beauté :

Elle, rare, berçant ton âme en ses chimères,
Fondit, joyau divin, ton grand cœur indompté,
Dans l'acide liqueur des voluptés amères.

LA POÉSIE FRANÇAISE.

PRIS DE L'ÉTRANGER.

Le Français est sevré de tous sens poétique,
Ayant le cœur toujours trivial et grivois;
Le Français, dans ses vers, a de l'esprit, parfois
De la couleur; il lime un vers froid, didactique.

L'Allemand, au contraire, est rêveur et mystique,
Il chante les printemps, d'une amoureuse voix,
Comme le rossignol nocturne, les grands bois,
Le soir vague, la nuit charmeuse et fantastique.

Le Français, lui, n'est qu'un plat versificateur,
Gonflé de rhétorique, et faux déclamateur,
Il a le verbe haut et la phrase sonore :

Ennemi du mystère, amoureux du vain bruit,
Le coq gaulois, ce chantre enroué de l'aurore,
Fait fuir, aigre voix, les beaux songes de la nuit.

L'EUCALYPTUS.

Le svelte eucalyptus, heureuse Hamadryade,
Par son charme, a chassé la fièvre des marais :
Il boit le flot impur, change en vertes forêts
Les lourds sillons stagnants d'une terre malade.

Comme un jet qui s'élance au ciel, tombe en cascade,
L'onde, maintenant, pleure en ses rameaux épais,
Le nu désert se vêt d'ombrages purs et frais,
Le vent bruit au bois, légère sérénade.

Vierge transfigurée en son ascension,
S'inclinant vers la terre, avec émotion,
La belle nymphe fée au ciel semble sourire ;

Radieuse, elle règne aux rajeunis déserts,
Et, balancée au souffle amoureux du zéphire,
Nous regarde, sereine, avec ses beaux yeux verts.

LE SYMBOLE DE NARCISSE.

Elle est d'hier encor la fable de Narcisse,
Et semble de nos jours ce pâle jouvenceau.
Savez-vous quel lac pur l'attira, quel ruisseau,
Quel plaisir il trouva, quel charme, quel délice ?

Dans le lac de la Mort, délicieux supplice,
Nous aussi nous mirons, dans le lac du tombeau ;
Un autre monde là nous attire plus beau,
La Mort nous y sourit, douce et libératrice.

Ravi, chacun s'y voit, pur, brillant, éternel,
Et tout transfiguré des délices du ciel,
Que le Christ couronna de sa grâce féconde.

En vain la pâle Écho nous appelle plus fort :
Quel attrait peut avoir pour nous ce pauvre monde ?
Et, charmés, nous sombrons dans le lac de la mort.

LA CHANSON DE LA ROSE.

Nous étions à la fin d'un soir de carnaval,
Et les fleurs pâlissaient dans la coupe morose;
Moi, j'écoutais, pensif, ce que dit une rose
Mourante au sein d'Emma, dans son corset de bal :

O bienheureux qui meurt en son doux floréal,
Car vivre, c'est aimer, le reste est peu de chose;
Ce monde fuit et n'est qu'une métamorphose,
Un quadrille changeant dans un bal idéal.

Vois, je suis le parfum si léger, je suis l'âme,
Fleur plus fragile encor d'une rieuse femme,
Elle est morte en aimant, moi je meurs à mon tour;

Le printemps fit ta chair de ses fleurs les plus belles;
Tu mourras, rien ne reste au monde que l'amour,
Et, rose, tu vivras dans des roses nouvelles.

LE CŒUR TRISTE.

Je suis triste, il me faut les pompeux Orients,
Les drapeaux vermeils, les étoffes éclatantes,
Dans la pourpre des soirs, les rayonnantes tentes,
Les beaux bazars d'Asie, étincelants, riants.

Je suis sombre, il me faut les grands bals scintillants,
Les brillants opéras, les musiques ardentes,
Aux banquets radieux, les coupes miroitantes,
Et les fêtes sans fin, prismes émerveillants :

Tels il faut au désert morne ses ciels torrides,
Tels, à la sombre nuit, tous ses astres splendides,
Tels, à l'amer cyprès, les beaux midis vermeils;

Au charbon ténébreux, sa flamme coutumière;
L'aigle lugubre boit tout le feu des soleils,
Le papillon noir danse en un rais de lumière.

LA CATHÉDRALE.

J'entre, ému, tout tremblant, sous le vaste portail ;
L'immense cathédrale et solennelle et sombre
Me fait voir, à travers sa mystique et grande ombre,
Sa rose gigantesque, étincelant vitrail,

La rare mosaïque au riche et pur émail,
Des stalles, des tombeaux, et des marbres sans nombre,
Les hauts piliers que l'art de chefs-d'œuvres encombre,
Et les jubés à jour, dentelle au fin travail.

De son Dieu, maintenant, la cathédrale est vide ;
Son Christ n'est plus, hélas ! mais ce temple splendide
Semblé lui-même un Dieu, secrète majesté.

Notre univers ainsi, sublime architecture,
Pour nous, n'enferme plus nulle divinité,
Mais devient Dieu lui-même, éternelle Nature.

LE CACTUS OPUNTIA.

Hydre étrange, animal fleur, le cactus difforme,
Aux torrides coteaux et dans les sables fins,
Étale, flamboyant, ses caprices sans fins,
Sa broderie à jour, et sa raquette énorme.

Être hiéroglyphique, et sans lois et sans norme ;
Là sont réfugiés les monstres anciens,
Les monstres fabuleux, antédiluviens :
Vous diriez d'un reptile inattendu qui dorme.

Aussi, s'il apparaît dans les affres du soir,
Que, forme menaçante, il érige ses crêtes,
Vous reculez, saisi soudain de peurs secrètes :

Né dans les Saharas en flamme, on peut le voir
Aux rocs incendiés, éclatant, se suspendre,
Et vivre dans le feu, comme la salamandre.

LES TOMBEAUX DE LA CORSE.

Ces sanctuaires sont touchants, ces mausolées
Dont le Corse a semé le penchant des coteaux ;
Ils semblent de la mort les mystiques châteaux ;
Ces chapelles toujours pleurent inconsolées.

Le passant, pas à pas, les rencontre isolées ;
Las de sa route, il songe à l'éternel repos,
Au beau site qu'on voit du seuil des vieux tombeaux,
A l'amère douceur des tombes esseulées.

Le vigneron, venant aux vignes, n'est plus seul,
Et croit ouïr la voix si douce de l'aïeul ;
La tombe parle au cœur mieux dans la solitude,

La tombe aime à voir l'aube, en son coteau rêveur ;
Et, sous l'olivier pâle et penché, tout en pleur,
Aspire au vaste ciel, en son humble attitude.

BIBLIS.

Ah ! toujours je les vois, ces belles éplorées
Que toucha, de ses traits doux et cruels, l'amour ;
Elles s'en vont, chantant et pleurant tour à tour,
Épandant aux vents leurs chevelures dorées.

Et, seules maintenant, autrefois adorées,
Elles cherchent les bois sombres, que fuit le jour,
Les pentes des coteaux farouches, le détour
Des solitudes, loin du monde, inexplorées.

Biblis l'infortunée est changée en fontaine ;
Le berger, dans le soir, entend sa voix lointaine,
Qui pleure dans l'écho du vallon clandestin.

Elle laisse flotter sa chevelure blonde,
Qui, sous le clair de lune au rayon argentin,
Ruisselle des coteaux, triste et lumineuse onde.

LA VIEILLE ÉPINETTE.

La belle vieille, dans sa petite chambrette,
Par un beau soir d'août, sous le soleil couchant,
Rappelait, souvenir d'amour, un ancien chant,
Jouant, du doigt tremblant, sur l'antique épinette.

Et c'était singulier, à la fois, et touchant,
Pour nous d'entendre la surannée ariette,
Qu'elle allait chevrotant d'une voix aigrelette,
Et qu'elle accompagnait de l'instrument grinçant.

Car le vieil instrument usé, difforme, louche,
N'avait plus, dans son jeu discordant, qu'une touche
Sonore et pure, et qui revenait tour à tour;

Et, comme morte à tout, aussi, la belle vieille
N'avait plus dans son cœur qu'une touche, ô merveille,
Qui résonnât, c'était la touche de l'amour.

LE CHÈVREFEUILLE.

Ils sont légers à l'œil les doux et fins berceaux
Qu'enroule, en serpentant, le mince chèvrefeuille;
Au printemps, leur parfum attirant nous accueille,
Quand nous venons souper au doux chant des oiseaux.

Au pied de la colline, auprès des claires eaux,
Là, volontiers, l'amour, deux à deux, se recueille;
Dans les longs soirs de juin, la volupté s'effeuille,
Sous l'abri printanier des tendres arbrisseaux.

Que leur fleur délicate et légère se mêle
A la chanson d'amour, la chanson éternelle,
Comme un doux souvenir du fugitif printemps;

Et que leur fin arome, ivresse délectable,
Poétise pour nous, de parfums pénétrants,
Le rire du plaisir et le chant de la table.

LES CYPRÈS.

Peuplez de noirs cyprès le triste champ des morts ;
Nul regard de l'esprit n'a sondé la mort sombre,
Nul regard du soleil n'éclaircit leur grande ombre,
Et leur feuillage est noir comme l'amer remords.

Élancé, le cyprès au ciel prend ses essors,
Tel des morts le désir monte aux astres sans nombre;
Leur vain espoir toujours dans l'inanité sombre,
Les vents dans les cyprès, toujours pleurent plus forts.

Pour la vie et ses maux aux douleurs éphémères,
Le saule peut suffire et ses feuilles amères,
Le feuillage qui passe au passager malheur.

Gardez le noir cyprès pour la tombe cruelle,
Un éternel feuillage à la mort éternelle,
Un spectre toujours noir pour un éternel pleur.

AU BORD DES MÉDITERRANÉES.

Dans l'ombre, nous voyions errer les lucioles,
Par ce soir alangui de tiède nuit d'été,
Voltigeant sur ta lame, ô lac de volupté,
Et traçant dans la nuit comme des auréoles.

Et les vents des coteaux apportaient, brises molles,
De lourds parfums traînant dans un air enchanté,
Et venaient jusqu'à nous, des villas d'à côté,
Comme un écho perdu de sérénades folles.

Ces parfums violents de citronniers amers
Qui se mêlaient au chant vague des grandes mers,
Ces feux bercés dans l'air, tout enchantait les âmes;

Et dans ce tourbillon de valse et de concerts,
Par ces beaux soirs charmés, les cœurs de jeunes femmes
Paraissaient voltiger, lucioles en flammes.

LE PALMIER NAIN.

Le palmier nain, dans les fins salons, se pavane
Étalant les splendeurs de son vert éventail,
Effilé, svelte, et d'un minutieux travail,
Et semblant tout brodé de frêle filigrane.

On dirait un nain rare, autour d'une sultane,
Triomphante, passant en pompeux attirail,
Pour, sans fin, rafraîchir ses pâleurs de sérail,
Agitant mollement l'éventail diaphane.

Il évoque à mes yeux un vol d'oiseaux vermeils,
Des couchants infinis empourprés de soleils,
Des ors bariolés sur le croissant des tentes;

Des Moresques au front constellé de sequins,
Des horizons d'Asie aux cités éclatantes,
Des reines du désert sur leurs hauts palanquins.

LA BELLE MATINEUSE.

Elle est charmante, dans sa blanche mousseline,
La belle jeune femme, au matin souriant;
Son fin visage clair est un doux Orient;
L'aurore semble naître au front pur qui s'incline.

Telle une brume, autour de la jeune colline,
Comme un voile attendrit son astre scintillant,
Et la rosée en pleurs, au bel œil s'éveillant,
A prêté, fin éclat, sa perle cristalline.

Ses doux traits alanguis d'indécise couleur,
Ses regards étonnés dans leur fine pâleur,
Ont ce charme troublant d'une aube qui se noie;

Et, sur sa délicate épaule et son beau sein,
Semble reluire encor la splendeur de la voie
Lactée, épanouie au fond d'un ciel serein.

L'ÉTOILE.

Avec ses doux parfums et ses regards de feu,
Dans son atour de soie et d'or si pittoresque,
Rien ne m'attire autant que la jeune Moresque
Semblant faite pour un kalife ou pour un Dieu.

Ses grands yeux veloutés nous charment, doux aveu,
Sous ses voiles jaloux, tout d'elle est romanesque,
Et j'adore surtout, symbolique arabesque,
Cette étoile, à son front, légère, peinte en bleu;

Et je disais : Bel astre, étoile du roi mage,
Signe miraculeux, et précieuse image,
Douce étoile mystique aux rayons attirants,

Mène-nous aux Édens que notre âme devine,
Belle lueur des cieux, guide nos pas errants,
Étoile des amours, à l'extase divine.

MA MONTRE.

Ma montre est arrêtée à l'heure de ma mort,
Juste au même moment elle s'est détraquée;
La minute fatale est encore marquée,
Et nous sommes partis ensemble au sombre bord.

Elle avait, elle aussi, cassé son grand ressort,
Dans son principe même, elle était attaquée,
Et rouages usés, machine compliquée,
Nous avons expiré dans un suprême effort.

Elle a marqué ma vie, et chiffré ma souffrance,
Compté mes durs travaux, mes instants d'espérance,
Haleté sur mon cœur, placée à mon côté :

Viens avec moi, ma montre, en ma sombre demeure,
Et repose, aussi toi, pendant l'éternité
Où ne se marque ni la minute, ni l'heure.

LA CORSE.

La Corse est tout entière un volcan tourmenté,
Et sillonné partout de gigantesques rides,
Dressant au ciel ses monts altiers, aux rocs arides,
Où sourit, imprévue, une rare beauté.

De ses mornes maquis la sombre cruauté
Attache le regard à ses flancs noirs torrides,
Mais le fruit d'or, parfois, des belles Hespérides
Luit au secret vallon, dans le soir enchanté.

Sur ces monts éperdus, pleins de cimes amères,
Semblent voltiger les fabuleuses chimères;
Comme un vague inconnu fugitif plane autour.

La Grèce eût placé là le roc du Prométhée,
Et, sur ces pics déserts, l'infini, noir vautour,
Napoléon, rongea ton âme tourmentée.

QUATRE-VINGT-TREIZE.

Ton orage éternel, sombre quatre-vingt-treize,
A laissé dans nos seins une ardente fournaise :
Un vent âpre, toujours, de révolution
Émeut, jusques au cœur, la grande nation;

Elle est assise, elle est heureuse, elle est sereine,
Le commerce et la paix semblent l'avoir pour reine;
Mais qu'un peuple se lève au cri de liberté,
Le vieux levain fermente en son sein tourmenté.

Elle ressemble à cet étrange coquillage
Que les flots ont roulé longtemps, dans leur sillage,
Qui vit les ouragans, les naufrages amers :

Bien qu'il vive aux cités, loin des sauvages mers,
A l'heure de l'orage et des hautes marées,
Toujours pleurent en lui des voix désespérées.

L'IMPUISSANCE DE LA MORT.

Je ne veux pas mourir encor, répétait-elle,
Splendide, et se plaignant des cruautés du sort,
La belle jeune fille, en face de la mort;
Et la mort respecta sa jeunesse rebelle.

Oui, contre le trépas, celui-là se sent fort,
Qui couve, en son esprit vaste, une œuvre réelle;
Qui rendra l'art plus grand, la nature plus belle;
La mort, contre lui, tente un inutile effort.

Tout ce que la mort touche a fini sa journée,
Astre, génie ou fleur, telle est la destinée;
Car la nature ne se suicide pas :

Sanzio put achever ses toiles charmeresses,
Alexandre a livré ses suprêmes combats,
Pascal meurt sans idée, et don Juan sans maîtresses.

LE PARIA.

Immense symphonie, où chaque être a sa voix,
La grande nature est la langue universelle :
Tout parle, la nuit, l'aube, et l'oiseau qui l'appelle,
L'abeille comprend la rose; le vent les bois.

Le nid, l'astre, les champs se disent leurs émois;
L'onde pleure; le vent soupire, l'agneau bêle.
Pour l'homme seul, hélas! la nature est rebelle :
Nous restons étrangers au monde, nous ses rois.

Ce sens obscur inné dans notre sourde argile,
Faisait ton désespoir amer, ô doux Virgile;
Moi, dans le vague soir, j'en pleure tous les jours :

Soit que l'homme ici-bas, dur tyran, hôte immonde,
Paria soit banni des terrestres séjours;
Soit, fol orgueil, qu'il soit né pour un plus haut monde.

LA CANTATRICE.

Légers amours, pleurez la jeune cantatrice
Dont le suave chant pénétrait jusqu'au cœur;
Instrument enchanté, par un charme vainqueur,
Enchaînant l'âme émue à sa voix créatrice.

Et sa beauté berçait la foule admiratrice;
Aussi doux que son chant, ses yeux pleins de langueur
Versaient, coupe d'amour, la divine liqueur,
Lent philtre insinuant du captieux caprice.

Nous la pleurons; hélas! par quel destin fatal
La mort a déchiré la voix du pur métal,
Et ce chant attirant qu'on croit ouïr encore!

L'amour s'est envolé, doux parfum d'une aurore;
La double âme n'est plus du vase de cristal,
Son âme parfumée, et son âme sonore.

AU BORD DE LA MER.

Toi seule me comprends; je t'aime, ô vaste mer :
Une fièvre éternelle agite ta grande âme,
Tu pleures, tu gémis, ta voix sans cesse brame;
Ta vie ainsi s'écoule en un sanglot amer.

Est-ce un vain idéal que ton désir réclame?
Dans ton sein inconnu cèles-tu quelque enfer?
Pleures-tu le trépas d'un être qui t'est cher?
Roules-tu l'avenir dans tes vagues de flamme?

Quoi donc ainsi t'agite? est-ce le vain remords
De tous ceux qu'attira ta lame, et qui sont morts?
Ton chant, parfois, ressemble à des voix de sirène;

Accouches-tu d'un monde en ta vaste clameur,
Ou, lasse de la vie, et sur la molle arène,
Expires-tu, sans cesse, en un éternel pleur?

LES HYDRES.

Les Ramaïanas et les Védas antiques
Et les Niebelungen assaillent nos esprits :
La chanson de Roland renaît aux yeux surpris,
Tout le fangeux néant des ombres romantiques.

Vains polypes sans forme, œuvres inesthétiques,
Noirs enfants du chaos, des âges vieux débris,
Résidus insensés des poudreux manuscrits
Viennent le disputer aux poëmes attiques :

Dieu des pures clartés et des contours heureux,
Apparais, Apollon, dieu des divins Homères,
Transperce de traits d'or ces Hydres ténébreux,

Crible-les, pur soleil, de tes flèches amères,
Coupe en mille tronçons leurs replis monstrueux,
Et chasse loin de nous ces obscures chimères.

L'ÉTOILE ET LA ROSE.

Je te suis par la nuit, bel astre solennel,
D'un regard amoureux, divine étoile pâle,
Avec ta couleur fine, et ta lueur d'opale;
Dans tes brillants séjours, ce grand ciel éternel.

Mais tu sembles souffrir comme d'un deuil cruel :
D'où te vient ta pâleur, belle rose idéale?
Nul parfum amoureux, nulle odeur sidérale
Ne descend jusqu'à nous des bleus jardins du ciel.

Ah! fais ainsi que moi, des bosquets frêle rose,
Qui ne songe qu'amour dès que je suis éclose,
Qu'un papillon du ciel soit ton rêve charmé :

Ses yeux enchanteront ton âme bienheureuse,
Un parfum emplira ton calice embaumé,
Et tu vas resplendir d'une teinte amoureuse.

AU SOIR, DANS LA BARQUE.

Ah! je pleure toujours dans ta barque nocturne,
Il me semble voguer sur un noir Achéron,
Et conduit par la main sinistre de Charon;
Le fleuve coule lent, et triste, taciturne.

On se croirait au sein d'un ténébreux Saturne,
Une larme, à tout coup, tombe de l'aviron,
Qui scande comme un chant plaintif, à l'environ.
La lune épand, pâle, un pleur d'argent, de son urne.

Et nous semblons voguer sur une mer de deuil,
Par la nuit des enfers dans un morne cercueil;
Le flot sombre et trompeur de la vie est l'image :

Pris entre un double abîme, éperdus matelots,
Nous contemplons, par un ironique mirage,
Le noir gouffre des cieux dans le vide des eaux.

LE SEMEUR D'ÉTOILES.

Oui, je le vois partout, le grand semeur du ciel,
Partout semant l'étoile et les astres sans nombre,
Mais pourquoi vois-je aussi le Temps, ce faucheur sombre
Et qui suit, pas à pas, le semeur éternel?

L'univers, à mes yeux, n'est rien qu'une vaine ombre,
Tout s'écoule, tout est fuyant, rien de réel;
Tout n'est qu'un mouvement vide et perpétuel;
Ah! mon cœur, à jamais, dans l'amertume sombre.

Que te sert de semer, ô stérile semeur?
N'entends-tu pas de ceux qui tombent la clameur?
N'entends-tu pas le Temps qui te suit, sur ses ailes?

Sème donc, insensé, le sable des déserts,
Sème dans la tempête et la mort éternelles,
Trace de vains sillons le sein vague des mers.

LA PLUIE DE ROSES.

Néron, en son palais invitant les Romains,
Pour charmer les loisirs de ses ennuis moroses,
Inventa, jeu cruel, le déluge des roses,
Voluptueux banquet, hélas! sans lendemains :

Les roses et les lys, les œillets, les jasmins,
Inondant le convive en ces demeures closes,
L'étouffaient, comme en des splendeurs d'apothéoses,
Le menant à la mort, insolites chemins.

Et vous êtes ainsi, fêtes des décadences,
Concerts, musique, bals, cirques, théâtres, danses,
Nous ensevelissant sous la neige des fleurs :

Délices embaumés des belles hétaïres,
Énervant tous les sens, et perdant tous les cœurs,
Par l'appât captieux de vos roses sourires.

LES ARMES DE LA CORSE.

Ton blason me plaît, Corse, une tête de Maure;
Car toujours l'œil peut voir, aux sauvages contours
De ton île, ces forts démantelés, ces tours
De tes grands Sarrasins, menaçantes encore.

De là, comme d'un nid sombre de noirs vautours,
Fondit ton fier Sultan, dans ses yeux une aurore,
Appelant ses guerriers et le clairon sonore,
Partant pour sa conquête, aux fabuleux pourtours :

Il franchit les déserts infinis, chimériques,
Les steppes de Russie, et les vagues Afriques,
Ils parcourut l'Europe au galop triomphal;

Il coucha, sous ses pas, cent nations, sur l'herbe,
Vingt ans, émerveillant le monde occidental,
De sa fantasia héroïque et superbe.

LA CHANSON DE L'AIGUILLE.

Dans mon humble mansarde, austère jeune fille,
Tout le jour, je travaille, au bruit d'un vague chant;
Je compose, aussi moi, mon poëme touchant,
Je suis poëte aussi, ma lyre est mon aiguille.

Elle ourdit, au fin lin, son quadrille changeant,
Sa chanson, dans mon cœur, toujours jeune babille,
D'un mouvement rhythmé, dans l'air, elle scintille,
Et l'arabesque court, sous son pas voltigeant.

Ma vie est une fine et lente broderie,
Qu'accompagne l'aiguille en vague rêverie;
Scandant dans l'air, sans cesse, un doux rhythme d'amour.

Mon aiguille, chantant celui que mon cœur aime,
Chaste fée, au lin pur, en un subtil contour,
Trace, hiéroglyphique, un mystique poëme.

LA FLEUR DE PENSÉE
HERBE DE LA TRINITÉ.

La pensée est comme un charmant œil velouté,
Par où va contemplant la mystique nature;
Ce bel œil est fait de sa grâce la plus pure,
Plein d'amour, de douceur, de calme, de bonté.

Et, doux astre, il reluit au parterre enchanté,
Baignant, de sa lueur aimable, la verdure,
Fin prisme adoucissant la lumière trop dure,
Tel qu'un mol arc-en-ciel d'une tendre clarté.

Cette fleur lumineuse est une âme qui pense,
Grand œil contemplateur, il rêve en son silence,
Un secret ineffable est dans sa profondeur :

Car, des regards du ciel, l'humble fleur caressée,
De la Trinité sainte, annonçant la splendeur,
Se révèle, à la fois, œil, lumière et pensée.

LE DERNIER VOYAGE.

Alors que l'on est vieux, que le voyage est triste,
On reste indifférent où l'on porte ses pas,
Et la joie et le rire ont pour nous peu d'appas;
On s'encourt chez la mort, le dernier aubergiste.

Rien ne plaît de ce qui charme tant le touriste,
On ne croit voir partout que des croix de trépas;
On n'a point d'appétit pour son dernier repas;
Et l'on n'est plus bien sûr que ce vain monde existe.

Je m'en vais tout le long des grands chemins de fer,
La tristesse dans l'âme, et dans le cœur l'enfer,
Faisant comme un adieu suprême à toutes choses;

Et d'un œil éploré, je me dis : Je vous vois,
Grands lacs, belles cités, doux pays, fraîches roses,
Hélas! pour la première et la dernière fois.

LE BEAU MATIN.

Tout respire, aujourd'hui, comme un charme amolli;
Les fonds sont estompés de plus fine peinture,
On dirait que Cypris a laissé sa ceinture
Traîner sur le coteau d'un vert tendre appâli.

Dans ce léger matin, tout paraît embelli,
Et tout naît rajeuni d'une grâce plus pure,
Tout est d'un bleu charmant dans l'immense nature,
Le ciel d'azur, la mer de lapis-lazuli.

Belle aurore, a paru ma douce bien-aimée,
Elle s'est promenée en sa robe embaumée,
Elle a miré dans l'eau profonde ses yeux bleus;

Dans le ciel ont erré ses légères prunelles,
Et la mer a gardé le bleu doux de ses yeux,
Et le ciel enchanté leurs clartés éternelles.

LE MONDE DÉSERT.

Dieu n'est plus, l'athéisme a dépeuplé les astres,
Le hasard règne seul dans l'infini des cieux ;
Ce monde vain poursuit son cours silencieux,
Grand désert inconnu des rêveurs Zoroastres.

Et l'auteur redouté de nos mille désastres,
Le diable aussi n'est plus, être mystérieux,
Noir, fourchu, vrai Protée, un enfer dans les yeux,
A qui beaucoup vendaient leur âme quelques piastres.

L'auteur de tous les biens, l'auteur de tous les maux
S'en sont allés, ainsi que deux frères jumeaux,
Le vaste monde est nu sans eux, et solitaire ;

Et, n'ayant plus de ciel, ne craignant plus de feu,
Il ne nous reste plus que l'amour sur la terre :
Il remplace, à la fois, le diable et le bon Dieu.

L'ALGUE.

L'algue fine, dans les transparences des ondes,
Sous l'abri familier des abîmes vermeils,
Boit le prisme adouci des caressants soleils,
Vit de purs rayons d'or, de molles lueurs blondes.

Dans les palais sans fin de ses féeriques mondes,
Elle rêve, enchantée, en ses heureux sommeils ;
Ou regarde passer en pompeux appareils,
Les poissons éclatants jouant aux mers profondes.

Elle a, de ses eaux, la diaphanéité,
Et vit au fond des mers, pleine de volupté,
Dans les loisirs sereins des longues quiétudes ;

Et, dans la lenteur des cristallisations,
Elle ourdit, subtile, en ses molles solitudes,
La dentelle de ses arborisations.

LA BALLADE DE L'OUVRIÈRE.

J'habite un noir taudis, loin des champs que j'aimai,
Triste, je couds toujours, pauvre fille phthisique,
Mon cœur tressaille au son d'une rare musique,
Et je songe sans cesse aux fleurs du mois de mai.

Rêvant de clairs soleils, de jardin embaumé,
De bocages chantants, de rose fantastique,
Mon cœur pâle se meurt dans un ennui mystique,
En mon vivant tombeau lentement consumé.

Je rêve maintenant du prochain cimetière;
Toi seule est mon espoir, ô tombe solitaire,
Champ calme du repos, fin des longues douleurs;

Tu mêleras, du moins, ô sépulcre plein d'ombre,
Pour la première fois, la verdure et les fleurs,
Sur mon funèbre lit, à mes ténèbres sombres.

L'INCONSOLABLE.

Ma femme est dans la tombe, et s'ennuie à mourir,
Car, depuis vingt-sept ans, combien de nuits passées,
Si seule, à jouer la polka des trépassées,
Ou la valse sans fin du tendre souvenir!

Et, triste, elle me crie, à tout coup, de venir;
C'est elle, dans le soir, qui hante mes pensées :
Inconsolable, assez de larmes dépensées,
Tu pleures trop longtemps, ta douleur doit finir.

Ma femme se déguise alors en la mort sombre,
Et me verse le vin empoisonné, dans l'ombre,
Partout sur mon chemin, me jette un mauvais œil,

Me dresse des cailloux au seuil, pour que je tombe,
Me chante, oiseau nocturne, une chanson de deuil,
Et me tire les pieds du côté de la tombe.

LES CYPRÈS.

Mettez sur mon tombeau les stériles cyprès ;
Mon âme aime à dormir sous leurs feuilles amères ;
Leur ombre qui survit aux heures éphémères,
Prête à la mort sans fin ses éternels secrets.

Dans leurs sombres entours voltigent les regrets,
Et l'essaim douteux des fabuleuses chimères ;
Ils veillent sur nous morts, dans nos tristes brumaires,
Aux pâles horizons, spectres désespérés.

Ils chassent les soleils loin de nos mornes couches,
Le long repos habite à leurs ombres farouches,
Nous y berçons, sans fin, nos funèbres ennuis.

Le vent pleure à travers leur rameau séculaire,
Le noir hibou se plaît dans leurs lugubres nuits,
Et là, s'éveille, au soir, la peur crépusculaire.

LE REGARD DE L'ARABE.

Leurs yeux sont pleins d'amour et pleins de cruauté ;
Sur leur blanche terrasse, au vent qui se balance,
Pendant des jours entiers, ils rêvent, en silence,
Aux longs yeux de velours, si doux, de leur beauté.

Mais à ce rêve heureux de longue volupté,
S'enlace dans leur âme un rêve de vengeance,
Et des éclairs d'acier sinistres et de lance
Se mêlent au plaisir, dans leur œil tourmenté.

Ainsi l'on voit, au bord des rivages d'Asie,
Où flottent tes Édens, ô vague fantaisie,
Sous la molle caresse éternelle des cieux,

Contraste inquiétant, riant et sombre groupe,
Un vénéneux serpent mortel qui, de sa croupe,
Enlace un arbre d'or aux fruits délicieux.

LES PLUS DOUCES AMOURS.

Les plus douces amours sont les plus malheureuses,
Et n'ont point eu leur prix, et n'ont point vu leur fin,
Se berçant à jamais au ciel, d'un rêve vain,
Et, sans cesse, exhalant leurs plaintes langoureuses.

Toujours pleines d'espoir, et toujours désireuses,
Elles vont contemplant leur paradis divin,
Le bonheur à travers un voile chaste et fin ;
Voluptés à jamais tendres et douloureuses.

As-tu vu, quand l'aurore emplit les vastes cieux
De son voile enchanté pourpre et voluptueux ?
Rien n'égale en douceur cette rose apparence :

Et de même il en est pour le ciel de l'amour,
Et les cœurs délicats préfèrent l'espérance
Si charmeuse, au bonheur, comme l'aurore au jour.

LES LARMES DE DANTE.

Les passants voyant Dante Alighieri si sombre,
Se murmuraient : Cet homme a vu les sombres bords,
Comme pâle il revient de l'empire des morts !
Son âme tout entière en l'amertume sombre.

Certes, ils se trompaient sur tes maux, ô grande ombre.
Non, d'avoir vu l'Hadès aux misérables sorts,
Le Styx, le pâle lieu de l'éternel remords,
Ne causaient point ton pleur, ni leurs cercles sans nombre.

Ainsi que Dante, aussi moi j'ai vu les enfers,
J'ai touché la mort sombre et les gouffres amers ;
D'en être de retour ne cause point mes larmes.

Si je pleure, au déclin de mes pâles midis,
Beaux amours enchantés, amours si pleins de charmes,
C'est d'être revenu de vos doux paradis.

L'INSPIRATION.

Poëte, quand je sors des grandes cathédrales,
Où l'orgue se déroule en des voix magistrales,
Quand j'entends résonner, sous les arceaux sonores,
La musique des soirs et celle des aurores,

Bien longtemps, les échos graves des hautes voûtes
Suivent mes sens épris dans mes lointaines routes,
Et, captif du concert magique qui l'enchante,
Sous ses charmes muets, mon cœur étonné chante.

Ainsi quand j'ai revu tes *Rayons et tes Ombres*,
Tous mes sens sont frappés d'éclairs riants ou sombres,
Je vague en des piliers éclatants ou moroses,

Dans mon âme éblouie, étincellent tes roses,
Et mon chant, sous ton charme étrange qui l'étonne,
Débile écho, redit ta grande voix qui tonne.

LE MARIAGE *IN EXTREMIS.*

Je vais me marier avec ma fiancée
La Mort : les draps sont prêts, le lugubre linceul ;
Pour fleurs d'oranger, les immortelles du deuil ;
Et le *Requiescat* pour chanson cadencée.

La noce est à l'église et la foule est au seuil,
Et la cérémonie est déjà commencée ;
Six lugubres chevaux à marche balancée
Traînent le lourd carrosse orné d'un noir cercueil.

L'épouse est toute belle et peinte de cinabre,
Nous ouvrirons le bal par la danse macabre,
Des crânes serviront de coupes de festin ;

L'un pour l'autre brûlons d'une amoureuse flamme,
Et, le cœur transporté de mon joyeux destin,
Je chante à sa beauté ce fol épithalame.

VII

LES GÉORGIQUES

Palerme, 1882.

LES AUBES.

J'aime à voir se lever ces aubes inquiètes :
Leur lueur est à peine un mince filet d'or;
On ne sait si le jour se réveille ou s'endort,
Tant d'indécisions pèsent sur lui, muettes.

Sublime Michel-Ange, ainsi, roi des poëtes,
Dans l'ennui des matins ta nuit se tord encor,
Elle se tourne sur sa couche avec effort,
Et le cœur prescient plein d'alarmes secrètes;

Tel dut être ce monde à son premier matin;
On ignore s'il sort de l'ombre ou s'il s'éteint,
Il hésite de vivre, il hésite de naître :

Ah! laissez-moi dormir dans la nuit du tombeau,
La vie est-elle donc si charmante à connaître,
Et ce qu'éclairera ce jour est-il si beau?

LA GOUTTE D'EAU.

Elle pleure en tombant, la mince goutte d'eau,
Elle pleure, elle va sombrer dans la nuit noire,
Dans la mer infinie, épouvantable histoire,
Aux grands flots ténébreux, échevelé troupeau.

Elle pleure en tombant, la mince goutte d'eau,
Elle va perdre ainsi sa forme et sa mémoire,
Individu chétif, son pauvre être illusoire;
Elle appelle la mer vaste un morne tombeau.

Ah! nous, comme elle aussi, nous tous, aveugles hommes,
Malheureux insensés, et chétifs que nous sommes,
Nous pleurons de tomber dans la nuit de la mort,

Nous pleurons de rentrer dans la grande harmonie,
Et de troquer nos jours au misérable sort,
Pour ton calme éternel, ô substance infinie.

LE BANQUET.

Dans le golfe lascif où Naples se déploie,
Où tout un peuple semble ivre de volupté,
Et s'abreuve, oublieux, aux ondes du Léthé,
Comme au festin hâtif d'une fille de joie,

Le Vésuve toujours, convive redouté,
Apparaît, spectre noir, parmi l'or et la soie,
Mais pour ce monde en rut, dont la raison se noie,
Sert comme d'aiguillon au plaisir pimenté.

Ainsi, dans les banquets des rares Sybarites,
Toujours réglés suivant les voluptueux rites,
Un squelette, auprès d'eux, grave, venait s'asseoir;

Et le spectre disait au fortuné convive :
Jouis vite, la mort est encore plus hâtive,
Et la vie éphémère est l'ombre d'un beau soir.

LA MORT DES ASTRES.

Je contemplais au ciel tous ces astres sans nombre,
Et mon cœur se perdait dans un rêve infini,
Où le chagrin amer aux voluptés s'unit,
Voyant, dans ces clartés, je ne sais quoi de sombre.

Ah! plus d'un astre meurt, plus d'une étoile sombre,
Plus d'un globe en poussière impalpable finit;
Plus d'un nous luit encor déjà froid et terni;
Nous admirons leurs feux; dès longtemps, vil décombre.

Ils vivent cependant encore par l'amour,
Et regardent vers nous tendrement, tour à tour,
Doux regards survivant en un adieu suprême :

Les astres sont pareils aux amants malheureux,
Et qu'à touchés la mort froide de sa main blême,
Où vivent seulement deux grands yeux amoureux.

LA SICILE

A PALERME.

Une mer d'acier bleu sous un ciel de fer-blanc,
De durs contours cernés, peints avec sécheresse,
Et l'arête des monts, dans sa grêle acutesse,
Accusant la rigueur de son angle tranchant.

Un sol poussiéreux et tout incandescent,
Les chevaux et les chars faits à l'emporte-pièce;
C'est l'air subtil déjà d'Asie et de la Grèce,
Où la couleur se perd des fonds chauffés à blanc.

Ici le paysage a l'éclat dur des marbres,
Sur leur tige de fer montent au ciel les arbres,
Les feuillages partout sont de bronze et d'airains;

Et l'on s'attend à voir sous les géants platanes,
Plastique théorie en ces airs diaphanes,
Passer, tout drapés d'or, les Dieux marmoréens.

AU BORD DU RUISSEAU.

J'aime à me promener sans cesse au bord de l'onde,
Dans les feux de l'aurore et dans l'ombre du soir,
Et sur sa rive en fleur souvent je viens m'asseoir ;
Mon long regard la suit pure, calme et profonde.

Son fin cristal mouvant réfléchit tout un monde,
Et tout, dans cette eau fraîche, est plus charmant à voir,
Tout tremble, tout frémit, tout semble s'émouvoir,
Comme dans tes yeux clairs, ô douce beauté blonde !

Que rien ne trouble ainsi le charme de tes jours,
La peine, le plaisir et même les amours.
Que le zéphyr s'arrête et t'épargne sa ride,

Jeune fille aux yeux bleus, au sourire éternel,
Et que ta vie ainsi, toujours pure et limpide,
S'écoule en reflétant un beau rêve du ciel.

L'ASSIETTE DE DELFT.

Dans l'assiette de Delft étrange, un soleil d'or
Projetait ses lueurs sur de pâles verdures ;
Mystique, pris à ces symboliques peintures,
Je le suivais des yeux du rêve qui s'endort.

Et je voyais sans cesse et crois revoir encor
La Hollande aux grands lacs dormants, mornes natures,
Vague, profilant ses lourdes architectures
Dans un couchant monotone, pâle décor.

Cuyp sème, çà et là, ses grandes vaches rousses,
Bienheureuses, rêvant sur le velours des mousses,
Dans la lumière où se plaisait Claude Lorrain.

Et s'arrêtant enfin au bord des mers profondes,
Comme lassé de tout, l'héroïque et grand Rhin
Semble étendre, infinis pensers, ses vastes ondes.

LE CURIEUX EN VOYAGE.

Aux pays étrangers quand j'étais en voyage,
Mes pas couraient errants de coteaux en coteaux :
Encor ces champs, encor ce lac, ces beaux châteaux,
Et l'amour m'entraînait du nouveau paysage.

Encor ce doux sentier vers un riant village,
Car le soir est bien loin, et l'heure du repos ;
Courons, là tout près sont les sites les plus beaux,
Là l'idéal cherché, là l'unique rivage.

L'éternel par delà torturait mes esprits,
Ce que le cœur ignore a toujours plus de prix,
Mon désir se posait sur la nouvelle cime.

Maintenant je m'arrête au dernier contre-fort :
Me voici devant les monts ardus de la mort,
Ses bois profonds, sa sombre nuit, son noir abîme.

MICHEL-ANGE.

Quand Michel-Ange eut peint la chapelle Sixtine,
Dans la rue il allait, les yeux tournés au ciel,
Gardant ce mouvement roide et surnaturel,
Qu'il affectait peignant sa fresque florentine.

Vous les eussiez crus pris d'un mirage éternel,
Ses yeux contemplateurs de la voûte divine ;
Songeant à ce que l'œil seul de l'esprit devine,
Il semblait n'avoir plus au cœur rien de charnel.

Et le peuple voyant passer cet homme sombre,
Qui se buttait aux murs et vaguait comme une ombre,
Disait, suivant son œil éperdu dans le bleu :

Cet homme maintenant dans l'oisiveté reste,
Et, les yeux dans les airs, sans doute attend que Dieu
Lui donne à peindre un jour la coupole céleste.

LE BOUQUET DE LA FIANCÉE.

J'envoyai, de Paris même, un bouquet de fleurs,
Amoureux symbole, à ma belle fiancée :
Dans sa vive nuance, il peignait ma pensée,
Et chantait nos amours de ses riches couleurs.

Mais, ô fatalité déplorable, ô douleurs,
Ce joli bouquet, heure après heure passée,
Arrive tout flétri, sa fraîcheur effacée,
Triste augure de deuil et de trop sûrs malheurs.

C'est là le sort cruel de plus d'un mariage ;
Les conjoints ne sont plus déjà du premier âge,
L'union vient trop tard, après les plus beaux jours :

D'une union tardive amères destinées,
Le cœur a trop connu d'anciennes amours,
Et l'on n'échange plus que des roses fanées.

L'ARCHE DE NOÉ.

Le déluge apaisait son orage éternel,
Dans l'aube blanchissante on voyait poindre l'arche,
Que guidait sur les flots le pieux patriarche
Confiant, dans la mort, aux promesses du ciel.

Un arc-en-ciel brillant d'éclat surnaturel
Encadrait dans l'espoir le navire en sa marche,
Pont merveilleux et pur d'une gigantesque arche,
Éclairant l'horizon d'un cercle solennel.

Las de meurtres, de sang, de crimes, de ravage,
Flottant dans l'infini, l'Océan sans rivage
Étalait jusqu'aux cieux son invincible orgueil ;

Et l'aveugle élément, sur ses vagues profondes,
En croyant se jouer d'un débile cercueil,
Soulevait dans l'azur l'humble berceau des mondes.

OU VAS-TU, DUR TRAVAIL?

Où vas-tu, dur travail? tes sentiers sont étroits :
Vois, l'hiver nous meurtrit et l'été nous dévore,
Nous travaillons jusqu'au couchant, depuis l'aurore,
Nous travaillons sous les tribuns et sous les rois.

Quoi! toujours travailler et travailler encore!
La sueur de nos fronts coule à flots; que de fois
Nous avons blasphémé, sous tes iniques lois!
Où vas-tu, dur travail, que notre race abhorre?

Ton chemin toujours monte, arrosé de nos pleurs,
Le refrain est sans fin de nos longues douleurs,
Prends-tu pas en pitié ton troupeau misérable?

Ah! cent fois sois maudit plus qu'un enfer de feu,
Toi, l'horrible bagne où nous enferme le diable :
Où vas-tu, dur travail? Je monte au ciel, à Dieu.

LA LUMIÈRE.

Rien n'est obscur pour nous comme l'est la lumière,
Elle cache sa source ainsi que fait le Nil,
Son essence défie encor l'esprit subtil;
Nous n'en savons pas plus qu'au temps du vieil Homère.

Le docte entasse en vain chimère sur chimère,
Et change, chaque jour, d'argument puéril;
Du labyrinthe astral il cherche en vain le fil,
Les soleils voient mourir la science éphémère.

O soleil des esprits, céleste Créateur,
De nos jours malheureux calme consolateur,
L'homme ignore toujours ton essence infinie;

Astre des univers, tu te voiles aux yeux,
Et, versant dans nos cœurs ta lumière bénie,
Restes, pour nos esprits, vague et mystérieux.

LA MONTRE.

Quand tout semble mobile en notre âme, et si vague,
Montre, comment suis-tu, fixe, un même chemin?
Ton pas toujours précis fait honte au genre humain
Qui se cabre, indocile, à tous coups et divague :

Comme une loi des mers assujettit la vague,
Telle aujourd'hui je suis, telle encore demain.
Un sage a fait ma règle étroite, de sa main,
Pour que je marche sûre, et jamais je ne vague.

J'ai, cachés en mon sein, de fins rouages d'or,
La foi, fixe rubis, affermit mon essor,
La prière recueille et remonte mon âme;

Mon cœur chemine égal aux jours les plus divers,
Un sûr ressort secret fait ma force et ma flamme,
Ce même et juste Dieu qui régit l'univers.

FLORENCE.

Aux coteaux souriants de l'heureuse Florence,
La vigne aimable court en berceaux familiers;
Sur les ormeaux et sur les aunes par milliers,
S'enlacent ses festons gais comme l'espérance.

Terre féconde où tous les arts sont alliés,
Pays béni de l'éternelle Renaissance,
Où la gloire brilla dans sa plus pure essence,
Où les grands hommes ont des charmes singuliers :

Comme une fée aux dons prodigues, la nature
Mêle à tes arts féconds sa plus tendre verdure,
Et couronne ta force heureuse de beauté;

Mariant ton génie aux plus aimables choses,
Ainsi qu'Anacréon chantait la volupté,
Tu chantes, le front ceint de guirlandes de roses.

PLATON.

J'aime Platon avec ses vagues Atlantides,
Sa fantaisie ailée aux caprices flottants,
L'harmonieux accord de ses pensers chantants,
Et, fins mirages, ses lointaines Hespérides.

Combien d'âges encor, dans ses rêves splendides,
Chercheront votre énigme, ô Dieux inquiétants,
Y croyant découvrir des mondes éclatants,
Tels qu'au vague infini de vos profonds ciels vides !

J'ai relu, plus charmé, ses dialogues d'or,
Cherchant leur sens voilé que tous cherchent encor,
Beaux horizons fuyants en leur charme illusoire.

Mais j'ai l'amour pourtant de son astre vermeil :
Éblouissant penseur, il se cache en sa gloire,
Comme un ange secret dans les feux d'un soleil.

LA ROSE.

C'est la fleur de l'amour ; au front pur de la femme,
Elle s'épanouit, pleine de volupté,
Et des vierges appas d'une jeune beauté,
Son sourire charmeur chante l'épithalame.

C'est la fleur du festin ; parmi l'or et la flamme,
A nos vins elle mêle un parfum enchanté,
Et couronne la coupe où se boit le Léthé
Qui chasse, pour un soir, le chagrin de notre âme.

C'est la fleur du silence ; au jardin constellé,
Elle sourit, muette, au papillon ailé,
Épandant ses senteurs, sourde et vague harmonie.

Et c'est la fleur enfin de l'âme qui s'endort :
La rose réunit, mystique symphonie,
L'amour et le festin, le silence et la mort.

LA JEUNE FILLE.

Elle tournait vers vous ses beaux yeux inquiets
Où, timide, tremblait sa douce âme ingénue;
Sa pensée à son front riait craintive et nue;
Naïf, l'étonnement appâlissait ses traits.

Tout pourtant souriait à ses jeunes attraits,
Tout, près d'elle, chantait sa douce bienvenue,
Mais elle semblait voir une terre inconnue,
Et, peureuse, épiait de ses grands yeux distraits.

As-tu vu quand l'enfant délicat vient de naître,
Avec quelle candeur il contemple le jour,
De ses yeux inquiets avides de connaître ?

Elle, charmante ainsi, regardait alentour,
Et soudain s'étonnait de sentir son jeune être
Innocent, qui naissait au monde de l'amour.

LA MUSIQUE.

Encor, disais-je, encore, ô légère musique,
Ne laisse pas tomber les molles mélodies,
Dans l'ombre se mêlant aux vagues incendies
Qu'allume le couchant dans le beau soir mystique.

Pourquoi nous plais-tu tant, ô musique magique,
Pourquoi nous bercez-vous, mobiles harmonies,
Fuyantes, dans le ciel, aux sphères infinies?
O fée insaisissable, et triste, et fantastique :

Le cœur toujours se prend à la note légère,
Et la suit, songeur, quand elle fuit passagère,
Elle emporte le cœur tendre, en sa valse molle;

Elle a je ne sais quoi d'errant qui nous enjôle,
Elle ressemble tant à la vie éphémère,
Elle ressemble tant à l'amour qui s'envole.

LE CIMETIÈRE.

J'aime aller visiter, dans les ombres du soir,
Près d'une vieille église, un ancien cimetière;
Le mort pleure, exilé dans sa robe de pierre;
C'est là que, dans la nuit pâle, j'aime à m'asseoir.

Comme autour d'une mère amoureuse, on peut voir
Les tombes se presser près du haut sanctuaire,
Et l'on entend la nuit une vague prière,
Où le tendre regret se mêle au doux espoir.

De ces sombres tombeaux, un jour, les blanches âmes
S'envoleront soudain aux rivages du ciel,
Comme un essaim d'oiseaux, sur leurs ailes de flammes;

Et, songeant, moi, je pleure en un rêve éternel;
Et j'aime à voir l'église auprès des blanches tombes,
Comme un grand oiseau noir qui couve des colombes.

MEMNON.

Il ne chantera plus, l'harmonieux Memnon,
Il demeure muet aux rayons de l'aurore;
L'astre du jour en vain de ses feux le colore;
A sa caresse d'or, il n'a plus d'écho, non.

L'Égypte est morte, hélas! elle n'a plus de nom;
L'âge est bien loin qui la vit si charmante éclore,
Quand, jeune, elle chantait le pur hymne sonore,
Dans l'air retentissant de l'aigu tympanon.

Les dieux ont disparu, ce vieux monde recule,
C'est l'heure maintenant du sombre crépuscule,
L'heure des chants amers dans les ombres des soirs;

Le sphinx meurt oublié dans son désert de sable,
L'Orient merveilleux sombre aux abîmes noirs,
Et, dans Chéops, la mort seule est impérissable.

LES JEUNES FILLES A PARIS.

Et je la regardais dans les jardins de Flore :
Charmante elle riait et chantait tour à tour,
Elle riait de vivre, elle riait d'amour,
Douce enfant de quinze ans que sa grâce décore.

Pauvres filles du peuple, et si belles encore,
Aurores, aujourd'hui, que va flétrir le jour,
Candides, ce matin, dans leur timide atour,
Que la débauche, au soir, pâlit et décolore.

Jeunes filles, hélas! de la grande cité,
Votre charme est fragile et son jour limité ;
Un désir vous flétrit, fugitive chimère.

Et moi, je me sentais tristement attendrir,
Et disais, cheminant au jardin éphémère :
Pauvre rose, ton cœur s'ouvre, tu vas mourir.

LÉOPARDI.

Pessimiste hautain, subtil Léopardi,
Dans ton débile corps j'aime ton cœur hardi :
Non, l'homme a trop goûté les coupes idéales,
Et mêlé ses regards aux clartés sidérales ;

Il a fait un long rêve et trop délicieux,
Pour combler son désir à moins des vastes cieux ;
Que le temps est loin où l'à peu près de la terre,
La misère et les pleurs charmaient son cœur austère !

Déserteur du chaos, enfant de l'infini,
A son père suprême il exige être uni ;
Il doit planer aussi sur l'éternel rivage,

Il réclame sa part du céleste héritage,
Et veut, plongeant plutôt en l'abîme béant,
Devenir Dieu lui-même ou rentrer au néant.

LA GLOIRE DES ASTRES.

Comme la roue, hélas! d'un char étincelant,
Notre vie ainsi fuit, rapide en la carrière;
Plus il court à son but, plus le char est brillant,
Plus il vole à la mort, plus il a de lumière.

Vois le génie ailé semant au firmament
De ses grands rayons d'or la grâce singulière;
Il dévore, vainqueur, son règne d'un moment,
Et de son sang est fait son charme incendiaire.

Astre des purs éthers, sur la pente des cieux,
Tel qu'un héros vainqueur, tu brûles tes essieux,
Tu consumes ta flamme et dévores ta vie;

Moi, je bois ta lumière et je pleure ton sort,
Quand le peuple ébloui de ta gloire t'envie :
Beau soleil, notre vie est faite de ta mort.

LES LUCIOLES

A LA CONDAMINE.

C'était un jour de juin; sur ces tièdes rivages,
Vagues voltigeaient les lucioles dans l'air;
Et semblait se bercer, aux lames de la mer,
L'amoureuse senteur des citronniers sauvages.

Ta voix tendre expirait sur le sable des plages,
Et nos cœurs s'envolaient dans l'ineffable éther,
Et se croyaient mêler à l'amoureux éclair
Des sylphes d'or errants en leurs brûlants sillages.

Ah! fais-moi vivre encor ces ans qui ne sont plus,
En écoutant les sons tendres de ta musique
Qui se berce aux lointains du soir, dans l'air mystique,

Car j'évoque toujours ces paradis perdus;
Et, dans ton chant ailé, quand dans la nuit tu voles,
Je vois toujours errer les vagues lucioles.

LE CHATEAU DE LA BELLE AU BOIS DORMANT
SONNET SYMBOLIQUE.

Tout dort comme en un rêve éternel et charmant :
Une magique nuit, par la neige ouatée,
Verse en l'air vague sa transparence lactée
Sur le fin château de la Belle au bois dormant.

Comme un frisson léger court pourtant par moment,
D'un soupçon de lueur la dormeuse est hantée ;
Sa prunelle frémit, mollement enchantée ;
Et voici qu'apparaît le beau prince Charmant.

C'est le printemps ; l'hiver triste fuit, tout s'éveille,
L'horizon clair sourit dans sa robe vermeille,
Mille bourgeons dorés luisent aux arbrisseaux ;

D'un parterre de fleurs la rive est nuancée,
Et, s'avançant au chant gai des légers oiseaux,
Le beau prince rit à la jeune fiancée.

LES COUVENTS ESPAGNOLS
A PALERME.

Vois-tu ces noirs couvents, clos à tous les regards,
Avec leurs tours, leurs hauts créneaux, leurs lourdes grilles
Aux fenêtres, leurs forts, leurs sauvages bastilles,
Citadelle imprenable, invincibles remparts ?

Ces farouches donjons, armés de toutes parts,
Sont faits pour protéger le cœur des saintes filles,
Purs agneaux, à l'abri, dans ces sombres castilles,
De la dent des noirs loups, des subtils léopards.

Pourtant plus d'une, dans ces hautes forteresses,
Sentit son âme prise aux subites tendresses,
Et son cœur emporté par un amour vainqueur :

Et comment feras-tu, fragile et jeune belle,
Toi, charmante, qui n'as, pour protéger ton cœur,
Que ta jupe légère et ta faible dentelle ?

LES MÉDITERRANÉES.

Il est pour moi toujours un charme étrange et pur,
Parmi les tièdes bords des Méditerranées;
Elles sont de nos jours peut-être surannées,
On recherche un pays lointain, rivage obscur.

J'aime leurs bords riants, j'aime leurs mers d'azur,
Leurs crêtes de forêts sauvages couronnées,
Leurs déserts, leurs rochers, grèves abandonnées,
Où le pâle songeur trouve un asile sûr.

Là, dans l'ombre couché des grands bois séculaires,
A travers les rameaux verts de leurs pins austères,
Du beau flot infini je contemple l'azur;

Oubliant et la vie, et l'amère souffrance,
Tel que l'heureux fidèle au cœur croyant et pur,
Qui regarde le ciel à travers l'espérance.

LA COLOMBE DE MAHOMET.

Sa colombe n'est pas la colombe de l'Arche
Qui craignait de souiller son pied rose au limon,
L'oiseau du pur Esprit et de la Vierge; oh! non,
Et ne retourne pas au pieux patriarche.

Le pont des paradis l'abrite de son arche,
Elle n'est point rebelle aux délices d'Ammon;
Elle vole en la soie, en la pourpre elle marche,
Parmi les fins sérails du beau roi Salomon,

C'est l'oiseau de Cypris. Pour enchanter la foule,
Parmi les tièdes soirs d'Asie, elle roucoule
Le rhythme amollissant de l'amoureux désir;

Et, devant la mosquée, avec son doux langage,
Mahomet, incitant au culte du plaisir,
Comme un appeau charmeur, la fait chanter en cage.

LA COUPE.

Comme en un pur calice un parfum idéal,
Au parterre embaumé de l'empire de Flore,
J'aime, en un doux banquet qu'un fin lustre décore,
Boire un vin précieux dans un rare cristal.

La coupe, avec ses tons de prisme et de métal,
Se nuance des feux du vin qui la colore,
C'est l'or pur des couchants, ou l'on y voit éclore
Une aube souriante en rose oriental.

L'amour et l'amitié perdent tout air sévère,
L'âme prend au festin le beau rire du verre
Avec sa transparence et sa limpidité.

Et, comme ouvrant ses ailes pourpre dans l'aurore,
La chanson sémillante, et pleine de gaieté,
S'apprête à s'envoler du pur cristal sonore.

MÉDITATION SUR L'INFINI.

Dieu, que l'espace est grand ! et mes regards avides
N'en sauraient embrasser l'immense profondeur.
De ce sombre infini qui sera le sondeur ?
Qui jamais remplira ces grands abîmes vides ?

Quelque astre brille, rare, en ces déserts arides,
Mais le vide s'étend par delà leur splendeur,
Partout le vide immense et sa morne grandeur;
L'espace est le tonneau des vaines Danaïdes :

Enfant, toujours je crée, et j'ai pour moi le temps,
Ma pensée est fertile en astres éclatants,
Sans cesse un monde naît, suivi par d'autres mondes;

Vois le jour en mon sein par le jour rajeuni,
Mes créations sont elles-mêmes fécondes :
Enfant, c'est l'éternel qui remplit l'infini.

L'ALLÉE ABANDONNÉE

TABLEAU DE B.

Ah! mon cœur est comme une allée abandonnée :
Partout pousse l'ortie en mes chemins déserts,
La ronce épand ses jets épineux dans les airs,
Et pleurent mes grands bois, cime découronnée.

Un pauvre amour frileux, statue infortunée,
Tombe en poudre à la froide insulte des hivers,
Et sur l'arbre s'efface en des contours amers,
La belle initiale à la mienne enchaînée.

Le doux banc où tantôt Elle venait s'asseoir,
Taciturne et muet l'attend toujours au soir,
Penchant triste, rongé par la pluie et par l'ombre.

Et, dans cette nuit morne et ces déserts perdus,
Pleurant ses longs malheurs, seul un rossignol sombre
Sans cesse épand dans l'air ses accents éperdus.

LES BAZARS DU CAIRE.

Mon âme vit toujours dans ces bazars du Caire,
Où les pourpres, les ors, aux tons doux et moirés,
Les tapis éclatants, les tissus mordorés,
Tout vibre aux jeux tremblants de la fine lumière.

La douce huile de rose à senteur singulière
Exhale dans les cieux ses parfums adorés,
Et l'on entend au loin, en des airs éplorés,
Mourir les sons fuyants de la flûte légère.

Si j'ai cru, Mahomet, à tes doux paradis,
Ah! donne à mes amours, sous tes ciels attiédis,
Les sons vagues et lents d'une tendre musique;

De me sentir bercé dans un rhythme sans fins,
De suivre des couleurs en leur ronde magique
Et de perdre mon âme en des aromes fins.

LA MOMIE.

Avec peine on atteint à la chambre des Rois,
Il faut creuser le sable, il faut scier la pierre,
Car l'obscur Pharaon, pour clore sa paupière,
Choisit l'asile sûr d'invisibles parois.

Par des chemins subtils, par des couloirs étroits,
On trouve le vieux roi dans l'immobile bière ;
Son fin masque est d'or pur, de lin fin son suaire :
Embaumé tout vivant, tel qu'il fut autrefois.

Là, depuis six mille ans, la pompeuse momie
Gît dans la naphte et l'or, à jamais endormie,
Cachée à tous les yeux ; tel un sombre trésor.

Étrange elle apparaît dans ses funèbres fastes,
Et l'obscur Pharaon étonné sort des vastes
Pyramides, ces oubliettes de la mort.

FLEURS D'AUTOMNE.

Brillante un seul moment, pour ne plus revenir,
Vois, la tardive fleur, aux déclins de l'automne,
Prodigue à nos regards son éclat monotone,
Et n'a point le parfum du tendre souvenir.

Elle voit dans le soir ses délices s'enfuir,
L'heure s'évanouir que le temps cruel donne,
Aux caprices flottants, faible, elle s'abandonne,
Et dévore soudain son règne de plaisir.

A l'éphémère amour l'hiver qui vient l'incite.
Tout lui dit : Hâtez-vous, fleurs, vous passez si vite ;
Le souvenir s'envole à chacun de ses pas.

Mais la fleur du printemps aux pénétrants appas
Va murmurant, pâmée, au baiser qui la quitte :
Ah ! laissez-moi mourir, mais ne m'oubliez pas.

LA JUNGFRAU.

Même aux jours les plus clairs de la saison d'été,
La Jungfrau toujours se vêt d'un blanc nuage ;
Il voile chastement cette splendide image,
Comme un mystique attrait à sa rare beauté.

Ce voile charmant de diaphanéité
Que la noble Jungfrau, pudique, se ménage,
C'est la fine vapeur que sa neige dégage ;
Ses blancs atours sont faits de sa virginité.

Je crois, quand je te vois parée, ô beauté fine,
Que ton beau corps a fait ta blanche mousseline,
Ton sourire rosé tes coraux précieux,

Tes cheveux délicats ta subtile dentelle,
Que viennent tes saphirs rares de tes beaux yeux,
Et tous tes fins atours de ta grâce si belle.

DANS LA CAGE.

Le tigre, fatiguant ses membres élastiques,
S'agite éperdument dans sa cage de fer,
Et tourne, sans répit, en son étroit enfer,
Remplissant l'air troublé de ses cris frénétiques.

Mais le lion superbe, aux sagesses antiques,
Demeure, en sa prison, mélancolique et fier,
Noble en son attitude, et d'un dédain amer,
Plongeant dans l'infini ses prunelles mystiques.

Le cœur abject est lâche et tout à ses malheurs,
Misérable égoïste, il ne voit que soi-même,
Et trouve en ses destins la misère snprême ;

Il déshonore ainsi les divines douleurs.
Mais l'âme austère et grande, aux souffrances fécondes,
Rumine en son tourment l'amer destin des mondes.

LE MYSTÈRE DE L'AMOUR.

Ah! pourquoi, dans l'amour, ce transport enivrant,
Et, dans l'amour, pourquoi cette mélancolie,
Comme si cette coupe heureuse avait sa lie,
D'une exquise liqueur mélange adultérant?

L'amour s'égale aux dieux, monte au ciel en créant,
Mais une douleur sourde aux voluptés s'allie.
L'homme y sent déjà comme une vie appâlie,
L'être ne peut créer au monde, qu'en mourant.

C'est là ton fruit fatal, arbre de la science;
L'amour ramène au sein de l'unique substance,
Un lent trépas se joint à son riant transport;

En lui notre âme amère est d'autant plus ravie :
Il mêle aux voluptés fuyantes de la vie
Le sombre enchantement éternel de la mort.

LES CORBEAUX DU VIEUX CLOCHER.

On voit errer dans l'air des bandes de corbeaux,
Parmi les sombres tours du clocher solitaire,
Et longuement planer, autour du mur austère,
Sur les vieux morts dormant en leur lugubre enclos.

Ils viennent visiter, amis des noirs tombeaux,
Le sombre oiseau d'airain, la cloche mortuaire
Qui convoque, du haut du divin sanctuaire,
Les trépassés au champ de l'éternel repos.

Sans cesse errent ainsi leurs bandes faméliques,
Et mêlent, à longs cris, leurs voix mélancoliques
A la cloche qui pleure en funèbres accords;

Et, pressés, font leur cour à cet oiseau sonore
Qui chante dans la nuit, dans le soir, dans l'aurore,
Et qui n'a qu'à chanter pour évoquer les morts.

LES MADONES A PALERME.

Ici chaque maison a sa bonne madone,
Chaque boutique aussi ; comme devant l'autel,
La lampe y brûle ardente, et le cierge éternel.
La douce Vierge rit, protége, aime, pardonne.

J'aime cette coutume et crains qu'on l'abandonne ;
Nous n'avons plus qu'un Dieu, si loin, au fond du ciel,
Encor n'est-on plus sûr que ce Dieu soit réel.
Un Dieu pour l'univers ; que veut-on qu'il nous donne ?

Moi, j'adore ces dieux intimes des foyers,
Ces vieux Lares et ces Pénates familiers,
Ils sont à nous tout seuls, ces vieux dieux délectables,

Le cœur proche s'épure à leur pieux parfum,
Et, comme ils ont toujours leurs places à nos tables,
Ils ne laissent jamais l'humble foyer à jeun.

LE JOUR DES MORTS.

Ah ! gardez près de vous mon souvenir charmé ;
Au vert jardin, placez ma tombe souriante,
Et que la vigne y pousse et la fleur plus brillante,
Que mon âme s'exhale en tout ce que j'aimai.

Que ma cendre revive aux beaux matins de mai,
Et vole aux champs avec l'abeille murmurante ;
Qu'elle se meure encore en la rose mourante,
Se mêlant, invisible, au parterre embaumé.

Et qui sait si l'amour des lieux de la naissance
Ne tient pas aux aïeux à leur douce présence ?
L'aïeul encor soupire en l'haleine des bois,

Il pleure le matin dans la molle rosée,
Il prête au rossignol son amoureuse voix,
Et nous regarde avec l'œil doux de la pensée.

LE RAMEAU DE BUIS.

Sous mon chaume apportez l'humble rameau de buis,
Qu'il amène avec lui les doux chants de l'Église,
Et que, de l'alme paix qu'aimable il symbolise,
Il sérène mes jours, et console mes nuits.

Toujours vert, quand je pleure après mes jours enfuis,
Qu'il me fasse oublier et l'hiver et la bise,
Et que ce doux rameau, plein d'espoir, tranquillise
Mon âme en la mort sombre, aux funèbres ennuis.

Qu'à mon vieux toit de chaume il garde, humble Pénate,
Les avares douceurs d'un peu de lande ingrate
Avec ta paix obscure, heureuse pauvreté;

Et qu'au plant régulier de mon petit parterre,
Il mêle à son vert glauque une rose d'été
Comme une douce joie en une vie austère.

AU DÉCLIN.

Maintenant que mes jours tombent à leurs déclins,
Je trouve les couchants plus charmants que l'aurore,
Une palette plus savante les colore,
Leurs rouges sont plus vifs et leurs verts sont plus fins.

Du clair prisme des jours les beaux couchants sont peints,
Ils ont pris tous ses tons au parterre de Flore,
Le chaud soleil des soirs les irise et les dore,
Et le regard rêveur les savoure sans fins.

Et, maintenant si loin de toi, naïve enfance,
Je trouve le regret plus doux que l'espérance,
Car il est fait de tout le charme de nos jours;

Du regret souriant et doux l'âme est ravie,
Car le regret est fait de nos belles amours,
Le doux regret est fait des songes de la vie.

LE SYMBOLE D'OPHÉLIA.

Sur les bords familiers du fleuve de la vie,
La tendre Ophélia, dans ses ondes, croit voir,
Aux douteuses lueurs du crépuscule noir,
L'astre pur apparaître où son âme est ravie :

C'est l'étoile, la fleur d'or, belle à faire envie,
Elle a les plus doux yeux qu'on puisse concevoir,
Elle flotte, elle nage au décevant miroir,
La regarde, lui rit, l'appelle, la convie.

Sous le charme attirant du mobile tableau,
La tendre Ophélia penche ses bras vers l'eau,
Elle plonge, elle étreint le vain cristal de l'onde :

Tel le cœur pur, épris d'idéal éternel,
Meurt heureux, préférant à la nuit de ce monde
Le mirage enchanté d'un chimérique ciel.

LA FUITE DU TEMPS.

Je regarde ma montre à l'aiguille des heures :
Rien ne marche, n'avance et ne semble bouger,
La lourde tortue est moins lente à voyager ;
Ce temps semble éternel, temps fuyant que tu pleures.

Mais, à l'aiguille des secondes, autres leurres ;
Sa course est si rapide et son vol si léger,
Qu'on ne peut la saisir, la suivre, la juger.
Ainsi coule la vie en nos vaines demeures ;

La seconde est trop vite, impossible à saisir,
L'heure trop paresseuse a l'allure trop molle ;
Nous laissons échapper le moment du plaisir ;

Sur les ailes du temps la seconde s'envole ;
Et nous imaginons que les heures, les jours
Ne finiront jamais et dureront toujours.

LE VASE BRISÉ

VARIATION SUR UN AIR CONNU.

Un léger éventail de son aile a frôlé
Le fin vase où se meurt cette tendre verveine;
Certe, un si faible coup dut l'effleurer à peine,
A l'oreille aucun son ne l'avait décelé.

La fente peu à peu du cristal ciselé
Fit le tour, jour par jour, semaine par semaine;
L'onde a fui, la fleur meurt dans sa stérile arène,
Surtout ne touchez pas le vase, il est fêlé.

Souvent ainsi la main tendre qui nous caresse,
En effleurant le cœur si sensible le blesse,
Son frêle amour se meurt, fin calice irisé.

Il semble intact encore aux yeux banals du monde.
Mais lui-même il sent bien sa blessure profonde.
Ah! ne le touchez pas, ce cœur, il est brisé.

LE TRAVAIL DES FEMMES.

Oh! non, ne faites pas travailler une femme;
La femme est le bon Dieu charmeur de la maison.
Que votre toit s'égaye à sa vive chanson,
Qu'elle en soit l'oiseau, l'aube, et la grâce et la flamme.

Son beau sourire rose, et qui sérène l'âme,
Met des coquelicots dans notre âpre moisson;
Son rire est un printemps, son tact un doux frisson,
Son souffle un frais parfum, sa voix pure un dictame.

Ce que la femme touche avec son doigt léger
Devient comme elle aussi, fragile et passager,
Se change en la fleur frêle, et charmante, éphémère.

Faites-vous travailler les parterres de fleurs?
Au nuage fuyant demandez la chimère,
Au fragile arc-en-ciel son sourire et ses pleurs.

L'HUILE DE ROSES.

Mille livres, dit-on, de fleurs à peine écloses
Qu'on recueille avec soin, dans les chauds soirs d'été,
Aux entours de Damas, la féerique cité,
Composent une goutte en essence de roses.

Et, de même, je crois qu'il faut beaucoup de choses :
Des générations pleines d'étrangeté,
Une race mystique aux caprices moroses,
Les pays de l'amour et de la volupté,

Les souffles embrasés des torrides Afriques,
Mille vagues chansons sur des airs chimériques,
Les voyages perdus dans les immensités,

Les plaisirs de la paix, les éclats de la guerre,
L'arome des printemps, l'air subtil des étés
Pour former ton beau corps, fine Gipsy du Caire.

LES YEUX AMOUREUX.

Ses beaux yeux vous disaient, d'une façon si claire,
Qu'elle n'avait jamais vécu que pour aimer,
Et ce sont ces yeux-là qui nous savent charmer,
On en est fou; l'eau court toujours à la rivière.

Ils se fixaient sur vous de façon singulière,
Semblant comme une braise obscure s'enflammer,
Et quand on les voyait s'ouvrir et se fermer,
Vous eussiez dit la nuit sombre, après la lumière.

Je les ai vus, souvent, dans les longs soirs d'été,
Étranges, se mourir de tendre volupté;
Et moi, je croyais voir deux roses tourterelles,

Quand ses cils s'agitaient, rapides, tour à tour,
Frémissantes ensemble, et qui battent des ailes,
Frissonnent de plaisir, et se pâment d'amour.

UN RAYON DE SOLEIL.

Quand le profond soleil, de ses vastes clartés,
Illumine, en nos murs, nos repaires infâmes,
Cloaques ténébreux qui soulèvent les âmes,
Antres par la débauche et le meurtre habités;

L'astre purifiant la fange des cités,
Le haillon se revêt du clair prisme des flammes,
Affecte des couleurs les plus riantes gammes,
Mille tons merveilleux par ces feux suscités.

Ainsi plus l'homme sait, plus son regard lucide,
Dans le sombre néant des abîmes du vide,
Tel qu'un phare vainqueur, plonge un rayon de feu;

Tout reluit, tout s'éclaire aux ombres de la fange,
Le mal transfiguré prend les ailes de l'ange,
Et tout, dans l'univers, s'envole et devient Dieu.

AU BORD DE L'EAU.

Je m'en reviens toujours promener près de l'onde;
Tout paraît si charmant dans son paisible azur,
Les bois, les coteaux, les ciels, tout semble plus pur
Dans ce changeant miroir d'une grâce profonde.

Le bleu du firmament près du sien semble dur;
Dans son sein m'apparaît ma rare beauté blonde,
Elle a pour moi les yeux les plus tendres du monde,
Et me sourit, secrète, en ce fin clair-obscur.

Aussi, quand vient le soir, j'abandonne la terre,
Pour perdre ma pensée en ce fuyant mystère,
Et repaître mes yeux du mobile tableau;

Combien de cœurs blessés vont errer sur la grève!
Tout nous plaît davantage au doux miroir de l'eau,
Comme tout apparaît plus charmant dans un rêve.

16

LE PUITS JOSEPH

AU CAIRE.

Des palais où, brillant, le clair jet d'eau s'élance,
Au creux du puits Joseph lentement descendu,
Tout effaré j'étais, et le cœur éperdu
De la nuit, de l'abîme, et du vaste silence.

Deux bœufs brutalement menés à coups de lance,
Pompaient sans cesse, au fond de ce gouffre perdu ;
Dans l'éternelle nuit d'un labeur assidu,
Un pâtre gourmandait leur fatale indolence.

Et moi, je pleurai lors tous les pleurs de mes yeux,
Voyant ces bœufs mourants, faibles, silencieux,
D'une éternelle Égypte images symboliques :

Vous, pour la gloire aussi d'orgueilleux Pharaons,
Obscures vous mourez, foules mélancoliques,
Votre triste nuit fait leurs magiques rayons.

ADIEUX A SON AME

DE L'EMPEREUR ADRIEN.

Tel un oiseau léger s'envole de sa cage,
Envole-toi, mon âme, en l'outremer des cieux,
Vole où veut s'envoler le désir curieux,
Vole au loin où t'attire un captieux mirage;

Où le regard se perd, suivant un beau nuage,
Où meurt, plus attendri, le chant voluptueux,
Où la rose s'exhale en parfums précieux,
Où s'envole, en riant de nous, l'amour volage.

Ame rapide, prends les ailes de la mort,
Pour visiter, heureuse, un plus fortuné bord,
Suis ton vol aux pays charmants de la lumière;

Et, pur sylphe, enivré de prismes éclatants,
Parmi les astres d'or, mon âme amoureuse erre
Dans le cycle sans fin de l'espace et des temps.

LE CŒUR DE ROSE

IMITATION.

Les taillis bourgeonnaient dans les sentiers des bois,
Le ciel était d'azur et le couchant de rose,
J'emmenai, dans le clos de violettes, Rose;
Tous les oiseaux chantaient d'une amoureuse voix.

Son cœur aussi chantait pour la première fois;
Elle affectait pourtant un certain air morose,
Mais le frisson d'amour la rendait toute rose,
Son doux sein frémissait comme un cerf aux abois.

Et moi, je l'entraînais de mes baisers dans l'ombre;
Ce petit cœur battait bien fort dans la nuit sombre,
Mais seul au bois, si loin, rien qui le secourût :

Moi, le printemps, l'amour l'assaillions à la ronde,
Que vouliez-vous qu'il fît contre trois? Qu'il mourût
De plaisir; belle mort, la plus douce du monde.

LA FÊTE DES BOUGIES

ALGÉRIE.

Allez voir, à Moulad, la fête des bougies :
Là dorment les aïeux sous les grands chênes verts,
Et mille feux de joie, illuminant les airs,
Vont réveiller les morts dans leurs nuits éblouies.

Mille lustres brillant dans les feuilles rougies,
Les pourpres et les ors, pleins de prismes, d'éclairs,
Une foule ondulant comme les grandes mers,
Tout mêle aux chants sans fin de flottantes magies.

Les yeux des pauvres morts dans leurs funèbres nuits
Toujours sont remplis d'ombre et de mornes ennuis,
Versez-leur les rayons charmants de la lumière;

Et, couchés, ils n'ont plus dans le cercueil fatal
Que la muette horreur du tombeau solitaire;
Bercez-les des vieux airs de leur pays natal.

THÉOCRITE.

La Sicile n'est plus, celle de Théocrite :
Les Dieux sont disparus et les chants ont passé,
Le sentier où courait Néère est effacé,
Et rien ne reste ici de l'hellénique rite.

Sur ce sol bienheureux, l'Espagnol hypocrite
A semé le couvent étroit, cadenassé,
Et, dans l'air assombri, du moine compassé
Bien des siècles régna la cagoule bénite.

Mais ici l'on retrouve encor les grands bœufs roux
Que Virgile a chantés, les bœufs puissants et doux,
Au pelage éclatant, à cornes magnifiques;

Et moi, j'aime à les voir, dans le ciel auroral,
Cheminer à pas lents, graves et pacifiques,
Scandant le rhythme pur d'un vieil air pastoral.

LES BELLES DE PALERME.

Pendant tout l'hiver, les belles Panormitaines
Se tiennent mollement dans leurs tièdes foyers,
Et vivent dans les ors des palais familiers,
Gardant leurs beaux appas des brises incertaines.

Quand la neige des monts coule par les fontaines,
Que s'étoile aux coteaux la fleur des amandiers,
Elles font voir aussi leurs charmes printaniers,
Leurs doux traits modelés sur les fines Athènes.

On les voit en l'avril qui sortent, deux par deux,
Quittant l'obscur réduit de leurs riches cellules,
S'envolant dans l'azur, comme des libellules;

Coquettes, font jouer leurs beaux yeux hasardeux,
Agitant, comme une aile, au beau soleil qui brille,
Les dentelles à jour de leur grêle résille.

LES VIEILLES CHANSONS.

Elles nous font rêver, les anciennes chansons
Qu'on croit entendre au loin, dans les vagues vesprées,
Avec leurs rhythmes lents, traînantes, éplorées,
Égarés souvenirs des arrière-saisons.

Elles pâment le cœur de leurs tendres frissons,
Elles pleurent en nous, vagues, désespérées,
Alors que l'œil se noie aux brumes empourprées
S'éteignant dans la nuit des mourants horizons.

Tendres, nous ramenant dans les aubes passées,
Elles font refleurir les saisons effacées;
Tout notre cœur se meurt à leur rhythme dansant;

Songeur, on les écoute, étranges, archaïques,
Car elles ont encor votre lointain accent,
Et vos inflexions, douces voix ataviques.

LA GLOIRE.

Calme contemplateur des cieux étincelants,
Ton œil souvent admire, au sein des nuits profondes,
Parmi le vague éther, ces grands astres, ces mondes
Semant dans l'infini leurs feux purs et brillants.

Ne va pas envier ces globes scintillants
Que l'éther voit glisser sur l'azur de ses ondes;
Pour briller, il leur faut leurs blessures fécondes,
Ils sont parés des feux qui dévorent leurs flancs.

Et de même il en est, ici-bas, du génie :
Comme ces globes d'or de la sphère infinie,
Il brille du tourment qui déchire son cœur;

Superbe, illuminant tous les mondes de l'âme,
Il porte, dans ses flancs, toujours un trait vainqueur,
Et l'enfer qui l'étreint fait sa gloire et sa flamme.

16.

LES POMMIERS.

Ils sont tous morts de froid, l'an passé, nos pommiers
Qu'on admirait au long de la grande avenue,
Le gel les a transis, et leur tête chenue
Ne verra plus les nids chantants des doux ramiers.

A fleurir, chaque année, ils étaient les premiers,
De tous nos paysans leur gloire est bien connue ;
O blanche floraison, qu'êtes-vous devenue,
Pommes sans fin, et vous, long espoir des fermiers ?

Laissez-les, cependant, parmi leur solitude,
Dans leur détresse amère et leur noble attitude,
Tels qu'un héros vaincu qui s'endort dans la mort ;

Laissez leurs bras au ciel, mornes et nus, s'étendre,
Afin que nos enfants, par eux, puissent apprendre
Comment on meurt debout aux tempêtes du Nord.

FUMÉES.

VALLÉE DE PAU.

Le ciel était si doux, et la rive embaumée ;
Partout semblait briller une flamme amoureuse,
Et je voyais, au loin, sur la vallée heureuse,
Immobile dans l'air, une grêle fumée.

A s'enfuir en des airs lointains accoutumée,
Elle planait sur les feuillages, vaporeuse,
Elle dormait, comme assoupie et langoureuse,
Par les calmes lueurs de ces beaux lieux charmée.

Et moi, je disais, pris de tendresse : Mon âme,
Fumée errante, au loin, où te chasse la flamme,
Vain caprice des vents, et toujours envolée,

A mourir en un ciel ignoré destinée,
Quand t'endormiras-tu, dans l'heureuse vallée,
Sur le riant foyer de l'humble cheminée ?

UN CLOITRE EN ORIENT.

Dans le cloître riant, il se promène, pâle;
Est-ce un lointain amour qui le rend soucieux?
L'Orient verse à flots la lumière des cieux,
Et teint les beaux murs blancs de fins reflets d'opale.

En l'enchanté jardin, un beau palmier étale
Ses rameaux triomphants dans l'air silencieux,
Et s'élève en l'azur un jet d'eau gracieux,
Qui tombe en perles dans sa vasque orientale.

Et lui se promenait sous ce jour caressant,
Suivant de l'œil les jeux de lumières magiques,
Dans le cloître riant aux fins arceaux mystiques;

Qu, parfois plus rêveur, au soir appâlissant,
Il écoutait, perdu dans de vagues musiques,
Cette source qui pleure un éternel absent.

LES SOURCES DU NIL.

Comme un beau sphinx, le Nil s'allonge sur le sable;
Il contemple, railleur, l'homme présomptueux,
Et, bercé mollement dans son lit somptueux,
Lui pose de son cours l'énigme redoutable.

Le beau fleuve éternel dérobe à tous les yeux
De son flot merveilleux la source intarissable;
Par delà le désert aride, infranchissable,
Invisible, il se perd, méandre sinueux.

Homme vain, égaré par sa lointaine course,
Vers des bords fabuleux tu recherches la source,
Le mystère sans fin du grand fleuve éternel.

A tout tu veux trouver sa terrestre origine;
C'est Dieu qui nous répand l'eau de sa main divine,
La source des grands Nils est toujours dans le ciel.

LE PAUVRE VILLAGE.

Si nos champs tristes n'ont qu'une avare lumière,
Si la ronce partout y montre un dard cruel,
Si nos pins noirs sont pleins d'un deuil perpétuel,
Nos hivers assombris de brume coutumière,

Une alouette encor chante dans notre ciel,
Le beau matin parfois rit à l'humble chaumière,
Et, semblable à mon cœur, y serpente un doux lierre,
L'abeille, en nos déserts, trouve encore du miel.

L'allégresse est plus pure au pauvre chaume antique,
La lande a la fleur rare et l'arome embaumé,
Les champs sont toujours beaux où nous avons aimé;

La source auprès de nous pleure un vieux air rustique;
La plus chère patrie est le foyer bénit,
Et le toit rit toujours où nous chante un doux nid.

MÉDITATION SUR L'ÉTERNITÉ.

Rien ne me paraît stable en ce chaos des choses :
Qui jamais remplira la vide éternité?
Tout s'efface, tout passe et tout est vanité,
Eux-mêmes, les soleils meurent comme les roses.

Tout fuit devant le temps, ce sphinx aux yeux moroses,
Beauté, talent, vertu, mensonge et vérité,
Art, génie et grandeur, vaine immortalité :
Tout, éphémères fleurs sitôt mortes qu'écloses.

Enfant, pour vaincre mieux la vaste éternité,
J'ai choisi la mort même et sa fécondité,
Dans les flancs de la mort j'ai fait pulluler l'être.

L'astre sème, en mourant, de feux les champs du ciel,
Un univers se meurt, mille autres en vont naître,
Enfant, c'est l'infini qui remplit l'éternel.

LE CHATEAU AU BORD DE LA MER.

Le château que j'aime est tout proche de la mer,
Dans un étroit vallon, sur une pente douce;
Le mol silence y dort sur des velours de mousse,
Un fin lac est au fond qui n'offre rien d'amer.

Nul souffle ici n'émeut le bleu calme de l'air,
La forêt y dort verte, ou pourpre, ou jaune, ou rousse;
Heureux, le hêtre dans la limpidité pousse,
Le nid inviolé gazouille dans l'éther.

Loin des orages vains, là, ma vie abritée
S'écoule mollement, sans penser, sans émoi,
Dans l'heureuse vallée étroite et limitée.

Le vent de l'ouragan passe au-dessus de moi,
Et, comme un vague écho tumultueux des houles,
Me berce ici, pareil au bruit lointain des foules.

LE PHARE D'ALEXANDRIE

PHARE A ÉCLIPSES.

Ah! j'ai senti mon cœur pris d'un spasme mortel,
Alexandrie, hélas! en voyant ton beau phare,
Sous mon œil étonné, dans la nuit qui s'effare,
Et naître et, tour à tour, mourir au fond du ciel.

Nous touchions à l'Égypte, au rivage éternel
Qui cèle son secret dans le sépulcre avare,
Et j'allais pour sonder, sombre, l'oracle rare :
Sur moi fixait ses yeux le phare solennel.

Ce sphinx muet parlait dans sa langue de flamme,
Et, de ses feux changeants, répétait à mon âme :
Tout naît, tout meurt, renaît dans un cercle sans fin;

Tels le jour et la nuit alternent à la ronde,
Tels le bien et le mal, cycle amer du destin,
S'enfantent, tour à tour, et règnent dans le monde.

L'ORGUE.

Orchestre harmonieux, je t'aime, ô vaste mer;
Que souffle le froid nord ou les tièdes zéphires,
Tu pleures, tu ris, tu palpites, tu soupires,
Et tu répands ton âme immense au sein de l'air.

J'aime tes molles voix, j'aime tes fiers délires,
Aussi douces qu'une aube, âpres comme l'éclair,
Et, bien souvent, au long de ton rivage amer,
Je t'écoute pleurer, chanteuse aux mille lyres.

Là, mystique poëte égaré sur tes bords,
Je suis ton orgue immense aux infinis accords,
Tout rempli du secret des saintes mélodies;

Et je compose au chant de tes lames en chœur,
Au rhythme solennel des houles agrandies,
Vaste accompagnement des hymnes de mon cœur.

PALLAS-ATHÉNÉ.

O Pallas-Athéné, fille du Zeus d'Homère,
Éternel idéal issu de l'éphémère;
Tous les dieux ont vécu, mais ta calme beauté
Trône encor dans l'azur et la sérénité;

Sévère ordonnateur de la règle rigide,
Toujours je t'aperçois sous ta splendide égide,
Déesse de la paix, et ta lance dans l'air
Jette éternellement son impassible éclair.

Dans l'abîme du temps, les esprits et les mondes
Toujours roulent leurs eaux stériles ou fécondes,
Tout s'écoule : les rois, les astres et les dieux;

Toi seule, Raison, luis sereine, au front des cieux,
Et sors, pur idéal, de tous nos pensers vagues,
Comme Cypris naquit de l'écume des vagues.

LA PEUR.

Lorsque j'étais enfant, que venait la nuit sombre,
Rien ne m'eût fait aller au fond du grand jardin ;
Les anciens toujours m'encourageaient en vain ;
Là-bas m'apparaissaient des fantômes sans nombre,

Des spectres noirs planaient au monde aérien,
La lune regardait, pâle, dans la pénombre ;
Les anciens me disaient : As-tu peur de ton ombre ?
Dans la nuit noire, va, peureux, il n'y a rien.

Et, vieil enfant, j'ai peur de la nuit de la tombe,
Je vois des spectres, des fantômes, des hiboux,
Je ne sais dire quoi de noir dans de grands trous ;

Rien n'y fait, dans ma crainte sombre je retombe ;
Et me disent pourtant des cœurs aventureux :
Il n'y a rien, va donc dans ton cercueil, peureux.

LE CHARIOT D'OR.

A Palerme, tous les chars rustiques sont peints :
Sur un fond jaune clair, mille images bizarres,
De fins oiseaux, des arabesques, des fleurs rares,
Des scènes d'opéras, des martyres de saints.

Les brancards, les essieux offrent mille dessins,
Et tout est tailladé de sculptures barbares ;
Les harnais, aux miroirs brillants comme des phares,
Sont semés de clous d'or et de passements fins.

Et le tout est charmant et prend des airs de fête,
Et, quand un jeune pâtre est monté sur le faîte,
Que son barbe s'emporte, aux naseaux pleins de feu,

Dans la marine ouverte et blanche de lumière,
Semble se profiler, sur la mer au flot bleu,
Le char d'or d'Apollon volant dans la carrière.

LA SYMPHONIE NOCTURNE.

Entends-tu dans la nuit, dans la nuit de velours,
Résonner vaguement ces tendres symphonies
Qui se glissent avec des douceurs infinies,
Et traînent dans les bois, à la chute des jours ?

Se mêlant aux tiédeurs molles des parfums lourds,
Entends-tu palpiter ces lentes harmonies,
Comme un soupir des fleurs et des feuilles jaunies,
Que l'haleine des soirs effleure dans son cours ?

Dernier et doux adieu que laissent les soirées,
En expirant dans les vagues ombres moirées,
Murmure évanoui de la nuit qui se perd ;

Ineffable musique, insensible concert,
Qui vient bercer les morts, dans leur robe de pierre,
En l'éternelle nuit du profond cimetière.

LES PLEURS.

Ah ! tout semble pleurer dans l'immense nature,
Et les eaux, et les airs, et les champs, et les bois ;
Partout semble expirer une plaintive voix :
Les destins sont amers, et la terre en murmure.

Et tout pleure en mon âme en proie à sa blessure,
Tout maudit l'obscur sort et ses amères lois ;
Mon cœur est, nuit et jour, comme un cerf aux abois ;
Qui finira pour moi cette longue torture ?

Vois, poëte, le beau jet d'eau qui monte aux cieux,
Écoute ses doux chants plaintifs, harmonieux ;
Il luit des arcs-en-ciel légers de l'espérance ;

Imite la fontaine aux murmures charmants ;
Envoie au ciel aussi le cri de ta souffrance,
Elle retombera perles et diamants.

MORS VERA PHILOSOPHIA

UN VENDREDI SAINT.

Vieillard, ne pleure pas le trépas qui t'arrive;
Immobiles, tes pieds vont voler dans la mort,
Tes yeux aveugles voir mille astres, sans effort,
Tu vas goûter le pain du ciel, heureux convive.

Tu vas entendre, sourd, un ineffable accord,
Le son va s'éveiller sur ta lèvre captive,
Tout charmera tes sens, nouvelle sensitive,
Et tout rajeunira ton être qui s'endort.

Non, ce n'est pas la mort qui t'attend, c'est la vie
Au délice inconnu, qui rit et te convie
A l'éternel festin semé de purs rayons.

Ton Dieu, comme un doux guide, a préparé ta voie,
Et te mène lui-même au séjour de la joie,
Par le symbole heureux des résurrections.

MONTREALE

SICILE.

On va vers Montreale en des routes magiques,
Les bleus coteaux, le roc rose aux tons réjouis,
Et les cactus mystérieux, épanouis,
Hydres échevelés et rêves fantastiques.

Le fin dôme apparaît, aux arceaux archaïques,
Féerique souvenir des Maures inouïs,
Ses tombeaux, ses plafonds, ses ors évanouis,
Et vos sombres splendeurs, mystiques mosaïques.

On se promène au long cloître silencieux,
Subtile broderie à jours minutieux;
Et, tournant vers Palerme, en quittant Montreale,

Le citronnier au loin s'étale, vastes mers,
Et semblerait de voir comme un immense châle
Indien, fins dessins tout sémillés d'ors verts.

17

LES AVEUGLES.

Les aveugles s'en vont, se butant par les rues,
Toujours tournant leurs yeux impuissants vers le ciel,
Comme pour découvrir le soleil éternel,
Ressaisissant ainsi les clartés disparues.

Mais leurs regards en vain interrogent les nues,
Et fixent leurs yeux morts l'astre surnaturel,
Dans ce ciel lumineux, pour eux, rien de réel,
Et ne trouvent jamais que ténèbres accrues.

Tels le vain philosophe et l'aride penseur,
Du soleil souverain épiant la splendeur,
Voudraient percer le ciel profond par leur génie :

Aveugles, vainement ils sondent la clarté,
Et recueillent toujours, de la sphère infinie,
Le silence éternel, le noir illimité.

ILLUMINATIONS EN MER

A NICE.

Mollement ondulaient les nocturnes nacelles
Sur l'onde illuminée avec leurs mille feux,
Et l'on eût dit parfois des jets capricieux
Se déversant en pluie immense d'étincelles.

Ces plus vives clartés se fondaient avec celles
Des étoiles, tombant de la voûte des cieux;
Et le chant faisait croire aux oiseaux fabuleux
S'envolant dans l'azur, sur les ors de leurs ailes.

C'était, tout remuant, un long serpent de feu,
Ou bien, vagues Édens, mille fleurs mordorées
Et qui nous souriaient, corolles adorées;

Un bal de sylphes d'or fuyant dans un adieu :
Et tous deux nous rêvions, ma charmante, car l'âme
Suit des lueurs d'amour en des rayons de flamme.

LA CHAMBRE JAUNE

A PALERME.

Chaque soir, par la rue écartée et déserte,
Et dans un clair-obscur doux et voluptueux,
Cette chambre à coucher, vague, attirait mes yeux
Où mon regard plongeait par la glace entr'ouverte :

Une couchette somptueusement couverte,
Et toute la tenture au ton délicieux,
De leur couleur citron embaumaient ces beaux lieux ;
La femme en vain cherchée et jamais découverte.

Et toujours je rêvais la reine des houris,
Aux reflets d'ambre, à l'œil noir, au pourpre souris,
Ruisselant de splendeur dans la nuit veloutée,

Tordant son flanc plastique, en un ennui serein,
Et, superbe, laissant, pâle et diamantée,
Rouler ses lourds cheveux sur son torse d'airain.

LES YEUX CLAIRS.

Ses grands yeux clairs disaient : Je suis calme et pensive,
Je suis comme la fleur des champs, comme le lis
Virginal, qu'aime tant la blonde Amaryllis,
Dans l'aube matinale, à la grâce naïve.

Ils disaient, ces yeux clairs : Viens au soir sur la rive,
Quand Apollon s'endort dans le sein de Thétis,
A l'heure vague où la furtive Lycoris
Évoque un jeune amant de sa chanson lascive.

Ces grands yeux clairs, profonds, immenses, radieux,
A mes regards perdus ils disaient toute chose,
Innocents et subtils, chastes, voluptueux :

Tel un chant de Mozart, tel un parfum de rose ;
Énigme inquiétante et mystère éternel,
Nuit noire qui se cache au bleu clair de son ciel.

LES SOUPERS DE PARIS.

On avait bu des vins de toutes les façons,
Et de rares liqueurs des plus fines nuances;
Dans les regards brillaient de molles attirances
Et couraient sur les chairs d'enamourés frissons.

Et l'air retentissait de mille et mille sons,
Et les femmes chantaient, entrelaçant leurs danses;
Les coupes des festins se choquaient en cadences,
Et scandaient, se brisant, les refrains des chansons.

Mais vous ne savez pas ce que, femmes, vous faites,
En brisant les cristaux et les coupes des fêtes;
Femmes, vous vous brisez à vous-mêmes le cœur :

Quand on a le parfum, on brise ainsi la fleur,
On brise le flacon, quand on a bu sa flamme;
Quand on a bu l'amour, on brise aussi la femme.

LES LITS DES AMOURS.

Prends un lit à *Couronne,* ô belle fiancée,
Te voilà, dès cette heure, une reine d'amour,
Et sur ton front charmant, et plus pur qu'un beau jour,
Rayonne chastement une heureuse pensée.

Prends un lit à *Gondole,* ô galant troubadour,
Amant sentimental, et sur l'eau nuancée,
Promène ta beauté nonchalamment bercée
Par l'onde palpitante et calme tour à tour.

Hétaïre aux doux yeux, toi, prends un lit à *Tente;*
Tes amours sont errants comme un vague troupeau,
Et la jeunesse en fleur soupire à ton attente.

Nous prendrons, mes amis, nous tous un lit *Tombeau,*
Sinistrement drapé de larges plis funèbres :
Tous nos amours sont morts dans ses pâles ténèbres.

ESTHER.

Dans une huile de palme et dans le pur cinname,
On fit tremper six mois le corps charmant d'Esther,
Pour épurer encor, pour affiner sa chair,
Afin d'Assuérus qu'elle sût toucher l'âme.

Elle en sortit parfum, essence, pure flamme,
Sur ses lèvres, la rose, en ses beaux yeux l'éclair;
Telle une rare fleur qui s'exhale dans l'air;
Sur son front une aurore, en son souffle un dictame.

Quitte ainsi les sentiers d'un vain monde importun,
Poëte, plonge-toi dans le rare parfum;
Comme d'un vase neuf on embaume l'argile,

Dès tes jeunes printemps, trempe un cœur attendri,
Dans cette huile de palme où se baignait Virgile,
Dans le cinname pur de Dante Alighieri.

L'INFINITÉ DES MONDES.

Et je pleurais, songeant à nos amers destins,
Contemplant dans la nuit ces myriades d'astres;
Tel qu'un avare qui fait ruisseler ses piastres,
Un Dieu les agitait dans ses ciels clandestins.

Mince atome, qu'es-tu pour ces mondes lointains,
Et que doivent peser tes infimes désastres,
Pour ces ciels insondés des devins Zoroastres?
Et je songeais encore en l'aube des matins.

Aux matins, as-tu vu, dans le sein de la rose,
Quand l'aube tout en pleurs, de son urne, l'arrose,
La goutte d'eau briller de mille éclats vermeils?

Que d'astres sont éclos de ces larmes fécondes!
Elle renvoie au ciel tous les feux des soleils,
Et crée, elle aussi, ses myriades de mondes.

LE SECRET DES OCÉANS.

Avec un vague effroi, nous regardons la mer,
La grande mer toujours agitée et profonde :
L'homme suit en tremblant sa mystérieuse onde,
Qui lui semble rouler partout son noir enfer.

L'homme se reconnaît en ce miroir amer :
Comme au fond de son cœur, en ce ténébreux monde,
Il devine on ne sait quel noir secret immonde,
Qui fait pâlir ses yeux, horripiler sa chair.

Et la mer, en tous lieux, mène ses grandes houles ;
Sur sa couche agitée, et toujours sans sommeil,
Son flot toujours se tord, au convulsé pareil ;

Jour et nuit, elle court, comme l'*Homme des foules* :
En son sein ténébreux, elle roule des morts,
Et semble, comme nous, en proie au noir remords.

LÉONARD DE VINCI.

Léonard, tu t'es peint toi-même en ta Joconde,
Avec ton charme étrange, et ta mysticité,
Mariant, comme elle, à l'antique volupté,
Une morbide amour fantastique et profonde.

Elle a je ne sais quoi du fluide de l'onde ;
Elle réfléchit tout dans son œil velouté ;
Mais furtive, trompant la curiosité,
Cèle dans ses yeux clairs un mystérieux monde.

Tous les arts, tous les dons, le plus secret savoir,
S'imprégnaient dans ton âme, ingénieux miroir ;
Subtil, tu te jouais dans le rare problème.

Tu saisis la nature, et toi seul, jusqu'au fond,
Surpris ce sphinx Protée, et, semblable à toi-même,
Ironique, fuyant, mystique, fin, profond.

DIEU DANS L'EMBARRAS.

Lorsqu'il eut procréé l'infini de l'espace,
Et tiré du néant la vaste éternité,
Dieu, lui-même étonné, longtemps s'est arrêté,
Indécis ouvrier que son œuvre embarrasse :

Car le temps survit seul, ce phénix enchanté;
Fragile, l'être naît, vieillit, meurt et s'efface;
Et de l'être j'ai beau multiplier la masse,
Comment remplir les temps, sans fin, l'immensité?

Éros alors jaillit du noir chaos des choses,
Jeune, immortel, le front riant et ceint de roses,
Il arrêta sur Dieu ses regards éclatants;

Remets-t'en, lui dit-il, à mes amours fécondes,
C'est moi qui peuplerai l'éternité des temps,
Et remplirai l'espace infini de tes mondes.

AGRIGENTE.

Ah! ce monde est bien vieux; le soleil, chaque jour,
Détourne son beau front des laideurs de la terre,
Et poursuit, à regret, dans le ciel solitaire,
Son périple éternel au fabuleux pourtour;

Agrigente, pourtant, ses yeux, avec amour,
Contemplent tes beaux lieux pleins d'une grâce austère,
Et de tes temples saints, au divin caractère,
Caressent tendrement l'harmonieux contour.

Il vient ressusciter tes nobles péristyles,
Qui gardent le secret pieux des anciens styles;
Ta colonne se dresse aux rayons du soleil :

Et l'astre sort des flots, dans sa pourpre lumière,
Pour saluer encore, en pompeux appareil,
Tes Dieux toujours debout dans leur robe de pierre.

LA JOUEUSE DE CLAVECIN.

Je ne l'avais pas vue ; elle était au salon.
Elle toucha du doigt quelques notes à peine,
Donnant au clavecin comme une voix humaine ;
Elle le fit pleurer comme un fin violon.

Et je devinai tout aux cadences du son :
Ses doigts fins, ses doux yeux, et sa bouche sereine,
Et mon cœur était pris, comme prend la sirène,
Par le charme attirant de la molle chanson.

Pâle, et déjà perdu sous ce charme vainqueur,
Je me sentais bercé sur une eau qui s'irise,
Au milieu de grands pins, qui frémissent en chœur ;

Tout ivre des parfums, des baisers d'une brise,
Et chaque note était comme un coup qui me brise,
Et le son emportait, en s'envolant, mon cœur.

LE VIN DE CHAMPAGNE.

Comme en l'explosion de la plante exotique,
Sa fleur s'envole en l'air, d'un essor fantastique ;
Tel, imprévu volcan, il sort de ses flancs noirs,
Et, féerique bouquet, illumine nos soirs.

Affable conquérant, il étonne le monde,
Et ravage les cœurs avec sa beauté blonde ;
Magicien subtil, de son secret trésor,
Il fait couler à flots le Pactole de l'or.

Il s'étale, superbe, en son cristal limpide ;
Là, flottent les plaisirs sur une mer sans ride ;
Là, concentrant ses feux, comme le diamant,

Il rit comme une belle aux désirs d'un amant,
Il incite à l'amour une Iris inhumaine,
Et, de son onde encor, naît Anadyomène.

SUR LE PONT D'AVIGNON.

Elle disait : Pourquoi ce pont interrompu,
Qui jadis écroula cette arche triomphale ?
Pourquoi ce pont sans fin de la cité papale,
Cette œuvre inachevée et ce pilier rompu ?

Je cherchais en moi-même, et jamais je n'ai pu
Répondre aux questions de sa voix magistrale,
Et ce beau sphinx moqueur, à la douceur astrale,
De railler mon silence au problème imprévu :

Pourquoi du pont qui mène à la Cité céleste,
Du pont des Paradis une arche seule reste ?
Pourquoi la route fuit qui conduit au bonheur ?

Pourquoi tout arc s'écroule aux désirs de notre âme ?
Et pourquoi donc jamais n'abaissez-vous, madame,
Le pont-levis subtil qui mène à votre cœur ?

LES HURLEURS.

J'écoutais, tout saisi, dans la nuit taciturne,
Dressés au bord des mers, de grands chiens faméliques,
Continuellement hurler, mélancoliques,
Aboyant, dans le ciel, à la lune nocturne.

La lune moribonde épandait de son urne,
Tristes larmes d'argent, ses rayons métalliques ;
Et la lagune pâle aux aspects fantastiques
Semblait un coin perdu d'un ténébreux Saturne.

Et toujours grandissait, sur la plage insalubre,
De tous ces maigres chiens le hurlement lugubre,
Vers cette lune blême, astre éteint, perdu monde :

De ce long cri plaintif, qui dans la nuit nous navre,
Sans trêve, ils réclamaient, affamés, meute immonde,
Qu'on leur jetât, du haut du ciel, ce blanc cadavre.

17.

L'HEUREUX TÉLAMON.

On voit encore aux murs de la noble Agrigente,
Au temple colossal du Jupiter Ammon,
Étendu sur la terre, un vaste Télamon
Qui dort d'un lourd sommeil, masse inerte et pesante.

Le colosse archaïque, en sa forme imposante,
Recouvre de ses os de pierre tout un mont,
Et s'étale, superbe en un calme profond,
A jamais endormi dans sa grâce géante.

Longtemps il a porté sur son front soucieux,
Lasse cariatide, un lourd fronton de dieux,
Condamné, comme Atlas, aux tourments séculaires.

Mais les dieux sont tombés de l'Olympe; il s'endort
Tel que nous, affranchi des célestes colères,
Bienheureux, du sommeil éternel de la mort.

L'ORIENT EN MINIATURE.

Dans Hyères, parfois, une exotique flore
Évoque à mes esprits les climats de l'aurore;
J'imagine aspirer les parfums amoureux
Qu'exhalent de Damas les bocages heureux,

Et crois voir de Fayoum les roses familières,
Rouges, étinceler dans les jardins d'Hyères,
L'orient, qui s'éveille au rivage doré,
A comme un clair éclat du Levant adoré;

Un fin palmier, parfois, à la palme épandue
Se détache superbe, en la pâle étendue;
Le disque épanoui de ses grands rayons verts

M'apporte les étés au milieu des hivers,
Et retrace à mon œil qui palpite mystique,
Le fabuleux soleil des rivages d'Afrique.

LA FRAGILITÉ DES CHOSES.

Dans la vie, ainsi tout passe comme l'éclair :
Loin du rivage heureux s'enfuit le flot sonore,
Le nuage léger se fond dans le ciel clair,
Sur l'aile des zéphyrs le parfum s'évapore.

La fleur se meurt avec les larmes de l'aurore,
La fumée au lointain se dissipe dans l'air,
En l'ombre du couchant le ciel se décolore,
Avec le gai festin meurt le sourire amer.

Oui, tout ce qui nous rit s'efface comme un rêve,
Le chant voluptueux meurt au soir sur la grève,
Le doux regard aussi, pâle lampe, s'éteint.

Mais toi surtout, amour, tout couronné de roses,
Tu disparais sitôt, bel astre du matin,
Atteint surtout de la fragilité des choses.

LE RUISSEAU.

Pourquoi courir si vite, ô ruisseau, dans les bois,
Parmi l'émail charmant des mille fleurs splendides ?
Arrête un peu l'essor de tes ondes rapides ;
N'entends-tu pas chanter mille amoureuses voix ?

Où donc cours-tu si vite ? aux rochers pleins d'émois,
Dans les mornes marais, dans les sables arides,
Et tu verras trop tôt la mer aux milles rides,
Noir gouffre qui t'attend, ténébreux, plein d'effrois.

Enfant, arrête aussi sous ces légers feuillages ;
Ces bords sont si charmants, retarde un peu tes pas,
Savoure les amours, les plaisirs pleins d'appas ;

Assez tôt tu verras de plus amers rivages.
Vos heures sont des fleurs douces, heureux enfants,
Ne les effeuillez pas plus vite que le temps.

SUR LES GRÈVES D'ARMOR.

Sur les grèves d'Armor, la lune triste et blême
Fait luire lentement sa pâleur fantastique,
Et le bel astre mort, vision extatique,
Semble jeter au soir comme un adieu suprême.

A ses pieds, l'Océan, pris d'une plainte extrême,
Pousse un éternel chant d'amour mélancolique,
Et la houle sans fin, long troupeau symbolique,
Vole, rapide, vers cet astre d'or qu'elle aime.

Astre déchu du ciel, ainsi vers ton calvaire,
Se pressent à longs flots les peuples de la terre,
Adorant de ta mort la grâce et la souffrance :

Ta face pâle règne en leur âme profonde :
Le cadavre d'un Dieu fait leur seule espérance,
Comme pleure la mer le cadavre d'un monde.

LA CHANSON DU VIEILLARD.

Que me fait de mourir à l'état où je suis ?
Je n'ai plus ce qui fait de la vie un mirage,
J'ai perdu mes plus chers compagnons de voyage,
Et l'espoir et l'amour bien loin se sont enfuis.

Il me semble déjà que j'entre aux sombres nuits,
Mes regards affaiblis se voilent d'un nuage,
Mon ouïe est rebelle aux douceurs du langage,
Et, lassé voyageur, je quête des appuis.

La nature, à ma vue, à mon âme se cèle,
Chaque sens m'est infirme, et mon esprit chancelle;
Vieux chaume, je trébuche où me pousse le vent.

Mon être pièce à pièce en l'éternité tombe,
Un frêle souffle, à peine, en moi reste vivant,
Et je suis comme un mort qui pleure sur sa tombe.

ANANKÈ.

Dans l'espace sans fin, océan sans rivages,
Fuit l'étoile d'argent et tous les astres d'or ;
Sans cesse au gouffre obscur, en un fatal essor,
Tombe l'être éphémère en proie aux vains mirages.

Et l'être flotte ainsi sur l'océan des âges,
Tel qu'un léger esquif qui s'en court à la mort,
Il oscille un moment sur cette mer sans bord,
Sans rien laisser de soi dans ses obscurs sillages.

Et rien n'est éternel que l'espace et le temps,
Grands cycles insondés et spectres éclatants,
De l'être fugitif inanimés fantômes ;

Des mondes qui s'en vont double gouffre béant,
De l'invincible mort vains et vides royaumes
Et double immensité sinistre du néant.

LA HARPE D'OR.

J'ai longtemps cherché Dieu dans l'immense nature,
Triste, et comme perdu par un vague désert ;
Mais, subtil infini, mon œil l'a découvert,
Sous le masque changeant de chaque créature.

Et l'amour, autre Sphinx, l'amour qui nous torture,
Énigme redoutable où notre cœur se perd,
Lui, c'est l'aveugle instinct, c'est le secret concert
Qui pousse l'humble atome à sa grandeur future.

Et l'amour et la mort se tiennent par la main,
Et simulent entre eux comme un mystique hymen,
Car la mort, c'est l'amour libre, ouvrant sa grande aile :

Et c'est pourquoi, liés d'une ronde éternelle,
Sur ma lyre d'airain et sur mes harpes d'or,
Je chante Dieu, l'amour, la nature et la mort.

AMÈRES FONTAINES.

Vois se pencher, au bord des amères fontaines,
Dans les grands bois, les fleurs suaves de l'été;
Elles penchent autour, et mirent leur beauté,
Aspirant les fraîcheurs dont leurs coupes sont pleines.

Mieux que les clairs coteaux, que les rieuses plaines,
Elles aiment leur flot pur qu'elles ont goûté,
Elles aiment leur moire, et leur ton velouté
Qui s'irise au frisson des brises incertaines.

Et toi semblable, au bord des cœurs tristes, rêveurs,
Beauté, tu te complais et cherches leurs saveurs,
Tu mires tes appas dans leur coupe profonde :

Leur tristesse te vêt de plus nobles pâleurs,
Ta volupté s'affine au trésor de leur onde,
Ton regard plus touchant est baigné de leurs pleurs.

LES PARADIS DE LA MORT.

Je disais, en songeant, dans les jardins d'Hyères,
Qu'ils sont charmants, ces lieux, pour les doux cimetières :
Partout de fins gazons entremêlés de fleurs,
Célébrant le printemps de leurs mille couleurs!

Sous leur poids amoureux, que la terre est légère
Aux chers morts endormis dans les jardins d'Hyère!
Qu'il est doux, le sommeil éternel, entourés
De vos souffles errants, parfums enamourés!

Posez nos frais tombeaux sur la rive charmante
Où murmure la mer avec sa voix d'amante,
Et qu'ils semblent flotter sur l'onde qui s'endort,

En berçant de ses chants les belles Iles d'Or;
Couronnés de feuillage et de molles verveines
Qui s'envolent dans l'air, senteurs vagues et vaines.

MUSIQUE ARABE.

Tel ce motif traînant qu'au pied du sycomore,
Sur l'aigre tarbouka, redit sans fin le Maure;
Telle, en l'air éperdu, la nature sans fin
Répète incessamment son éternel refrain :

Tels on entend toujours, dans la nuit monotone,
Au couchant qui se meurt les adieux de l'automne;
Viviane, la fée, au fond de ses grands bois,
Pleure toujours la mort de la biche aux abois.

Sur les grèves d'Armor fantastiques, dans l'ombre,
La mer frappe toujours son monologue sombre;
Dans le frisson du soir qui s'apaise, le vent

Scande, obstiné chanteur, son rhythme décevant;
Et, nymphe échevelée, en sa fuyan e course
Meurt éternellement d'amour la belle source.

LA NUIT, LA MORT.

La nuit vient, tout s'efface au sein vague de l'ombre,
Les monts, les coteaux, les vals, les étangs, les bois,
Et la hutte du pauvre et le palais des rois;
Tout s'évanouit, et se confond, douteux, sombre.

Ton regard cherche en vain ce qui fut autrefois,
Tout devient à tes yeux comme un obscur décombre,
Le monde tout entier dans l'inanité sombre,
Le noir rideau des nuits est tout ce que tu vois.

La mort vient; tout ainsi dans son ombre s'efface,
Tes plaisirs, tes amours et tes malheurs, tout passe,
Tout se nivelle au noir insondé de sa nuit :

Le passé, le présent, l'avenir, ombre vaine,
Tout se meurt avec nous, et tout s'évanouit,
Les mondes et les dieux, tout déserte la scène.

LE MONDE D'ARISTOTE.

Aristote lui seul a compris l'univers ;
A ses yeux dessillés, la figure du monde
Apparut, dans sa nuit, comme une sphère ronde ;
Un trait mystérieux, sans fin, passe au travers.

Cette sphère, c'est nous, le fini, le divers,
Sa courbe limitée a la forme d'une onde ;
Le trait, c'est l'infini, flèche agile et profonde,
Qui fuit inaccessible au sein vague des airs.

Mon cœur est comme toi, vaste sphère du globe,
Un monde où le fuyant inconnu se dérobe,
Que traverse, à tout coup, la flèche du désir ;

Un monde limité dans son étroite sphère,
Qui voit fuir l'infini sans jamais le saisir,
Et se meurt, transpercé, de sa blessure amère.

A SAN MARTINO

NAPLES.

J'admirais, des hauteurs du divin Belvédère,
Ce beau golfe lascif au charme singulier,
Quand je vis, dans le cloître inondé de lumière,
Une tête de mort ceinte du vert laurier ;

Philosophe subtil qui sculptas cette pierre,
Tu dis vrai : les humains aiment à renier
Le penseur transcendant et le génie austère,
Et le trépas, lui seul, les sait glorifier.

Voulais-tu dire aussi que, sur terre, tout passe,
Que vains honneurs, fortune, et gloire, tout s'efface,
Et que le croyant seul a sa couronne au ciel ;

Ou ta pensée amère encore et plus profonde,
Couronnant de laurier le squelette éternel,
Dit-elle que la mort est la reine du monde ?

NOTULES DE VOYAGE
1876-1883

LES NUAGES
1876.

Des nuages dorés flottent aux horizons,
S'élèvent peu à peu dans le ciel davantage,
Et bâtissent en l'air un grand échafaudage
De montagnes, de lacs, de tours et de maisons.

On voit s'y succéder mille créations,
Des aigles étendus sur des flots sans rivage,
Et d'opalines mers fantastiques, où nage
Le crocodile énorme auprès des grands lions :

Ces nuages changeants ressemblent à nos rêves,
Ils naissent tour à tour, et meurent sur nos grèves,
Sans laisser, après eux, de trace dans les airs ;

Et leurs vapeurs encor forment d'autres chimères,
Qui de nos cœurs déçus repeuplent les déserts,
Pour toujours retomber au sein des eaux amères.

SUR LES PLATEAUX.

Dans nos tristes hameaux des plateaux routiniers,
Un jeune homme, parfois, penché sur une carte,
Parcourt le monde avec le premier Bonaparte,
Ou suit l'essor lointain des hardis nautoniers.

Le désir l'a mordu des climats singuliers;
Pour ce vague Orient étrange, il faut qu'il parte;
Adieu l'âne de Jean, et la vache de Marthe,
Et l'éternel ennui des sillons réguliers.

Mais l'aube le revoit dans le champ solitaire,
Et retournant le sein de son étroite terre,
Suivant le pas égal des grands bœufs sérieux;

Et, le soir, aux lueurs des fumeuses chandelles,
Il écoute les voix des antiques aïeux,
Retombé sous le joug des choses éternelles.

LE SOIR AUX CHAMPS-ÉLYSÉES

A PARIS.

Dans les longs soirs de juin, j'aime aux Champs-Élysées,
Ces voitures qui vont à l'aventure au Bois,
Allant et revenant, et tournant bien des fois,
Comme un gai refrain aux rimes entre-croisées.

Des femmes au teint blanc, nonchalamment posées,
Roulant la cigarette entre leurs menus doigts,
Et remplissant l'air frais du babil de leurs voix,
Y montrent leurs yeux bruns et leurs lèvres rosées.

Et j'aime à voir surtout les lanternes de feu
Des voitures, courant errantes en tout lieu,
Attirants feux follets de ces amours légères

Qui vont, viennent, s'en vont, et s'éclipsent sans bruit,
Puis reviennent encor, rieuses, passagères,
Pour mourir au lointain, dans l'ombre de la nuit.

SPHINX MODERNE.

Quand je passe devant cette jeune Chimère,
J'admire son front pur et ses étranges yeux,
Son sourire si fin, vague, mystérieux,
Et, dans leur blanche ampleur, ses jeunes seins de mère.

Mais qui touche de près cette idole si chère,
A vite deviné son secret odieux,
Le monstre informe sous le masque insidieux;
Son étreinte est stérile et sa lèvre est amère.

La science terrestre est semblable à ce Sphinx,
Elle a le front subtil et de clairs yeux de lynx,
Le sourire profond et de riches mamelles :

La Chimère est au fond de ces vaines beautés,
Et qui se laisse prendre à ses amours mortelles,
En connaît l'amertume et les stérilités.

LA MOSAÏQUE DES COLOMBES.

Sur la coupe d'onyx, des colombes affables
Se lissent au soleil, dans la jeune saison;
Leur col est nuancé comme un riche blason,
Qui luit d'or et d'azurs, de sinoples, de sables.

Leurs yeux charmeurs sont pleins de douceurs ineffables,
Et leur regard se perd dans le vague horizon;
Leur beauté calme joint aux grâces la raison,
Et l'éternel penser aux attraits périssables.

Tels, fidèles toujours au candide désir,
Couronnons d'idéal la coupe du plaisir,
Et prêtons à l'amour les divines colombes,

Pour qu'au fatal déclin de ce destin mortel,
L'oiseau pur, essorant du cyprès de nos tombes,
Mélodieux, s'envole aux rivages du ciel.

LA GIROUETTE.

Sur le faîte des toits, la girouette ailée
Semble obéir, vivante, au caprice de l'air;
Sa flèche prête un corps à l'impalpable éther,
Et menace partout la voûte constellée.

Ame libre et légère en nos murs exilée,
Clouée à son pivot par un destin amer,
Elle s'agite en vain dans son lien de fer,
Immobile à la fois, et toujours envolée.

Toujours ainsi mon cœur s'agite en sa prison,
Pour toujours s'envoler vers le libre horizon;
Ah! je suis chose ailée et légère comme elle :

Asservi pour jamais aux caprices mouvants,
A tout souffle des airs j'ouvre aussitôt mon aile,
Et mon cœur inquiet se tourne à tous les vents.

L'ORACLE DES DAMES.

Madame, j'aurais cru que vous m'aimiez *un peu*;
Beaucoup furent trompés de même en cette affaire,
Car *passionnément* n'est point votre manière,
Et *pas du tout* commence et finit votre jeu.

Un peu nous mène loin, sans qu'on y pense guère,
Beaucoup est le grand mot qu'on avance en tout lieu,
Mais *passionnément*, c'est l'histoire d'un dieu;
Pas du tout ne se voit ni sur ciel ni sur terre.

Un peu d'espoir, madame, on y gagne à tout coup,
Beaucoup regretteront leur printemps, leur aurore,
Passionnément vient l'hiver à pas de loup :

Gardez pour vos vieux ans ce triste *pas du tout*;
Je vous demande *un peu*, qu'attendez-vous encore,
Puisque l'oracle dit que vous m'aimiez *beaucoup*?

LE CORBEAU

SYMPHONIE EN NOIR MINEUR.

Voici le noir corbeau qui ramène les brumes,
Étendant son grand vol aux horizons noyés;
Son spectre froid nous suit jusque dans nos foyers,
Avec le noir ennui, l'âcre givre et les rhumes.

Il cherche des déserts saturés d'amertumes,
Et, laissant, d'un vol lourd, les incertains halliers,
Dans des sommets tordus d'aigres genévriers,
Il règne en un ciel noir de suie et de bitumes.

Près du bois dépouillé qui dans la mort s'endort,
Il veille grave et triste, ainsi qu'un croque-mort,
Sous son long manteau noir, jetant ses cris funèbres.

Parmi la plaine éteinte et froide, il reste seul,
Épiant, noir fantôme, en ses mornes ténèbres,
Que décembre à la terre apporte son linceul.

HERMAPHRODITE.

Le papillon disait à la charmante rose :
Tu ne peux voltiger comme le papillon,
Je flotte dans les airs en léger tourbillon,
Et sur toutes les fleurs à peine je me pose.

Et la rose disait au léger papillon :
Tu n'as pas la saveur de la fleur fraîche éclose,
Et tu n'attires pas, comme le fait la rose,
Par le parfum subtil de son frais vermillon.

Mais vous apparaissez, divine Hermaphrodite,
Conciliant ainsi, charmeresse insolite,
Tous leurs dons ennemis en un attrait vainqueur :

Le papillon n'a pas des ailes si légères,
Et, dans le frais printemps de votre joue en fleur,
On sent comme une rose aux odeurs passagères.

A LA CHAPELLE.

Les bizarres vitraux de couleur merveilleuse
Y projettent un jour tout artificiel;
Des étincellements de mobile arc-en-ciel
S'y mêlent du grand lustre à forme sinueuse.

Une musique molle et rare, insidieuse,
Berce d'un mouvement lent et continuel,
Et le mode mineur de l'orgue solennel
Emplit de ses langueurs l'âme voluptueuse.

La cire fine et vierge et les âcres encens
De leurs parfums subtils envahissent les sens,
Mélangés vaguement à des odeurs de femme;

Et, peu à peu, cédant au charme qui m'endort,
J'aime à laisser errer les rêves de mon âme
Dans le bleu des plafonds semé d'étoiles d'or.

LA MER PARESSEUSE.

Dans son cadre bronzé fait de caroubiers rudes,
Des pins sombres et des acides citronniers,
Sous des ciels transparents au lointain dépliés,
La mer recule encor ses vastes latitudes.

Dans une volupté pleine de quiétudes,
Ainsi qu'une hétaïre entre des bananiers,
Immense rose bleue, aux rayons printaniers,
Elle s'épanouit dans ses béatitudes.

En de tièdes parfums la baignant mollement,
On dirait que l'on voit la Belle au bois dormant,
Sur les tapis brodés de ses palais moresques.

Nul souffle ne frémit dans les airs indolents,
Et le soleil du soir qui se couche à pas lents
Luit dans ses ors pourprés et sardanapalesques.

ASTRES DES SOIRS.

Quand je serai couché dans l'enclos solitaire,
Et dans le froid tombeau pour les éternités;
Que je regretterai les célestes clartés,
Aux étroites prisons de la pesante terre,

Mes yeux vides voudront percer le noir mystère,
Fuir les mornes horreurs de ces obscurités,
Mais vainement crieront tous mes sens révoltés
Dans la cité des morts et du silence austère.

Affaiblis souvenirs de mes jeunes amours,
Revenez me revoir en ces obscurs séjours,
Éclairez mon tombeau, vagues phosphorescences;

Légères, voltigez autour de mon ennui,
Soyez le songe heureux de mes désespérances
Et mes étoiles d'or dans l'éternelle nuit.

UNE OCÉANIDE.

Votre robe d'or pâle entremêlé de verts
A le secret contour des subtiles sirènes;
Vos prunelles tantôt ou sombres ou sereines
Ont, d'un glauque profond, l'infinité des mers.

On croirait ruisseler encor les flots amers
Dans vos cheveux ambrés où luisent les verveines,
Et je sens comme des odeurs vagues et vaines
D'algue, en vos jeunes seins par la brise entr'ouverts.

Et toutes vos chairs sont pâles et frissonnantes,
Comme si vous sortiez des ondes écumantes,
Vos beaux seins sont émus comme un flux agité;

Vos lèvres ont le goût qu'ont les lames amères,
Et, dans elles, je bois, noyé de volupté,
Tout un vague océan de magiques chimères.

LES PERDRIX RAPPELLENT.

A grand'peine ayant fui la chasse redoutée,
La perdrix, sur le soir, aux lisières des bois,
Timidement rappelle, amenuisant sa voix,
Sa sœur que le péril a bien loin déroutée :

Ah! reviens, voici l'ombre et la douce nuitée,
Nous sommes tous sauvés pour encore une fois;
Reviens parmi tes sœurs, et calmons nos émois,
Dans le sein caressant de la nuit veloutée.

Mais elle appelle en vain, sa sœur ne revient pas;
Va, cesse, infortunée, entends plutôt le pas
Furtif et cauteleux du braconnier nocturne.

Mais elle brave tout et rappelle plus fort;
On l'entend, au lointain, dans la nuit taciturne,
Et, pour elle, l'amour est plus fort que la mort.

LE ROSE ET LE NOIR.

J'aime la fanfreluche et la soie et les moires,
Et causerais chiffons jusques au lendemain,
Mais j'adore surtout, alors qu'en mon chemin,
La robe rose rit sous les dentelles noires.

Elle réveille en nous d'amoureuses histoires,
La lèvre rose sous le masque de satin :
C'est un soir empourpré, c'est un riant matin
Qui, dans de noirs cyprès, étincellent de gloires;

C'est un sourire aimant sous un frigide accueil,
C'est le cœur palpitant d'une prude en grand deuil,
Et qui cède toujours, et refuse sans cesse;

Ou, démon délicat plein de perversités,
Une maîtresse folle et toujours à confesse
Qui mêle un noir piment aux roses voluptés.

LES AMOURS FRAGILES.

Sur les ormes hautains et les chênes moroses,
Pourquoi donc gravons-nous le nom de nos amours ?
Pourquoi mêler ainsi jamais avec toujours,
Et notre cœur futile aux forêts grandioses ?

Nous savons toutes les fragilités des choses,
Et mettons nos serments dans d'immortels séjours,
Nous assignons un siècle à qui dure deux jours,
Et des éternités à la feuille des roses.

Mais le chêne morose et les ormes hautains
Font à nos vanités leurs naturels destins,
Rendant à leur néant nos plaisirs et nos peines :

L'aubier croît, emportant tous nos chiffres vainqueurs,
Et notre amour s'efface au pourtour des grands chênes,
Comme l'oubli léger l'efface de nos cœurs.

LA MORT DES DIEUX.

Et les Dieux, comme nous misérables atomes,
Descendent peu à peu dans le tombeau fatal;
Tels ces Dieux si charmants du monde oriental
Se sont évanouis, délicieux fantômes.

L'Inde a vu s'éclipser ses célestes royaumes,
Et voici que le doux triomphateur du mal,
Le Christ rentre en la nuit du sépulcre natal;
L'espoir a déserté du ciel les tristes dômes.

Et je ne sais quel sombre et quel amer Destin,
Dans de noires splendeurs, en son orbe lointain,
Régit, aveugle et sourd, la nature éphémère :

Il sème, indifférent, et la vie et la mort;
Et je crois aujourd'hui, comme le vieil Homère,
Que le ciel est d'airain parsemé de clous d'or.

MAISON DES BOIS.

Voyage qui voudra vers les terres lointaines,
Mon cœur est le captif d'un étroit horizon;
Charmeresse, une douce et secrète maison
Sans cesse m'y ramène à ses rives prochaines.

Amoureux d'elle aussi, près d'elle, mes grands chênes
Sont pleins de nids chantants dans la tiède saison,
Et mes vergers en fleur ou verts de frondaison
Y captent jusqu'à l'eau fuyante des fontaines.

Et l'abeille et l'enfant y rapportent leur miel,
Ma colombe y raccourt des rivages du ciel,
Mon chat voluptueux pris de songe y demeure;

Blanche, elle me sourit du fond de ses grands bois,
Et si, par un hasard, je m'en écarte une heure,
Je sens que m'y rappelle une secrète voix.

LA CHANSON DES MARGUERITES.

La charmante amitié frappe en vain à la porte
Si l'on s'est marié pour de l'argent, surtout;
Et, la plupart du temps, on aime de la sorte :
Un peu, beaucoup, passionnément, pas du tout.

Il est bien malaisé, l'amour même étant forte,
Qu'un marié toujours garde son premier feu;
Mais si l'on aime bien, pourtant l'amour l'emporte :
Beaucoup, passionnément, pas du tout, un peu.

Bienheureux entre tous est l'amour héroïque,
Malgré vent et marée, il aime jusqu'au bout :
Passionnément, pas du tout, un peu, beaucoup.

Mais l'amour de la femme est le plus excentrique,
Elle vous hait d'abord, et finit en aimant :
Pas du tout, un peu, beaucoup, passionnément.

LES CAILLES DE PAYS.

La caille vit toujours par couple fraternel,
Et, dans ce même champ qu'elles ont reçu l'être,
Elles vivent d'amour sans désir de connaître
Un plus riant climat sous un plus heureux ciel.

En son humble canton, si le chasseur cruel
La tire, et qu'elle échappe au coup de fusil traître,
Sans fuir, elle se cache au lieu qui la vit naître,
Et tant qu'elle y reçoive enfin le coup mortel.

Et moi, j'adore aussi l'humble foyer comme elle,
Aux beaux rivages des amours je suis fidèle,
Dans le champ où j'aimai je veux aussi mourir ;

Et je cherche, privé de ma compagne douce,
Vivant uniquement de son cher souvenir,
Son pas fin et léger sur le sable et la mousse.

LES PUYS D'AUVERGNE.

Le cœur de la France est formé, de toute part,
D'un cirque étincelant de montagnes splendides,
Puys éteints aujourd'hui de ces volcans torrides
Qui lançaient jusqu'au ciel leur incendie hagard.

Sur leur fertile lave apprêtée avec art,
D'opulentes moissons comblent leurs grandes rides,
D'énormes châtaigniers couvrent leurs flancs rapides,
Et leur luxuriance éblouit le regard :

Ainsi nous avons vu, sombre quatre-vingt-treize,
Juin, Commune, effrayante et sanglante fournaise,
Volcans vertigineux des révolutions,

Sur votre sol éteint, faisant pousser sa gerbe,
La France, fécondée en vos éruptions,
Ressusciter toujours plus grande et plus superbe.

LE SONGE DE L'AMOÜREUX.

Amante inexorable, insensible maîtresse,
N'espère plus tirer des larmes de mes yeux,
Ni dérober encor tes charmes captieux
Aux triomphants désirs de ma vive tendresse.

Sois cruelle toujours; ta grâce enchanteresse
Y gagne un goût étrange et plus voluptueux;
Sous tes voiles jaloux, mes désirs curieux
Découvrent mille attraits secrets, ô charmeresse.

Loin jamais de faiblir, mon inventif amour
S'accroît ainsi sans cesse, et trouve chaque jour
En ton corps ignoré quelque grâce nouvelle;

Magicien amant d'un fantôme enchanté,
Je t'évoque à plaisir, et mille fois plus belle
En mon rêve divin qu'en la réalité.

AURORA.

Dans votre turbulence, enfant, je vous admire,
A vos jeux de douze ans je veux prendre ma part;
Mais si vous devenez plus grave, par hasard,
Je deviens plus rêveur que je n'ose le dire;

Je ne sais, dans vos yeux profonds, ce qu'il faut lire,
Et votre bouche fine a je ne sais quel art,
Le charme de l'amour luit dans ce doux regard,
Cypris est tout entière en ce rose sourire.

Mais la réflexion, du doute triomphant,
Me fait ressouvenir que vous n'êtes, enfant,
Pas encore une femme, et tout au plus un ange;

Une riante aurore et non la douce nuit,
Le pampre fol et non l'enivrante vendange,
Que les fleurs de l'amour en précèdent le fruit.

LA PLAINTE DE L'OCÉAN.

Sombre Océan, j'écoute, en ces nuits étoilées,
Sourdre tes longs sanglots dans tes creux entonnoirs,
Et tes vagues chanter, immenses spectres noirs,
Le refrain éternel des plaintes désolées.

Tes douleurs, Océan, ne me sont plus voilées,
Mon cœur aussi connaît les amers désespoirs,
Et pourquoi, se mêlant aux rafales des soirs,
Tes clameurs jusqu'au ciel volent échevelées.

Tes flots pâles montaient, ô divin Océan,
Tels qu'un hymne idéal, de l'abîme béant,
Vers la lune, amoureux des clartés du bel astre ;

Tu n'as trouvé qu'un cœur froid, et qu'un astre éteint,
Et ton pleur éternel raconte ton désastre
Et des amours déçus les désespoirs sans fin.

LA BOHÉMIENNE

SYMPHONIE EN ORANGÉ MINEUR.

Une bohémienne aux seins noirs teintés d'or
Est assise à l'écart, tenant, d'un air étrange,
Un plat d'or d'une main et de l'autre une orange,
Et projette un regard dont le long charme endort.

Ce regard jaune et noir vous jette comme un sort,
Elle a l'œil d'un démon, le sourire d'un ange,
Et vous semble écouter une chanson du Gange,
Dont le refrain d'or chante et l'amour et la mort.

D'or elle a rehaussé sa brune chevelure,
Sa robe d'or se fond dans la jaune tenture,
Et pose son pied nu sur un tapis d'or fin ;

Dans un vague désir son œil jaune étincelle,
Et tout mon cœur se noie en un rêve sans fin,
Dans l'orangé velours de sa fauve prunelle.

L'ART POPULAIRE.

C'est aux foires que j'aime admirer le grand art :
Le chat vert, le lion rouge, la rose bleue,
Le noir dragon avec ses ailes d'une lieue,
Le basilic lançant la flèche pour regard ;

Et le veau tricéphale et l'aigle léopard,
Les hommes primitifs avec leur grande queue,
Et la femme géante, orgueil de la banlieue,
Fantastiques enfants du monstrueux hasard.

Ce dessin enfantin, cette couleur barbare
Eurent toujours pour moi comme un charme bizarre,
Dont n'approche point l'art classique et solennel :

Car c'est un art, ici, de visions féeriques,
Et qui nous ouvre, loin du trop étroit réel,
Le divin imprévu des mondes chimériques.

LA CAPRICIEUSE.

Oui, je vous aime ainsi, démon capricieux,
Et tous ces airs mutins de votre folle tête,
J'aime en un verre d'eau cette grande tempête,
Ce petit cœur ingouvernable et vicieux.

Votre sourire en est bien plus délicieux,
Vos querelles nous font une plus douce fête,
Et l'on court, avec vous, d'une grâce parfaite,
De la haine à l'amour et de l'enfer aux cieux.

Vos beautés ont ainsi de plus vives amorces,
La colère au plaisir semble prêter des forces,
Et dans leur dissonance est un charme des sons ;

Vous savez mettre à tout une pointe plus fine ;
La rose de Bengale, et que nous délaissons,
Est aussi sans parfum comme elle est sans épine.

JAIS ET CORAUX.

J'ai donné deux colliers à ma belle maîtresse,
L'un est de corail rouge, et l'autre de jais noir;
L'un est pour le matin, et l'autre pour le soir,
J'ai mis en eux mon âme et toute sa tendresse.

Au jour, les roses grains de ces coraux, sans cesse,
S'impriment sur son sein charmant; on croit les voir
Rayonner de plaisir et palpiter d'espoir;
Vous diriez des baisers épanouis d'ivresse.

Et semblent ses jais noirs des regards amoureux
Qui palpent le secret de son corps savoureux,
Dans le sein parfumé de ses nuits pleines d'ombres :

Et pour qu'elle ait entier son galant attirail,
Pour jais, elle a, le jour, mes yeux ardents et sombres,
Et mes lèvres, la nuit, pour collier de corail.

LA NUIT

SYMPHONIE EN NOIR MAJEUR.

La nuit noire et hideuse apporte tous les maux
Dans les plis tourmentés de ses grands voiles sombres,
Livre aux noirs revenants le royaume des ombres,
Déchaîne les sorciers, les impurs animaux.

De sinistres serpents, des spectres anormaux,
Dans les grands châteaux noirs, hantent les vieux décombres,
Et, dans les noirs festins des Balthazars, des Nombres
Éclairent le mur noir, mystérieux émaux.

La nuit ouvre la rue au flot noir des escarpes,
Et sur les noirs tombeaux grincent ses noires harpes,
La lugubre chanson du sombre désespoir;

La nuit, aux sourds accords d'une noire harmonie,
Traçant la mort livide en son grand tableau noir,
Étend son noir rideau sur la pâle agonie.

LA VEILLEUSE.

Aussi pâle que moi, sur ma table reluit
La blanche veilleuse en porcelaine de Sèvres,
Près de la tasse fine où se trempent mes lèvres,
Parmi la froide horreur de ma morbide nuit.

Sa flamme tremble ainsi qu'un triste jour qui fuit,
Ses clartés, comme moi, sont atones et mièvres;
Comme elle, diaphane aux lueurs de mes fièvres,
J'ai son souffle si frêle et qui s'évanouit.

La violette sombre ou la bleuâtre mauve,
Tiédie en la torpeur de l'immobile alcôve,
Parfument les ennuis de mon dernier sommeil;

Et, les goûtant parfois d'une lèvre endormie,
Tout songeur, je me crois aux pays du soleil,
Embaumant mon cadavre ainsi qu'une momie.

LES RAYONS ET LES OMBRES.

Assis sur les gazons, au pied de ces grands chênes
Dont le sublime front touche au plus haut des airs
Et les pieds ténébreux plongent dans les enfers,
J'admirais la splendeur de leurs cimes hautaines.

Et le soir projetait, ombres d'abord prochaines,
Dorant de ses adieux les vastes arbres verts,
Leur silhouette noire, aux horizons ouverts,
Par delà, peu à peu, les montagnes lointaines.

Et mon cœur, en voyant ces grands fantômes noirs
S'allonger vaguement dans la brume des soirs,
Comprit ce que le sort nous réserve de sombre :

Qu'un déclin amer semble à toute chose uni,
Que, même en la grandeur, rien n'est grand comme l'ombre,
Et que notre néant seul atteint l'infini.

LE CABINET DE L'ALCHIMISTE
SONNET SYMBOLIQUE.

Sinistre Barbe-Bleue, épouseur innombrable,
Ce spectre, l'œil rempli de lugubre clarté,
Attire en son sérail secret et redouté
Chacune, tour à tour, des beautés de la Fable.

Elle, charmante, accourt, toute naïve, affable,
Prise d'un vain désir de curiosité,
Et, voulant à tout prix saisir la vérité,
Franchit le seuil amer du savoir redoutable.

Essayant, à son tour, la fatale clef d'or,
Elle court en tremblant, plus pâle que la mort,
Pour lire son destin dans la chambre secrète :

Si belles autrefois, ses misérables sœurs
N'offrent plus à ses yeux qu'un informe squelette
Que le barbare a fait de leurs attraits vainqueurs.

LA FÉE AUX FLEURS.

Je l'aimais ; elle allait, chaque jour, dans les prés,
Dans les champs, dans les bois, cueillir des fleurs charmantes,
Le délicat bluet, les frêles amarantes,
Et les fins liserons vaguement empourprés ;

Et ces fleurs en bouquets finement préparés,
Mariaient, sous ses mains amoureuses, savantes,
Leurs timides pâleurs, leurs splendeurs provocantes
Dans la faïence bleue à reflets mordorés.

Elle y mettait son âme, et ses fines idées,
Plus subtiles encor que ses fins orchidées,
S'exprimaient en ses fleurs, comme nous en nos vers ;

Et son esprit, sa grâce et son charme bizarre,
Changeantes fleurs aussi, chaque jour plus divers,
Me faisaient un harem toujours charmant et rare.

LA BERGÈRE NOIRE.

Pour son chien de berger prenant le vieux Cerbère,
La mort pâle ramène au soir son noir troupeau,
Et le rude gardien accourt et mord la peau,
Si, traînant d'aventure, une des brebis erre.

Triste fatalité, philosophie amère,
Il se faut résigner à la nuit du tombeau ;
Frères, il faut mourir, quitter ce jour si beau ;
Plaisirs, amour, grandeur, dans la tombe, chimère.

Nous nous plaignons toujours du malheur qui nous point,
Mais qui toujours se perd, imperceptible point,
Dans l'immense clarté, félicité suprême ;

Le vain chagrin s'efface en l'ombre du sommeil,
Et quel roi mort vaudra le mendiant lui-même,
Avec un diamant gros comme le soleil ?

A UNE TROP COQUETTE.

Folle lune, pourquoi, pendant la nuit entière,
Te pencher sur les mers, gigantesque miroir ?
Quel plaisir trouves-tu si charmant à te voir,
Toi qu'on devrait plutôt porter au cimetière ?

Vas-tu rougir d'un fard ta pâleur grimacière,
Sous ton œil éraillé poser un doigt de noir,
Meubler d'un râtelier ta bouche en entonnoir,
Ceindre ton chauve front d'une rousse crinière ?

Dois-tu, belle d'amour et de séduction,
Joindre ce soir au bal ton jeune Endymion,
Ou bien rêverais-tu de nouvelle conquête ?

Vois, la mer se révolte et tempête plus fort ;
Mais, vieille lune, aussi, c'est être trop coquette
D'avoir ce grand miroir pour ta tête de mort.

DANSE MACABRE DES SALONS.

Dans ces splendides bals des enviés salons
Où la polka voltige et les valses ailées,
M'apparaît, sous l'éclat des voûtes constellées,
Une danse macabre, au son des violons,

Tous ces mornes dandys blasés, noirs papillons,
Et qui font tache auprès des femmes étoilées,
De leurs vives couleurs toutes bariolées,
Prêtent leur ton funèbre aux dansants tourbillons.

Certe, ils portent ainsi, dans ces soirs d'allégresse,
Précocement flétris, le deuil de leur jeunesse,
Spectres dont la débauche a dévoré le cœur ;

Et, souillant les amours de leurs souffles infâmes,
Mêlent comme un squelette ironique et moqueur
A la danse légère et pudique des femmes.

L'OASIS

SYMPHONIE EN BLANC MAJEUR.

Le délicat palais aux colonnes moresques
Sur la verte oasis se profile tout blanc,
Et, dans l'air ébloui, rayonne étincelant,
En sa faïence bleue à fines arabesques ;

Drapé de blanc, le scheik aux lignes pittoresques
Sur son blanc destrier monte fier et brillant,
Et de ses blanches dents, vaguement souriant,
Il caracole avec des airs chevaleresques.

La jeune houri luit en sa blancheur de teint,
Qui, pâle et pur, ressemble à l'aube du matin,
Et, dans la soie et l'or, apparaît toute blanche ;

Un blanc semoun poudroie en un blanc infini,
Sur des blancheurs de sable un mince palmier penche,
Et, dans l'horizon blanc, meurt un soleil jauni.

LE VOYANT DE L'AVENIR.

Moi, le maître des temps, magicien subtil,
Quand tu souris, semblable à Cypris elle-même,
J'accumule les ans sur ta beauté suprême,
Et change en pâle hiver ton rougissant avril.

Je tourne en vieux rictus ton rire juvénil,
Je blanchis tes cheveux, empourpré diadème,
Je flétris tes beaux seins, je te rends maigre et blême,
Et je fais chevroter ton précieux babil.

Je ride ce front clair où respirait la joie,
J'applique en ces beaux yeux l'horrible patte d'oie,
Je grossis ton fin nez, il te reste une dent :

Dans la rue, en branlant, tu vas comme une vieille;
Et tu sauras pourquoi je brave maintenant
Tes charmes orgueilleux, ô coquette merveille.

LE VOYANT DU PASSÉ.

Quand je suis près de vous, ô vieilles surannées,
Tel qu'un peintre doué de magiques couleurs,
De vos hivers flétris faisant naître des fleurs,
J'aime à ressusciter vos naïves années :

Je pose un frais sourire en vos lèvres fanées,
Votre front ridé luit de candides pâleurs,
J'allume en vos yeux froids d'amoureuses lueurs,
Et change en doigts rosés vos mains ratatinées.

Vous brillez, vous charmez, et vous avez vingt ans;
Et moi, tout près de vous qui vois ravir mes sens,
Je vais coquetant, pris à ma propre féerie :

Et, vieilles, vous trouvez que j'ai le ton exquis,
Et qu'en la fine fleur de la galanterie,
Je puis en remontrer aux anciens marquis.

LA CHAMBRE MORESQUE.

SYMPHONIE EN JAUNE MINEUR.

Dans le palais moresque aux tissus lamés d'or,
Brille de jaunes fleurs une vive étagère;
Un chat, sur un coussin jaune à teinte légère,
Cligne ses yeux dorés dont la flamme s'endort.

Un tapis de Maroc fait, ténébreux trésor,
Briller sa lueur jaune orange singulière,
Et d'antiques fusils dont le jeu fauve éclaire,
Reluisent d'ors niellés ou de rubis encor.

Un jour filtré rayonne en les ors des faïences,
Et la jaune houri, comme en des défaillances,
Sur ses divans nombreux, se drape dans l'or fin.

Dans le doré houka qui parfume la chambre,
Indolente, elle endort son rêve d'or sans fin,
Et sur ses seins dorés palpitent des flots d'ambre.

LA FIÈVRE.

La fièvre m'a repris dans ses griffes torrides,
Et m'emporte éperdu vers un enfer brûlant;
Mon pouls bat sous mon doigt hasardeux et tremblant,
Mon pouls bat, mon pouls bat dans mes veines arides.

Il court plus vite encor que des chevaux numides,
Il passe la frégate au vol étincelant,
Et la vapeur en feu, noir monstre à l'œil sanglant,
Précipitant toujours ses élans plus rapides.

Calme-toi, calme-toi, balancier trop fatal,
Règle-toi sur les temps égaux du ciel astral,
Vertige, calme-toi, tu dévores les mondes;

Calme l'emportement de tes chevaux ailés,
Pendule de ma vie, ou, dans quelques secondes,
Seront tous nos vains ans à jamais envolés.

LE MOIS DE FÉVRIER

A MENTON.

Aux escarpés coteaux de la tiède campagne,
Des citronniers amers, arbustes précieux
Qui captent le regard de leurs fruits somptueux,
Font reluire au soleil tous les ors de l'Espagne.

Le tronc blanc du figuier, que la vigne accompagne,
Voit poindre de bourgeons ses rameaux tortueux,
Et des cyprès épars, d'un sombre soucieux,
Pyramident aux bords fauves de la montagne.

Les pâles oliviers au feuillage indigent
Estompent les lointains de leur poudre d'argent,
Et tordent, spectres noirs, leurs fantasques ramures;

Et, comme une gaieté, sur tout l'obscur émail,
Tachetant, çà et là, de rose les verdures,
La fleur du pêcher met ses branches de corail.

LE MOIS DE MAI

A BERNE.

Au mois de mai, dans cette Suisse si vantée,
Tout semble enseveli dans des hivers sans fins;
La neige, lourde encor, pèse aux mornes sapins,
Les chênes ont gardé leur rouille ensanglantée.

On dirait qu'à jamais une fée enchantée
Éternise frimaire en ces climats éteints,
Et sur ces bois dormants, en leurs branchages fins,
Un froid soleil se meurt dans sa brume attristée.

Mon œil mélancolique, en tout ce sombre émail,
Épie incessamment le printemps en travail
Et cherche, en ce froid deuil, quelque rayon qui brille;

Quand, se dressant au bord du paysage amer,
Montre le fin bouleau, comme une jeune fille,
Frais regard souriant, sa robe vert de mer.

BERNOISE.

Étalant les trésors de sa taille opulente,
Une fraîche Bernoise aux cheveux d'un blond roux,
Et de sa large jupe agitant les froufrous,
Aime à se pavaner, voluptueuse et lente.

Elle est charmante à voir en sa force indolente,
Et longtemps vous regarde avec ses longs yeux doux,
Dans la calme blancheur de ses grandes Jungfraus,
Et qui laissent traîner leur robe nonchalante.

Comme le mont altier, dans un ciel rougissant,
Sa beauté semble faite et de neige et de sang;
La pourpre rouge abonde en sa chair diaphane;

Dans ses humides yeux traverse le désir,
Et, Diane et Vénus, et vierge et courtisane,
Elle inspire l'amour et donne le plaisir.

PRÉDESTINÉS.

Fatal avant-coureur d'une fièvre torride,
Indice fugitif qui nous parle tout bas,
Ainsi qu'une vipère attachée à nos pas,
Un frisson nous saisit de sa morsure algide.

Et la mort marque ainsi de son baiser frigide
Les beaux enfants choisis pour un jeune trépas,
Et leur octroie, afin qu'on ne s'y trompe pas,
Son élégance mince et sa pâleur splendide;

C'est ainsi qu'on fait choix des jeunes baliveaux
Pour former la carène et le mât des vaisseaux,
En les marquant au coin des marines royales;

Fier et fatal destin à leur noblesse uni :
Ils vont voyager, loin de leurs terres natales,
Sur le flot ténébreux des mers de l'infini.

MON ÉTOILE.

Celle que j'aime, hélas! d'un inutile espoir,
Je ne la connais pas et je l'ai vue à peine,
Je n'ai vu, vague étoile en mon âme sereine,
Que ses grands yeux pâlis dans l'ombre d'un beau soir.

Et, dans ce seul moment, à la fois, j'ai cru voir
Ses mille attraits secrets de subtile sirène;
Et toujours elle luit, mystérieuse reine,
Dans l'éclat palpitant de son grand soleil noir.

Oui, j'ai vu ses yeux seuls où respirait son âme,
Comme d'un astre d'or on ne voit que la flamme
Qui vous perce à jamais d'un rayon amoureux;

Elle a plus de beauté, comme elle a plus de voile,
Et, sans cesse rêvant son charme ténébreux,
Mon cœur habite au sein de son obscure étoile.

ÉVOCATION
1877.

Quand novembre ramène en nos climats la brume,
Noyant nos ciels chagrins en un amer ennui,
Que le rayon frileux du pâle automne a fui,
Laissant l'horizon bas surchargé de bitume,

Mon cœur mélancolique et mourant d'amertume
Suit le perdu sillon où le soleil a lui,
Et cherche vainement, dans l'éternelle nuit,
Par ces airs pluvieux, un astre qui s'allume.

Et j'évoque pour lors un songe plus riant,
Et je ferme les yeux, et revois l'Orient,
Pays où la clarté des cieux à flots s'épanche;

Je vois ces régions du brûlant Messidor,
Et la ville d'Alger étincelante et blanche
Vibrer et palpiter dans la lumière d'or.

PRIÈRE A LA NATURE.

Bien souvent, ô Nature, à ta saison dernière,
J'ai pleuré ton déclin, le deuil de tes grands bois,
Pour gémir des hivers, je t'ai prêté ma voix,
Comme j'avais chanté ta gloire printanière :

Entoure de tes soins mon urne funéraire,
Prête un ciel tout en larme à mes tristes convois,
De mon funèbre lit chasse l'oiseau narquois,
Épargne les affronts à mon humble poussière.

Mais non, vieille marâtre au cœur indifférent,
Cruelle Sphinge, à l'œil faux, au caprice errant,
Tu foules sans pudeur la poussière des hommes ;

Tes ébats insultants sont tes derniers adieux,
Tu fais jouer l'amour sur la tombe où nous sommes,
Et rire sur nos morts tes soleils radieux.

LE SCORPION.

Dans un cercle de feu, comme le scorpion
En appelle d'abord à son ancienne audace,
Apprête ses poisons, arme sa carapace,
Profond comme Annibal, fier comme Scipion ;

Mais, quand son œil oblique et rusé d'espion
Voit des charbons ardents se rétrécir l'espace,
Effrayé du supplice affreux qui le menace,
S'empoisonne au venin de son vil croupion :

Ainsi, fatal objet d'une haute justice,
Des flammes des enfers redoutant le supplice,
L'homme ne sait où fuir les vengeances de Dieu,

Et, cherchant à tout prix un asile suprême,
Invoque ce néant qu'il recèle en lui-même,
Comme le scorpion dans un cercle de feu.

MON JARDIN.

L'acide ronce y pousse à côté des fleurs rares,
L'herbe haute envahit les longs sentiers déserts,
Les sorbiers, le houblon, la courge, les buis verts,
Y croisent leur caprice en des chaos barbares.

La vigne folle y grimpe avec ses jets bizarres;
S'enlace aux grands poiriers, retombe par les airs;
L'oranger souriant touche aux cyprès amers,
Et l'on voit des lys blancs au bord de noires mares.

Moi, j'aime cet étrange et négligé jardin,
Où se mêle aux œillets l'âcre senteur du thym,
Et sa luxuriante et sauvage harmonie;

J'aime une œuvre complexe où tout pousse au hasard,
Ainsi qu'une infinie et vague symphonie,
Charmante d'imprévus, et caprice sans art.

ROSES ET BLUETS.

Dans les Saharas en feu des torrides blés,
Je choisis des bluets à la corolle fine,
Et pour Celle dont la simplicité raffine,
Les façonne sans cesse avec art assemblés.

Tout près de là, parmi les papillons ailés,
Et dans la haie aussi, je cueille l'églantine,
Ensanglantant mes doigts à la ronce assassine,
Seul, tout ruisselant, tout poudreux, les cils brûlés.

Et disent les passants : Quel charme le dévore,
Qu'on le voit cueillant jusqu'au soir, depuis l'aurore,
Sous le soleil, par les ronces, insoucieux?

Mais ni soleil, ni sang, ni ronce ne me touche,
Chaque bluet me semble un regard de ses yeux,
Chaque haleine de rose un baiser de sa bouche.

L'ÉTÉ DE LA SAINT-MARTIN.

Octobre souriant dans son ciel attiédi,
Enveloppe mon âme en de molles caresses;
Au souffle heureux de ses haleines flatteresses,
Je me crois à l'avril d'un éternel midi.

Oublieux des vieux ans, mon cœur tout enhardi
Se reprend vaguement à de vaines tendresses,
Mon œil amoureux suit les belles pécheresses,
Étoilant de clartés le sentier reverdi.

Mais vainement; je suis comme la feuille atone,
Qui se sent mourir dans des caresses d'automne,
Sur le rameau natal expirant lentement :

Dans un soleil qui rit, tristement elle tombe;
Ainsi se raillent l'air et l'accompagnement,
Et telles fleuriront des roses sur ma tombe.

LE NONAGÉNAIRE.

On le voit promener, sur le soir, à pas lent,
Parmi les bois éteints des derniers jours d'automne,
Et sur la mousse amère à teinte monotone,
Comme un mythe oublié, son cadavre ambulant.

Son corps courbé s'appuie à son bâton tremblant,
Et la mort vous regarde à travers son œil jaune,
Et celui qui veut lire en son visage atone,
Trouve un masque plus froid que n'est un marbre blanc.

Il se rencontre en lui je ne sais quoi d'étrange,
Qui fait qu'en le voyant passer, chacun se range :
Cet homme, comme Dante, a vécu chez les morts;

Un voile l'enveloppe et jamais ne retombe,
Et, pâle revenant qui vit les sombres bords,
Sa lèvre mince est plus muette que la tombe.

LA MORT D'ORPHÉE.

Au bord de l'Hébrus, les Muses, les chastes sœurs,
S'en vont chercher le corps tout mutilé d'Orphée ;
On les voit rapporter comme un pieux trophée
La relique sanglante en l'arrosant de pleurs.

Chacune ensuite épand les symboliques fleurs,
Sur ces membres sacrés, avec ses doigts de fée,
Et le corps charmant du précieux coryphée
S'éclaire, dans la nuit, de divines pâleurs.

Se tenant par la main, dans le sein du soir sombre,
Elles penchent le front sur la pâle et chère ombre,
Et semblent écouter, dans un accord lointain,

Sa lyre expirante aux chansons harmonieuses ;
Et baisent, fleur tranchée en son jeune matin,
De leurs lèvres ses belles lèvres amoureuses.

LA FÉE AUX ROSES.

Chaque soir, au déclin de la pâle journée,
Je t'apporte une rose éclose en mon jardin,
Tu mets en souriant la rose dans ton sein,
Et moi de jalouser sa douce destinée.

Mais lorsque je reviens au lendemain matin,
Je retrouve toujours cette rose fanée,
Et j'envie encor plus, baisant l'abandonnée,
Et sa vie et sa mort, doux et fatal destin.

Sommes-nous aux anciens temps des métempsycoses,
Que tu nourris ton charme avec le suc des roses ?
Je respire en ton sein mille aromes de fleur,

Et crois boire à longs traits, défaillant de bonheur,
De la nature immense, amoureux plein de fièvres,
Toutes les voluptés du monde sur tes lèvres.

LE VER DE TERRE ET L'ÉTOILE.

Infime ver de terre amoureux d'une étoile,
Pendant les longues nuits, je la suis dans les cieux,
Et je m'enivre de ses feux délicieux,
Et pour les sphères d'or je veux mettre à la voile.

Sa clarté douce m'a percé jusqu'à la moelle :
Que ne puis-je voler dans les espaces bleus,
Et nager dans le sein des éthers merveilleux,
Où sa rare beauté sans ombre se dévoile !

Inaccessible, hélas ! elle fuit mes amours,
Mais, si je languis loin de ses heureux séjours,
J'usurpe, obscur amant, sa divine auréole :

Mon long regard se meurt en ses plus fins azurs,
Ma vie est consumée au feu de ses yeux purs,
Astre aussi par l'amour, je brille luciole.

L'INFIDÈLE FIDÈLE.

Mon trop volage cœur se croit indifférent,
Et s'imagine en vain toujours rester son maître ;
Une jeune beauté n'a soudain qu'à paraître,
Pour sitôt s'emparer de ce cœur soupirant.

Son sourire léger, son bel œil conquérant,
Sa grâce insidieuse aussitôt me pénètre ;
Mon âme se marie à son âme, et mon être
S'imprègne tout entier de son charme attirant.

Oui, mon cœur est semblable au miroir de Venise,
Qui réfléchit la grâce et qui la divinise,
Et semble s'absorber en son attrait vainqueur ;

Elle absente, s'efface aussitôt ma maîtresse ;
Mais pour reconquérir ce trop docile cœur,
Un regard lui suffit, et qu'elle m'apparaisse.

LA FEMME DE QUARANTE ANS.

L'hiver sombre a neigé sur ses dernières fleurs,
Et novembre emporta ses frissonnantes roses,
Sa joue a maintenant des froideurs de chloroses,
Et son sourire éteint a les pâles couleurs.

Rien ne saurait rendre à son âme ses chaleurs,
Et, comme abandonnée aux tristes pluviôses,
Le désert vide emplit ses longs regards moroses;
Ses beaux avrils ont fui sans pitié de ses pleurs.

L'amour s'est envolé, l'ingrat, à tire-d'ailes,
Et qui ne revient pas comme les hirondelles;
Les volages plaisirs peu à peu sont partis;

Triste, esseulée, elle erre aux soucieuses sentes,
Promenant sur le ciel des yeux appesantis
Par le morne regret des chimères absentes.

LES PARADIS DU MUSICIEN.

Pour lui le monde était un instrument sonore,
Et la nature entière un clavier résonnant,
Les clairs azurs des cieux un théâtre donnant
Un opéra, dont l'ouverture était l'aurore.

Il écoutait les voix des fleurs que l'été dore,
La couleur lui jouait son scherzo rayonnant,
Et lui chantait l'étoile en son ciel frissonnant,
Et ces parfums chantaient que la narine odore.

L'harmonieuse Mort, à la fin d'un beau soir,
L'endormit sur un air de son violon noir,
Bercé dans des accords magiques et funèbres;

Et maintenant il dort à jamais, au bruit sourd
Que fait la douce nuit coulant dans les ténèbres,
Comme une eau veloutée, insensible qui sourd.

ASTRES ÉVANOUIS.

L'étoile est morte au ciel, mais ses vivants rayons
Nous arrivent avec leur lueur si charmante ;
Elle nous suit encor de ses doux yeux d'amante,
Et brille au front pompeux des constellations.

La beauté de l'épouse ainsi que nous aimons
A passé, mais revit toujours pour l'âme aimante ;
Du beau ciel de l'amour, belle, jeune, attrayante,
Baucis brille à nos yeux vieillis de Philémons.

Maîtresses du passé, clartés, soleils, étoiles,
Dont dérobe le temps les destins en ses voiles,
Vieilles, laides, en proie aux noirs vers du tombeau,

Vos jeunes souvenirs revivent à nos flammes,
Vous marchez, devant nous, comme un divin flambeau,
Et restez les beautés maîtresses de nos âmes.

L'ACCORD PARFAIT.

Ton sourire déjà, bien des fois, ma charmante,
Telle une aube légère, a ravi tous mes sens,
Et sa grâce attendrie, en tes traits languissants,
Promettait à mon cœur une nature aimante.

Bien des fois, ta parole émue et palpitante
Répondit, sur le soir, à mes désirs pressants,
Elle avait je ne sais quels ingénus accents,
Et ta voix ressemblait presque une voix d'amante.

Non, ce n'est pas assez de tant de grâce encor,
La parole est d'argent, mais le baiser est d'or,
Savourons ce plaisir dont ta froideur nous sèvre :

Ton sourire léger, c'est la fleur qui séduit,
Un parfum se respire aux aveux de ta lèvre ;
Donne, en un long baiser, charmante, ton beau fruit.

LA DANSE MACABRE DES FLEURS
OU LA CHANSON DU PESSIMISTE.

Le vermillon, l'azur, l'indigo, le cinabre,
Semblent danser ici la valse des couleurs,
Et s'entrelacer les fins quadrilles des fleurs,
Comme un bal tourbillonne autour du candélabre.

Mais, quand la grêle, ou bien l'hiver froid les délabre,
Creuse un peu le sol sous leurs mourantes pâleurs,
L'impur fumier nourrit ces feux extérieurs;
Cette belle danse est une danse macabre.

La nature ainsi fait ses rouges et ses ors,
Et ses bleus si charmants de la poudre des morts;
La macabre d'Holbein est la reine du monde.

Ainsi la grâce, ainsi la gloire, la vertu
Dans la pourriture ont leur racine profonde,
Et ne sont que fumier d'un peu de fard vêtu.

LA VIE.

Cours à travers le monde, ou vis en tes demeures,
Dors aux blanches villas, ou bondis sur la mer,
Toujours défilera, du même pas amer,
Le cortége éternel des immuables Heures :

Et tu verras te fuir, par de singuliers leurres,
Si tu vogues toi-même au fleuve qui se perd,
Le rivage, tantôt multitude ou désert,
S'évanouir la plage aimable que tu pleures;

Ou bien, si tu t'assieds, rêveur, au bord de l'eau,
Tu verras s'écouler, vague et flottant tableau,
Ces voiles et ces mâts qui s'en vont disparaître :

Errant, tu vois ainsi se perdre en peu d'instants
La rive impalpable et fantastique de l'être;
Immobile, s'enfuir le vain fleuve du Temps.

LA BOITE DE PANDORE.

Pandore, en ses oublis, de la boîte céleste,
A laissé, pour jamais, s'échapper tous les maux,
Et la bleue Espérance, avec ses verts rameaux,
Pour les charmer, dit-on, est la seule qui reste.

Or une beauté rare, à l'œil fin, au pied leste,
Troublant soudainement nos tranquilles hameaux,
A, coquette, semé l'amour sous nos ormeaux,
Nous leurrant à jamais d'un espoir trop funeste.

Ah! tous les maux ne sont rien près du décevoir
Que laisse dans les cœurs le fugitif espoir,
Beau phénix renaissant de l'amère souffrance;

Car tous les autres maux nous seraient passagers;
Dans l'éternel malheur, c'est la vaine Espérance
Qui nous entraîne avec ses beaux yeux mensongers.

LE PREMIER BAISER.

Ce baiser chaste mis, sur mon front pur d'enfant,
Par ces lèvres d'or de grande dame charmante,
M'a toujours fait rêver d'une divine amante
Enveloppant mon cœur d'un charme triomphant;

Il fut longtemps pour moi comme un sûr talisman,
Céleste ange gardien de ma jeunesse errante,
Chassant des vains amours la troupe délirante,
Suspendant mon âme à son délicat aimant.

Maintenant, revenu du profond des abîmes,
Il a gardé ses dons mystiques et sublimes,
Il ramène mon cœur aux printaniers beaux jours;

Il est ma Béatrice et ma divine Laure,
Et rallumant ma flamme au feu pur des amours,
Sème mon noir couchant des roses d'une aurore.

LES MONDES DES RÊVES.

Bien souvent tourmenté des ennuis, je m'endors ;
En des songes heureux ma pensée est bercée,
Elle court, elle vole en sa fuite insensée,
Je nage en des azurs, des pourpres et des ors.

Je règne, roi brillant, sur les plus riants bords,
De mille voluptés ma vie est caressée,
Un moment de sommeil à mon âme oppressée
Me fait vivre un long siècle, entre mille trésors.

Mieux encore : éveillé, le soir, au long des grèves,
Mon âme s'abandonne à l'infini des rêves ;
Mon désir, dans les cieux, plane, immortel soleil,

En des Édens sans fin ma pensée est ravie :
La vie éphémère est le rêve du sommeil,
Et l'éternité, c'est le rêve de la vie.

L'ARBRE DE LA SCIENCE.
1878.

Comme vous souriez, ô lèvres de l'aurore !
Vous ne pressentez pas les ombres de la nuit ;
Tel un astre immortel, votre clarté reluit ;
La grâce charmante est la grâce qui s'ignore.

Fleurs de mai, fleurs de juin, que le printemps colore,
Vous parfumez les airs sans trouble, sans ennui,
Vous aimez, sans songer à demain, aujourd'hui ;
Votre fragilité vous embellit encore.

L'arbre de la science, infortunés mortels,
Décolore pour nous l'aurore des beaux ciels,
D'un sombre deuil voilant l'œil clair de l'espérance ;

Nos matins sont charmants toujours, nos soirs amers,
Toujours le plaisir meurt dans l'amère souffrance,
Comme l'eau douce va se perdre au sein des mers.

ÉVA.

Souveraine maîtresse, ô ma création,
A tes mille beautés, mon cœur joint mille charmes,
Pour me mieux vaincre encor je te prête des armes,
Te contemplant des yeux fous de la passion.

Mon désir sur tes chairs épand un vermillon ;
Plus brillante, à travers l'arc-en-ciel de mes larmes,
Tes yeux bleus sont le ciel de mon cœur plein d'alarmes,
Et ce cœur éperdu danse dans leur rayon.

Comme une déité riante de la Fable,
Tu trônes dans l'azur, ingénue, ineffable,
Idéal rayonnant, sous mon ardent soleil ;

D'un solitaire Adam suprême et divine Ève,
Éclose dans la nuit de mon charmé sommeil,
Parcelle de mon cœur, et fille de mon rêve.

EN OMNIBUS.

Au fond de l'omnibus, assise indifférente,
Elle laisse au hasard mourir ses longs yeux doux ;
Sur son col alangui tombent ses cheveux roux,
Et dans des ciels voyage au loin son âme errante.

La volupté frémit dans sa peau transparente,
Dans son dormant sourire aux vagues contours flous,
Mais va-t-elle, furtive, à l'heureux rendez-vous,
En vient-elle, la chair encore délirante ?

Qui pourra lire ainsi dans ses traits languissants,
Et deviner le charme extatique des sens,
Sous le voile changeant de la vaine apparence ?

Le secret du bonheur ne se peut définir :
Un souvenir y flotte au sein de l'espérance,
Une espérance y luit dans le doux souvenir.

LE TEMPS.

Mon pouls tantôt bat lentement, mon pouls bat vite,
Mon pouls suit le hasard du moment, comme un chien;
Il court, il vole, il s'entrecoupe pour un rien;
Un rien l'émeut, un rien l'altère, un rien l'agite.

Ai-je vu la beauté qui fait tout mon destin,
Le voilà hors de lui qui s'élance et palpite,
Le plaisir le tourmente et le chagrin l'irrite,
Tour à tour doux, léger, précipité, mutin.

Cependant, par les airs, en ses hautes demeures,
Marche d'un temps égal le chœur serein des Heures,
Rien n'émeut de leurs pas la douce gravité;

Dieu, le même toujours, voit s'écouler le monde,
Un rhythme sûr jaillit de son âme profonde,
Et le Temps est le pouls de son Éternité.

A NICE.

Non, ne m'envoyez pas, pour mourir, sur la plage
Qu'éclaire insolemment un soleil éternel,
Où l'implacable azur qui luit dans le gai ciel
Semble rire du mal sombre qui me ravage.

Languissamment couché sur le tiède rivage,
Et d'un souffle épuisé, comme artificiel,
J'appelle, pour répondre à mon ennui mortel,
La brume et les frimas, le Nord triste et l'orage.

Impassible nature, en ta sérénité,
Toujours jeune de gloire et d'immortalité,
Tu railles ma jeunesse éphémère et mourante;

A de nouvelles mains tu passes ton flambeau,
Et, semant les printemps, splendide, indifférente,
Tu masques sous tes fleurs riantes mon tombeau.

L'EXPOSITION A PARIS.

Elle danse, elle rit, la moderne Babel,
Son exposition étincelle et verdoie,
Ses ors, ses clinquants, ses oripeaux, tout flamboie,
Et trône en son orgueil cette autre Jézabel.

Elle voit l'univers courir à son appel,
Et chahute, et se met nue, en fille de joie;
On chante, on se grise, on se baise, l'on festoie;
Un grand feu de Bengale empourpre tout le ciel.

Et moi, je m'en vais seul, par la ville oublieuse,
Et cheminant, d'une âme amère et soucieuse,
Songeant aux jours d'hier, aux vains jours envolés;

Et j'épie avec peur, au soir des folles fêtes,
Si nos palais noircis, penchants et pétrolés,
Ne vont pas tout d'un coup s'abattre sur nos têtes.

DANS LA LUZERNE.

Je m'en allais, au long des champs, les soirs d'été,
Enfant rêveur, parmi les fleurs de la luzerne,
Et, dans ces champs amers au paysage terne,
Un tableau captivait mon regard arrêté :

Dans le pré d'émeraude au fin vert velouté,
La vache solennelle et pourpre se prosterne,
Et contemple le ciel pâle, en sa joie interne,
Méditant lentement après avoir brouté.

Et ce vert et ce pourpre, en ces grands soirs mystiques,
Étranges, mariaient leurs accords harmoniques,
M'initiant au fin contraste des couleurs;

Et je regardais, plein de voluptés secrètes,
L'Isis hiératique, en ces molles lueurs,
Ruminant, grave, les belles fleurs violettes.

ONDINES.

Ave, Maria, gratia plena.

Si j'aime l'eau qui court à travers les vallées,
Si j'aime le miroir rêveur des bleus étangs,
Ou le jet d'eau qui monte en prismes éclatants,
Dans les grands parcs ombreux aux royales allées ;

Si j'aime, au bois léger plein de fleurs exhalées,
Boire à la source vive et pure, flots chantants,
Ou, nageur bienheureux, à me bercer longtemps
Parmi la vaste mer aux lames étalées ;

Ah ! c'est que cette onde a je ne sais quoi de Dieu,
Tout nous luit plus charmant au fond de son œil bleu ;
Elle vient des hauteurs, des voûtes étoilées ;

Et désertant le lit de son céleste amant,
Chaste vierge, avec ses transparences voilées,
Son flot pur nous apporte un pan du firmament.

MON VILLAGE.

Ils sont tristes, ils sont pleins d'une acide ronce,
Les champs amers où je promène mes soucis,
La bise aigre envahit leurs airs inadoucis,
Et le pied dans leur boue éternelle s'enfonce.

De rabougris pommiers s'y dressent en quinconce,
Et raye un noir moulin l'horizon indécis,
Et dans les froids jardins aux sentiers étrécis,
Croît, pour tout ornement, l'endive ou la raiponce.

Moi, ce pauvre pays m'en semble plus touchant,
J'y suis, d'un œil rêveur, l'aurore et le couchant,
J'aime ces tristes lieux, leur pâleur, leur misère.

Ils ont pour moi l'attrait d'un mystique tombeau,
Et, levant mes regards, je me dis : Plus la terre
Est triste et misérable, et plus le ciel est beau.

L'AMOUR ET LA MORT

TABLEAU DE WATS.

Pour la première fois, depuis le temps de Rhée,
Au coin d'un bois, le soir d'un pâle et triste jour,
Envieux l'un de l'autre, avec le rose Amour,
La blême et sombre Mort s'est enfin rencontrée.

Jamais, si, bien des fois, en plus d'une contrée,
Leur nom célèbre les frappa comme un bruit sourd,
Ils ne s'étaient croisés, comme en ce carrefour.
Imaginez aussi leur figure effarée;

Chacun d'eux aussitôt reconnut son vainqueur,
Et se sentit percé d'un trait fatal au cœur;
Sans combattre, chacun d'eux fut mis en déroute;

Plein d'un effroi suprême, et les sens tout blêmis,
Chacun d'eux poursuivit séparément sa route,
Se fuyant comme font deux frères ennemis.

HÉLIOTROPES.

Nos regards amoureux tournent vers l'Orient,
Vers ses palais, vers ses hauts palmiers, ses grands dômes,
De la fée aux yeux verts magnétiques royaumes,
Vers ses harems mystérieux, nous souriant.

Il a le châle fin, caresseur, ondoyant,
Les beaux tapis, les clairs joyaux, les chauds aromes,
Et les légendes d'or, et les légers fantômes,
Et la brune odalisque au doux vol tournoyant.

Nous rêvons le bonheur de sa chaleur dorée,
Et de finir nos jours sur sa rive adorée;
Il nous attire loin du climat pluvieux.

Son bleu ciel semble la fontaine de Jouvence;
En ce rose Orient, le monde triste et vieux
Court après l'âge d'or charmant de son enfance.

UN PONT A NICE.

Il est un pont léger dans la ville de Nice,
Dont le hardi profil s'enlève sur la mer;
Il semble d'un ruban mince jeté dans l'air
Un matin, par les doigts hasardeux du caprice.

Sur cet aérien et gracile édifice,
Mille chars triomphants courent dans le ciel clair,
On dirait Apollon, brillant comme l'éclair,
Ou le quadrige ailé de Neptune qui glisse.

Que de fois j'ai suivi, sur ce pont fabuleux,
Mes beaux songes dorés flottant dans les ciels bleus,
Mes palais, mes sérails, mes fortunes de prince!

Mille plaisirs subtils mon âme s'y promet,
Et j'y crois voir le fil du rasoir fin et mince
Qui, dans le Coran, mène au ciel de Mahomet.

LE BANC DU VOYAGEUR.

Assieds-toi, voyageur, sur ce banc familier;
Vois-tu se dérouler ce vaste paysage,
Ces châteaux, ces parcs, ces lacs, ce riant village,
Et courir, vif éclair, maint brillant cavalier?

Ce pays est paisible, il est hospitalier,
Il offre une retraite aimable pour le sage;
Rêveurs sont ses étangs et chantant le bocage,
Et le fruit d'or y rit sur le fin espalier.

Laisse errer, voyageur, ta pensée amoureuse,
Rêve la joie et les plaisirs, la vie heureuse,
Vis un rêve d'un siècle en quelques courts instants;

Puis songeant, poursuis vers ton obscure demeure :
La plus longue vie est un rêve de cent ans
Et qui finit bientôt, comme un rêve d'une heure.

FLEURS DE PENSÉES.

Sur l'onyx opalin, et dans un verre d'eau,
Semblaient se regarder ces deux fleurs de pensées,
Cruellement de leurs tiges vertes brisées;
Et moi, je contemplais ce mystique tableau :

Elles se regardaient avec un air pâlot,
Amoureuses toujours, mortellement blessées,
Défaillant peu à peu dans la mort oppressées,
Et leur dernier regard était comme un sanglot.

Tels on voit ces enfants qu'un air cruel vicie,
Consumés par le mal profond de la phthisie,
Ne pouvant plus parler, se regarder toujours;

Et, d'une âme à la fois heureuse et douloureuse,
Vivant uniquement dans le ciel des amours,
S'éteindre, en confondant leur pensée amoureuse.

LE DERNIER ASILE.

Vois-tu ce beau palais qu'a décoré la ville,
Ces parcs ombreux, ces jets d'eau, ce lac de cristal,
Ces serres simulant un ciel oriental,
Et le pur fronton du somptueux péristyle?

De ceux-là qui s'en vont c'est le dernier asile,
On l'appelle du nom lugubre d'hôpital;
Il est amer, il est taciturne, fatal,
Et la morne tristesse en est indélébile :

Pour nous, le gai printemps est toujours un hiver,
La source limpide est pleine d'un goût amer,
Les soleils pour nos yeux éteints sont sans merveille;

La fièvre au teint blêmi tremble en ces tièdes bords,
Le doux chant des oiseaux expire à notre oreille,
Et ces roses de tombe ont des odeurs de morts.

LA DANSE DES ASTRES.

Tout rêveur, j'assistais à la danse des astres :
Épris d'un mouvement précis, perpétuel,
En leurs ellipses d'or, ils traversent le ciel,
Et pleuvent dans la nuit, en cascades de piastres.

De leurs palais vermeils aux somptueux pilastres,
Ils dévorent le vide en un rhythme éternel,
Et se croisent entre eux, d'un accord fraternel,
Sous le magique archet des divins Zoroastres.

Mais la mort aussi règne au céleste jardin;
Plus d'un astre du bal se détache soudain,
S'éteint, et tombe en poudre, immortelle infortune;

Et que d'autres, frappés de mort comme la lune,
Promènent tristement l'éclat menteur et vain
D'une danse macabre au sein de la nuit brune.

OMÉGA.

Des prêtres de Memphis la sagesse suprême
A, sur leurs murs sacrés, souvent représenté,
En forme d'un serpent, la lente éternité,
D'un serpent endormi, replié sur lui-même.

En retrouvant inscrit partout l'étrange emblème,
J'ai sur ses sens obscurs longuement médité,
Et, toujours d'un amer penser l'esprit hanté,
J'ai pâli devant ce redoutable problème :

Vain serpent tentateur des lointains paradis,
Qui sut abuser nos premiers parents, jadis,
Par l'illusoire fruit de l'arbre de la Vie;

Insinueux zéro de l'abîme béant,
Vas-tu leurrer toujours l'humanité ravie,
De ton Éternité, nom pompeux du Néant?

LES PREMIÈRES VIOLETTES.

Tu te plais à cueillir les pâles violettes
Sur les minces coteaux, à l'avril indécis ;
Le ciel est froid encor en ses horizons gris,
Et les tristes ormeaux montrent leurs nus squelettes.

Rien encor ne palpite en nos forêts muettes,
Les matins opalins sont à peine adoucis,
La nature est toujours en proie aux noirs soucis,
Les airs n'ont pas le chant encor des alouettes.

Mais, comme un frais espoir, sur ce monde défunt,
La fugitive fleur exhale son parfum
Timide avant-coureur des splendeurs printanières,

Et ton cœur, belle enfant, en ces premiers beaux jours,
Quand tu t'en vas cueillant des fleurs dans nos clairières,
Exhale aussi comme un vague parfum d'amours.

LA GRANDE CHARTREUSE.

Tu t'étonnes, voyant cette morne Chartreuse,
Cette cellule étroite et ces cruels déserts,
Le silence éternel et les regrets amers,
Les noirs sapins, les durs rochers, la gorge affreuse.

Je sais une demeure encor plus douloureuse :
Ton beau château, tes lacs riants, tes gazons verts,
Tes amoureux boudoirs, tes salles de concerts ;
Va, ta pénitence est autrement rigoureuse ;

Eux passent dans la vie en nomades campés ;
Toi, dont tous les jours sont de plaisirs occupés,
Chaque pas vers la mort te devient un supplice ;

Chacun des moments qui fuit est par eux béni ;
A toi chaque moment te retranche un délice,
Et t'apporte la mort et le sombre Infini.

LES PARADIS DU PEINTRE.

Tout se transfigurait en miracles de l'art,
Mille tableaux charmants dansaient dans sa prunelle,
Les lignes, les couleurs s'harmoniaient en elle,
Rhythmes voluptueux, prestigieux hasard;

C'est Cagliari, c'est Corrége, Léonard,
Gozzoli qui passaient, vision éternelle,
Et la nature avec sa grâce originelle,
Et s'idéalisant sous son subtil regard.

Mais, une nuit, dit-on, tentateur illusoire,
Par le charme inconnu de sa manière noire,
La Mort sut l'enfermer en la Cité des pleurs;

Elle lui peint ses sombres toiles rembranesques;
Mais lui, sursaturé de divines couleurs,
Voit luire dans ses yeux toujours les claires fresques.

L'AMOUR DE L'ORIENT.

Si j'aime le bleu ciel du monde oriental,
Et ses palmiers d'où pleut sur les yeux la paresse,
Ses palais d'or, d'azur, de pourpre, de cristal,
Son idiome doux qui berce et qui caresse;

Si j'aime, balancée en un rhythme idéal,
Sous ses étoiles d'or, sa mer enchanteresse,
Ses aromes secrets dans ses bois de santal,
Ses airs si langoureux de grâce et de tendresse;

Si j'aime les parfums qui nagent sur ses bords,
Ses fins kaolins, ses tissus légers, si j'aime
Ses laques, ses joyaux, ses jades et ses ors :

Ah! c'est qu'ils sont pour moi comme un suave emblème,
Où mon œil enivré voit le cadre riant
De la rare Péri du secret Orient.

LA FÊTE DES NÈGRES.

Aujourd'hui, dans Alger, c'est la fête des nègres,
Et, par la rue, on voit ces enfants du désert,
Danser au son de leurs castagnettes de fer,
Et faisant retentir le cri des fifres aigres.

Ils font luire sans cesse, en leurs rondes allègres,
Sur un visage noir un rire heureux et clair,
Et, dans leurs grands haïks rouges comme l'éclair,
Meuvent éperdument leurs bruns tibias maigres.

La foule accourt, pour voir, à ces accords joyeux,
S'évertuer leurs chœurs en danse triomphale,
Et les ors chatoyer de leurs tissus soyeux.

Le plaisir a versé son philtre en leur timbale,
Et tous, comme ivres fous, et le ciel dans les yeux,
Ont mangé du tambour et bu de la cymbale.

MONACO
LA CITÉ D'HERCULE.

O ville d'Héraclès, sur ton rivage en fleur,
Se berce mollement la mer voluptueuse,
D'exotiques jardins, terrasse fastueuse,
Étincellent aux yeux de leur riche couleur;

Le jeu brillant, le jeu rieur, le jeu railleur
Enchaîne un peuple entier de sa voix captieuse;
Ta roulette aux yeux d'or, Circé fallacieuse,
Dans des salons pompeux, ensorcelle le cœur.

Mais tu regrettes, toi, sur tes roches ardues
Quand se brisaient jadis les flottes éperdues,
Et tes Maures hurlaient, sombres rois de la mer;

Les durs assauts, les hauts faits d'armes, les tueries,
Et les combats sans fin, pleins d'un plaisir amer,
Grands jeux herculéens aux sanglantes féeries.

LE SOIR A LA FERME.

Tu viens toujours hanter nos vieilles souvenances,
Claire maison des champs où vivaient nos aïeux,
Avec tes bois, avec ton grand verger joyeux,
Et tes concerts d'oiseaux, charmantes assonances.

Après le lourd labeur, pleine d'insouciances,
La fin du jour amène une fête à nos yeux,
Et, sous le dais vermeil des plus aimables cieux,
Le soir léger, le soir aux molles oubliances.

Le vin pourpre qui verse un printemps dans les cœurs,
Mêle aux contes grivois les longs propos moqueurs,
Dans ces soirs d'amitiés où la gaieté s'épanche;

Et, près du lourd buffet plein de riches couleurs,
On voit étinceler parmi la nappe blanche
Les assiettes à coq, et les grands plats à fleurs.

LES PARADIS DU POËTE.

Il créait tout un monde avec sa chanson rare,
Et de sa voix de fée animait l'univers;
Faisant un paradis au milieu des hivers,
Ressuscitant le spectre et l'ancien barbare.

Mille échos s'éveillaient à sa riche fanfare,
Innombrable Protée aux visages divers,
La nature chantait tout entière en ses vers,
Et dansait l'astre d'or au son de sa cithare.

Maintenant que la mort a fait taire sa voix,
Sa chanson flotte encor dans le parfum des bois,
Dans les rayons, dans les sources vives, les ombres;

Il pleure, au bord du lac, dans le saule pleureur,
Et, quand tu vas rêver, le soir, aux forêts sombres,
Fin sonnet, s'insinue, et chante dans ton cœur.

VAINS LAURIERS.

A MENTON.

Beaux lauriers, éclatants palmiers, fins oliviers,
Le monde vous adore et chante vos feuillages;
Vous êtes un symbole antique, et, d'âge en âges,
Vous couronnez le Roi, l'aède, les guerriers.

Tous accourent vers vous, affolés, par milliers;
On croit que le bonheur habite en vos ombrages,
Et que vous écartez la foudre et les orages,
Et croissez sur les bords des Édens familiers.

Mais non, je vous ai vus, vous n'êtes pas l'asile,
Arbres vains, du bonheur et du plaisir facile :
Le flot froid vous traverse ou le cuisant soleil.

Le sage aime un abri plus secret et plus sombre;
Votre avare feuillage, au pompeux appareil,
Ne donne aux cœurs déçus ni le repos ni l'ombre.

LE FORT ARABE.

1879.

Éclatant de blancheur, sur le bord de la mer,
Il rit, le fort arabe, et n'offre rien d'amer;
Dans ses fossés, le clair figuier de Barbarie
Avec l'aloès dresse une touffe fleurie.

Comme un œil noir moresque au caressant accueil,
Presque on dirait que ses meurtrières font l'œil;
Du pré voisin en fleur un pont charmant y mène,
La rêverie autour à l'aise s'y promène.

La mer au pied soupire, et le flot séduisant,
Sur ses marbres polis, apaise son brisant;
Un porche, surmonté d'une rose coupole,

Semble inviter au chœur d'une fine acropole,
Et la mort, dans ce fort voluptueux, vous rit
Avec l'air attirant d'une blanche houri.

NOSTALGIE.

Mes jours sont condamnés, je vais quitter la terre;
Moi qui toujours rêvais du magique Orient,
J'ai vécu, je mourrai loin du climat riant,
Dans l'enfer froid du Nord, tristement solitaire.

Entourez mon déclin, splendeurs d'une autre sphère,
Clairs vases du Japon, azur émerveillant,
Rarés chimères, fleurs bizarres, éveillant
De longs songes dorés où mon âme heureuse erre.

Légers châles, tissus brillants, mes paradis,
A mon déclin prêtez vos doux rayons tiédis,
Ensoleillez mon cœur sombre et mélancolique;

Dans l'enchanté mirage où mon rêve s'endort,
En mourant, que je suive, image symbolique,
Vos noirs oiseaux volant dans de beaux couchants d'or.

LA JOLIE GARDE-MALADE.

Circulant tout autour de nos lits de fiévreux,
J'aimerais toujours voir des filles très-jolies,
Chassant notre ennui sombre et nos mélancolies,
D'un sourire léger et d'un regard heureux.

On serait beaucoup moins malade qu'amoureux,
On oublierait l'angoisse et les faces pâlies;
Leurs coquets mouvements, leurs grâces assouplies
Seraient un tendre avril à nos cœurs langoureux.

Leur main au doux palper, légère et magnétique,
Panserait tous nos maux, par un charme mystique,
Leurs beaux yeux nous rendraient les lumineux midis:

Et, dans leur voix suave aux caressantes ailes,
Les faibles renaîtraient, ressuscités par elles,
Ou rêveraient, mourants, entrer au paradis.

DUEL A MORT.

Depuis tantôt quinze ans, déjà, la mort m'assiége
Et me va livrant mille assauts précipités :
Hippocrate et Galien armés à mes côtés,
J'ai déjoué sa ruse et trompé son manége.

Elle va redoubler ses assauts ; que ferai-je ?
Tous nos avancés forts déjà sont emportés ;
Je suis sourd, vieux, podagre, ai mille infirmités,
Mes deux pieds sont de glace et ma tête de neige.

Parviendrons-nous encore à sauver la maison ?
Hippocrate dit oui, et Galien dit non.
L'homme ne vit qu'un temps, la mort est immortelle ;

Annibal échouerait, je crois, et Fabius ;
On a beau faire, on a beau se battre : contre elle
On n'emporte que des victoires de Pyrrhus.

PSYCHÉ.

Mon corps tombe en poussière, et mon âme s'épure,
Plus pèse, sur mon front courbé, la main du temps ;
Mes sens s'en vont, mon poil, mon ouïe et mes dents,
Et se voile à mes yeux défaillants la nature.

Seule luit ma pensée en sa prison obscure,
Et vivent mes désirs dans des cieux éclatants ;
Cette chair m'abandonne et ses songes flottants,
Et mon âme se vêt de sa seule parure :

Ouvre tes ailes d'or, immortelle Psyché,
Dégagée à la fois du doute et du péché,
Dépouille ton impur appareil et tes langes ;

Et, t'envolant au ciel, éclatant papillon,
Mêle-toi, désertant cette terre de fanges,
Au chœur des purs esprits dans le bleu tourbillon.

20.

UNE ACTRICE.

Actrice, elle est au trône et sur le pilori;
Tour à tour, elle pose en victime ou déesse;
A ce soir la clameur du peuple la caresse,
La foule demain lui siffle un charivari.

Au firmament de l'art, astre pur et fleuri,
C'est l'idole, c'est la divine enchanteresse;
Puis d'un boudoir taré, vénale pécheresse,
De tous les vieux Don Juans la publique Péri.

Elle est semblable à ces fleurs que, dans une fête,
Le Pontife offre aux dieux sur leur sublime faîte,
Triomphantes d'éclat, d'aromes émanés;

Mais que, sitôt après, le nombreux passant foule,
Prostitués parfums, pétales profanés,
Et que souille la boue, et piétine la foule.

TA FIANCÉE.

Elle t'attend au soir, sur la verte colline,
Ta pâle fiancée aux yeux vagues, la mort;
Son nom joli s'accorde au mot magique *Amor;*
Elle t'attend au pied du saule qui s'incline.

Son chant est doux, sa voix légère, cristalline,
Son œil noir de sphinx a de rares reflets d'or;
Son étrange regard, un charme qui t'endort;
Elle est maigre, mais elle est fine et si câline!

Quel bonheur te suivra dans son lit amoureux,
Dans les enlacements de ses bras de squelette,
Dans les longs baisers de sa lèvre violette!

As-tu rêvé, vieillard, des destins plus heureux?
Qu'importe! elle t'enlève, et te couche de force,
Amoureuse éternelle, épouse sans divorce.

LA CATHÉDRALE DE CHARTRES.

J'aime à venir errer sous tes voûtes antiques
Au vitrail assombri, mystérieux flambeau;
Comme en la sainte horreur des grands bois fantastiques,
S'ouvre ici largement mon aile de corbeau.

Je vois de noirs enfers, et des ciels ascétiques,
Et je vois se lever, de la nuit du tombeau,
Comme une douce aurore aux beaux yeux prophétiques,
Le grand Christ de Judée étincelant et beau.

Lorsqu'aux flammes du soir, tes hauts vitraux s'allument,
Que soupirent tes chants, que tes purs encens fument,
Quand tes orgues puissants versent leurs longs accords,

Mon âme, comme aux feux d'inconnus zodiaques,
Sur ta féerique nef, loin de nos sombres bords,
Vogue en des éthers bleus et paradisiaques.

L'AMOUR DES CURIOSITÉS.

Je m'oublie au milieu des curiosités,
Des cristaux, des miroirs et des tapisseries,
Des fins tissus brodés, des damasquineries,
Raretés des vieux temps et préciosités.

J'aime les éventails, les émaux si vantés,
Les plats historiés, les vives cuivreries;
Les statuettes, les lourdes orfévreries,
Sont pour mes longs regards des Édens enchantés.

Je contemple ce vieux monde cabalistique,
Sa féerie a pour moi comme un charme mystique;
L'heureux phénix renaît de ses rares beautés;

Et, les yeux éblouis de magiques mirages,
M'éternisant dans ses fantastiques clartés,
Je revis tout le cours vertigineux des âges.

MONACO.

LA CITÉ D'HERCULE.

Palais aérien dans un vrai paradis,
Qu'aux âges fabuleux fonda le grand Hercule,
Où l'énervant parfum des citronniers circule,
Parmi les hauts palmiers, dans les airs attiédis :

L'amoureux Sarrasin y retrouva jadis
Des sables libyens l'ardente canicule,
Et l'on y voit voler en flamme au crépuscule
La luciole des voluptueux midis.

À la grandeur il joint la magie et la grâce,
Rien ne vaut la splendeur de sa haute terrasse ;
C'est dans ce lieu charmant que la nature a mis

Les verts jardins de la belle Sémiramis ;
Et c'est là qu'oubliant sa gloire triomphale,
Héraclès dut filer jadis aux pieds d'Omphale.

FONTAINEBLEAU.

J'aime à te voir surtout, secret Fontainebleau,
Palais mystérieux des magiques Dianes,
Parmi les tièdes soirs aux ombres diaphanes :
Quand la nymphe aux yeux verts danse au milieu de l'eau.

Tes grands bois sont un cadre à ton heureux tableau ;
Comme dans les bosquets les belles courtisanes,
La forêt met, autour de tes amours profanes,
L'obscur enlacement du charme et du bouleau.

Et moi, j'entends toujours les chansons étouffées,
Que chantent dans la nuit tes amoureuses fées,
Je suis la Chasseresse au fond de tes grands bois ;

J'entends les vains serments, le bruit des douces chaînes,
Et, quand le cor lointain sonne pour les abois,
Des baisers palpitants dans l'ombre des grands chênes.

FLEUR MYSTIQUE.

Elle a les traits si purs, elle a les tons si pâles,
Je ne sais quoi de fin et de mystérieux ;
Et le diamant noir scintillant dans ses yeux,
Nage en un blanc laiteux tout constellé d'opales.

Tout en elle est plein de la grâce des ovales,
Et verse au cœur épris un miel insidieux,
Et son visage semble, en ses airs captieux,
Une mystique fleur de saint François de Sales.

Mon âme tourmentée, en ses contours sereins,
S'enrevole au pays bleu des vagues chimères,
Et s'arrête aux étroits paradis de ses seins.

Sa bouche a la saveur des automnes amères,
Et sa courbe discrète aux fins linéaments
Verse un philtre ineffable aux lèvres des amants.

INVITATION A LA CAMPAGNE.

Viens oublier la vie amère en ma demeure ;
Les soucis ténébreux habitent la cité ;
Mais nos tranquilles champs ont leur félicité,
Sans vaine illusion, sans déboire, sans leurre.

Le jour y suit le jour, l'heure y coule après l'heure,
Et toujours la saison amène une beauté
Qui mêle au doux repos sa fleur de nouveauté,
Et qui chassera loin ta peine antérieure.

Le mince filet d'eau qui dort dans mon gazon
Ne t'étonnera pas du fracas de sa course ;
Point d'orage, de vent cruel à l'horizon :

Viens boire le bonheur à ma petite source,
Car la coupe des grands n'offre rien que d'amer,
Comme on voit à la coupe immense de la mer.

VIRGILE.

Ars longa, vita brevis.

Le doux Virgile ayant fini son Énéide,
Mécontent de son œuvre imparfaite, à l'oubli
Voulait jeter ces vers où son cœur a pâli,
Dont l'amoureux lecteur s'éprend d'une âme avide.

Ainsi tout ce que nous faisons nous paraît vide,
Et ce poëme pur avec amour poli,
Que nous trouvions hier un chef-d'œuvre accompli,
Devient à nos yeux froids, pâle ébauche insapide.

Tout ce que nous tentons sur terre est faible et mal,
Au grand jamais nous n'atteignons notre idéal;
Nous ébauchons nos chants aux cordes de la lyre.

Rapides écoliers d'un art illimité,
Nous commençons de peindre, aimer, chanter, écrire,
La vie est un essai de notre Éternité.

LE PRINTEMPS A NICE.

L'hiver est un printemps sous ce ciel enchanté,
Mais le printemps lui-même est comme une féerie;
Tout s'allume au regard dans la plaine fleurie,
Tout chante dans l'azur un magique andanté.

Vois le pêcher rosé, l'amandier argenté,
Chaque verger en fleur luit, fine orfévrerie,
Les jardins sont en rut, et les bois en frairie,
Et roule un fleuve d'or en l'air diamanté.

Tout s'anime, tout chante, et s'égaye, et s'irise,
L'œil ne voit plus qu'azur, pourpre, rose et vermeil,
Et, sur l'aile éployés d'une flottante brise,

Les bourgeons transparents, palpitant au soleil,
Semblent, dans les airs bleus, une bande affolée
De fins papillons verts qui prennent leur volée.

LES PARADIS DES ÉTOILES.

Souveraine clarté des cieux, clarté si belle,
Vous nous ensorcelez, astres des paradis ;
Le monde vieux aspire à vous, comme jadis,
Et suit, d'un œil ravi, votre grâce immortelle.

Comme au temps des hivers l'inquiète hirondelle
Qui dirige son vol vers les heureux midis,
Nous volons vers vos feux lointains, amants hardis,
Affolés papillons courant à la chandelle.

Astres divins, beaux ciels, aimable vision,
Mais pourquoi n'êtes-vous, hélas ! qu'illusion,
Mondes glacés, ou bien fournaises dévorantes ?

Beaux jardins de la mort, décevants univers,
Où courent, se perdant, nos amours ignorantes,
Tous vos vains paradis ne sont que des enfers.

DANSE MACABRE.

Ce monde entier n'est rien qu'une danse macabre,
Et que mènent deux sœurs étranges toutes deux,
Dont l'une a le front chauve et le rire hideux,
Le col maigre, les yeux vides, la face glabre.

Et l'autre dont la joue est peinte de cinabre,
De carmin teint sa lèvre et de kohl ses faux yeux,
Vêt ses membres défaits de clairs tissus soyeux,
D'artifice étayant un corps qui se délabre.

C'est la Vie et la Mort. Et dansent ces deux sœurs,
Dans l'espace enlaçant leurs alternatifs chœurs ;
La plus morte des deux n'est pas celle qu'on pense :

La vie est un vain masque où se voile la mort ;
Et de la mort, et de sa hideuse apparence,
Merveilleuse, une vie intarissable sort.

LE SORT DES ROIS.

Grands seigneurs, notre vie est pleine d'amertume,
Rois, un sombre vautour nous déchire le cœur,
Un démon inquiet de notre âme est vainqueur,
Et toujours le souci ténébreux nous consume.

Le plus vaste océan de même a plus d'écume,
Les esprits les plus hauts ont le plus de rancœur,
L'or bien souvent enferme une acide liqueur,
Et les plus fiers sommets demeurent dans la brume.

Ne va pas envier donc, rustique ou manant,
Le prince ou le seigneur sous ses lois maintenant
Les villes, les duchés, les châteaux et les terres :

Mais réfléchis à ses maux, et tu pourras voir,
Dans tes jardins, parmi les fleurs de tes parterres,
Comme les grands soleils d'or ont le cœur tout noir.

A LA VOILE.

Barques, oiseaux charmants qui courez sur la mer,
Au souffle du zéphyr ouvrant vos grandes ailes,
Confiantes au bleu des aurores fidèles,
Sans crainte, vous glissez sur l'élément amer.

D'un bercement plus doux que les oiseaux de l'air,
Plus heureuses que les légères hirondelles,
Sans effort au loin vous portent vos voiles grêles
Que le vent caressant pousse dans le ciel clair.

Telle mon âme aussi, sur les flots du possible,
Nonchalamment bercée en un songe insensible,
Suit sa pensée errante aux sinueux détours;

Et, sur le bleu miroir des molles rêveries,
Court, entr'ouvrant son aile au souffle des amours,
Dans un ciel de Watteau plein de roses féeries.

DERNIÈRE FLEUR.

C'est la dernière fleur que la saison nous donne,
Le premier gel d'hiver a sévi ce matin,
Elle est timide, elle est esseulée, et son teint
A toutes les pâleurs mourantes de l'automne.

Elle offre dans nos bois que la grâce abandonne,
Parmi la feuille morte, un éclat incertain,
Elle exhale, si frêle, un souffle qui s'éteint,
Son accent est plaintif et sa voix monotone.

Cette dernière fleur, cette fleur de l'amour,
Qui s'exhale en mourant aux froidures du jour,
Laissez-moi, que ma main pieuse la recueille :

Parfum si léger, fleur qu'une heure va ternir,
Laissez-moi conserver sa pâle et triste feuille,
Entre les pages d'or du tendre souvenir.

TRISTES NUITS.

Comme l'affreux hibou règne dans les ténèbres,
La maladie ainsi s'exalte dans la nuit ;
L'heure est longue : l'espoir avec le jour s'enfuit ;
Et le soir prend le deuil des noirs adieux funèbres.

Opiums, potions nombreuses, lochs célèbres,
Rien n'y fait, la douleur cruelle nous poursuit :
La tête est lourde, l'œil hagard, la gorge cuit,
La fièvre brûle, feu dévorant, nos vertèbres.

La nuit exalte aussi les tortures du cœur ;
Alors, le souvenir amer est mon vainqueur,
Lugubre vision dans le silence et l'ombre :

Apre regret des jours innocents, tu me mords,
Mon âme au gouffre du pâle désespoir sombre,
Et mon noir ciel d'airain se peuple de remords.

LA TERRE.

Elle est petite, elle est imperceptible, frêle,
La terre dans la vaste immensité des cieux,
Les astres pour la voir ouvrent tout grands leurs yeux,
Uranus la tuerait en la frôlant de l'aile.

Grain de sable perdu dans la nuit éternelle,
L'indéfini l'étreint, grand désert merveilleux,
Et, pâle et vague atome abandonné des dieux,
Comparable au néant, à peine existe-t-elle.

Mais chante, cependant, aime, ô terre, et fleuris,
Et couronne ton front des grâces et des ris,
Sans jalouser le sort vain des étoiles fières :

Seule, du frais printemps tu parfumes les airs,
Tu fais monter à Dieu le haut chœur des prières,
Et tu berces les cieux charmés de doux concerts.

PHILOSOPHIE DU RIRE.

Regardez comme elle est à jamais souriante :
Rien ne peut déranger ce sourire arrêté ;
Elle sourit l'hiver, elle sourit l'été,
Dans l'ombre du couchant, dans l'aube sémillante.

Les révolutions qu'un sort cruel enfante,
La guerre, les combats sanglants, l'adversité,
Rien ne peut l'émouvoir, la pâle iniquité,
Le crime injurieux, la terreur triomphante.

Il est stéréotypé, ce sourire éternel,
Il est étrange, il est fatal, surnaturel,
Insensible aux destins passagers de la vie.

Modelez-vous, humains, sur son tranquille abord,
Et prenez le conseil de sa philosophie :
Elle vous rit toujours ; vous, riez à la Mort.

BIARRITZ.

Biarritz, je viens voir ici la grande mer,
Et tes vagues danser, fantasques Espagnoles,
Leurs boléros hardis et leurs cachuchas folles,
Avec leurs longs cheveux épars, l'œil plein d'éclair.

Tes grottes sombres ont comme un rictus amer,
Braquant leurs noirs regards comme des espingoles;
Et jusqu'aux horizons dansent leurs farandoles
Les monts Cantabriens de ta côte de Fer.

C'est le golfe fatal, c'est l'anse redoutable,
C'est l'Espagne, et déjà l'Afrique épouvantable
A l'œil luxurieux, au sourire cruel :

Tout y rêve ou bondit, tout déchire ou caresse,
Et cette terre fauve étale, aux feux du ciel,
Ses farouches beautés d'amoureuse tigresse.

MEMNON.

Entends-tu, par ce vent du nord, la mer en pleurs?
Ainsi le bois mourant gémit dans les rafales,
L'ouragan roule au ciel des clameurs triomphales;
Philomèle et Procné nous content leurs malheurs.

Il faut pour éveiller nos chants, briser nos cœurs,
La Muse austère fuit les âmes joviales,
Mais de novembre amer aux larmes pluviales,
Cherche les douceurs, les tristesses, les langueurs.

Car tout poëte est la fabuleuse statue
Qu'aux âges anciens les bords du Nil ont vue,
Mélodieux Memnon qu'éveille le soleil :

En vain, à l'animer l'astre du jour s'épuise,
Et dore ses blancheurs de son baiser vermeil;
Pour que ce froid paros chante, il faut qu'on le brise.

LES DERVICHES TOURNEURS
1880.

Sur le parvis sacré, les derviches tourneurs
Roulent, vertigineux, la valse étourdissante,
Et tourbillonne en l'air leur robe éblouissante;
Purs esprits flamboyants dans de célestes chœurs.

L'extase en leur œil noir allume ses lueurs;
Sur un rhythme sans fin, la flûte caressante
Précipite leurs pas, fiévreuse, frémissante;
Leur front pâle est baigné de livides sueurs :

Et vous tournez ainsi, créations légères,
Planètes, grands soleils, étoiles, astres d'or,
Sous le divin archet qui fait mouvoir les sphères;

Tournant dans un vertige où votre âme s'endort,
Et d'un rhythme éperdu, recommencez encor,
Dans l'espace sans fin, vos valses passagères.

LES CORBEAUX DU CAIRE.

Dans les jardins du Caire, on ne voit que corbeaux;
Ce n'est plus l'hôte ici lugubre de la tombe,
Il imite, un peu lourd, le vol de la palombe,
Et dessine à nos yeux de gracieux tableaux :

Tantôt en éventail il court rasant les eaux;
Lointaine étoile obscure, en l'éther il surplombe,
Aérolithe ailé, comme une flèche tombe,
Va dévidant dans l'air mille et mille écheveaux.

C'est qu'il n'est plus ici l'habitant de la brume,
A nos orients d'or sa sombre nuit s'allume,
Un infini soleil palpite dans son œil;

Dans ces climats riants son beau velours se moire,
Un gris léger miroite en sa nuance noire,
Et l'oiseau de mort prend ici le demi-deuil.

LE KHAMSIN D'ÉGYPTE.

Le khamsin, le khamsin! il accourt des déserts,
Soulevant sous ses pas des tourbillons de sable,
Immense, ténébreux, vague, indéfinissable;
Tel un sombre ouragan de la houle des mers.

C'est le fauve sanglant des Saharas amers.
Un four est moins ardent que sa gueule effroyable;
Il vole furieux, terrible, impitoyable,
Et, de sa rouge haleine, embrase au loin les airs.

Il a tout ravagé comme un vaste incendie,
Laissant la misère âpre au fellah qui mendie,
Faisant un blanc désert des vertes oasis;

Et, répandant l'amer désespoir sur ses traces,
Il dévore toujours, terre antique d'Isis,
Tes sept beaux épis d'or, et tes sept vaches grasses.

LA PRIÈRE A LA MOSQUÉE.

Le muezzin a chanté l'heure de la prière,
Et le pieux croyant lavé dans le flot pur
Qui dort sous le palmier dans l'immobile azur,
Se prosterne devant le mirhab circulaire.

On voit des lampes pendre autour du sanctuaire,
Mille drapeaux flotter par un doux clair-obscur,
Mille rayons tremblant fantastiquement sur
Les parvis constellés de mosaïque claire.

Sur le kébla, lacis fin et capricieux,
Dédale où se complaît l'art subtil et moresque,
Court en vifs entrelacs une grêle arabesque;

Et, dans la pourpre et l'or des tapis précieux,
Sous le jour doux de la fine moucharabie,
Reluisent les yeux noirs des beautés d'Arabie.

LE SAÏS.

LE COUREUR D'ÉGYPTE.

Le Saïs a le grand gilet tout brodé d'or,
Sa tarbouche est de pourpre; il tient une baguette
En la main, l'agitant d'une façon coquette,
Un large ceinturon le pare, fin trésor.

Sa riche écharpe luit à l'air, pompeux décor;
Ample, sa manche pend dans le vent qui la fouette,
Blanche comme la blanche aile de la mouette;
Ses pieds souples sont nus pour un plus libre essor.

Et même alors qu'il marche, on sent qu'il a des ailes,
Car il a les pieds fins et lestes des gazelles,
Et devance à la course un barbe des déserts;

Il bondit, noir jaguar des profondes Afriques,
Et vous semble voler, sylphe ailé dans les airs,
Subtile vision des âges chimériques.

LES DERVICHES HURLEURS.

Sous le doux clair-obscur de la fine coupole,
Pris du haschich divin, aux sucs ensorceleurs,
Par cercles sont rangés les derviches hurleurs,
En cadence agitant comme une tête folle;

Ils vont branlant, comme un poussah, comme une idole
Indienne, en hurlant, lugubres aboyeurs;
Et fine broderie, en des modes railleurs,
Court l'accompagnement, légère farandole.

Et moi, pris d'atavisme, et fauve du désert,
Je crois revenir à l'origine des mondes
Et vais me joindre aux cris de ces bêtes immondes.

Mais l'aigre tarbouka presse son rhythme amer,
Les hurleurs, rugissant dans leur fureur dernière,
Font ruer, grands lions, leur sinistre crinière.

LA MOSQUÉE DU SULTAN HASSAN
BATIE EN 1356.

Dans sa haute mosquée étrange et colossale,
Dort d'un sommeil pieux le grand sultan Hassan,
Sous sa coupole lourde à l'or éblouissant,
Étendu dans son marbre en sa funèbre salle,

Et croule autour de lui sa gloire orientale :
Le koufique s'efface, autrefois triomphant,
L'arabesque se perd, le minaret se fend,
Et s'accroît, chaque jour, la ruine fatale.

Énorme, un pendentif menace son tombeau,
Sans troubler du sultan le front paisible et beau,
Dans son froid marbre Hassan toujours reste impassible.

Sombré dans le malheur, le musulman s'endort,
A sa morne ruine il assiste insensible,
Contre le sort, armé du charme de la mort,

LA ROSE DE JÉRICHO.

Vous connaissez bien la rose de Jéricho ;
Dans les sables déserts le noir semoun la foule,
La roule en tourbillon, telle une informe boule ;
Des âpres Saharas en cendre triste écho.

Mais des pays brûlés de la noix de coco,
Si le vent l'amène aux rives où l'onde coule,
Dans le flot bienfaisant sa feuille se déroule,
Elle s'épanouit, libre du siroco.

La terre d'Égypte est cette fleur merveilleuse,
Qui conserve à jamais sa vertu fabuleuse,
Et retrouve toujours son éternel avril.

Tige amère échappée aux torrides Afriques,
Humectant sa racine en l'eau sainte du Nil,
Elle élance, au ciel bleu, ses roses chimériques.

L'ÉNIGME DU SPHINX.

Sur le sphinx éternel qui rêve dans le sable,
Fixant, des jours entiers, mes yeux épris d'amant,
Je voulais deviner, et toujours vainement,
Son sourire secret, vague, indéfinissable.

Mais, comme une voix d'or, tombant du firmament,
Je ne sais, dans la nuit, quelle voix ineffable
M'a révélé l'énigme antique de la Fable
Que mes stériles yeux épiaient constamment.

Pour la première fois, aux lueurs des étoiles,
Qui mêlaient à son front leur éclair sidéral,
Pour moi, l'antique Isis laissa tomber ses voiles :

Homme, comprends enfin l'éternel idéal ;
Dans ma croupe de bête et mon front de déesse,
Vois la force asservie à l'heureuse sagesse.

ADIEU AU CAIRE.

Tu croules, ô cité des Mille et une Nuits ;
Tes riches minarets et tes vastes coupoles,
Les tombeaux des sultans aux saintes acropoles,
Chaque jour, dans la mort, disparaissent détruits.

Tes tissus éclatants de pompeuses idoles,
Tes ors, comme tes murs, tout s'effrite sans bruits,
L'Occident dans ton sein sème ses noirs ennuis,
Et ta flûte se tait, aux vives farandoles.

Dans l'outremer bleu, sur ta cité qui s'endort,
Trace le noir vautour ses grands cercles de mort,
Et semble planer sur un vaste cimetière.

Reine des orients, plus que le noir vautour,
De ses habits de deuil, éteignant ta lumière,
Plus triste que la mort, crains le noir Giaour.

LE GÉNIE INCONNU.

Il est mort : où sont donc, dis, toutes ses pensées,
Tant de projets, son long rêve, un monde idéal,
Lente incarnation du dogme social,
Et plus de cinquante ans d'études dépensées ?

Mille œuvres qu'il avait avec art agencées.
Rien ne se perd, dit-on, sur ce globe fatal ;
Même le grain de sable infinitésimal,
Tout revit de nouveau, parcelles dispersées.

Et tu le croirais donc, tous ses pensers sublimes
Sombreraient à jamais au profond des abîmes ;
Aux choses de l'esprit le plus amer destin ?

Elles flottent dans l'air, ses vivantes idées,
Et, par l'aube songeuse et le soir clandestin,
Hantent, s'insinuant, nos âmes obsédées.

LA NUIT DE VENISE.

O Venise, emporté dans ta noire gondole,
Ainsi qu'en un cercueil qui vogue sur les eaux,
Je suivais, dans la nuit, évanouie idole,
Cité d'or et de deuil, tes magiques tableaux.

Sentant mes jours perdus dans l'heure qui s'envole,
Et voyant tes splendeurs s'éteindre dans les flots,
Aux airs mourants de la lointaine farandole,
Je croyais me bercer dans la nuit des tombeaux.

Mais, du large venant, je ne sais quelle brise
Fait jaillir sur tes quais les lames qu'elle brise,
Et chanceler ma barque au sommet des flots noirs :

Nuit sombre de la mort, ô nuit pour moi de fêtes,
Où je rêvais le calme éternel des beaux soirs,
Auriez-vous donc aussi vos funèbres tempêtes ?

LES PLAINTES DE JOB.

Et moi sur mon fumier, comme Job l'hébraïque,
Vieux, pauvre, seul, infirme, amer et ruiné,
Tout perclus, misérable, et tout ratatiné,
Non, je n'invoque pas d'excuse chimérique;

Je n'accuserai pas, fol, un hasard inique,
M'écriant lamentable : Oh! pourquoi suis-je né?
Que n'ai-je eu, belle étoile, un astre fortuné,
Et quel Dieu règne au ciel, sourd, aveugle, ironique!

Humble, je dis : J'ai fait moi-même mon malheur,
Ma misère a sa source aux crimes de mon cœur,
Tout mal a son berceau, tout destin a ses causes.

Nous-mêmes nous forgeons nos jours d'or ou de fer,
Et chaque homme, brodant le canevas des choses,
Fait ici-bas son paradis ou son enfer.

LA MARE.

Elle me plaît surtout, la place du hameau,
Intime, ensoleillée, où croisent quatre voies;
Sa mare l'embellit, pleine de troupes d'oies,
Que du jour trop ardent protége un vert rameau.

Mille oiseaux vont chantant au haut du vieil ormeau,
Le cabaret riant ouvre ses claires-voies,
Où s'apprêtent le bal et ses rustiques joies;
Un pâtre, dans un coin, souffle en son chalumeau.

Tout le long de l'été, c'est là que je demeure,
Assis sur un vieux tronc de poirier, à toute heure,
Suivant le jeu changeant des rayons lumineux;

Et j'aime le soleil des soirs d'été bizarre,
Qui, moirant de ses feux son miroir limoneux,
Fait palpiter, d'un or étincelant, la mare.

RETOUR A LA FERME.

Quand novembre de brume inonde ses longs soirs,
J'aime les aboiements lointains dans le village;
A la ferme, les grands chiens aujourd'hui font rage,
Hurlant contre qui passe en ces chemins tout noirs;

C'est Pierre qui revient avec son attelage,
C'est la herse, c'est la charrue aux deux versoirs,
Les vaches s'attardant qu'on mène aux abreuvoirs,
La guimbarde qui file, au lumineux sillage.

Pour nous, pauvres chasseurs, le griffon familier
Se tait quand nous rentrons au seuil hospitalier,
Bredouilles, affamés, trempés comme une soupe;

Tout moqueur nous reçoit le fermier égrillard;
Auprès du feu brillant tinte l'heure où l'on soupe,
Et, fumante, apparaît une omelette au lard.

AVRIL.

Ah! l'avril est pour moi la plus triste saison,
Elle navre mon cœur avec ses giboulées;
Mes désirs au lointain, colombes envolées,
S'en reviennent, clopin-clopant, à la maison.

Je rêvais de l'aurore, et de riches allées,
De ciel bleu, de soleils, de verte frondaison,
Et de fleurs étoilant le velours du gazon;
La neige ensevelit nos plaines désolées.

Je reviens me chauffer tout seul au coin du feu,
Désabusé des jours d'avril et du ciel bleu;
Je songe à mes amours, je songe à vous, madame,

Et me prends à pleurer, me rappelant le temps
Où, pris de vos beaux yeux, je vous donnai mon âme,
Et je trouvai l'hiver froid au lieu du printemps.

L'OCÉAN DE LA VIE.

Comme un fleuve qui court jusqu'à la mer profonde,
Chaque instant, nous faisons un grand pas vers la mort.
Un fleuve qui toujours fuit, tel est notre sort;
La vie ainsi s'écoule, et s'écoule ainsi l'onde.

Les hommes et les flots se suivent à la ronde.
Le flot passager fuit, un même fleuve dort,
Et la mort et la mer attirent sans effort,
Comme insensiblement naît, passe ce vain monde.

Tout s'engouffre à la fin dans l'immense Océan,
Perdu, ce semble, au fond du noir gouffre béant;
Mais un vivant soleil pompe l'âme des choses :

Toujours naissante, l'eau suit son même contour,
Un même fleuve, un flot nouveau meurt dans les roses,
Et la vie et la mort s'effacent tour à tour.

VOICI VENIR L'HIVER.

Voici venir l'hiver triste et l'amère bise,
Les brumes, les grésils, la saison des ennuis,
Entends-tu le hibou, par les ombres des nuits,
Sur le faîte écroulé de la gothique église?

La nature se vêt ainsi qu'une Sœur grise,
Les amours, les avrils chantants se sont enfuis,
On se croit à midi tombés au fond d'un puits,
Et tout mon cœur noyé d'amertume se brise.

Gémis, mon pauvre cœur, ainsi qu'un Ossian,
Verse de pleurs sans fin tout un vaste océan,
Imite la chouette et ses chansons funèbres;

Tout pâlit, tout s'éteint et se meurt dans le soir,
Un exsangue soleil sombre dans les ténèbres,
Et la lune se vêt, pâle, d'un crêpe noir.

AU CHATEAU DE PAU.

O race de nos rois, ô race séculaire
Mêlée à notre histoire, à nos faits glorieux,
Je n'ai point pour ton nom d'appel injurieux,
Et ne partage pas la fureur populaire.

Si tu ne peux changer une aveugle colère,
Tu demeures, du moins, digne de tes aïeux,
Supportant gravement l'exil, sous d'autres cieux,
Toujours noble, toujours grande, toujours austère.

Tel, le chêne vaincu par les cruels autans,
S'il dépouille l'honneur de ses jeunes printemps,
N'a rien perdu pourtant de sa grandeur suprême;

Et, géant solitaire en l'ombre des grands bois,
Il garde encore au front l'or de son diadème,
Et paraît tout vêtu de la pourpre des rois.

LES YEUX NOIRS
1881.

Quand vient le soir profond au vague crépuscule,
Mon faible cœur se perd en un rêve sans fins,
Mon œil plane amoureux dans les obscurs lointains,
Par ces ténèbres court mon désir somnambule.

L'espace, dans la nuit, à l'infini recule,
Et mille visions, mille fantômes vains,
Peuplent, spectres charmeurs, les couchants doux et fins;
Comme un flottant mirage aux horizons circule.

Tel, contemplant, songeur, tes regards noirs et lourds,
Je vois se dérouler de vagues harmonies,
Un mystique horizon qui m'attire toujours,

De molles oasis, d'éternelles amours,
Et de doux Édens, des voluptés infinies,
Dans la profonde nuit de tes yeux de velours.

LA NUIT DES UNIVERS.

Et moi je contemplais ces yeux brillants de flammes
Des étoiles riant dans l'océan des nuits;
Je les interrogeais en mes pâles ennuis.
Mais autant vouloir lire en des regards de femmes.

Leurs yeux sont pleins d'attraits, et des plus purs dictames,
Aussi silencieux que l'heure des minuits;
Elles versent, du haut des célestes réduits,
La splendeur à notre œil, et la nuit à nos âmes.

Et tel aussi le Dieu qui mène au loin leurs chœurs,
S'enivrant au lacis de leurs molles lueurs;
Il cèle ses grandeurs dans sa sphère infinie.

Comme lui, vous brillez d'ineffables appas,
Astres éblouissants d'une vague harmonie,
Mais vous êtes trop loin, et vous n'éclairez pas.

L'OUBLI.

O bienheureux qui garde, en sa vieillesse sombre,
Le jeune souvenir de ses printemps passés,
Et sait ressusciter, temps fuyant, de ton ombre,
Le spectacle enchanteur des amours effacés.

Dans l'abîme sans fond la vie amère sombre,
Notre avril se dérobe à nos esprits lassés,
Rien ne reste en nos cœurs de tant de jours sans nombre,
Nous marchons dans l'oubli comme des trépassés.

Rien ne reste de nous, si chétifs que nous sommes,
Nous nous voyons mourir, sans cesse, pauvres hommes,
Et nous nous rebellons d'un inutile effort.

Qu'aspires-tu, fantôme impuissant, à la gloire?
Vieillard, encor vivant, n'es-tu pas déjà mort,
Toi-même t'effaçant de ta propre mémoire?

L'OCÉAN DU DOUTE.

De profundis clamavi.

Sur les flots du possible aux incertains rivages,
Voguant avec la terre, en des déserts sans fin,
De la barque éperdue, au ciel j'adresse en vain
Ces longs cris infinis que jettent les naufrages.

Nous voguons à travers les brisants, les orages,
Au soir désespéré, dans le brumeux matin,
Nous errons sans boussole en ce monde incertain,
Et sans but, et sans phare, et sans port et sans plages.

Dans l'obscur Sahara des cieux mornes, sans bruit,
Étranges, nous voguons, perdus, à pleine voiles,
Et les dieux n'ont pour nous que des yeux pleins de voiles.

Nul astre qui nous parle en ce ciel qui nous luit,
Et j'interroge en vain, dans l'éternelle nuit,
Cette obscure clarté qui tombe des étoiles.

MÉDITATION SUR L'INFINI.

Ainsi que Lilliput chez le peuple géant,
Trop vaste, l'univers réduit l'homme au néant :
Comme l'Éternité fait de nos frêles heures,
Illimité, l'Espace efface nos demeures ;

L'esprit agrandissant à l'infini le ciel,
A condamné notre être au néant éternel.
Que suis-je dans l'espace, atome misérable,
D'un rivage sans borne infime grain de sable ?

Qu'est la vie éphémère et son stérile effort ?
Je ne vois pour peupler l'infini, que la mort :
La gloire et le génie et la vertu sublime

Sombrent inaperçus dans l'insondable abîme ;
Ce globe, ce soleil aux astres morts uni,
Dieu même, tout se perd au grand vide infini.

DANAÏDES.

Notre siècle affolé de curiosités
Ressemble au fabuleux tonneau des Danaïdes ;
Rien ne saurait jamais combler ses soifs arides,
Rien ne suffit à ses désirs illimités.

Comme un essaim jadis des plus jeunes beautés
De l'urne insatiable emplissait les flancs vides,
Pour tâcher d'assouvir nos appétits avides,
Meurent des légions de fraîches nouveautés.

Modes, religions, romans, vers, utopies,
Art, théâtre, journaux, sports et philanthropies,
Renouvellent en vain leur mobile trésor.

L'audace et le génie ont épuisé leurs veines,
Oublieux et blasés, et nous crions : Encor!
Trouvant toujours le vide en nos âmes plus vaines.

ADIEU, REGRETS.

Le charme de la vie est fait de son passé ;
Rien ne vaudra jamais notre saison première,
Et trop tôt vient le temps où l'amour printanière
Nous rit, léger pastel aux trois quarts effacé.

Même, ce jour arrive où notre cœur lassé,
Voyant s'évanouir toute joie éphémère,
Se nourrit seulement, en sa vague chimère,
Du tendre souvenir que l'amour a laissé.

L'âge enfin vient où, vieux, la mémoire infidèle,
Si loin de son amour ne se souvient plus d'elle ;
Perdre ainsi la mémoire, ah ! c'est deux fois mourir !

Mais ce vrai ciel qui s'ouvre à l'amère souffrance,
Ravit à nos pensers même le souvenir,
Pour ne plus nous laisser au cœur que l'espérance.

L'EUROPE.

Reléguée aux frimas du pôle nord, l'Europe
Frileuse se morfond dans ses brumeux hivers,
Mélancolique au sein de ses climats amers,
Se tournant au soleil, comme un héliotrope.

Elle ravage tout, mais elle est philanthrope,
Après les avoir faits, repeuple les déserts.
Elle sait le secret des plus lointaines mers ;
Ses hauts faits ont lassé la voix de Calliope.

Elle est glorieuse et livrée à tous les maux,
Elle a mille trésors et n'a point de repos,
Dans ses progrès sans fin elle maudit la vie :

Le doute amer et sombre avec le spleen rongeur,
L'impuissant désir, la démocratique envie,
Comme de noirs vautours lui déchirent le cœur.

LA CONFESSION D'UN ENFANT
DU VINGTIÈME SIÈCLE.

Le luxe coule à flots dans mes palais dorés,
Je connais les secrets de l'obscure nature,
J'assigne son nom propre à toute créature ;
Un peuple épie, ému, mes regards adorés.

Mes levants sont de rose, et mes soirs empourprés,
Je lis d'un œil de sphinx dans l'histoire future,
La musique rêveuse et la rare peinture
Bercent dans leurs Édens mes songes enivrés.

Quel mal secret m'assiége en mes hautes demeures ?
Pâle et muet, je suis le cours tournant des heures,
En proie à je ne sais quel chagrin décevant :

J'ai trop goûté le fruit amer de la science,
Et mon esprit trop mûr, mon regard trop savant
Ne croit plus aux yeux bleus de la jeune espérance.

PENSÉE DE NOVEMBRE.

La saison où le moins j'aime à garder la chambre,
C'est la triste saison, le ténébreux novembre;
J'erre comme affolé jusqu'au profond des bois,
Où j'écoute du vent d'hiver les sombres voix.

Les bois ont le ton jaune et si tendre de l'ambre,
L'aquilon les dénude et le gel les démembre;
Mon âme en peine, ainsi que la biche aux abois,
Suit ce triste soleil éteint, prise d'effrois.

Sur le soir, envahi par les mornes ténèbres,
Je me sens le cœur pris d'enchantements funèbres,
Sur moi-même faisant comme un amer retour;

Et ce couchant qui meurt parmi les branches nues,
Représente, à mon cœur triste, mon dernier jour
Mourant à travers mes illusions perdues.

LES CHRISTS

SONNET SYMBOLIQUE.

Christ, tu vivras toujours dans ma haute demeure,
Et ton nom, parmi nous, gardera son autel;
Christ, en te pleurant, c'est moi-même que je pleure,
Car j'ai souffert ta passion, j'ai bu ton fiel.

Ainsi que toi, chargé des crimes d'Israël,
Pour tout le genre humain, vois, il faut que je meure.
Chaque péché de tous me poursuit à toute heure,
Tout méfait des aïeux à mon âme est mortel.

O Christ, je souffre aussi sur mon cruel Calvaire,
J'ai senti dans mon sein la lance léthifère,
Je fus trahi, vendu par Judas, insulté.

Et je suis, comme toi, le sauveur de ce monde,
L'avenir, par mes maux, du gouffre est racheté,
Et mes pleurs et mon sang lavent sa tache immonde.

SOLEIL COUCHANT

DANS LE PORT DE MARSEILLE.

Le soleil du couchant se meurt dans le vieux port,
Et la forêt des mâts, immense, échevelée,
Où passe un doux soupir de brise désolée,
Oscille vaguement sous le souffle du nord.

Éclairés des rayons mourants de pourpre et d'or,
Leur mâture si fine est tout ensoleillée,
Et semble une forêt par l'hiver dépouillée,
Aux orgues de la nuit sereine, qui s'endort.

Revenus mutilés du grand cap des Tempêtes,
Au souffle maternel, ils balancent leurs têtes,
Aimant se croire encor sur le coteau natal,

Quand, caressés du vent léger et monotone,
Ils se berçaient, au sein du soir occidental,
Illuminés des ors des beaux couchants d'automne.

LES COURSES D'AUTOMNE

A MARSEILLE.

J'aime à voir en novembre, au château Borelli,
Les courses qu'un soleil d'hiver, gracieux, dore,
Que les fins bois, les monts altiers, la mer décore,
Étincelant tableau d'un grand cadre embelli.

Le pin sombre s'y joint, vert, luisant et poli,
Au platane, qu'un vent d'automne décolore;
Le cheval, le jockey rouge, bleu, jaune, aurore,
Se détache à souhait sur ce fond recueilli.

Dans leurs atours pimpants, les belles Provençales
D'une gracile ombrelle abritent leurs teints pâles,
Et cèlent, de longs cils, leurs grands yeux de velours;

Et, croyant au printemps, sous ce ciel éphémère,
Sans cesse repris de l'éternelle chimère,
Mon cœur chante la Marseillaise... des amours.

PLACIDE BEAUTÉ.

Elle est calme et placide, et ses vagues yeux bleus
Promènent sa pensée au loin indifférente ;
Il semblerait qu'elle ait perdu son âme errante,
En elle flotte on ne sait quoi de nébuleux.

Et moi je l'aime ainsi, moi je l'aime bien mieux,
J'aime de ses langueurs la grâce pénétrante,
Au pâle cristallin sa prunelle mourante,
Et j'aime sa paresse et son charme onduleux.

C'est l'eau qui dort, c'est l'eau vague, c'est l'eau qui rêve,
Et qui réfléchit tout sur le bord de sa grève ;
En sa grâce torpide est un charme fatal ;

Qu'un désir fuyant passe au-dessus, vain mirage,
Il s'imprime précis dans ce calme cristal,
Et qui s'y penche y croit respirer son image.

STATUE DU PREMIER CONSUL
EN CORSE.

Il ne regarde pas vers le berceau natal.
Son œil noir va planant sur la mer infinie,
Il tourmente le mors du cheval qu'il manie,
Et sa pensée au loin plonge sur le cristal.

Il aime de ces mers la sauvage harmonie,
Elle ressemble au choc dur du combat brutal ;
Son cœur palpite, il faut à l'aigle impérial,
Aux tempêtes du ciel celle des flots unie.

Son œil de proie étreint au loin la vaste mer,
Et son cœur cruel baigne, amer au flot amer :
Il ouvre au vent sa voile, ainsi que la frégate ;

Et, dans un rêve d'or, de gloire et de butins,
Écumant l'univers, de son nid de pirate,
Il fait voler la mort aux rivages lointains.

LA MORT.

Malgré l'amer frisson que me cause la mort,
J'aime à la contempler pendant des nuits entières,
Mon âme, noir hibou, s'envole aux cimetières.
Rêver sur cette énigme irritante du sort.

Entre tous les attraits, son charme est le plus fort;
Plus que la vie elle a des grâces singulières;
Heureux qui la connaît de façons familières,
Son profond regard noir et magnétique endort.

La mort m'attire comme un étang taciturne,
Et, sous d'épais rameaux, plein d'un charme nocturne,
Semé de nénufars et de morbides fleurs;

Immobile, son onde est creuse et toute noire;
Sous un furtif rayon, mille étranges lueurs
Irisent sa surface et sa fantasque moire.

RÊVES DE VILLÉGIATURE.

Je rêve maintenant de passer mes étés
Dans la rare oasis du centre de l'Afrique,
Où règne une fraîcheur charmante et chimérique,
Un éternel printemps aux ciels doux et lactés.

Mes jours s'écouleraient semés de voluptés,
Sous les ombrages bleus d'un palmier fantastique,
Près de sinueux lacs pleins d'un charme mystique,
Éventé de la main d'exotiques beautés.

Et je voudrais passer tous mes hivers au pôle,
Dans l'Éden fabuleux de tiédeur douce et molle,
Baigné des chaudes mers que l'on cherche toujours;

Les lents hivers y sont de douceur ridicule :
Dans un rêve sans fin j'y bercerais mes jours,
Aux pâles langueurs d'un éternel crépuscule.

FLEUR PARISIENNE.

Le cervelas impur qu'une grisette mange,
L'odeur d'égout qu'un bouge étroit joint à la sienne,
De lubriques leçons d'une fille ancienne,
Le théâtre, le bal, la rue, infect mélange;

L'argot, la brasserie, et le vice et la fange,
Le secret lupanar qui ferme sa persienne;
Voilà de quoi se forme une Parisienne;
Du fumier de Paris naît cette fleur étrange :

Capiteuse, fatale, éclatante, irritante,
Gardant de son berceau toujours l'impur prestige,
Dont le parfum dans l'air, comme un miasme, voltige,

Mêlant à nos plaisirs sa grâce inquiétante,
Et traînant une odeur de luxure excitante,
Jetant dans tous nos sens un lumineux vertige.

LE SIÈCLE DU PROGRÈS.

Pauvre siècle sans art, il marche aidé du temps,
Triste automne héritier de glorieux printemps :
L'érudit, familier d'une bibliothèque,
Compile, ignorant, la langue latine ou grecque.

Trouveur de précieux papiers, l'historien
Pêle-mêle émet tout sans rien mettre du sien;
Le chimiste remplit au hasard ses cornues,
D'où les inventions s'envolent, ingénues.

Harmoniste savant, et fin musicien,
L'écrivain peint surtout comme un Vénitien;
De tout ce qu'il ignore, en sa fade abondance,

Le journaliste assemble une correspondance.
Tel est ce siècle nain, simiesque babouin,
Qui, grimpé sur le dos de géants, voit plus loin.

DERNIER CONCERT.

Amis, quand vous verrez venir ma dernière heure,
Entourez mes regards des tissus d'Orient,
Semez dans mes yeux l'or, le pourpre étincelant,
Et remplissez de fleurs suaves ma demeure.

Que je meure enivré, puisqu'il faut que je meure,
Et trompez tous mes sens d'un mirage riant,
Faites chanter pour moi le rhythme sémillant,
Que le violon rie, encor plus qu'il ne pleure.

Et que j'emporte, ainsi, dans la cité des morts,
Les rhythmes, les couleurs, les parfums, les accords,
Que je m'endorme aux sons d'une tendre musique.

Bercez d'un rêve heureux mes suprêmes lueurs,
Et que mon dernier soir, en un charme magique,
Me sourie à travers la verdure et les fleurs.

LES CHIFFRES AMOUREUX.

Nous gravons nos amours et nos chiffres vainqueurs
Sur les vivaces troncs de nos forêts prochaines,
Cet amour toujours croît sur l'écorce des chênes,
Qu'il a depuis longtemps disparu de nos cœurs.

Grands arbres, pleurez-vous, avec l'aurore en pleurs,
Sur les fragilités des constances humaines?
Ou, dans le vent du soir, susurrantes haleines,
Vous raillez-vous de l'homme en des rires moqueurs?

Je ne sais; je croirais parfois que la nature,
S'essayant, elle aussi, dans la caricature,
Va ridiculisant nos chiffres fastueux,

Les déforme, les change en d'étrange figure,
Donnant, railleuse, aux uns des ventres monstrueux,
Ou les fait longs, bossus, sinistres, tortueux.

LA FORTUNE.

Oh ! bienheureux le riche aux jours de sa jeunesse,
Lorsqu'il peut voltiger de plaisir en plaisir,
Suivre son fol caprice, inventer le désir,
Et que la coupe d'or verse à longs flots l'ivresse.

Mais lorsque l'on vieillit, à quoi sert la richesse ?
Le regret seul nous reste, et l'amer souvenir.
Le temps à nos yeux froids a fermé l'avenir ;
La richesse nous est plutôt une tristesse.

Oui, l'or pour le jeune homme est un bel Orient,
Doux, léger, radieux, plein d'espoir souriant,
Une aurore de rose au sein de la nuit sombre.

Son trésor, au vieillard, est comme un soir d'hiver,
Plein de cet or éteint et de ce pourpre amer,
Deuil éclatant du soir désespéré qui sombre.

LES AMOURS DE L'OCÉAN.

O mortel, sous tes yeux, se déroule un grand drame ;
Vois le sombre Océan, et vois le vaste ciel ;
L'Océan ténébreux, vers ce ciel éternel,
Sent monter les désirs incessants de son âme.

Vers la lune mystique, objet pur de sa flamme,
Roulent ses flots émus d'un flux perpétuel,
Et le pâle astre mort, cadavre solennel,
De ses grands yeux éteints, l'attire et le réclame.

As-tu médité sur cet amour du néant,
Cet amour éternel de l'immense Océan,
Étrange, intraduisible, ineffable, extatique ?

Ce même amour étreint toutes les nations,
Et le pâle Christ mort, lune du ciel mystique,
Attire à lui le cœur des générations.

L'AMOUR ET LA MORT.

Rien autant que l'amour ne ressemble à la mort,
Car pour nous l'amour est une métamorphose,
A chaque amour le monde à nos yeux se transpose,
Et l'univers changé module un autre accord.

Oui, chaque amour nouveau m'est comme un nouveau sort,
Mon destin suit l'amour comme l'effet la cause;
Tantôt mystique lys, et tantôt folle rose,
Autre amour, changement à vue, autre décor.

Tout des yeux adorés prend pour moi la nuance,
Le bleu qui fait rêver, le vert de l'espérance,
Le gris toujours changeant, le noir mystérieux.

Comme la mort, l'amour est pour moi plein de voiles;
Je voyage charmé, de beaux yeux en beaux yeux,
Comme j'irais voler d'étoiles en étoiles.

FLEURS DES CHAMPS.

Pour l'autel de la Vierge, et pour la Fête-Dieu,
Oh! non, ne prenez pas dans la serre folâtre
Ces fleurs de bal, ces fleurs de boudoir, de théâtre,
Qui se sentent toujours de leur profane lieu.

Prenez vos chastes fleurs dans un plus pur milieu,
Les belles fleurs des champs, des bois, les fleurs du pâtre,
Et celles que l'enfant innocent idolâtre,
Qui, sous le ciel, déjà brûlent d'un divin feu.

Car tout semble souillé dans la fange des villes,
La fleur même n'y sert qu'à des fêtes serviles,
Son parfum est plus lourd, capiteux, sensuel.

Aux champs, tout ce qui vit garde une âme plus pure,
Les simples fleurs des champs y germent vers le ciel,
Portant l'encens à Dieu de la belle nature.

22

LES MONDES SILENCIEUX.

Astres silencieux qui planez dans le ciel,
Et vous, tranquille paix de la nuit taciturne,
Bois, qui toujours rêvez dans le calme nocturne,
Vous toutes, chastes fleurs au mutisme éternel;

Soirs dormant comme en un charme perpétuel,
Belles eaux qui sourdez, sans frémir, de votre urne,
Semblant tous un muet royaume de Saturne,
D'où vous vient ce silence auguste et solennel?

Ah! vous êtes épris, tous, d'un amour mystique,
Qui vous tient enfermés dans un charme extatique,
Au profane voilant votre bonheur discret;

Moi blessé, comme vous, au profond de mon âme,
De mon suprême amour je cèle le secret,
Et voile le trésor de ma mystique flamme.

LE LAC ENCHANTÉ.

Dans le doux lac dormant, et par un tiède soir,
A baigné son beau corps une lune argentée;
L'onde sur ses seins blancs roulait diamantée,
Et dans l'ombre brillait du crépuscule noir.

Et, depuis ce doux soir si charmant, on peut voir
L'eau du beau lac profond devenue enchantée,
Et pure, lumineuse, opaline, lactée;
Et la chantante fée en fait son clair miroir.

Mon âme est le lac pur où ton âme profonde,
Par un doux soir d'été, baigna sa beauté blonde,
Où l'éclair pénétra de tes mystiques yeux.

Depuis, comme enchanté d'une clarté dansante,
Je garde un pur rayon doux et mystérieux,
Clair prisme étincelant, onde phosphorescente.

LA SYMPHONIE ÉTERNELLE.

En Dieu rayon voilé, mon humble esprit adore
Le mystère infini qui régit l'univers,
Enfantant les soleils au fond des ciels déserts ;
C'est le nombre divin qu'adorait Pythagore.

Dans l'immense nature, il m'apparaît encore,
Sous sa forme sensible et ses contours divers ;
Et l'amour qui nous rit, comme aux ciels entr'ouverts
C'est la nature en sa plus idéale aurore.

Et la mort elle-même, avec son soir obscur,
C'est l'amour s'envolant vers un monde plus pur.
Ainsi tout n'est pour moi qu'une même harmonie ;

Sur ma lyre d'airain, et sur mes harpes d'or,
Et, dans une mystique et vague symphonie,
Je chante Dieu, l'amour, la nature et la mort.

LES TILLEULS.

Sous mes tendres tilleuls et dans ma grande allée,
J'aime à me promener par la nature en fleur ;
Leur feuille symbolique a la forme du cœur,
Et leur parfum est doux à l'âme inconsolée.

Aussi des gais oiseaux la troupe jeune, ailée,
Se plaît sous leur feuillage à la molle senteur ;
Sur leur rameau propice, ils chantent tous en chœur,
Amoureuse harmonie à mon âme esseulée.

Aussi que souvent j'aime à me promener seul,
Sous l'abri recueilli du familier tilleul,
Tout entier aux douceurs amères que j'éprouve !

Je vois revivre en lui mes beaux jours écoulés,
Et, dans les doux concerts des oiseaux, je retrouve,
Encore tout chantants, mes songes envolés.

LA GRANDE NOURRICE.

La mer, la grande mer est un sein qui respire ;
Sur ses bords, la vois-tu sans cesse palpiter,
Une abondante vie en elle s'agiter ?
Elle frémit, se gonfle au souffle du zéphire.

Aux tièdes nuits d'été, l'entends-tu qui soupire ?
J'ai vu ses flots souvent, par le soir, s'argenter,
Devenir opalins, lactés, se dilater
Comme en vagues de lait, tout son humide empire.

Comme cette œuvre d'art, comme la Charité,
Le beau tableau vivant d'Andrea del Sarte,
Elle nourrit un monde à sa riche mamelle,

Un beau monde futur qu'elle cèle en son sein,
Une terre profonde et pure, fraîche et belle,
Pour remplacer ce vieux monde usé, vil, malsain.

LES ÉTOILES.

VARIATION SUR UN AIR CONNU.

Chacun voit ce qu'il veut, regardant une étoile :
L'enfant un beau point d'or sur un grand tissu bleu,
Le sage un Dieu qui parle en des lettres de feu,
Le peintre un fin dessin sur une riche toile.

L'un, des esquifs légers qui mettent à la voile,
De séparés amis qui nous disent adieu,
L'autre un bleu pavillon tout peint en camaïeu,
Ou quelque vague énigme où l'avenir se voile.

Un agronome y voit la pluie ou le beau temps,
Le savant une éclipse à venir dans cent ans,
Le mage les travaux fameux du grand Hercule ;

On voit ce qu'on veut dans ce miroir enchanté.
Moi, je vois dans ces feux pâles au crépuscule,
Tes yeux tremblants d'amour, ô ma chère beauté.

LA MORT D'ESCHYLE

TRADUIT DE L'ITALIEN.

Un aigle transportait une tortue au ciel,
Et la laissa tomber sur le crâne d'Eschyle;
La tête fut rompue au dur choc du reptile,
Le poëte tomba frappé d'un coup mortel.

Nous te pleurons encor, noble aède éternel;
Ni tes poëmes d'or ne furent ton asile,
Ni ce progrès prédit par ton esprit agile;
Ah! je vous reconnais, dieux de l'Ida cruel :

Car le mythe apparaît clair; la lourde tortue
Symbolise, à pas lents, la routine têtue,
Et l'aigle, c'est l'oiseau sombre de Jupiter.

Rebelle aux dieux, Eschyle a créé Prométhée;
Zeus vaincu, pour venger les dieux du haut éther,
Du reptile brisa le front fier de l'athée.

LE PARADIS PERDU.

Vois quelle belle aurore, et comme le flot bleu
Coule languissamment, somnolente rivière;
L'onde pourpre s'irise en longs réseaux de feu,
Au bord chante déjà la douce chevrière;

Ses moutons vont errer dans la vague bruyère;
L'étoile pâlissant semble nous dire adieu,
Les monts, les bois, les prés, roses dans la lumière,
Tout charme le regard en ce chaste milieu.

Mais moi, devant ces doux Édens, je reste triste,
Et l'éternel malheur en mon âme persiste;
Seul, tout me semble amer en ces heureux midis.

Ils me navrent le cœur comme un envolé rêve :
Ah! mieux, dis-je, vaudrait Ève sans paradis,
Triste cœur oublié, qu'un paradis sans Ève.

LES FEUILLES MORTES.

Aux grands bois assombris, les premiers jours d'hiver,
Je reste à regarder voler la feuille morte ;
Sur les ailes du vent passager qui l'emporte,
Elle essaye, elle aussi, de s'élever en l'air.

Loin du rameau natal, elle aspire à l'éther,
Elle s'enlève, tombe, et revole plus forte,
Retombe encore, enfin son fol espoir avorte,
Le vent la jette au fond noir du ravin amer.

Je pleure en vous voyant, feuilles mortes mystiques,
Prises, ainsi que nous, de désirs extatiques,
Qui toujours espérez vous enlever au ciel.

Détachée ainsi du rameau natal, notre âme
Roulée au tourbillon du trépas trop cruel,
Croit s'envoler aussi dans son beau ciel de flamme.

LA FOUGÈRE.

Dans les landes sans fin des beaux pays d'Armor,
Semble se recueillir, loin du bruit, la fougère ;
Elle aime les grands bois, une terre légère,
Vit sur le bord des bleus lacs pensifs, fin décor.

Et c'est là qu'elle rêve, et se souvient encor
Des antiques splendeurs sur la rive étrangère,
Quand monta jusqu'au ciel sa grandeur passagère,
Dans l'éther lumineux de ses beaux âges d'or.

Type cristallisé, forme pyramidale,
Elle affecte le nombre et la norme idéale
Que recherche l'ascète en ses rêves sans fins ;

Ces purs rhythmes scandés, et ces lignes subtiles,
Ces préciosités, dans ses feuillages fins,
Qui hantent les esprits des espaces stériles.

LE MIRAGE.

Quand je sors saturé des couleurs du Musée,
Que j'ai vu Cuyp, Rembrandt, Léonard, Ruysdael,
Titien aux tons fins, d'un charme sensuel,
Une ivresse remplit ma prunelle abusée.

Tout horizon me luit de lueur irisée,
Et la nature entière est comme un arc-en-ciel,
Tout me semble or et pourpre et bleu surnaturel,
La clarté s'éparpille, en mille éclats brisée.

Ainsi, lorsque j'ai vu, madame, vos beaux yeux,
Vos lèvres pourpre, vos fins reflets précieux,
Que j'ai nourri mon cœur de vos grâces écloses,

L'univers m'apparaît plein d'un prisme envolé,
Et l'espace et le temps sont parsemés de roses,
Et je marche, songeur, dans un rêve étoilé.

TRISTE MONDE.

Ce stérile univers n'est qu'une œuvre néfaste,
Nous sommes condamnés à perpétuité,
Une sévère loi régit l'humanité :
Ou l'éternel malheur, ou la mort la dévaste.

La plupart, enfermés dans l'horreur de leur caste,
Soupirent vainement après la volupté,
Rêvent l'or, le loisir, le plaisir, la beauté,
Et se meurent, surtout malheureux par contraste.

Pour les grands encor plus le destin est cruel,
Il semble accorder tout à leur cœur sensuel,
Mais sa longue caresse est une perfidie :

Richesse, biens, honneurs, vaine ombre, tout s'enfuit,
Soudain, il faut quitter tout pour la sombre nuit;
La mort des grands toujours est une tragédie.

LE SUPPLICIÉ.

Avez-vous vu comment jadis Carrier de Nantes,
Monstre affreux accouplant et la vie et la mort,
Jetait ses malheureux captifs par-dessus bord
Dans la Loire, sujet d'horribles épouvantes?

Ce monde est ainsi plein d'histoires émouvantes,
Et partout on peut voir la cruauté du sort,
L'un à l'autre unissant maint élément discord,
Lier l'être qui meurt aux formes survivantes.

Et, tel, je me lamente, au déclin de mes ans;
Quand s'envole mon âme ailée, au ciel de flamme,
Mon corps stigmatisé par la vieillesse infâme,

Voit se courber au sol ses membres fléchissants;
Et mon âme, de plus en plus jeune, se navre
De traîner, après soi, ce vieux corps, vil cadavre.

HÉLIOPOLIS.

Mon cœur est mort, mon cœur est un désert sans âme,
Il connaît trop l'amour cruel, ses trahisons,
Il a longtemps langui dans d'amères prisons,
Et ne se veut plus prendre aux leurres de la femme.

Mais que tombe un regard de vos beaux yeux, madame,
Soudain s'éclairciront mes mornes horizons,
Le printemps chantera comme aux jeunes saisons,
Vous rassérénez tout à vos regards de flamme.

Et l'amour renaîtra par votre attrait vainqueur,
Splendide, éclatant, des ruines de mon cœur,
Comme on voit, dans l'aurore aux vapeurs purpurines,

Héliopolis, la merveille des déserts,
Du fond de son sépulcre inconnu de ruines,
Sortir étincelante au sein vague des airs.

L'IDÉAL.

Elle était pour mon cœur tellement achevée,
Elle avait, en ses yeux charmants, tant de soleil,
Sa lèvre était si pourpre et d'un éclat vermeil,
Sa figure ovaline était si bien trouvée ;

Elle était de bel âge et d'amour avivée,
Et me représentait une aurore au réveil,
Et dans un si galant et si doux appareil,
Que moi je croyais, la voyant, l'avoir rêvée.

Et, comme dit Platon de l'amour idéal,
Je l'avais vue en rêve aux soirs de floréal,
Splendide, rare, étrange, ineffable, imprévue.

Et ce rêve était si plein de réalité,
Si palpitant dans son doux aspect enchanté,
Que je croyais toujours, la rêvant, l'avoir vue.

LE STEAMER
1882.

Quand je pars maintenant, sur le sombre vapeur,
Au sein des flots profonds et des mers incertaines,
Et le regard perdu sur les vagues lointaines,
Je ne badine plus, je ne ris plus, j'ai peur.

Vieux, je ne songe plus à des îles en fleur,
A l'Orient vermeil, aux sublimes Athènes,
Aux beaux Eldorados des hardis capitaines,
Édens miraculeux où sourit le bonheur.

Non, l'infini des mers opprime ma pensée,
Se jouant, spectre étrange, en mon âme insensée ;
Il me semble flotter vers des rives sans port ;

Je vois se dérouler les houles des naufrages,
Et les lames sans fin, et les amers rivages,
Et le sombre Océan immense de la mort.

LA MORT DU PEUPLIER.

Le bel automne encor souriait dans les champs,
Nous admirions l'éclat de la dernière rose,
Et, si l'aube, parfois, se réveillait morose,
Rien n'égalait aux yeux la grâce des couchants.

Seul, comme une élégie aux longs regards touchants,
Se mourant lentement, près de l'eau qui l'arrose,
Le peuplier atteint de sa pâle chlorose,
Pleurait déjà l'hiver triste, dans ses doux chants :

Ah ! vaut-il mieux, avant la fin de la journée,
Déserter, jeune encor, la saison fortunée,
Pâle, entrer dans le noir empire de la mort ;

Ou, triste, végéter jusqu'à l'heure suprême,
Dans l'ennui, le chagrin, la peine, le remord,
Pour, à tous coups, pleurer, hélas ! ceux que l'on aime ?

LE SECRET DE L'IMMORTALITÉ.

Ah ! l'amour est ma vie, et, cœur désespéré,
Je me reprends toujours à la vide espérance,
Et cours aveuglément vers l'amère souffrance,
Suivant ce vain Amour qui rit invulnéré.

Chaque regard de femme, au sourire éthéré,
Dompte mes volontés et mon indifférence,
Comme abuse nos sens une vaine apparence,
Un feu follet errant dans un soir égaré.

Tel je serai toujours jusqu'au seuil de la tombe ;
Au désir, à l'espoir décevant je succombe,
Les bras vers toi tendus, ô beauté qui me fuis ;

Et, même dans le sein des profondes demeures,
Palpitante au décours des insensibles heures,
Ma cendre, Anna, criera : Je t'aime, donc je suis.

LE SECRET DU NIL.

Sur les bords du grand Nil plein de vastes pensées,
J'arrêtai, las de tout, mes courses dispersées,
Pour écouter, perdu parmi les hauts palmiers,
La sagesse infusée en nos âges premiers.

Car, au cours vague des hiératiques ondes,
Coulent incessamment les sagesses des mondes;
Dans le cycle secret que trace le vieux Nil,
Des dédales obscurs se cèle l'art subtil.

Contemplateur perdu sur cette antique terre,
J'en pénétrai l'étrange et le double mystère :
Là, l'aurore au doigt rose, au front pur, au doux chant,

A déjà des pâleurs livides du couchant;
Et le soleil qui meurt, et plutôt semble éclore,
Offre la grâce et les sourires de l'aurore.

NAPLES EN NOVEMBRE.

Ma chambre d'auberge est une chambre de deuil :
Un papier à rayure alternant clair et sombre,
De vastes rideaux bruns qui déversent leur ombre,
Un funèbre tapis, attristant dès le seuil.

Devant moi, le Vésuve, aux écumes sans nombre,
Qui me dit : Frère, il faut mourir! pour tout accueil,
Un ciel italien aussi noir qu'un cercueil;
Ah! mon cœur tout entier dans l'amertume sombre.

Voir Naples et mourir, me disais-je en venant;
Je le disais, vous pensez bien, en badinant.
Voici Naples changée en horrible caverne,

Son golfe si charmant fond tout entier en eau,
On dirait que partout s'étend son noir Averne,
Et que Pompéi sort, pâle, de son tombeau.

L'ESPÉRANCE.

Ah ! je vous suis toujours, beaux nuages errants,
Couché dans l'herbe haute, au penchant des collines,
Je vous suis dans l'azur aux vapeurs cristallines,
Nuages roses, verts, violets, jaunes, blancs.

Je voyage au lointain, dans vos ciels décevants,
Monté sur votre flotte aux flammes purpurines,
Par les écueils, par les ouragans, les ruines,
Nuages emportés sur les ailes des vents.

Vous mourez, vous tombez, étincelants mirages,
Vous allez échouant vers d'inconnus rivages,
Grands châteaux écroulés dans les beaux couchants d'or,

Et renaissez toujours, brillants, au ciel immense :
Et mon rêve, avec vous, qui dans vos jeux s'endort,
Sans cesse évanoui, sans cesse recommence.

LE CALME.

Descendant du ciel bleu, profond et sans nuage,
Dans le beau lac d'azur, dans le lac enchanté,
L'astre pur a penché sa charmeuse beauté,
Et laissé, sillon d'or, son céleste mirage.

Et le lac, apaisant ses flots sur son rivage,
Semble se recueillir, rempli de volupté,
Et calme, transparent miroir d'un bleu lacté,
Pour garder à jamais cette amoureuse image.

Ainsi, quand je t'ai vue, ô charme de mes yeux,
Avec ton frais souris, tes yeux délicieux,
Ton front pur encadré comme d'une auréole,

Je m'en vais rêver seul, sous le ciel constellé,
Pour à jamais en moi conserver, belle idole,
Ton sourire divin, et ton front étoilé.

L'ENTERREMENT A L'ÉGLISE.

Triste, je me rendais à cet enterrement;
Sous les arceaux obscurs de l'église gothique,
Le noir cercueil plongeait dans leur ombre mystique,
Rendu plus sombre encor par le sombre ornement.

Au royaume des morts je me crus un moment;
L'église me semblait un cercueil fantastique,
Le morne et froid tombeau du vieux Christ ascétique,
De notre austère foi lugubre monument.

J'étais si triste, quand je regardai la voûte,
Et fus étrangement surpris qu'elle était toute
En feu, le ciel brillant dans l'éclatant vitrail :

Christ en son paradis illuminait la rose;
La mort cessa pour moi d'être un épouvantail,
Soudain se transformant en une apothéose.

LES DIEUX S'EN VONT.

Les dieux s'en vont. Tant mieux, dit la foule avec joie,
Et s'en court adorer une fille de joie;
Ils puisent leur esprit chez le marchand de vin,
Et foulent à leurs pieds tout ce qui luit divin.

Peuple, les rois, les dieux surtout, c'est la patrie,
Est-ce qu'un sol abject fait votre idolâtrie?
O vieux peuple sans âme et sans religions,
Vous serez une proie aux jeunes nations.

Mais Dieu n'habite pas, dites-vous, dans les villes.
Crois-tu donc qu'il se plaise à vos fêtes serviles?
Le Dieu des infinis habite l'éternel;

Regarde dans la nuit profonde, vers le ciel :
Un Dieu passe imprévu, couvert de sombres voiles,
Sur le chariot d'or des tremblantes étoiles.

ARS LONGA, VITA BREVIS.

Ah ! la vie est si courte, et l'art si difficile,
Et nous ne faisons guère œuvre que d'écolier ;
Aux dures lois du vers qu'on est lent à plier,
Étroit est le sentier des Muses de Sicile.

Jeune, on a, dès l'abord, une veine fertile,
Sentant le matamore et le fier cavalier ;
Que de soins il faut pour le sobre et familier,
Et qui sache émonder tout scion inutile !

Vingt fois, sur le métier, on rajuste, on polit,
On y songe en mangeant, en promenant, au lit ;
Quelques raffinements, quelque retouche encore :

Voilà qu'il faut partir au milieu de l'été,
Quand on commence à voir la moisson qui se dore,
Et c'est le temps qui manque à l'immortalité.

LE CONTEMPLATEUR.

Si pour agir, ami, la vie est trop briève,
Cette même vie est longue assez pour rêver ;
Je rêve quand le jour commence à se lever,
Et jusque dans la nuit profonde erre mon rêve.

Je suis l'aurore vague et pâle qui se lève,
Les brouillards lumineux lents à se soulever,
Les nuages qu'un fin rayon vient aviver,
Et les grands soleils d'or expirant sur la grève.

Tel, sous les grands pins noirs, au ciel mystique uni,
Le cœur bercé toujours dans un rêve infini,
Je suis, à l'horizon vague, une pâle image.

Mon âme se repaît d'ombres et de rayons,
Rien au monde n'est beau comme un fuyant mirage,
Rien n'est vrai pour le cœur que les illusions.

AU BORD DE L'OCÉAN.

Que tu plais à mon cœur triste, à mon faible cœur,
Mer vaste, sombres eaux, mer indéfinissable !
J'aime ton sable amer, ton flot insaisissable,
Et le cri révolté de tes vagues en chœur.

J'aime ta force auprès de ma pâle langueur,
Devant ton infini, tout paraît périssable,
Et se trouve à jamais, pour mon cœur lamentable,
Une molle attirance en ton éternel pleur.

Que de longs soirs j'errai, vague et mélancolique,
Sur tes grèves sans fin, Océan symbolique,
Sombre miroir de l'homme, et clair miroir de Dieu !

Et je t'aime toujours, ô mer riante et sombre,
Grand désert morne peint du plus suave bleu,
Solitude où j'entends chanter des voix sans nombre.

PENSIONNAT DE DEMOISELLES.

J'aime à les voir passer, les fines écolières
Si coquettes déjà, jouant de leurs beaux yeux,
Coulant un long regard, tendre ou mystérieux,
Jetant à l'air leur rire et leurs voix familières.

Leur esprit est frivole et ne s'applique guères,
Ne se pouvant plier à rien de sérieux ;
Il s'envole où s'en va leur désir curieux,
Affolé papillon, aux flottantes lumières.

De sa voix grave, la pauvre maîtresse en vain
Les rappelle au froid livre, au sévère entretien ;
Elles songent de bal, de grâces, de sourire,

Disant, chantantes et dansantes tour à tour :
Les hommes ont des yeux pour travailler, pour lire ;
Nous avons, nous, de doux yeux pour faire l'amour.

LA BELLE VIEILLE.

Moi, j'aimais à la voir, cette étoile des blondes,
Elle était belle encor, passé quatre-vingts ans ;
Elle avait tant aimé, ses yeux étaient riants,
Et je cherchais à lire en ses rides profondes.

Ces rides racontaient des siècles et des mondes ;
Tendres, son âme heureuse en ses doux orients,
Et, creusés, la douleur des beaux soirs si fuyants :
Accumulés témoins de ses amours fécondes.

Comme ils étaient profonds, ces tombeaux des amours,
Et comme ils souriaient, délices des beaux jours !
Visions à la fois et tristes et charmantes.

Moi, j'apprenais l'amour dans ses yeux, clairs flambeaux,
Ses plaisirs, ses douleurs, inscrits comme aux tombeaux,
Aux rides toujours plus profondes, souriantes.

VISION EN BATEAU.

Un cottage léger au bord de la rivière,
Des ombrages rêveurs qui pendent jusqu'à l'eau,
Où tremble mollement la grâce du bouleau,
La rive au pur gazon à pente hospitalière ;

Belle enfant, toi surtout, et rare et familière,
Toi le charme éternel du fugitif tableau,
Avec tes grands yeux clairs, tels qu'un fin Murillo,
Qui regardaient grandir le soir crépusculaire.

L'eau, comme éprise du paysage charmant,
Auprès de ces beaux lieux coulait plus mollement,
Emportant, en son sein mobile, leur image.

Et mon cœur, de ta grâce ingénue amoureux,
Plus errant que le flot qui baigne ton rivage,
Voit palpiter toujours tes grands yeux langoureux.

SOLEILS COUCHANTS.

Chaque soir, je m'enivre aux couchers du soleil,
Et mon œil, tel qu'un songe étincelant, contemple
Ces palais de porphyre et ce glorieux temple
Où, superbe, il descend en pompeux appareil.

Dans ce que l'œil recherche, est-il rien de pareil?
Quel coloris splendide, et quel fin dessin ample!
Comme ces beaux couchants s'irisent à l'exemple
Du rêve fantastique où se meurt le sommeil!

Ces grands soirs merveilleux où notre âme est ravie,
Ces pourpres, ces vermeils, ces beaux palais d'amour
Sont faits de la vapeur impalpable du jour;

Et notre esprit ainsi des rêves de la vie
Bâtit l'arc triomphal aux colonnades d'or,
Portail vain et menteur du néant de la mort.

LA SOURCE DU BOIS.

J'ai vu la nymphe, hier, de la source du bois,
La lune pâle et blonde, aux lueurs incertaines,
Versait son blanc rayon sur ses grâces sereines,
Et, dans la nuit, chantait son amoureuse voix.

Diana, lasse un jour des grands cerfs aux abois,
Se va-t-elle mirer au cristal des fontaines?
Ou serait-ce votre ombre, ô beautés souveraines,
Qui souliez vous baigner dans ce flot autrefois?

Est-ce un doux revenant? Ophélia la blonde
Qui jadis s'est jetée affolée en cette onde?
Ou, ma charmante, toi, car j'ai cru te revoir,

Qui t'en vas dans la nuit, seule au bois, si peureuse?
Je ne sais, elle rit dans le vague du soir,
Et m'appelle toujours de sa voix amoureuse.

LES ILES D'OR

PRÈS HYÈRES.

Plus d'un château charmant à fantasque tourelle
Regarde l'horizon, des bois de Costebelle;
Mais s'élève plus haut, et sur les îles d'Or,
Tel qu'un féerique oiseau, plane San-Salvador.

A ses pieds, de grands bois, semés de pins sauvages,
Endorment de parfums les langoureuses plages;
Là, Carqueiranne cèle, en un secret vallon,
Le sinueux ruban qui court jusqu'à Toulon;

Là, Pomponiana, le moresque Almanarre
Peuplent l'esprit chercheur de leur souvenir rare;
Mais Porquerolle étend, comme en un vase amer,

Sa côte échevelée aux lames de la mer,
Et, lieu délicieux de vague promenade,
Épandue à nos pieds, dort l'immobile rade.

ACIREALE

LA VILLE DE GALATÉE.

Acireale, ainsi qu'une autre Galatée,
Ne crains pas cet Etna, Polyphème géant;
Le monstre te regarde avec des yeux d'amant,
Et toujours te traita comme une enfant gâtée.

Dès janvier, en ses feux, sa tendresse hâtée
Te prodigue de fleurs un printemps embaumant,
Il apporte à tes pieds tout un avril charmant,
Et de mille fruits d'or la corbeille enchantée.

Il t'aime, comme nous, belle nymphe aux yeux verts,
Malgré ses ans, malgré sa neige et ses hivers;
L'entends-tu soupirer dans ses grottes profondes,

De ce jour qu'il te vit dans ton charme immortel,
Triomphante, flottant sur l'azur de tes ondes,
Et telle que jadis te peignit Raphaël?

OPHÉLIA.

Oui, toutes ont ainsi les plus beaux yeux du monde,
Un regard, fin cristal qui reflète un pur ciel;
Chacun de nous y lit son délice éternel,
Et voit un paradis au miroir de leur onde.

J'étais assis un soir, au bord d'une eau profonde,
L'astre d'or y brillait, charme surnaturel,
Et flottait un parfum, vague, doux, sensuel,
Et dans mon cœur germait l'illusion féconde.

Toutes les fleurs du ciel me riaient dans cette eau;
Par l'attrait enivré du magique tableau,
Dans son sein je me plonge : amère destinée,

C'était un noir bourbier sous de fraîches couleurs;
Ainsi qu'Ophélia par le fleuve entraînée,
Nous mourons, nous aussi, tous en cueillant des fleurs.

AUX PENTES DE L'ETNA.

Lorsque l'on monte aux flancs de l'Etna, l'on peut voir
Noire s'étendre au loin la lave cristalline,
Qui se revêt à l'œil de teinte purpurine,
Quand son velours profond s'irise aux feux du soir.

Reflet rare; le mont luit comme un ostensoir,
Une flamme secrète erre sur la colline,
Des feux antérieurs la lave s'illumine;
Le volcan a créé ce beau diamant noir.

Ce grand deuil éclatant, mais où la nuit domine,
Cette lueur, parmi nous, qui n'a pas de nom,
Cet ébène splendide au plus magique ton,

C'est un pan de la robe à la nuance fine,
Que vêt, dans ses grands bals, la belle Proserpine
Descendue aux enfers noirs du sombre Pluton.

FEUX FOLLETS.

Comme l'on voit courir, dans des brennes impures,
Les feux follets errants du marais empesté,
Dans l'impudique nuit de la noire Cité,
Vois-tu ces feux errer des secrètes luxures ?

Où courent, diras-tu, dans l'ombre, ces voitures ?
Le magistrat va voir la facile beauté,
Le tribun fier troquer sa rogue austérité,
Toutes au vice, avec leurs furtives allures.

Les uns s'en vont, escrocs, aux tripots, aux paris ;
Noirs oiseaux de la nuit, tous courent à leur proie,
Au crime, à la débauche, à la fille de joie :

Enfin, dernière issue à ces nuits de Paris,
Ce perdu court noyer au quai sa vie obscène,
Que ne lavera pas toute l'eau de la Seine.

LE SIÈCLE DES LUMIÈRES.

Dieu dans son firmament allume tous ses lustres,
Les mille étoiles d'or illuminent le ciel,
Leur éclat luit en vain, leur feu surnaturel ;
Vois, c'est la nuit, malgré tous ces flambeaux illustres.

Ainsi, par nos cités, et depuis bien des lustres,
Le libre penseur, fier du progrès éternel,
Par ses écoles, par son dogme officiel,
Éclaire au loin la masse, et, dans les champs, les rustres.

Et la nuit est plus sombre, et malgré la raison,
Des ténèbres sans fin pèsent sur l'horizon ;
C'est la nuit et sa fange, et ses vols et ses crimes :

Mille affreux chats-huants parsèment l'air du soir,
Des feux follets menteurs mènent l'homme aux abîmes,
Et la peur règne au fond du crépuscule noir.

LE SPHINX DE LA JOCONDE.

Ce Sphinx est à la fois là femme et la nature :
Vois ce douteux visage étrange et gracieux,
La bouche souriante, et charmante, et si pure,
Les yeux profonds, subtils, pervers, fallacieux.

Son abord est si doux, un printemps captieux,
Mais derrière est l'hiver, la neige, la froidure ;
D'ailleurs, mince surface, elle abuse tes yeux,
Et d'elle tu ne sais qu'une vaine peinture.

C'est le Sphinx redoutable, et devine, ô mortel,
Son énigme ; pourquoi ce sourire éternel ?
C'est ma mère, ma sœur, mon épouse, elle m'aime,

Elle rit, la charmante, elle veut m'adorer.
Ta Chimère te rit, homme, insensé suprême,
En songeant qu'elle va, dans peu, te dévorer.

LE CONVOI DU LABOUREUR.

Il n'a pas un convoi brillant à faire envie,
D'éclatants chevaux tout caparaçonnés d'or ;
Le laboureur s'en va vers les champs de la mort
Simplement, comme fut toujours simple sa vie.

Mais de vieux compagnons sa dépouille est suivie,
Et des petits enfants tout étonnés encor ;
Son ami le printemps lui fait un fin décor,
Et ce beau soleil où son âme fut ravie.

Quand le sombre cercueil passe, la haie en fleurs
Tremblante épand sur lui sa rosée et ses pleurs,
Son grand blé dans les champs frissonne, tristes foules,

Et sa vache se plaint, si seule à l'abreuvoir,
Son chien hurle dans l'ombre à la lune, et ses poules
Caquettent tristement de ne le plus revoir.

LE DIVAN ORIENTAL.

Sur les dormants tapis des charmés Orients,
Je veux comme l'Arabe heureux passer ma vie,
Sans souci, sans regret, sans peine, sans envie,
Buvant les beaux rayons des soleils scintillants.

Dans un rêve sans fin j'aurais l'âme ravie,
Suivant du fin chibouk les clairs orbes fuyants,
Goûtant le pur moka dans les vases riants.
L'heure vague ainsi coule et d'une autre suivie.

Heureux l'Arabe assis sur ses divans moelleux,
Aux lents accords bercé d'un long rhythme onduleux,
Il dédaigne la vie amère et trop briève.

Dans ses calmes Édens, satisfait de son sort,
Il voit ses jours couler en un long et doux rêve,
Comme endormi déjà dans les bras de la mort.

LA FÉE AUX YEUX VERTS.

Sois mon dernier amour, belle fée aux yeux verts;
Ton beau regard mystique est si plein de tendresse,
Il rayonne, il chatoie, il s'irise sans cesse,
Doux comme le soir vague, et les rêveuses mers,

Il me sort de moi-même et de mes noirs enfers,
Et me prête le monde enchanté de l'ivresse;
Je plonge dans la nuit immense et charmeresse,
Je nage en tous les temps et tous les univers.

Fantaisiste invité du bal de la nature,
Mon âme se déguise en toute créature,
Dans l'infini je vole à mon gré sans effort;

Tour à tour flamme, étoile et tout ce que j'envie;
Je bois, dans tes yeux verts, l'universelle vie,
Avec la ténébreuse ivresse de la mort.

PHILOSOPHIE DE LA MORT.

Ainsi qu'un spectateur curieux cherche à voir
Ce que cache aux regards le rideau de la scène,
Moi, je cherche à percer, dans mon humeur malsaine,
Le rideau de la mort au cruel décevoir.

Mais je n'aperçois là rien qu'un abîme noir,
Rien qu'une mer sans fin, et de ténèbres pleine,
Telle qu'on aperçoit descendre dans la plaine,
L'horreur de plus en plus incertaine du soir.

O mourant, ne va pas, de spectacle idolâtre,
Rechercher dans la mort l'imprévu du théâtre,
Les ressorts merveilleux, les palais d'or, les rois.

Car il s'agit ici de toi seul, de ton âme :
De ce funèbre jeu, toi-même es à la fois
Et l'auteur, et l'acteur, et la scène, et le drame.

TABLE

ERRATA

Page 49, vers 3, — à genoux, *lire : * en courroux.
Page 138, vers 22, — du jour, *lire : * des jours.
Page 151, vers 22, — des lacs, *lire : * ses lacs.
Page 156, vers 3, — l'univers, *lire : * l'infini.
Page 170, vers 5, — gazons, *lire : * gazon.
Page 298, vers 2, — du, *lire : * de.

PARIS

TYPOGRAPHIE E. PLON, NOURRIT et Cie

RUE GARANCIÈRE, 8.

PARIS

TYPOGRAPHIE DE E. PLON, NOURRIT ET Cie

Rue Garancière, 8.